綾目広治

述志《じゅっし》と叛意《はんい》

日本近代文学から見る現代社会

御茶の水書房

述志《じゅっし》と叛意《はんい》　目次

目次

《文学と思想の現在》

《松本清張》

目　次

《文学者たち》

《短歌・文芸学・小論》

述志《じゅっし》と叛意《はんい》——日本近代文学から見る現代社会

《文学と思想の現在》

〈明治維新〉一五〇年と『資本論』一五一年

一　近代直前の人々のあり方

〈明治維新〉という言い方は、薩長土肥を中心とする明治新政府が、自分たちの〈偉業〉を称揚するために言い出した言葉であるが、あの体制変革が徹底した革命であったか否かは別にして、やはり〈明治維新〉は一種のブルジョア（市民）革命であったと言えよう。その〈明治維新〉百年を前にした一九六五年あたりには、〈維新百年か戦後二十年か〉というテーマで議論があったようである。このテーマは評論家の山田宗睦が論壇に提出したもので、その著書『危険な思想家』（一九六五・三）の序文で「三年後の一九六八年は、明治維新百周年にあたる。（略）維新百年が勝つか、戦後二十年が勝つか。それは日本の将来にかかっている」と述べていた。

つまり山田宗睦は、近代化に向けてともかく出発した「維新百年」を祝うのか、それとも民主化に向けて出発した「戦後二十年」の方を重視するのか、ということを提起したわけである。この提起で山田宗睦は、「明治」によって専制と侵略を表し、「戦後」で平和と民主主義を表していたのだが、むろん反右派の評論家であった山田宗睦は、「維新百年」よりも「戦後二十年」の方が重要であることを言いたかったのである。

このことに関して言えば、おそらく一九六〇年代後半は、当時の多くの人々には、敗戦から復興を成し遂げた戦後と、近代化をともかく成し遂げた明治時代とを重ね合わせる意識があったのである。実際、戦後を〈第二の開国だ〉とする議論もあった。ともかくも、「維新百年」にしろ「戦後二十年」にしろ、当時はそれらを言祝いだり問題にしようとする雰囲気が日本にはあったわけで、それは前途に希望を見る姿勢でもあったと言えよう。

その姿勢に連なっていた文学者の一人に、「維新百年」を評価していた司馬遼太郎がいた。〈明治維新〉百年論議からずっと後になるが、司馬遼太郎は『「明治」という国家』上・下（ＮＨＫブックス、一九九四・二）で、「十九世紀の半ばすぎという時代において、古ぼけた文明の中から出て近代国家を造ろうとしたのは、日本だけだったのです」と述べている。これは、明治と近代とを肯定しようとするところから出た発言であったと言える。

さて、今年（二〇一八年）は「明治維新」一五〇年であるが、それをめぐっての議論は少なくともマスコミの話題になるくらいには行われるだろう。しかし、鈴木洋仁が『「元号」と戦後日本』（青土社、二〇一七・九）で、「もはや「明治一五〇年」をめぐって「戦後七〇年」や「戦後八〇年」、あるいは「昭和百年」との間で、どれを選ぶのか、という論争が巻き起こる余地はない」と述べているように、一九六〇年代後半のような議論はなされないであろう。何故そうなのか。おおよその見当はつくであろう。

おそらく、「戦後八〇年」を強調したかったであろう陣営に即して言えば、実はその陣営が「戦後」以後の展望を拓くことができないからだと考えられる。別言すれば、「明治一五〇年」に対して、明確なアンチテーゼが提出できないからだ。と言って、「明治一五〇年」を言祝ぎたがっている陣営の方も、〈明治維新〉百年の時ほどの自信はないだろう。日本人は、この一五〇年の間に実に多くの災厄、とりわけ戦争や原発事故に代表される酷い人災に見舞われて来た。そして、近代という時代の災厄による死傷者の数は、それまでの時代と比べて桁違いに多いのである。それらのことを思うとき、双方とも、近代（「戦後」も含まれる）を素直に肯定できないはずである。

私たちは、近代以降の考え方を根本的に転換しなければならない時期に、来ているのではないだろうか。山本義隆は『近代日本一五〇年――科学技術総力戦体制の破綻』（岩波新書、二〇一八・一）で、こう述べている。「生産第一・成長第一とする明治一五〇年の日本の歩みは、つねに弱者の生活と生命の軽視をともなって進められてきたと言わざるをえない。その挙句に、日本は福島の破局を生むことになる」、「そして経済成長の終焉を象徴する人口減少という、明治以降初めての事態に日本は遭遇している。大国主義ナショナリズムに突き動かされて進められてきた日本の近代化をあらためて見直すべき決定的なときがきていると考えられる」、と。

たしかに、そうである。私たちは、「近代」を見直し、そして転換する必要があるだろう。歴史家のエリック・ホブズボームは『20世紀　極端な歴史』上・下（河合秀和訳、三省堂、一九九六・九）で、二一世紀に重要なのは成長ではなく分配であり、それに向けての社会変革に失敗するならば、人類の未来は暗黒である、ということを述べている。私たちは変わらなければならない。変わらなければならないというのは、社会だけでなく、私たちの生活のあり方、人生に対する姿勢についても言えることである。

民俗学の赤坂憲雄は、『明治維新150年を考える――「本と新聞の大学」講義録』（一色清他、集英社新書、二〇一七・一一）の中の講演「何が失われたのか――近代の黄昏《たそがれ》に問いなおす」で、日本近代史家の渡辺京二の『逝きし世の面影』に論及しつつ、幕末から明治初期に日本を訪れた外国人たちの眼に映った当時の日本人たちが、いかに満ち足りた様子で生活していたかということを紹介している。

『逝きし世の面影』は一九九八年に葦書房から刊行され、二〇〇五年には平凡社ライブラリーとして刊行された大冊である。赤坂憲雄はその本を読んで、「（略）近世の地域社会というのは、格差がきわめて少なく、しかも見えない相互扶助のシステムによって支えられていたのではないか、そういうことに気づかされました」と述べている。私たちは、近代以前では被支配階級の人びとは領主たちからの搾取で苦しめられ極貧の生活をしていたと漠然と思いがちだが、実はそうではなく、たしかに決して裕福ではないものの、案外に人々は自足した満ち足りた生活と余裕のある人生を送っていたようで、そのことを同書で知ることができる、と赤坂憲雄は述べているのである。

たとえば『逝きし世の面影』には、一八五八年に日英修好通商条約締結のためにやってきた使節団の一員のオズボーンという人物の見聞が紹介されている。オズボーンは最初の寄港地長崎の印象をこう述べている、「この町でもっとも印象的なのは（そしてそれはわれわれ全員による日本での一般的観察であった）男も女も子どもも、みんな幸せで満足そうに見えるということであった」、と。またオズボーンは江戸上陸当日に、「不機嫌でむっつりした顔にはひとつとて」出会わなかったと語っている。あるいは、一八六七年に訪日したフランスの青年伯爵だったボーヴォワルは、「この民族は笑い上戸で心の底まで陽気である」と述べている。といって当時の日本人が礼節を弁えていなかったのではなく、その逆に礼儀正しかったようである。『大君の都』で有名なオールコックが、初めて長崎に上陸した日に注意を引かれたのは、人々が「人に出会うたびにまじめにていねいな挨拶を交わ」すやり方だったのである。

こう見てくると、当時の日本人には精神的な余裕というものが確実にあったことを知ることができる。もちろん、当時の一般庶民たちが裕福であったわけではない。むしろ貧しかった。しかし、明治期の高名なジャパノロジストのチェンバレンは、日本には「貧乏人は存在するが、貧困なるものは存在しない」と述べているのだ。それについて渡辺京二は、「つまり、日本では貧は惨めな非人間形態をとらない、あるいは、日本では貧は人間らしい満ちたりた生活と両立すると彼は言っているのだ」としている。では、どうしてそういうことが可能なのか。それについて渡辺京二は、イタリア海軍中佐のヴィットリオ・アルミニヨンの見解を紹介しながら、こう述べている。「つまり彼は、江戸時代の庶民の生活を満ち足りたものにしているのは、ある共同体に所属することによってもたらされる相互扶助であると言っているのだ」（傍点・引用者）、と。

『逝きし世の面影』で紹介されている、欧米人が見た、近代直前の日本の庶民の姿とその生活ぶりに、羨ましさを感じない現代人はいないのではなかろうか。彼らには落ち着きと礼節さがあり、そして互いが助け合いながら、決して裕福ではないものの、満ち足りた、余裕のある生活を営んでいたのである。それらの多くは、〈明治維新〉後の一五〇年の間に失われてしまったのではなかろうか。この一五〇年間とは、日本社会が近代社会の仲間に入ってからの一五〇年間ということであるが、一五〇年の間に、私たちは真の幸福感をどれほど実感できたであろうか、と思わざるを得ない。

戦争の悲惨さ、差別と格差の酷さ、追い立てられるように前へ前へと進むことを強いられている生活、弱者を社会不適合者として切り捨てる社会——このように、近代以降の日本社会とは実に苛酷な社会であったのであり、そしてその行き着く先があの原発事故とその後の対応であったと言える。それに比べて、『逝きし世の面影』で語られている、近代に入る直前の日本社会は、実に穏やかで優しい社会であった。私たちは、〈明治維新〉後の一五〇年、すなわち日本が近代社会となってからの一五〇年間のあり方と決別し、『逝きし世の面影』で語られているようなあり方に学びながら、新たな社会像、生活像を模索するべきではないだろうか。それとともに、忘れてならないのが、この一五〇年間とは絶対主義的あるいは象徴との違いはあれ、近代天皇制が続いてきた期間であるということだ。この天皇制、とくに象徴天皇制をどう捉えるべきだろうか。それについて次に考えてみたい。

二　連続する「象徴」天皇制

〈明治維新〉から百年の年を前にした一九六七年一月四日の「朝日新聞」に、当時のオピニオンリーダーの一人であり、また「明治百年」を祝うことをいち早く提案した人物でもあった桑原武夫は、「明治百年を迎えて」と題する小文を発表している。桑原は、その百年の間に「人民主権の思想が根づきにくかったことは日本近代文化の弱点」であるものの、しかし「明治維新は日本民族による世界史上にも稀れな近代化の達成であった」と述べ、以前の文章「明治の再評価」（一九五六・一・一、「朝日新聞」）に言及して、そこでの自説に変更が無いことを確認している。それは、西洋の「古典的ブルジョワ革命」と対比し〈明治維新〉の「欠点のみをあげる」ような論を展開するのではなく、〈明治維新〉を「後進国型のブルジョワ革命」と認め、明治以後の日本は多くの欠点と矛盾があったけれど、「明治の革命は巨視的にみて、一つの偉大な民族的達成であったと認める」（「明治の再評価」）べきである、という主張であった。

この桑原武夫の論は、桑原自身は言及していないが、戦前昭和で言えばいわゆる労農派の〈明治維新〉論に重なるであろう。労農派の論とは、ほぼ何の条件も付けずに、〈明治維新〉は「ブルジョワ革命」であった、とする論であった。

それに対して、〈明治維新〉は「ブルジョワ革命」であったことを認めるものの、それは極めて不徹底な革命でしかなかったと性格づけたのが、岩波書店が刊行した『日本資本主義発達史講座』（一九三二・五〜一九三三・八）に執筆した、講座派と言われる経済学者や歴史学者たちであった。彼らによれば、小作農が農民の圧倒的多数を占めるという半封建的土地所有に基づく農業が一方にあり、他方では小作農たちから収奪した余剰利益を工業とりわけ軍需工業に投資することで日本の資本主義は成り立っていて、このように半封建的要素と資本主義的要素との均衡の上に天皇制が立っているという点において、天皇制国家は絶対主義的な性格を持っていた、と捉えていた。

もちろん、戦前昭和においては「天皇制」という言葉などは使えなかったわけで、実際にも講座派学者たちの論文には「天皇制」という言葉は無いのだが、論文の文脈から「天皇制」を意味していることを理解することができるし、また、戦後になって講座派の学者たちが、かつての論文の文意を明確にするために「天皇制」という言葉を加筆していることからも、やはりそうであったことを知ることができる。

おそらく、労農派と講座派との見解は、一方が正しくて他方が間違っているというものではなく、観点の取り方によって正否が別れる性質のものであろう。ただ、両者ともに残念なのは、当時としては当然のことであったが、天皇制についての深い分析がなされていないことである。とくに日本共産党と繋がりがあった講座派にとってはそのことは、むしろ致命的であったとさえ言える。なぜなら、コミンテルンからのいわゆる二七年テーゼおよび三二年テーゼにおいて、日本共産党は天皇制（二七年テーゼでは「君主制」と言われていた）に対する闘争を指示されていたからである。そのことについて伊藤晃は、『天皇制と社会主義』（勁草書房、一九八八・三）でこう述べている、「日本におけるプロレタリア革命は天皇制と対決を避けて通れないということをみずから決心して言いだすまえに、コミンテルンから命令されてしまった」、と。

その後の彼らが、絶対主義的な天皇制国家によっていかに狡猾で且つ残忍な弾圧を受けて敗退していったかは、よく知られていることであるが、それにも拘わらず、彼らの組織から除名された神山茂夫が一九四七年に刊行した『天皇制に関する理論的諸問題』（葦書房）などの例外を除いて、彼らや彼らの言わば末裔たちは、その後も天皇制の問題を正面から深く追究したことは無かったのではないかと考えられる。

ここで再び「明治百年」の問題に戻るならば、「明治百年」を言祝ぎたがった側はともかく、それと対抗すべく「戦後二十年」を問題にしようとした側は、なぜ「明治百年」における近代天皇制の問題を、論《あげつら》おうとしなかったのであろうか。「明治百年」の歴史とは、近代の天皇制（絶対主義的天皇制、象徴天皇制の違いはあれ）の歴史と重なっていたわけで、たとえ敵対する側が盛んに鼓吹していたことであったにせよ、そもそも明治という元号を用いて「明治百年」ということが言われていた以上、天皇制の問題を議論の俎上に載せても良かったはずである。ひょっとすると、絶対主義的な天皇制の命脈が敗戦によって絶たれた以上、改めて象徴天皇制のことを問題にするまでもない、と「戦後二十年」の論者たちは思ったのかも知れない。あるいは、戦時中には人々の日常の挙措までも縛っていたと言える絶対主義的な天皇制、そして人々の精神を戦争の狂気に動員したと言えるその絶対主義的な天皇制が無くなり、今は象徴天皇制になった以上、それは政治的には何の効力も無いはずであるから論う必要はない、と判断したとも考えられる。

しかしながら、本当に効力が無くなったと言えるであろうか。天皇制は一九四五年で一旦は途切れて、全く新しいものに変わったのだ、と果たして言い切れるだろうか。

菅孝行が論考「現代日本の政治的権力と天皇の機能――「象徴天皇制」とはなにか」（菅孝行編『叢論日本天皇制　Ⅰ現代国家と天皇制』〈柘植書房、一九八七・三〉所収）で、どんな制限君主であっても王たる者は、「（略）必ず国家と国民統合の象徴としての機能をはたすのであり、それは戦前の日本君主制においても例外ではなかった」と述べているように、「象徴」は戦後の日本国家に固有のものではないのである。戦前においては天皇は主権者であるとともに「象徴」でもあったのだ。戦後では天皇は主権者ではなくなったが、それだけに「象徴」の機能が前面に出て来たと言える。つまり、注意したいのは、「象徴」という点において戦前の天皇制と戦後のそれとは連続しているということだ。

だからたとえば、そのことをよく理解していたと思われる松本清張は、戦前の天皇制が山県有朋たちによる作為的な言わば設計作品であったことを、ノンフィクション・ノベルと言うべき『象徴の設計』（一九六二・三～一九六三・六）という作品で説得力ある叙述で描いているのだが、そこで語られているのが明治の天皇制の「設計」についてであるのに、それはやはり「象徴の設計」（傍点・引用者）であったと言っているのである。

このことに関して、伊藤晃は『「国民の天皇」論の系譜　象徴天皇制への道』（社会評論社、二〇一五・一二）で、「象徴」としての天皇は今も国民一体形成の重要な媒介者であり、社会の矛盾の緩衝者であるとして、次のように述べている。「（略）私は、「国民の天皇」をめざす戦後天皇制を戦前との断絶に重点をおいて見るわけにはいかないと思う。だがそれは、「古い権力的天皇制」が戦後に残ったというだけのことではない。むしろ、戦後天皇制の戦後民主主義と共存しうる面が戦前に起源をもっているのではないかということだ」、と。伊藤晃はその戦前の「起源」を、美濃部達吉の論敵であった法学者の上杉慎吉の学説に見ている。その学説は、「天皇と国民との直結によって一つの意志を作り出す」という「天皇主義ポピュリズム」の学説であった。

たしかに君民一体のあり方は、大日本帝国憲法よりも日本国憲法の方に端的に語られていると言える。よく知られているように、その第一条には、「天皇は、日本国の象徴であり日本国民統合の象徴であつて、この地位は、主権の存する日本国民の総意に基く」とある。この条は、日本人が一人一人別々の存在である私人を超えて国民としてまとまるときには、天皇を媒介にして国民としての一体性を構築するということを語っているのである。このことについて伊藤晃は、それは主権者となった国民がその総意をもって天皇の地位を根拠づけることであり、「その国民の心の総体は天皇を志向する、ということだ」として、次のように述べている。「これはつまり、万世一系の国体を君民一体・万民翼賛と結合することで国民イデオロギー化しようとする、明治以降の国体思想の一つの流れを汲んだものだ」、と。

つまり、明治から今日に至るまで、天皇は国民統合の「象徴」として君臨し続けたことである。あるいは、「昭和」「平成」などと元号を使われても、それに対して違和感を持って受け止める人の方が少ないということに、それが現されていると言えよう。さらに注意したいのは、戦後民主主義と言われる体制と象徴天皇制とが融和的であることに眼を向けなければならない、ということである。

そのことについては、白井聡が『国体論　菊と星条旗』（集英社新書、二〇一八・四）で説得力ある論を展開している。その書で白井聡は、新憲法を中心に持つ戦後民主主義は、象徴天皇制とワンセットのものとして生まれているとして、戦後民主主義が危機に瀕することは象徴天皇制も危機的状態におちいることである、と述べている。だから、暗愚で危険な宰相安倍晋三のもとに進んでいる、戦後民主主義を蔑《なみ》するあり方は、すなわち象徴天皇制の危機でもあると見て、平成天皇明仁は生前退位の話題に包んでその危機感を国民に対して直接に語ったと言えようか。

ともかくも、たしかに平和主義を謳った日本国憲法第九条は、第一条の天皇条項とセットになって国民に示されたのである。だから白井聡が同書で、「天皇制民主主義の成立とは、「国体護持」（変容を通過しつつも）そのものである」と述べていることは首肯できるだろう。「国体」は「象徴」の力を持ったまま、戦後も護持されたのである。なお、「国体」という言葉は、やはり同書で述べられているように、「それはたかだか「天皇を中心とする政治秩序」というような抽象的な事柄を意味するにすぎない」ものである。神秘化して受け取ってはならない。

『国体論　菊と星条旗』における注意するべき論述は他にもあって、天皇制の存続が憲法第九条とセットであったことだけでなく、日米安保体制ともセットであったことを指摘していることである。白井聡によれば、昭和天皇裕仁はそのことを当時の政府首脳陣の誰よりもよく理解していたのである。たしかにそうであったろう。だから、たとえば昭和天皇裕仁は戦後において米軍の沖縄駐留をマッカーサーに提案したのである。これはむろん、日本国憲法で禁じられている天皇の政治行為であるが、死ぬまで新憲法を理解しようと全くしなかったと言ってよい裕仁には、それが日本国憲法違反だという意識さえ無かったであろう。とにかく、日米安保体制は「天皇制の存続」を保証するものでもあったのである。白井聡はこう述べている、「つまり、天皇制の存続と平和憲法と沖縄の犠牲化は三位一体を成しており、その三位一体に付けられた名前が日米安保体制（＝戦後の国体の基礎）にほかならない」、と。

したがって、日米安保体制を批判する人間は、象徴天皇制をも批判の俎上に載せなければならないのである。象徴天皇制の問題を括弧で括って不問に付してはならない。そのことに関連して思い起こされるのは、白井聡も同書で論及している、文学者の坂口安吾が「続堕落論」（一九四六・一）において天皇制の内奥の秘密を鮮やかに暴いたことである。安吾はこう述べている。「自分自らを神と称し絶対の尊厳を人民に要求することは不可能だ。だが、自分が天皇にぬかずくことによって天皇を神たらしめ、それを人民に押しつけることは可能なのである。そこで彼等は天皇の擁立を自分勝手にやりながら、（略）天皇の尊厳を人民に強要し、その尊厳を利用して号令していた」、と。ここで「彼等」とは天皇を取り巻いていた支配層のことである。このような天皇制のあり方は、新興宗教の教祖と取り巻きのあり方に酷似しているのであったが、ともかくもそういう在り方で戦前の天皇制は機能していた。松本清張が『象徴の設計』で描いたように、山県有朋たちがそのように天皇制を「設計」したのである。現在においても、反動的な政治勢力が神権的な天皇制を復活させようと画策しているのではないだろうかと想像される。

このように見てくると、「象徴」天皇制という点においては、戦前の絶対主義的天皇制と戦後民主主義体制下の象徴天皇制とは、実は根底的なところにおいて連続していることが、改めて了解されてくるであろう。繰り返し言えば、〈明治維新〉一五〇年あるいは日本における近代一五〇年とは、天皇制の歴史でもあった。昨年（二〇一七年）から今年（二〇一八年）にかけて、平成天皇の生前退位と改元のことが大きな話題として浮上してきたが、再び私たちは天皇制の問題を突き付けられていると言える。もちろん、天皇制の問題を現在において問い詰める場合にも、昭和のあの十五年戦争と昭和天皇裕仁との関わり、つまりは彼の戦争責任の問題を抜きにすることはできない。彼が鬼籍に入っていても、である。そして、それは明治一五〇年の歴史の総体を深甚に考えることである。高橋彬は『安倍政権　総括』（牧歌舎、二〇一七・六）で、「明治以来の戦前体制を、侵略戦争についての反省と民主主義の視点から総括し直すことは、日本の統治体制を昔に戻そうとする右傾化を阻止し、反革命の動きを封ずるためにも必要な作業である」と述べているが、まさにそうである。

ただ、その際、天皇制に対する批判は、中野重治が小説「五勺の酒」（一九四七・一）でそこに登場する初老を思わせる「中学校長」に語らせている高い地平において成されなければならない。「中学校長」は言っている、天皇制への批判は「天皇その人の人間的救済の問題」でもあるべきで、「恥ずべき天皇制の頽廃から天皇を革命的に解放すること、そのことなしにどこに半封建制からの国民の革命的解放があるのだろう」、と。たしかに私たちは、職業選択権などの基本的人権の無い、天皇と天皇家の人たちを天皇制から解放するためにも、象徴制であろうが何制であろうが、天皇制を廃絶するべきなのである。それが、明治維新一五〇年に改めて確認するべきことではないだろうか。

三　現代社会と『資本論』

〈明治維新〉が完了する一年前の一八六七年に、マルクスは『資本論』第一巻を刊行した。マルクスが資本主義のメカニズムを解明したその一年後に、名実ともに日本社会は資本主義の道を歩み始めたのである。二〇一八年は『資本論』第一巻の初版本が刊行されて一五一年になるが、その資本主義は、以前と形態と性格を少しは変えながらも、しかし基本的なところではその本質に変化はなく、現代に至っているのである。つまり現代の資本主義は、マルクスが『資本論』で明らかにしたあり方に、ほとんど変更を加える必要はないままに今日に至っているのである。別言すれば、『資本論』は今なお資本主義批判において効力を持っているのである。そしてこれは、やはり残念なことだと言えよう。

私たちは資本主義の主要な問題を克服することから程遠く、その逆に現代社会では、資本主義は多くの人々を悲惨な状況に陥らせているのである。その端的な現象が格差社会と言われている事態であろう。ただ、今はすでに格差社会という次元も超え出ているような事態にまで至っているようである。

日本における格差社会の問題は、前世紀末から経済学者や社会学者が指摘し始めていたのだが、現在はその格差の事態はさらに一層悪化しているのである。社会学者の橋本健二は『新・日本の階級社会』（講談社現代新書、二〇一八・一）で、格差拡大が始まったのは一九八〇年前後からであり、それはすでに四〇年近くも続いていて、しかも富裕層と貧困層との格差の階層が固定化していることを指摘して、次のように述べている。「こうした意味で現代の日本社会は、もはや「格差社会」などという生ぬるい言葉で形容すべきものではない。それは明らかに、「階級社会」なのである」、と。そして橋本健二は、労働者階級が「資本主義社会の下層階級としての性格を失ったわけではない」としつつも、さらにその正規労働者の下にアンダークラスの人々がいて、この層の人々は長時間営業の外食産業やコンビニ、ディスカウントショップ、あるいは宅配の流通機構などで低賃金労働に従事していると述べている。このアンダークラスの人々は、『共産党宣言』などで語られていたルンペン・プロレタリアートと呼ばれていた層に近いと言っていいだろう。

現代の私たちは、マルクスが生きた一九世紀の時代に逆戻りしたのかも知れない。

第二次大戦後のかなりの期間、資本主義陣営は〈社会主義〉陣営との対抗上、社会福祉を充実しなければならなかった（そうしなければ、革命が起きる！）。だから資本主義国家は、ともかくも福祉国家を標榜していたのである。経済政策も、労働者の福利厚生を重視するマーシャルやピグーなどの厚生経済学を組み込みながら立案されることもあった。しかし、一九九〇年代以降に、すなわち旧ソ連や東欧の〈社会主義〉政権が崩壊してからは、言わば〈敵〉がいなくなったからであろう、安心して資本主義はグローバリズムや新自由主義の名の下に、やりたい放題のことをやり、格差、貧困、環境破壊などの多くの災厄を世界中に撒き散らしてきたのである。その結果、二一世紀の世界は、『資本論』で語られているような事柄が、そのまま現出しているような事態になったのである。ポストモダニズム全盛期の頃には、『資本論』で論じられていた問題は、高度資本主義社会によって克服されたのであって、『資本論』さらにはマルクスの思想は前世紀の遺物であるといった、今日から見れば能天気な言説が、盛んに語られたことがあった。しかし、事態はそれとは逆に進んだのである。もろん本来ならば、『資本論』が古びた本になる方が望ましいのだ。もしそうならば、資本主義の問題が克服されたことになるからだ。だが、残念ながら、今はまだ『資本論』の時代なのである。

哲学が専門の熊野純彦は『マルクス　資本論の哲学』（岩波新書、二〇一八・一）で、「『資本論』を読むとは、ひとつには、マルクスの見てとっていた資本制の原初の光景、その暴力的な原像を、現在の風景のなかにも見とどけることです」としているが、経済学者の浜矩子は『どアホノミクスの断末魔』(角川新書、二〇一七・六)でその「見とどけ」を行っている。なお、「どアホノミクス」というのは、いわゆるアベノミクスが「アホ」の経済政策だという浜氏の判断から言い換えられた「アホノミクス」という造語に、関西弁の強意の接頭語「ど」を付けた言葉である。

浜氏は、いわゆる「働き方改革」では自由で多様な労働ということが言われているが、それは実は長時間労働と苛酷な職場環境を連想させ、それは「『資本論』の第一巻第10章」の「一節」を読むようである、と述べている。ただ、浜氏は「第10章」としているが、おそらくこれは浜氏の記憶違いであろう。正確には、『資本論』第一巻の「第8章　労働日」で語られていることを指していると考えられる。たとえばマルクスはそこで、「資本は、生命力の集中、恢復、更新のための健康な睡眠を、絶対的に消耗しきった有機体の蘇生が、必要不可欠とするだけの時間の凝結に圧縮する」として、「労働力の日々可能な最大支出」を、たとえそれが労働者にとって無理で不健康なものであろうと、資本は引き出そうとすると述べている。そして、「資本は、労働力の寿命を問題にしない。資本が関心をもつのは、ただもっぱら、一労働日に流動化されうる労働力の最大限のみである」(向坂逸郎訳)、と。

要するに、一九世紀の資本家たちは、労働者が健康を損なっても、気力体力の限界まで労働者を働かせたのである。問題なのは、この一九世紀の労働のあり方が、昨今のたとえば派遣労働者の労働状況などとかなり重なることである。そのことは、労働社会学が専門の今野晴貴による『ブラック企業2』(文春新書、二〇一五)や、経済記者の竹信三恵子の『ルポ雇用劣化不況』(岩波新書、二〇〇九・四)などの報告を読めばよくわかる。経済地理学が専門の著名な学者であるデヴィッド・ハーヴェイも『資本の〈謎〉世界金融恐慌と21世紀資本主義』（森田成也他訳、作品社、二〇一七・二）で、「（略）今日の状況はかつてないほどにマルクスが描き出した様相に近いものになっている」と述べている。

そのことは現代日本文学の小説作品からも読み取ることができる。たとえば、第一五五回芥川賞を受賞した村田沙耶香の『コンビニ人間』（文藝春秋、二〇一六・七）である。芥川賞の選評で川上弘美や山田詠美が指摘しているように、この小説には〈笑い〉の要素もけっこうあって、物語は軽やかに展開していくのであるが、現代社会における〈人間疎外〉の様相を掬い取って描いているのである。

主人公の古倉《ふるくら》恵子は現在三六歳で、コンビニのバイトで生活している。恵子は幼い時から人との常識的な対応が出来ず、いろいろとトラブルを起こすことがあった。彼女には「普通」の感覚、対応ということが分からなかったのである。ところが、大学に入学しコンビニでバイトをし始めてからは、コンビニの世界の中だけでは「普通の人間になれる」のであった。彼女の言葉で言えば、「世界の正常な部品としての私」になれるのだ。それはコンビニには「完璧なマニュアル」があり、そのマニュアル通りに動けばいいからであった。

もっとも、コンビニに勤めるようになっても、恵子の中には言わば常識の規格外の要素が有ることに変わりは無かった。しかし、その要素を抑えていることに恵子は不満を感じていないのである。恵子は言う、「つまり、皆の中にある、『普通の人間』という架空の生き物を演じるんです」、と。さらにこうも言う、「正常な世界はとても強引だから、異物は静かに削除される」、と。しかし恵子は、「架空の生き物を演じる」ことによって、「削除」されないようにしているわけである。

ここまでの話でも、この小説はすでに重要な問題を語っている。そもそも、「普通」や「正常」とは何だろうか、マニュアル通りに動いていさえすれば、「普通」「正常」と認められるのならば、思考や懐疑など一切せずに時代社会の規範に唯々諾々《いいだくだく》と従うことが「正常」ということなのか、「普通」や「正常」というのは、実はそれに違和や異議を感じるような人間を「異物」として「削除」することで成り立っているものではないのか、という問題である。

物語は、コンビニのバイト店員として白羽《しらは》という男性が加わってきたところから新たな展開がある。やがて恵子と白羽は、恋愛感情も性的関係も一切抜きにした同棲生活を始めるのだが、興味深いのは「異物」を排除する社会のあり方に白羽は憤っていて、彼によればそのあり方は「縄文時代」から変わっていなく、白羽自身は排除される側にいると思っている。恵子と白羽とでは、置かれた状況にほとんど変わりは無いのだが、白羽はそれに怒りを持っているのに対して、恵子の方はその状況をむしろ嬉々として受け入れているのである。

物語の終盤で、二人は喧嘩をすることになる。白羽はそういう恵子のことを、「気持ちが悪い。お前なんか、人間じゃない」と詰《なじ》るのだが、その難詰に何の痛痒も感じない恵子は、「私は人間である以上にコンビニ店員なんです。（略）私の細胞全部が、コンビニのために存在しているんです」と言い、「私はコンビニ店員という動物なんです」と言う。

こうして見てくると、この小説は吉村萬壱が「「普通」という化けもの」（「文學界」、二〇一六・九）で指摘しているように、「（略）叫び出したくなるほどの問題意識に満ちた、大変恐ろしい作品」に思われてくる。物語の中で恵子は、自分を「形成」しているのは自分の周囲の人たちで、自分には固有の「私」など無いのだと思うが、ただ周りの人たちも服装や話し方を含めて、やはり他の周囲の人たちから「伝染」されたものを受け入れているだけではないかと思う。恵子だけでなく他の人たちも、固有の「私」などはどうも無いらしいのである。

「正常」や「普通」に慣れ親しんでいくことに生き甲斐さえ感じている、「コンビニ店員という動物」の恵子を中心に、周囲からの「伝染」にも気づいていない人たちのあり方なども描いた『コンビニ人間』の世界は、以前流行した言葉で言うならば、〈人間疎外〉の極点を描いたものということになるのかも知れない。また、飼い慣らされることに喜びを見出している恵子には、「コンビニの「声」」さえ聞こえてくるのである。これはほとんど宗教的な洗脳の世界とも言えよう。

先に述べたように、この小説は、〈笑い〉の要素もあって明るい筆致で展開するが、実は現代社会と現代人の、その恐ろしい実相が描かれている小説である。もちろん、この小説における作者の眼は、現代の資本主義社会の問題まで届いてはいない。しかし、物語の背景にそれが厳然とあることは言うまでもない。事態は、ここまで来たのである。

では私たちは、そのような事態にどう立ち向かえばいいだろうか。本編の〈思想の現在――柄谷行人とアソシエーション論〉以下の論考において、この課題について論及したい。

〈近代化〉言説の再考

一

これまで日本における〈近代化〉をめぐる言説が問題にされたときには、主に二つの場合があった。一つは社会についての〈近代化〉を問題にする場合、もう一つは個人に関する〈近代化〉を問題にする場合である。以下、この二つの場合を検討していきたい。

まず、前者についてであるが、それに関わる代表的な論争が、戦前昭和の日本資本主義論争である。よく知られているように、これは革命闘争の戦略と関わって日本の資本主義をどう捉えるかをめぐって行われた論争であった。この論争については、前章の「明治維新一五〇年と『資本論』一五一年」でも言及したが、論争はその時点での資本主義の性格を明らかにするべく、明治維新をどう位置付けるかという問題を一つの中心にして展開された論争であった。すなわち、明治維新はいわゆるブルジョア革命だと言えるのかどうか、もし言えるとすれば、その革命はどの程度まで徹底したものであったのかというテーマのもとに、論争は行われた。労農派と言われた学者たちが、明治維新を文字通りのブルジョア革命と捉えたのに対して、岩波書店刊の『日本資本主義発達史講座』(一九三二〈昭和七〉~一九三三〈昭和八〉)に集まった学者たちのグループの、いわゆる講座派は、明治維新はたしかに一種のブルジョア革命と言っていいが、しかしそれは極めて不徹底な革命であった、と性格づけたのである。

したがって講座派の学者たちは、戦前の日本社会も〈近代化〉されてはいたものの、それはやはり不充分で中途半端な〈近代化〉社会であったと捉えていたわけである。だから彼らは、その認識のもとに革命の戦略としては、まず徹底したブルジョア革命を行い、次に社会主義革命を行う、という二段階革命の戦略を考えていた。その戦略論はともかく、日本の社会科学の金字塔と言われることもある『日本資本主義発達史講座』の、日本社会についての〈近代化〉認識とほぼ同様な認識を文学の領域で語っていたのが、小林秀雄の「私小説論」(一九三五〈昭和一〇〉・五~八)だったのである。

「私小説論」は非常に有名な評論であるが、しかしその論旨はやや混濁している。前半ではフランス文学と対比して日本の自然主義文学の特質が論じられて、実証主義思想の重圧と格闘してきたフランス自然主義文学の思想や背景を顧慮することなく、それらを技法的に導入した日本の自然主義文学についてと、それが私小説をもたらすことになるまでが論じられ、またマルクス主義文学が果たした役割を一定度評価もしていて、一応説得力のある論旨となっている。しかし後半では、横光利一の「純粋小説論」がジイドの純粋小説の試みとの対比で批判的に取り上げられたり、また文学創造における「伝統」の重要性に話が進んだりと、論の一貫性に欠けていて、さらには評論の末尾の箇所では多分に思わせぶりで曖昧な叙述で終わっているのである。

「私小説論」はそういう曖昧さのある評論であるが、しかし興味深いのは、小林秀雄にしては珍しく、とりわけ戦前昭和の評論においては極めて珍しく、この評論には社会科学的な論述が見られることである。たとえば、「自然主義文学は輸入されたが、この文学の背景たる実証主義思想を育てるためには、わが国の近代市民社会は狭隘であつたのみならず、要らない古い肥料が多すぎたのである」（傍点・引用者）、と。このように、「わが国の近代市民社会」の「狭隘」さが指摘されているのだが、これはやはり社会科学的な知見に基づいた論述だったと言えよう。また、「要らない古い肥料」のことは、同評論の他の箇所では「社会の封建的残滓」とも言われている。そして、その「残滓」は作家の「私」にもあるとされていて、「私の封建的残滓と社会の封建的残滓の微妙な一致の上に私小説は爛熟して行つたのである」と語られている。したがって、「わが国の自然主義小説はブルジョア文学といふより封建主義的文学であ」る、と。

小林秀雄がこのように、社会科学的な術語を用いながら論を展開したことは、戦前ではE・H・カーのドストエフスキー評伝を下敷きにしたのではないかと思われる『ドストエフスキイの生活』（一九三五〈昭和一〇〉・一～一九三七〈昭和一二〉・三）と、この「私小説論」くらいのものであった。そしてその中の見解には、絓秀実も『天皇制の隠語《ジャーゴン》』（航思社、二〇一四・四）で指摘しているように、講座派の論に通じるものがあったのである。もちろん、小林秀雄が実際に『日本資本主義発達史講座』そのものを読んでいたかどうかは、確定できない。しかしながら、戦前の日本社会についての認識において、講座派と小林秀雄とが共通していたことは間違いないだろう。すなわち、日本社会はその〈近代化〉が中途半端な社会であって、「封建的残滓」のある社会、講座派の言葉で言えば〈半封建的〉な社会だったという判断である。

「私小説論」は戦前の評論であるが、私小説について戦後に論じられた代表的な評論としては、伊藤整の『小説の方法』（一九四八〈昭和二三〉・一二）がある。『小説の方法』では次のようなことが論じられていた。――私小説も西欧のいわゆる本格小説も、作品に「自伝的要素」があることにおいて根本的には共通しており、どちらも小説作品は作者の「強烈なエゴの発露」なのである。ただ、社会全体がその成員のエゴ（個我）の伸展を許容するものになっているかどうかの違いによって、小説のあり方が異なってくる。個人のエゴを認めるような成熟した西欧の近代社会では、「エゴの発露」を認めるものの、しかしそれをそのまま露骨に出すことは憚られるために、「羞と不都合から作者を守るために仮装を、虚構を必要とする」のであり、それが西欧の本格小説における虚構となったのである。

それに対して、明治以降の「擬似近代」の日本社会では、そもそも個人がエゴを持つことさえ認められなかったので、エゴに目覚めた人間（文学者）たちは、社会から「逃亡」して文壇という「ギルド」を作り、その中でエゴの伸展とその表現を競い合った。この文壇では対社会的な顧慮などは不必要であるから、すなわち「羞と不都合」を考えずに済むから、露骨に自らの行状、思っているところを、「仮装、虚構」の方法を用いずに、そのまま包み隠さず表現することができた。それが私小説である。――

このように伊藤整の『小説の方法』においても、戦前の日本社会は十分に〈近代化〉されていなかった「擬似近代」の社会として捉えられていたのである。伊藤整はマルクス主義文学には反対の立場であったが、もともと経済学の素養のある文学者であるから、講座派の論にも通じていたのではないかとも考えられる。その他の戦後の代表的な私小説論としては、中村光夫の『風俗小説論』（一九五〇〈昭和二五〉・六）が挙げられる。『風俗小説論』では、自然主義文学者たちが西欧近代文学を言わば歪んで受け容れたために、後に私小説という日本独特の小説が生まれることになった、その理由をめぐっての論が展開されている。だから、戦前の日本社会の特質についての論及は、この評論ではほとんど無いのであるが、しかしながら、その発想の型としては、西欧近代文学をマックス・ウェーバー言うところのあり得べき理念型として捉えて、そのレベルに到達していなく、むしろあらぬ方向へと逸れているものとして、日本の私小説を批判しているのだから、『風俗小説論』もやはり日本社会の〈遅れ〉を前提としての論であったと言えよう。その点において、小林秀雄や伊藤整の論と共通していたのである。

西欧近代文学だけでなく西欧の近代社会を〈近代化〉の理念型として捉え、それを物差しにして明治以降の日本社会の遅れを見るという発想のあり方は、そこに生きている個人を見る場合にも同様であった。やはりそれは、あり得べき近代的自我というものを理念型として措定し、そこから近代日本人の自我のあり方を見ようと、もっと言えば批判的に見ようとしたのである。

二

小田切秀雄は『近代日本思想史講座 6 自我と環境』（一九六〇〈昭和三五〉・二）の巻頭論文「序論 日本における自我意識の特質と諸形態」で、「近代的自我とは、近代の民主主義的な自由を主体化し内面的な要求に転化させている自我である」と定義づけ、戦前までの日本人の自我は近代的自我と呼べるようなものではなかったとした。小田切秀雄によれば、日本人の自我は「ひよわな自我意識」というものであって、独立自存の意識を強く持ち、時として周囲や社会、さらには国家に歯向かうことさえあるような近代的自我では到底なく、むしろそれら個人を囲繞《いにょう》するものに付き従う自我、すなわち「臣民的自我」であった。その以前にも小田切秀雄は『現代における自我』（一九五八〈昭和三三〉・四）で、スタンダールの『赤と黒』の主人公たちに言及しながら、彼らが「めざめた近代的な自我として時代や秩序と対立し」たことを述べていた。

近代的自我についてのこういう捉え方は、小田切秀雄だけではなかったが、ここで注意したいのは、このような捉え方には近代的自我とは自らの中にしっかりとした見識を持ち、世間や社会などの周囲に対しても真に自律した存在であるという前提が、論者の中には漠然と、しかし強固にあったということである。そしておそらく、日本近代文学の多くの小説も、そのような前提のもとに読まれ論じられてきたと考えられる。たとえば、森鷗外の「舞姫」(一八九〇〈明治二三〉・一)についての読みである。それは、主人公の太田豊太郎における近代的自我が成熟したものであったか否かをめぐっての読みであり、それはまた作者森鷗外の中にある近代と非近代の問題としても読まれてきた。「舞姫」については、ヒロインのエリスのモデル問題もあり、しかもそれは近年の調査によって新たな展開を見せているが(今野勉『鷗外の恋人 百二十年後の真実』〈NHK出版、二〇一〇〈平成二二〉・一一〉参照)、ここでは太田豊太郎の自我の問題のみを考えたい。

先にも触れたが、これまでの「舞姫」論は、ドイツの空気を吸って自身は目覚めたと思っていた太田豊太郎の自我は、実は中途半端で弱いものだったのではないか、ということをめぐって議論されることが多かった。少なくとも、戦後の長い間はそうであったと言える。やや古くなるが、たとえば『近代文学2明治文学の展開』(有斐閣、一九七七〈昭和五二〉・九)の中の「「舞姫」の青春」と題された、「舞姫」研究史の論考の中で重松泰雄は、戦後の「舞姫」論史で「その最大メルクマールとなるものは、豊太郎の青春像における「近代的自我」の成熟・未成熟の問題であろう」と述べている。注意したいのは、こういう場合の近代的自我はやはり、十分に近代化されていない国家や社会などの周囲と対立するものとして捉えられていたことである。だから太田豊太郎は自我に目覚めたと思った後で、エリスとの愛の生活を始めたのに、結局は周囲の、期待も含まれた圧力に屈服した彼の自我は、真の意味での近代的自我とは言えないのではないかという論になるのである。さらには、太田豊太郎は手記の最後で友人の相沢謙吉に言わば責任転嫁もしているのだから、太田豊太郎の自我は実に弱い自我である、と。

このような読み方に、自我の〈近代化〉をめぐる議論の一つの典型を見ることができよう。太田豊太郎はエリスと共に生きる人生を捨てて、かつて日本にいたときと同じように、周囲の期待に応える「たゞ所動的、器械的の人物」に舞い戻ったと言えるから、「奥深く潜みたりしまことの我」が「表にあらはれて」きたという、ドイツでの自我の目覚めのようなものは一体何だったのか、という疑問がたしかに出てくるだろう。

しかしながらそれは、太田豊太郎の自我の未成熟の問題として捉えるのではなく、立身出世願望も実は彼の中にあった、もう一つの「まことの我」だったと考えるべきではないだろうか。当初は同情心の方がより濃いものであった、エリスとの愛が、やがて本物になっていったことも「まこと」であったろうが、小説の中で、「我名を成さむも、我家を興さむも」とか、「模糊たる功名の念」などと語られている立身出世願望も、決して「所動的、器械的」なだけの願望であったとは言えないであろう。太田豊太郎自身が持つ願望でもあったのである。と言って、だから太田豊太郎の自我が非近代的であったというのではない。ベルリンで「まことの我」が「表にあらはれた」というのは、たしかに真実であったろうが、立身出世を願望するのも実はもう一つの「まことの我」だったのである。

もちろん、立身出世を願い、それがほとんど強迫観念のようになっていたのは、太田豊太郎一人ではない。明治時代の多くの有為の青年たちはそうであったと言えよう。近代文学の黎明期に発表された小説、たとえば坪内逍遥の「当世書生気質」や二葉亭四迷の「浮雲」を見れば、立身出世が秀才型の青年男子にとって大きな問題であったことがわかる。だから、「舞姫」後半における太田豊太郎の選択の問題は、弱い近代的自我の問題ではなく、太田豊太郎を含めて、立身出世が明治期の青年たちにとってどれだけ大きな願望であったかという問題として、考えるべきなのである。

したがって、「舞姫」を論じるときに重要なのは、近代的自我の成熟・未成熟の問題ではなく、その近代的自我の具体的様相、太田豊太郎に即して言えば、その自我の中に強固として立身出世願望があったこと、またそのことを自我がほとんど自明なこととして受け容れていることなど、それらの様相が問われなければならない、ということではないだろうか。それとともに再考しなければならないことは、近代的自我は果たして独立自存のものなのであろうか、という問題もあるのである。

その問題を考えるのに参考になるのは、精神分析のジャック・ラカンが『精神病』上巻（小出浩之他訳、岩波書店、一九八七〈昭和六二〉・三）で述べていることである。ラカンはこう述べている、「人間の関心の対象とは他者の欲望の対象である」、「人間の自我《モワ》とは他者である」、「欲望する人間主体は、主体のまとまりを与えるものとしての他者を中心として、その周りに構成されます」、と。つまり、自我とは他者の欲望や視線を取り入れることで成り立つということである。自分自身という自覚も、すでに他者の欲望や視線が含まれて初めて出てくるものだということである。また、その場合の他者とは身近な人々だけではなく、それらの人々をも取り巻いている社会や国家をも含んだもののことであり、ジャック・ラカンふうに言えば、「大文字の他者」、すなわち象徴秩序、もっと言うなら言語（ラング）のことなのである。太田豊太郎の自我も、形成過程でそれらの他者が介入して創られたものと言えようか。

自我とはそのようなものであるから、近代的自我が確立しているからと言って、その自我は周囲から独立自存していて時には社会や国家に対立するようになる、とは限らない。自我はその形成過程において、「大文字の他者」に侵入され、他者の欲望をも取り込んで創られたものであるから、たとえば立身出世意識などは、あらかじめ太田豊太郎の自我に強固にビルト・インされていたと言える。繰り返し言えば、彼の自我が弱かったから、エリスを捨てて立身出世の道を採ったのではない。自我の中心に位置していたと言える立身出世意識に従ったのは、むしろ自然な成り行きであったとも言えるのである。

私たちは、近代的自我もしくは〈近代化〉された自我のあり方について、考え直さなければならない。そしてそこから、日本近代の文学を読み直すべきではなかろうか。おそらくその読み直しが行われたら、それまでとは違った文学の風景も見えてくるのではないかと思われる。次に、自然主義作家として活躍した田山花袋の小説を見てみたい。

田山花袋は『東京の三十年』(一九一七〈大正六〉・六)で尾崎紅葉が死んだ年の頃のことを書いていて、「その時分、私の胸には、個人主義が深く底から眼を覚して来てゐた」と述べて、「これからは、我々は我々の『個人』に生きなければならない!」と思ったと語られている。これは近代的自我の目覚めを語ったものと言えよう。その目覚めの後に田山花袋は、病死した青年教師の小林秀三の残した日記を読んで、小林秀三が日露戦争での遼陽の戦いの勝利を喜びながら死んでいったことを知る。それが機縁となって田山花袋は、小学校の青年教師を主人公にした小説を書く。それが『田舎教師』(一九〇九〈明治四二〉・一〇)だが、その主人公には太田豊太郎の自我に共通するものが見られて興味深い。

主人公の林清三は、不治の病で床に臥せっているのだが、日露戦争の報道に一喜一憂していて、戦争の話をする時には病気などは忘れたような様子であり、病気のために「戦争に加はることも出来」ない自分に涙を流すような青年である。と言って、林清三は国家主義者や軍国主義者ではない。彼は音楽や文学に対しての志があり、また自分に功名心や野心があることも自覚している、やはり立身出世願望のある、明治時代には普通にいた知識青年の一人であった。では、なぜ立身出世なのか、ということを問い返すこともないくらいに、林清三は太田豊太郎と同じく、立身出世を自明のこととして受け容れている青年なのであった。このことも他の多くの明治の知識青年と同じであった。そして林清三は、明治国家の軍事的伸張を自分の事のように思ってもいるのである。

言うまでもないことだが、明治国家自体が一等国になろうとして、立身出世の道を必死に走っていたわけで、だから日本国内もそのエートス（雰囲気）に満たされていた。そして林清三の自我も、そのエートスに浸されていたのである。だから、林清三の自我は国家と言わば同心円の関係にあったと言える。さらには、そういう林清三を無批判に造形した田山花袋も、やはり同様の自我構造であったと考えられる。となると、先ほど見た「『個人』に生きなければならない！」という田山花袋自身の決意も、決して国家や社会と対決したりするものではなく、むしろその自我は国家によって支えられてもいたことがわかる。

このように近代的自我を主張した文学者においても、そうだったのである。というよりも、近代的自我、すなわち〈近代化〉した自我も、決して独立自存ではなく、周囲の状況に嵌入《かんにゅう》されて形成されていくものだということである。次に、もう一例を見て、さらにそこから出てくる問題についても考えてみたい。

三

夏目漱石は、有名な講演「私の個人主義」（一九一五〈大正四〉・三）で、個人主義の重要さについて論を展開し、自分の自我だけではなく、「他人の自我」や「他人の個性も尊重しなければならない」ということを述べている。おそらく、ここまでの漱石の論に違和感はないだろう。しかし、「事実私共は国家主義でもあり、世界主義でもあり、同時に又個人主義でもあるのであります」と語る漱石には、やはり首を傾げざるを得ないのではないだろうか。それら三つの主義が仲良く共存することはあり得ないであろう。もちろん、二一世紀初頭までの歴史を知っている現在という優位の立場から、私は漱石に疑義を提出しているのではない。すでに漱石の時代においても、これら三つの主義が旨く併存しないことはわかっていたはずである。漱石は、実はこういう問題、とりわけ国家主義や世界主義という政治に絡む問題には鈍感だったのではないかと思われる。あるいは、漱石の感性は実は驚くほどノンポリティカルであったと言えようか。

この問題に関連して、大岡昇平は「漱石と国家意識――『趣味の遺伝』をめぐって――」（一九七三・二）で、「（略）彼のエゴの主張は国家の存在を脅かすものではないので、だから漱石は今日でも最大の教科書作家となっている」と述べている。また朴裕河は、『ナショナル・アイデンティティとジェンダー　漱石・文学・近代』（クレイン、二〇〇七〈平成一九〉・七）で、漱石の言う「個人主義」が国家主義や植民地主義に反するものではないことを論じているが、大岡昇平や朴裕河が述べていることの象徴的な例を、多くの高校国語教科書に採録されている小説『こゝろ』（一九一四〈大正三〉・一二）に見ることができるのである。

よく知られているように、小説のクライマックスは以下の通りである。——明治天皇の死によって「明治の精神」は終わり、「先生」が「最も強く明治の影響を受けた私どもが、其後に生き残つてゐるのは必《（ママ）》竟時勢遅れだ」ということを妻に語ったとき、妻は「では殉死でもしたら可《よ》かろうと調戯《からか》」ったことがあったのだが、そのときの「先生」は、「もし自分が殉死するならば、明治の精神に殉死する積《つもり》だ」と応える。やがて、その妻の言葉が暗示となって、乃木大将の殉死の報を聞いた「先生」は、自殺の決意を固める。

——

「先生」が自殺へと赴く、この最後の箇所は、不自然なのである。まず、「明治の精神」に「殉死」すると「先生」は言っているが、明治の時代とは「先生」にとってエゴイズムが渦巻く時代であったはずで、決して高く評価されていたわけではなかった。むしろ逆であったのに、それに対して「殉死」という言葉を遣うのはおかしい、ということがまずある。『こゝろ』にはその他、多くのケアレスミス等もあって、その意味でも問題作であるのだが、近代的自我の問題に関して言うと、「先生」は「自由と独立と己れに充ちた現代に生れた我々」という自覚を持っているが、それはまさに近代的自我の自覚と言えよう。しかし、その「先生」が、明治天皇の死去と続いての乃木大将の「殉死」という出来事から、どうして「明治の精神」に「殉死」するという筋道が出てくるのだろうか。それならば、「先生」の「己」は、「自由」でも「独立」でもなく、むしろ明治国家に支えられていたのではないだろうか、という疑問が出てくるだろう。

もちろん、「先生」はすなわち漱石ではないものの、明治国家に対して「先生」にそういう姿勢を取らせて怪しまない漱石ということを考えると、大岡昇平の漱石観も宜なるかなと思わざるを得ない。おそらく、「先生」の自我だけでなく作者漱石の自我も、その根底的なところで明治国家や明治社会という枠組みによって形成されて、それらの支え無しには存立しないものであったのではないかと考えられる。

このように見てくると、独立自存の近代的自我というのは、戦後の知識人たちが見た夢想であったと言えそうであり、また、日本の近代小説を読むときには、近代的自我観で作中の人物を裁断したりしないようにしなければならないことも、明らかになったと思われる。さらに言えば『こゝろ』には、本来ならもっと論じられていいはずなのに、おそらく文学研究の場においてはあまり論及されることのない、と思われる問題があることを指摘したい。それは天皇制の問題である。

戦前の天皇制が、封建制から資本主義的近代国家への過渡期に表れる統治形態である絶対主義的なものか、あるいはブルジョアジーとプロレタリアートとの勢力均衡の上に立って両階級を調停するかのように振る舞うボナパルチスム的なものか、という問題については議論のあったところであるが、日本の〈近代化〉が天皇制の下に進められていったことについては、絶対主義論者もボナパルチスム論者も同意するであろう。『こゝろ』の終わり近くなって、ほとんど唐突にと言っていいくらいに、明治天皇とその死のことが語られ、「先生」はそのことに促されるようにして自殺へと赴くのである。『こゝろ』の物語では、末尾に至るまでは明治天皇のことは話題にも登場しなかったが、実は「先生」は明治国家や明治時代の中枢に、天皇の存在があったことをよく了解していたとも言えようか。

つまり、日本の〈近代化〉は天皇制の問題と切り離しては考えられないということが、「先生」にも、薄ぼんやりとであろうが、意識されていたと言えるのではないか。少なくとも、作者の漱石には意識されていたであろう。だから、少々唐突ではないかというような、物語の結構の問題を踏み越えても、明治天皇の死と乃木大将の「殉死」の話を物語の最後で挿入したと考えられる。もちろん、「先生」も作者の漱石も、天皇の存在の大きさについて仄めかしただけである。また彼らには、それを深く追究する意図もそのための理論も無かった。だが私たち読者は、その問題を正面から考えようとしなければならない。

この問題に関して哲学者の久野昭は、『近代日本と反近代』（以文社、一九七二〈昭和四七〉・七）で示唆的な指摘をしている。久野昭によれば、明治以降の日本においては反近代的志向も近代化の回路に吸収されて、反近代という「逆流」も、むしろ近代化の進行に結びついていたと言える。それが日本の近代の「特殊性」であり、そこに「天皇制テオロギー（ないしイデオロギー）」が深く関わっているとして、久野昭はこう述べている。「つまり、王政復古という形で出てきた近代日本の天皇制が、復古でありながら同時に一新に結びついて日本の近代化の動力になっていくについては、たんに政治や経済の次元だけでは説明しきれないものがあったと思うのだ」、と。さらに久野昭は続けて、「それが何だったのか」と問いかけているものの、解答の提示はない。もちろんそれは、問題が大き過ぎるからである。本稿においても、日本における〈近代化〉の問題の考察にあたっては、天皇制の問題を抜きにしてはならない、ということの指摘に止めざるを得ない。

四

さて、〈近代化〉言説を考察する際には、〈近代化〉とは何か、つまりは〈近代〉をどう捉えるべきかを、まず再考するべきであること、これが大切であることが明らかになったと思われる。個人に関する〈近代化〉では、戦後の長い間、日本人は確固とした独立自存の近代的自我を構築するべきであるという考え方が語られてきた。しかし、先にも見てきたように、そういう近代的自我は本当にあるのであろうかと、大いに疑われるのである。

それに関して付け加えるならば、社会学者の作田啓一が『個人主義の運命――近代小説と社会学――』（岩波書店、一九八一・一〇）で述べていることが示唆的である。その書で作田啓一は、ルネ・ジラールが『欲望の現象学』（古田幸男訳、法政大学出版局、一九七一・六）などで論じた文芸批評の理論を援用しながら、日本の近代文学のよく知られた小説を分析しているが、そのジラールの理論とは、恋愛において人の欲望は他者とりわけライバル関係にある人物の欲望を模倣する、という考え方である。だから多くの場合、恋愛は〈自分とライバルと恋の対象人物〉との三角関係になりがちなのである。

たしかに、たとえば先に論及した『こゝろ』の恋の物語も、〈先生とKとお嬢さん〉の間で繰り広げられた三角関係の話であり、お嬢さんへの「先生」の恋心は、Kのそれを模倣したものであると言えそうである。少なくとも、Kが下宿しなければ、「先生」の恋心は燃えあがらなかったであろう。ジラールの論が小説の分析においてどこまで有効性があるか、ということについては明言できないが、この模倣論も、自分の欲望は自らの中から出てくるものであるという、近代的な個人主義の先入観に対して疑問を投げかけるものであろう。恋の欲望においてさえ、人は他者の介入を受けているわけである。となると、ますます独立した近代的自我という考え方には再考が迫られることになるだろう。

では次に、社会についての〈近代化〉に関する問題はどうであろうか。そのことについて本稿で取り上げたのは、戦前の日本資本主義論争と小林秀雄や伊藤整、そして中村光夫の、私小説についての論考であった。大きく言えばそれらの論では、日本の近代社会が前近代的、もしくは封建的な要素を多分に含んでいて、十分な〈近代化〉がなされていないというものであった。そして、かつてはこれらの論に説得力を感じる人も多かったと想像される。たとえば婚姻の問題などでは、戦後も当分の間、とくに農村部においては古い仕来りが支配的であったところがあって、日本社会の〈近代化〉は不十分であるという論には頷かされるところがあったであろう。その場合、十分に〈近代化〉された社会として想定されていたのが、欧米の先進諸国、とりわけ西欧の国々であったのである。

しかしながら、欧米の国々も、その〈近代化〉は果たして十分なものだったのであろうか、あるいはそれらの国々のブルジョア革命も本当に徹底したものだったのだろうか。

経済史や経済思想が専門の河野健二はその問題について、『近代を問うⅢ　日本の近代と知識人』（岩波書店、一九九五・三）に収められている論考「近代革命としての明治維新」で、たとえばフランス革命が「「純粋に古典的」なブルジョワ革命だとすれば、それは「本来の」資本主義の発展にとって有利な環境を生み出したはず」（傍点・原文）だが、「しかし事実はそうなってはいない」として、「ナポレオン帝政や王政復古時代が示しているように、小規模な中小農民が広汎に滞留する一方、工業化は遅々として進まず、資本主義がやや本格化するのは、革命後二五年たった一八二五年頃からにすぎない」、と論じている。さらに河野健二は同論考でこう述べている、「つまり、封建制にしろ資本主義にしろ、その推移のなかでさまざまの変異や過渡形態を生み出すのであって、それらが本来的なものと併存したり、競合したりすることは避けられない」、と。そして、「（略）イギリス革命も不徹底なブルジョワ革命であった」として、イギリスの場合は「旧来の経済制度や階層制が残るという意味で不徹底であった」と述べている。

このような論を視野の内に置くと、日本社会についての〈近代化〉の問題は、やはり従来の見方から離れて考え直さなければならないと、改めて思われてくるだろう。

〈近代化〉をめぐる従来の言説は、一九四二（昭和一七）年に行われた「近代の超克」シンポジウムに端的に見られるように、〈近代化〉を超えようとする議論や、あるいは反〈近代化〉を主張する言説と共にあった。本稿では最後に、反〈近代化〉の言説と、さらには超〈近代化〉の言説についても触れておきたい。〈近代化〉言説が盛んに語られていた戦後数年の間に、当時の潮流に逆らうかのように反〈近代化〉言説を展開していた一人に、唐木順三がいた。たとえば『現代史への試み』（一九四九〈昭和二四〉・三）で唐木順三は、近代は超越的なものを見失った時代であり、その結果ニヒリズムが招来されたことや、他方で近代成立の条件である個人の自覚や、自我の確立は未だ曖昧であるまま、進歩主義や科学主義が跋扈していることを批判していた。このような批判は後には一般化していったのであるが、唐木順三は戦後の早い段階で〈近代化〉や近代に抗する姿勢を表明していたのである。

特に注目されるのは、唐木順三が戦後早くから理性批判をはっきりと語っていたことである。同書で唐木順三はこう述べている。「思惟は理性の働きであるから、理性の働きは、その中へ入らない多くのものを切捨て、犠牲にすることにおいて成り立つてゐるわけである。言語表現といふ理性秩序、ひいては理性のうみだした合理的法則的秩序において、捨てられてゐるもの、犠牲になつてゐるもの、（略）さういふものへの顧慮が必要である」、と。こういう言説は、たとえばその理性批判において、あのフランクフルト学派のホルクハイマーとアドルノによる『啓蒙の弁証法』に重なり、したがってそれはまたポストモダニズムが語る理性批判、たとえばJ＝F・リオタールが『ポスト・モダンの条件——知・社会・言語ゲーム』（小林康夫訳、書肆風の薔薇、一九八六〈昭和六一〉・五）で語っている、理性が結果として抑圧を生むに至るという理性批判にも通じていたのである。

唐木順三が単なる近代合理主義批判ではなく、その主義の根にあると言える理性そのものを批判していたことに注目されよう。ポストモダニズムを先取りしていたと言える。もっとも、その後の唐木順三は〈近代化〉の進んだ社会では得られない、「協同社会」(『詩とデカダンス』、一九五二〈昭和二七〉・一一)を求めて、モダン以前の日本中世の世界へと赴くことになる。〈近代化〉に抗する唐木順三の姿勢は、過去に眼を向けることになったのである。他方、やはり戦後いち早く〈近代化〉に抗する旗幟を鮮明にしていたのが、花田清輝であった。彼の主張は、〈前近代を否定的媒介にして近代を超える〉というものであった。だから、これは〈反近代〉というよりも〈超近代〉と言うべきであろう。

このように、〈近代化〉言説の裏には常に反〈近代化〉言説があったことがわかるとともに、両者ともに今日を考える上で重要な示唆を与えてくれることもわかる。また、ここでは紙数の都合上取り上げることができなかったが、一般には近代主義者と見られていた丸山眞男や桑原武夫の言説には、なまなかな反〈近代化〉言説を吹き飛ばすような論が語られているのである。私たちは、それらの検討も含めて、〈近代化〉と〈近代〉の問題を再考すべきである。資本主義が続いている限り、今なお私たちは〈近代〉の真っ直中に生きているのだから。

〔付記〕本稿には、拙論「作者の虚構と読者の虚構――森鷗外「舞姫」」(「文芸教育」97、二〇一二・四)、「近代的自我と帝国意識――文学者の場合」(『概論　日本思想史』〈ミネルヴァ書房、二〇〇八〉所収)と一部論旨が重なるところがある。

思想の現在
――柄谷行人とアソシエーション論

一

格差社会の問題は、すでに前世紀の終わり頃から、経済学者や社会学者によって指摘され始めた。よく知られている研究としては、橘木俊昭の『日本の経済格差――所得と資産から考える』（岩波新書、一九九八・一二）や佐藤俊樹の『不平等社会日本　さよなら総中流』（中公新書、二〇〇〇・六）などがあり、さらにそれらの研究を踏まえて橋本健二は『「格差」の戦後史　階級社会　日本の履歴書』（河出ブックス、二〇〇九・一〇）で、〈やはり、そうか〉と思われる事実を統計的な実証に基づいて述べている。それは、「（略）この五〇年間、たとえ部分的にでも、機会の平等が実現されたことなど一度もないのである」、ということである。つまり、日本では格差は近年にのみ特徴的なことなのではなく、戦後から今日までの時期に限って見ても、厳然とした格差は持続していたのである。

もっとも、一億総中流ということが言われた時期、すなわち一九八〇年代には一時的に格差が縮まったかのように思われた時期もあった。それは、高度経済成長を成し遂げた当時の日本では、所得水準の底上げがあったために、とくに最貧困層が少なくとも表面から消え去ったかのように見えたからである。この時代には、吉本隆明のような、左派であるはずの大物文芸評論家までもが、バラ色の未来を語ったりした。もちろん、そうした中でもたとえば大企業労働者と中小企業労働者との間には給与や福祉厚生面において格差があったわけだが、しかしその格差もやがては小さくなっていくのではないかという期待があった。そして、旧社会主義国家が主に経済政策で行き詰まって崩壊していったのを尻目にして、北半球の先進資本主義国家、とりわけ日本は、多少の紆余曲折はあるであろうが、この先も経済発展を遂げて行きそうだ、という予感に包まれていたのである。

しかしながら、その予感は幻影に終わった。先にも触れたように、日本では前世紀の終わり頃から、格差問題が指摘されるようになるのである。その格差が誰の眼にも大きな問題としてはっきりとしてきたのは、今世紀に入ってからであったが、文学の世界でもその格差問題を主題にした、あるいは題材にした小説が書かれるようになる。たとえば芥川賞作家の平野啓一郎の『決壊』上・下（新潮社、二〇〇八・六）である。これは、幼い頃から恵まれない生育環境で育った篠原勇次という男が、独学的な読書によって「共滅主義」という思想を構築し、クリスマス・イヴの日に三十七人の犠牲者を出す自爆テロ事件を起こす話である。篠原は、人々の資質と生育環境には「絶望的な格差」があって、その現実によって不幸を強いられている人間には救いが無い以上、多くの人を道連れに「共滅」するしかない、と考えるに至ったと語られている。

この小説が発表されたほぼ同時期の同年六月に、秋葉原での連続通り魔事件が起こり、この秋葉原事件の背景にも格差問題があったことが報道された。だから『決壊』は、その現実の事件をリアルタイムで再現しているような小説だったわけである。他にも、格差問題を扱ったと言っていい小説として、二〇〇八年上半期の芥川賞受賞作である、津村記久子の「ポトスライムの舟」（「群像」、二〇〇八・一一）がある。これは非正規の若い大卒の女性の話で、彼女は化粧品工場の契約社員だが、カフェでアルバイトもし、パソコン教室の講師の仕事をしたり、さらにはデータ入力の内職もしているのである。凄まじい働きぶりだが、所得が低いために働かざるを得ないのである。物語は、彼女が抱く世界一周旅行の夢と、辛く惨めと言える、彼女の生活の現実について語られている。

ただ、格差というような相対的な貧困が問題になっている時期は、まだマシであったと言える。事態はさらに悪化し、今日では絶対的な貧困を問題とせざるを得ない状況になったのである。その貧困で一番辛い目に遭っているのは、子どもたちだと思われる。ユニセフが二〇一二〈平成二四〉年に発表した子どもの貧困率では、日本は一四・九％で、先進二〇カ国の内の、最も貧困率が高い最下位から四位である。一番下が二三・一％のアメリカでスペイン、イタリアと続いて日本である。この貧困率は現在の日本ではさらに高くなっていて、子どもの六人の内の一人は貧困だと言われている。因みに、貧困世帯というのは、世帯の所得を高い順から低い順に並べたときの真ん中の値（平均値ではない）の、その半分以下の所得しかない世帯を指すようだが、その世帯の人たちは、憲法で保障されている、健康で且つ通常の社会的文化的な生活を営むのが困難になっているわけである。

子どもの貧困の問題でさらに深刻になってくるのが、阿部彩が『子どもの貧困——日本の不公平を考える』（岩波新書、二〇〇八〈平成二〇〉・一一）で述べているように、「子ども期の貧困は、子どもが成長した後にも継続して影響を及ぼしている」ことである。このことを阿部氏は同書で図式化している。それは、「一五歳時の貧困」→「限られた教育機会」→「恵まれない職」→「低所得」→「低い生活水準」という図式である。この図式を見て想像されるのは、その「低い生活水準」の家庭に生まれ育った子どもは、自分の親が辿ったのと同様の人生経路を辿ることが多いだろうということである。このことについて山野良一も、『子どもに貧困を押しつける国・日本』（光文社新書、二〇一四〈平成二六〉・一〇）で「（貧困の）世代間連鎖」という言葉を用いながら、「親子の間で貧困が受け継がれてしまう確率が統計的に高い」（傍点・原文）と説明し、また阿部彩も『子どもの貧困Ⅱ――解決策を考える』（岩波新書、二〇一四・一）で、貧困家庭で育つ「（略）その「不利」がさらにその次の世代に受け継がれることは容易に想像できる」と述べていて、その一例として、生活保護を受けている世帯で育った子どもが、成人となってからも生活保護受給者となる確率が高いことを挙げている。

　では、子どもを貧困から救うためにどうするべきか。もちろん、子どもが貧困なのはその世帯が貧困だからであり、当該の世帯が貧困状態から脱することが子どもを救うことになる。ただその場合、好景気になれば富のお零《こぼ》れが底辺層にも行き渡るという「トリクルダウン理論」のようなまやかしの理論を語る前に、まず貧困の問題で大切なのは、貧困の事実を正面から見ることである。山野良一は『子どもの最貧国・日本　学力・心身・社会におよぶ諸影響』（光文社新書・二〇〇八・九）で、「もっと重要なことは、子どもたちの貧困という厳しい事実を隠し続け、まったく問題としない政府の態度です」と述べている。たしかにそうだが、安倍晋三の反動的現政府はその事実を認めようとしないのである。

　ここで注意すべきは、この格差問題が一時的なものではなく、資本主義体制そのものが生み出したものであるという指摘がなされていることである。それでは、一億総中流と言われた時代とは何だったのだろうか。それについては、社会思想史を専門とする鈴木直が『マルクス思想の核心　21世紀の社会理論のために』（NHKブックス、二〇一六・一）で、その時代とは、「（略）資本主義全体の歴史から見れば、むしろ例外的な幸運に恵まれていたということだ」と述べている。そしてトマ・ピケティの『21世紀の資本』（山形浩生他訳、みすず書房、二〇一四・一二）に論及して、「資本主義はうまく機能していても、いやうまく機能すればするほど、なおさら社会に大きな格差を生み出していく。この事実に人々の関心を向けたことがピケティの大きな功績だった」とも述べている。

また、経済学者の水野和夫は『国貧論』（太田出版、二〇一六・七）で、イマニュエル・ウォーラーステインの世界システム論を適用しながら、資本主義はどの時代にあっても、「「中心／周辺」という分割に基づいて、富やマネーを「周辺」から「蒐集」し、「中心」に集中させることには変わりないのである」として、海外に「周辺」が残されていない二一世紀の資本は、「社会の均質性を消滅させて、国家の内側に新たに「中心／周辺」を生み出している。いわゆる「格差社会」をつくり出したのである」と論じている。さらに水野氏もピケティの論述に言及して、一九八〇年代以降の、富の集中と格差の拡大が、フランス革命前の身分社会であるアンシャン・レジームの世界のレベルに戻っていることが明らかにされたと述べている。そして、「近代的成長、あるいは市場経済の本質に、何やら富の格差を将来的に確実に減らし、調和のとれた安定をもたらすような力があると考えるのは幻想」である、というピケティの言葉を引用している。

二

このように見てくると、二一世紀初頭の今日において、やはり一番の問題は資本主義の行き詰まりであり、さらにその資本主義をどう克服するかという問題であると言えよう。もちろん、それは現在の思想の問題としても最重要、最緊要の問題なのである。では、資本主義に替わって社会主義を持ってくればいいかと言うと、そう言いきることができなかったのが、この三、四十年だった。反体制の側は、資本主義に替わる、あり得べき社会についてのポジティブな代替案を提出することが長らく出来なかったのである。しかし近年、その提出が行われ始めている。たとえば柄谷行人の試みが、それである。その試みを見ていきたいが、その前に、試みに至るまでの柄谷氏の歩みに簡単に触れておきたい。

柄谷氏は『探究Ⅰ』（講談社、一九八六・一二）や『探究Ⅱ』（同、一九八九・六）で、形式化には根拠が無いとか、商品の価値は交換が行われた後に事後的に見出されるものであり労働価値説は倒錯したものである、といった言わば認識論的批判を繰り返していた。それについて私は、一九九二年に論文「柄谷行人『探究』論」（拙著『脱＝文学研究―ポストモダニズム批評に抗して』〈日本図書センター、一九九九・二〉所収）で、認識論的批判はいい加減に止めて実践論の領域に歩を進めるべきではないかと述べたことがある。

後になって柄谷行人も、その認識論的批判のことに関して、対談「未来について話をしよう」（『「世界史の構造」を読む』〈インスクリプト、二〇一一・一〇〉所収）で、一九七〇年代から八〇年代に、コミュニケーション論や記号論等が流行したことに言及して、「結果的に、記号や言語の差異化によってすべてが生じるかのような議論になった。僕自身が一時期、そうした雰囲気の中にいたから、そのことに対する否定的な気分があるわけです」と語っている。あるいは、一九八四年に書かれた柄谷論文「批評とポストモダン」について、柄谷氏は「(略)そもそも、日本で最初に書かれたポストモダニズムの批判なのです」と語っているものの、『探究Ⅰ』『探究Ⅱ』について柄谷氏が、同対談でやはり、「それ自体、ポストモダンな思想の中にあったというべきでしょう」と語っている通りでもあった。ポスモダニズム全盛時代とその前後の時期における、ポストモダニズムと柄谷氏とは、微妙な位置関係にあったと言うべきであろう。

その微妙な位置関係について、小林敏明は『柄谷行人論　〈他者〉のゆくえ』(筑摩選書、二〇一五・四)で一九八〇年代について、「彼の思考がポスト構造主義やポスト・モダンの論議にニアミスして、広く名前が知られていくことになるのもこの時期である」(傍点・引用者)と述べているが、なるほど柄谷行人とポストモダニズムとの関係は「ニアミス」であったという捉え方が妥当かも知れない。もっとも、両者は結局は擦れ違ったのである。言わば上部構造にしか眼を向けず、ラディカルさを装っても所詮はテクストの中だけの議論に終始したテクスト論や、ものの見方を変えることだけで、世界を変革したような気分になっていた、口先だけの革命派と言えるポストモダン系の人々とは、柄谷氏は決定的に違っていたのである。柄谷氏は現実的で真の意味での革命派であると言えようか。

だからこそ、その後の柄谷行人は実践論をも超えて、まさに実践を始め出したわけである。もっとも、その運動は必ずしもうまくは行かなかったようだが、ともかく、柄谷氏は実践もしくは実践論の方に大きく歩を進み始めたのである。その転換の動機については「唯物論研究」第七一号(二〇〇〇・二)誌上における田畑稔との対談で柄谷氏は、旧ソ連が崩壊してしまった後では、もはや「否定的批判」を繰り返してもダメであって、自分は「どこかに積極的なものに転化する道を探していた」と述べていた。そして同時期に、『倫理21』（太田出版、二〇〇〇・二）が刊行されたのである。

柄谷行人のこの歩みについても私は、二〇〇〇年に論文「柄谷行人の現在――新たな〈転回〉――」（拙著『倫理的で政治的な批評へ　日本近代文学の批判的研究』〈皓星社、二〇〇四・一〉所収）で、『探究』Ⅰ・Ⅱから『倫理21』に至る歩みは、『純粋理性批判』で形而上学批判としての認識論的批判を行ったカントが、その後『実践理性批判』で実践論の場で倫理を語ったことに準《なぞら》えることができると指摘したことがあったのだが、その後の柄谷氏はまさにカント的な道筋を歩んでいると言える。また『倫理21』では柄谷氏は、マルクスが考えたコミュニズムについて、「自由で平等な生産者」の「こうした消費‐生産協同組合のアソシエーションがグローバルに拡大して、諸国家にとってかわる（国家が死滅する）のがコミュニズムです」と述べ、さらに、先の田畑氏との対談の中で、田畑氏の『マルクスとアソシエーション　マルクス再読の試み』（新泉社、一九九四・七）を読んだとき、「アナーキズムの著作とつながる問題意識を感じ」たこと、「それがマルクスの文脈で語られていることに、非常な新鮮さを覚えました」と語っていた。

この場合のアナーキズムとはプルードンの思想を指しているが、柄谷行人が『倫理21』の中で言及しているマルクスの著作は『フランスの内乱』であり、この著作については大藪龍介が『マルクス社会主義像の転換』（御茶の水書房、一九九六・九）で、「こうしたマルクスの構想は、（略）プルードン主義的性格が強いことは否定できない」と述べている。つまり、プルードン思想に接近した後期のマルクスの思想をこそ柄谷氏は評価していて、二一世紀の現在にそれを再生させようとしているのである。そのプルードン思想とはアソシエーションとしての社会、すなわち協同組合的組織を基礎とする社会を目ざす思想である。その協同組合も、生産におけるそれだけでなく、流通過程における協同組合を重視するものである。藤田勝次郎は『プルードンと現代』（世界書院、一九九三・五）で、「プルードンのアソシアシオン論は、当初から生産の組織化としてより、「流通の組織化」として提起されており」と述べているが、このことも柄谷氏が流通過程を重視したこととも繋がって来るだろう。

因みに、プルードンが「フーリエの神に相当すべき平等・正義の道徳理念」を追究していたことに関して、佐藤茂行は『プルードン研究』（木鐸社、一九七五・三）で、「それは明らかにカントのいわゆる「物自体」の世界の問題に対応するものであった」と述べている。つまりプルードン思想自体にカント哲学の影響が見られるわけで、そのことを考えると、カントの歩みに準えられるような、思想の歩みを進めている柄谷行人が、プルードン思想に近づいた時期のマルクスをこそ、評価しようとしていることについて納得がいくであろう。そして、その思想の中心にあるのがアソシエーション論である。柄谷氏は「『日本精神分析』をめぐって」（「文學界」、二〇〇二・一〇）というインタビュー記事で、「彼（マルクス―引用者）が社会主義者になったのは、プルードンの『私有財産とは何か』を読んだからです。ある意味で、マルクスはパリ・コンミューンにいたるまで、プルードン主義（アソシエーショニズム）を維持しています」と述べている。

柄谷行人が流通過程を重視するのは、資本への対抗という問題に関してだけでなく、すなわち流通過程では労働者が消費者として資本に対抗できるという問題に関してだけでなく、世界の歴史を考える場合においても、生産過程から見るのではなく流通過程から見ようとする姿勢に繋がってきた。その成果が『世界史の構造』（岩波書店、二〇一〇・六）や『帝国の構造　中心・周辺・亜周辺』（青土社、二〇一四・八）として刊行される。それらで語られていることを極めて簡略に言うと、交換様式から人類の歴史を見ると、それはまず「A　互酬（贈与と返礼）」から出発し、次に「B　略奪と再分配（支配と保護）」に、そして「C　商品交換（貨幣と商品）」に進み、今の資本制がこの「C」の段階に当たるのであるが、大切なのはその後の交換様式が「D　X」であり、これが「未来の共産主義」になるわけである。次に述べることは、すでに拙論「現代の文学と思想――反動化が進む中で」（『柔軟と屹立　弱者・母性・労働』〈御茶の水書房、二〇一六・一二〉所収）で触れたこともあるが、とくにアソシエーション論との関わりから見た柄谷行人の思想についてである。

三

柄谷行人は『帝国の構造（略）』で、「マルクスは、ユートピア社会主義者のように未来について語ることはせず」、また晩年に氏族社会について考察をしたのは、「未来の共産主義を、氏族社会を〝高次元で回復する〟ものと見なしたからです」と述べている。すなわち、「A　互酬（贈与と返礼）」のあり方が高次元で回復されたのが、「交換様式D」段階の「未来の共産主義」である、とマルクスは考えていたとしている。「交換様式D」というのは「未来の共産主義」のことなのだが、その内実を規定することができないために、「D　X」とされているわけである。また、その「未来の共産主義」の中に「〝高次元で回復する〟もの」と見なされた「氏族社会」における、その「互酬（贈与と返礼）」性（制）については、『「世界史の構造」を読む』（インスクリプト、二〇一一・一〇）の鼎談「資本主義の終り、アソシエーショニズムの始まり」の中では、その論がさらに一歩進んで展開されていて、「むしろ、最初に抑圧されたのは遊動民のコミュニズムだというべきですね。その意味で、交換様式Aとしての互酬性はその回復です。交換様式Dも同様です」、と語られている。

つまり、「氏族社会」における「A　互酬（贈与と返礼）」のあり方が始原なのではなくて、それよりも以前に「遊動民のコミュニズム」の方が先にあるものであって、「氏族社会」における「互酬性」とは、その「遊動民のコミュニズム」の「回復」だとされているのである。近年ではそのことに関して柄谷行人は、柳田國男の山人論に論及しながら、『遊動論　柳田國男と山人《やまびと》』（文春新書、二〇一四・一）でもこう述べている。「山民における共同所有の観念は、遊動的生活から来たものだ。（略）柳田はその思想を「社会主義」と呼んだ。柳田のいう社会主義は、人々の自治と相互扶助、つまり「協同自助」にもとづく。それは根本的に遊動性と切り離せないのである」、と。

この「遊動的生活」における「コミュニズム」論とも関係するのが、『哲学の起源』（岩波書店、二〇一二・一一）で語られた、小アジアの西部やエーゲ海東部に位置していた古代イオニアにあったとされる「イソノミア」についての論である。「イソノミア」とは「無支配」のことであって、イオニアでは人々は支配から自由であったのであり、また自由だからこそ経済的にも平等であったと、柄谷行人は語る。たとえばイオニアでは、或る人が他人の支配の元で働かなければならないような事態が生じたならば、その人は別の都市に自由に移住したのであり、そのためにイオニアでは大土地所有のようなものが成立しなかったのである。人々は経済的にほぼ平等であったのだ。だから、自由が平等をもたらしたと言え、イオニアでは自由と平等は両立するものであったのであり、イオニアの「イソノミア」（無支配）とはそういうものであったと、柄谷氏は語っている。もちろん、この「D　X」段階で「高次元で回復」されるのは、この「イソノミア」（無支配）でもあって、それはまた「遊動民のコミュニズム」を別の観点から言い表したものであると言えよう。

また柄谷行人は、これらの四つの交換様式を「世界システムの初段階」という観点から見て次のように整理している。すなわち、「A　ミニ世界システム」、「B　世界＝帝国」、「C　世界＝経済（近代世界システム）」であり、来るべき未来は「D　世界共和国」だとしている。この「世界システム」という言葉からもわかるように、この考え方はイマニュエル・ウォーラーステインにもとづいている。柄谷氏自身も、先に言及した鼎談「資本主義の終り、アソシエーショニズムの始まり」や対談「協同組合と宇野経済学」（『世界史の構造』を読む』所収）でもそのことを述べている。マルクスもレーニンも、さらには多くのマルクス主義者たちも、国家というものを軽視していて、経済的次元の問題を解決すれば、上部構造としての国家の問題も自然に解決もしくは消滅するだろうくらいにしか考えていなかったが、またその軽視のために彼らは国家の問題に躓いたのであるが、ウォーラーステインは「国家という主体をもって歴史的な段階論を考えた」人物であった、と柄谷氏は対談「協同組合と宇野経済学」で述べている。

次に、国家の問題についての柄谷行人の考えを見ていきたいが、「世界共和国」という言い方自体、やはりカントを意識していると言える。カントも『永遠平和のために』（宇都宮芳明訳、岩波文庫、二〇〇九・一二改版）において、「一つの世界共和国という積極的理念」（傍点・原文）という言い方をしているのである。ただカントは、その「世界共和国」の実現は困難であるから、「戦争を防止し、持続しながらたえず拡大する連合という消極的な代替物」としての「平和連合」としての「国際連合」（同）の結成を目ざすべきだということを述べているが、なお柄谷氏には、まさに『世界共和国へ——資本＝ネーション＝国家——』（岩波新書、二〇〇六・四）という題目の著書があり、このことからもやはり柄谷氏の歩みがカントの歩みに沿ったものであることがわかる。つまり、『純粋理性批判』から『実践理性批判』へ、そして『永遠平和のために』という歩みである。この国家さらには「世界共和国」の問題については、最後に再び論及したい。

さて、その歩みの核心部分にあるのが、やはりアソシエーション論であるということに注意しなければならない。おそらく、行き詰まった資本制社会を乗り越える道は、柄谷行人が語るアソシエーション論の方向にあるのではないかと思われる。少なくとも、その道の有力な一つであろう。その場合のアソシエーション社会とは、具体的には協同組合を中心とした社会のことである。すでに二十年以上も前に田畑稔は、先にも言及した『マルクスとアソシエーション（略）』で、「（略）一八六〇年代半ば以降のマルクスでは、過渡期の国家は産業組織の形態としては協同組合という労働者アソシエーションの自発的実践をすでに歴史的前提として持っており、これを「普遍化」し原理的に一貫させる方向で過渡期国家は機能すべきだと考えられているのである」と述べていた。また経済学者の本山美彦も、その名も『アソシエの経済学　共生社会を目ざす日本の強みと弱み』（社会評論社、二〇一四・四）という著書で、昨今の非正規雇用の酷さに触れた後、「このような理不尽な世界にあって、労働者の協同世界＝アソシエを、資本の支配する世界を超えて創り出しておかなければ、この世の中はもはや維持されなくなるであろう」と述べている。

協同組合を中心とした社会を構想した先人としては、神戸の葺合新川で貧民救済の活動をしたキリスト者の賀川豊彦がいるが、本山氏以外はこの賀川豊彦にほとんど言及していないのである。だが、とりわけ柄谷行人などは、もっと賀川豊彦の業績に眼を向けるべきであろう。小南浩一も『賀川豊彦研究序説』（緑蔭書房、二〇一〇・二）で、柄谷氏の「消費者＝生産者協同組合」論が協同組合運動に尽力した賀川豊彦の試みとの間に共通性があると述べているのである。また賀川豊彦は、『人格社会主義の本質』（一九四九・一二）で社会主義の倫理を語り、『世界国家』（一九四八・一～一九五四・七）ということを論じ、そして生産者協同組合と消費者協同組合との共同の運動で社会を変革することを考えた人物である。因みに、賀川豊彦は大杉栄とも交流があり、ロバート・オーエンやジョン・ラスキンなどの英国の社会主義者から学び、「相互扶助」の精神の重要さも語っている。「相互扶助」は柄谷氏の図式で言えば、「A　互酬（贈与と返礼）」と関係しているであろう。

さて、こう見てくると、資本制を乗り越える方向には、繰り返せば一つの有力な方向としてアソシエーションがあるということが言えるのではないかと思われる。これまで、資本主義を批判する際にその論の拠り所になっていたのが、旧来の社会主義論、旧来の革命思想であった。しかし、旧ソ連等の崩壊に伴って旧来の社会主義の有効性は消え去ったという論調が一気に出てきた。しかし、このアソシエーション論に社会主義の再生を期待できるのではないだろうか。とりわけグローバリズム以降の横暴極まる資本主義に替わる有効な代替案として、そして何よりも旧来の社会主義に替わる代替案としてでも、である。

最後に、再び「世界共和国」の問題に戻ると、柄谷行人は『憲法の無意識』（岩波新書、二〇一六・四）で、カントの『世界市民的見地における普遍史の理念』に論及しながら、カントが次のようなアンチノミーを述べたとしている。すなわち、「「完全な市民的体制」を創るような革命は一国だけでは不可能である。諸国家が連合する状態が先になければならない。一方、諸国家の連合が成立するためには、それぞれが「完全な市民的体制」となっていなければならない」、と。実は、「（略）国家を揚棄するような革命は、一国だけではありえない。国家は他の国家に対して存在するのだから。ゆえに、社会主義革命は世界同時的でなければならないと、マルクスは考えた」（同）のである。では、現在においては、この問題はどうすべきか。

同書でこの問題について柄谷行人は示唆的で、しかも決して空想的とは言えない提案を行っているのである。「私は、国連の根本的改革は一国の革命から開始できると思います。それが世界同時革命の端緒となるからです」と述べた後、続けてこう語っている。「たとえば、日本が憲法九条を実行することが、そのような革命です。この一国革命に周囲の国家が干渉してくるでしょうか。日本が憲法九条を実行することを国連で宣言するだけで、状況は決定的に変わります。それに同意する国々が出てくるでしょう。そしてそのような諸国の「連合」が拡大する。（略）それによって、まさにカント的な理念にもとづく国連となります」、と。そのように国連が変わっていけば、一国のあり方もアソシエーションに向かって変革されていくと期待されるだろう。そうなれば、さらに国連のあり方も諸国家連合の段階から「世界共和国」の段階へと近づくことになると想定できる。

こう見てくると、やはり資本の問題は国家の問題と繋がっていて、その双方を変革しなければならないことが、改めて分かってくる。柄谷行人もやはり同書で、「つまり、資本と国家を同時に、いわば双頭の主体として考えることが必要なのです」と述べ、資本主義を国家から切り離さずに考えていくうえで、ウォーラーステインから示唆を受けたと語っている。

現在の日本では、低劣としか言いようのない為政者や、『永遠の0《ゼロ》』という虚偽とデマゴギーが満載の小説を書いた小説家のように、文化人としては愚劣としか言いようのない人物たちの、その言説に支持が集まったりもする情けない事態となっている。これはまた、実に危険な動向でもあるのだが、しかし一方では本稿で見たような柄谷行人のような思想営為もある。私たちはその営為を学びながら、良き未来を構築する希望を持ちつつ、反動的潮流に打ち克っていかなければならないと思われる。

文学と思想の課題
――現代の政治・社会・思想状況の中で

一　憲法・沖縄・天皇制

一九四七年五月三日に公布された現憲法は、第九条違反の自衛隊という軍が存続しているなどの問題を抱え込みながらも、しかしそれがあることによって戦後日本の民主主義が曲がりなりにも守られてきたと言えるが、いま危機を迎えている。日本の近現代史についての知識もろくに持っていない安倍政権の閣僚たちや二世議員、三世議員たちが改憲を目論んでいるのである。彼らが情けないほどに無知であることは、たとえば彼らの代表である宰相安倍晋三が、第一次内閣のときに「戦後レジームからの脱却」ということを政権の最大の目標にしていたのだが、しかしその「戦後レジーム」を形作ったポツダム宣言について、国会において〈ポツダム宣言の認識を認めないのか〉という質問に対して、安倍晋三がポツダム宣言については「つまびらかには読んでいない」と答えたことに象徴的に表されている。それは、そこから「脱却」すべき当の「レジーム」について正確に知っていないということであって、言うも情けないことだが、ほとんど何も分かっていない「戦後レジーム」から「脱却」することを目標にするなど、本来なら有り得ないことである。にもかかわらず、安倍晋三は「戦後レジームからの脱却」ということを広言するのである。その知性の程度が疑われる。

また、法学専門家の小林節によれば、二〇〇六年に衆議院憲法審査会の「日本国憲法に関する調査特別委員会」に小林節が参考人に呼ばれたとき、「(略) 憲法とは国家権力を制限して国民の人権を守るためのものでなければならない」という話をすると、自民党議員の高市早苗が「私、その憲法観、とりません」という趣旨の議論を展開したそうである(『「憲法改正」の真実』集英社新書、二〇一六・三)。これまた、言うも情けなくなることだが、憲法は一般の法律と決定的に異なっていて、憲法は権力側を監視し縛るために設けられている法律なのである。「その憲法観」を〈採る採らない〉という次元の問題ではないのである。この、法律学や政治学の常識的理解さえできていない人物が、現内閣の閣僚なのである。もっとも、宰相があの程度の知性であるから、その他の閣僚も推して知るべしであるが、そう言えば副総理の麻生太郎などは、高校程度の漢字も読めないという基礎学力の無さをさらけ出したこともあった。

こういう人物たちが国政を担う地位にあること自体、重大な国家的危機なのである。そのことこそ国難なのである。日本は危険な曲がり角を曲がりつつあると言えようか。このことに関して、やはり小林節はこう述べている。「安保法案という名の戦争法案が成立してからというもの、政府が憲法を反故にするという異常な状態にこの国は突入しています。憲法によって縛られるはずの権力者が、憲法に違反する立法を行い、その後も、憲法をいいように解釈したり、無視するような政治を続けている。まさに憲法停止状態です」(同)、と。

これは本末転倒どころではなく、それ以上のことがまかり通っているわけだが、ただ本末転倒ということで言うならば、安倍晋三のやり方の多くがそうである。そのことについては、「政権・メディア・世論の攻防」という副題のある『安倍晋三「迷言」録』(平凡社新書、二〇一六・一)で、ジャーナリストの徳山喜雄もその本末転倒ぶりを指摘している。国会で憲法学者が「安保法制は違憲だ」と口をそろえ、学生などの若者をはじめ多くの人が街頭で反対の声を挙げたとき、安倍晋三は強行採決をした後に、「国民に丁寧にわかりやすく説明していきたい」と語ったが、その書で徳山喜雄は、「「説明」は本来、決める前にするものである。強引な手法で採決した後に「説明していきたい」という本末転倒した物言いは人をバカにしているようにもとれる」、と述べている。

たしかに安倍晋三は、自身の度しがたいまでの愚かさを棚に上げて、「人をバカにしている」ところのある人物である。たとえば、広島や長崎での平和祈念式典で行った二〇一六年のスピーチの何割かの部分は、その前年と同様のものだったのだが、このようにまさに平和を祈念する大切な式典でスピーチ原稿の使い回しを平気でするような人物なのである。また、式典の後、長崎平和運動センター被爆者連絡協議会の川野浩一議長が〈集団的自衛権について納得していない〉旨を言うと、安倍晋三は「見解の相違ですね」と応じたらしい。国民に理解してもらおうという気など、さらさら無いと言えよう。「丁寧にわかりやすく説明していきたい」と、実は少しも思っていないのである。安倍晋三は平気で嘘を言う人間だと言っていいだろう。

このような宰相なのであるから、沖縄の普天間米軍基地の問題を、というよりもそれを含めて沖縄に集中している米軍基地の問題を、真に解決して沖縄の負担を軽減しようとする意思など、現内閣には全く無いと考えられる。沖縄について述べると、少しは知られていると思われるが、もっと広く知られるべきであることに、昭和天皇裕仁が、沖縄を米軍基地に提供した歴史的事実があったということである。たとえば、「裸の王様を賛美する育鵬社教科書を子どもたちに与えていいのか」というやや長い副題がある、増田都子著『昭和天皇は戦争を選んだ！』（社会批評社、二〇一五・六）においても、一九五一年二月十日に裕仁がアメリカ側に、沖縄を米軍基地に使用してはどうかという提案をしたことが詳しく語られている。

因みにこの書は、あの十五年戦争の戦争政策において昭和天皇裕仁がいかに積極的に関わっていたか、すなわち裕仁は決して軍部の傀儡などではなかったことを、説得力ある論述で展開しているが、さらに戦後において彼が戦争責任を免れるために種々の工作をしたことについても述べられている。その一つが沖縄を基地に提供する提案をしたことだが、このこと自体、天皇が政治に関わることを禁じた現憲法に違反していたのである。もっとも、彼は現憲法のことを真に理解して守ろうとする気など無かったのである。おそらくあったのは、大日本帝国憲法への郷愁だけであった。

敗戦間際のことで言うならば、天皇制を守るために少しでも有利な戦況に持って行くために昭和天皇裕仁は降伏を遅らせてしまい、そのために沖縄戦の惨劇を招き、さらには全国各地の空襲、そして広島、長崎の悲劇をもたらしたのである。降伏を遅らせたのは、繰り返して言えば、天皇制の護持と自らの延命を考えたためなのである。その当の人物が自らの戦争責任を全く反省することなく、のうのうと戦後を生きたのである。だから、たとえすでに鬼籍に入っている人物であっても、私たちは昭和天皇裕仁の戦争責任を執拗に追及しなければならないのではないだろうか。

さて、安倍晋三は今のところ天皇制の問題については踏み込んだ発言をしていないが、十五年戦争政策に文官のトップとして関わった、戦犯の祖父岸信介を敬愛しているような感性と知性だから、おそらく戦前的な天皇制の復活を画策していると考えられる。宗教学者の島薗進は『愛国と信仰の構造　全体主義はよみがえるのか』（集英社新書、二〇一六・二）で、「もうすでに現在の日本は、いくつかの局面では全体主義の様相を帯びていると考えてもいいでしょう」として、例としてマスコミなどの「統制」を挙げている。私たちは、何としてでも反動化の流れを食い止めなければならない。食い止めることができないならば、反動化の先に待っているのは、戦争である。このことを私たちは、危機意識を持って本気で考えなければならない状況に足を踏み入れていると思われる。

次に戦争の問題を扱った小説とルポルタージュについて見ていきたい。

二　戦争と文学――浅田次郎・井伏鱒二

一九九七年に『鉄道員《ぽっぽや》』で直木賞を受賞した浅田次郎の最近作に、『帰郷』（二〇一六・六）がある。この著作は、いずれも戦争と関わる六つの短編から成っている短編集である。その内、本の題目にもなっている短編「帰郷」は、戦争がもたらした悲劇の或る一面を描いている。

庄屋の総領息子であった古越庄一《ふるこししょういち》は、結婚して女の子の嬰児もいたが、昭和一八年の春に召集されて戦地へ赴く。最初は満州であったが、その後にマリアナ諸島のテニアン島の守備隊に配属になる。やがてそのテニアン島は激戦地となり、守備隊は全滅して、昭和一九年八月に庄一も戦死したという公報が家族に届く。庄一には仲の良い二つ年下の弟がいたが、妻はその弟と再婚することになった。しかし、庄一は生きていたのである。戦後に彼は復員して故郷に帰り、妻と弟のことを知る。庄一の子は弟を本当の父親だと思っているようで、また妻は弟の子を身ごもってもいた。そのことを庄一に教えてくれたのは、義兄であった。結局、庄一は身を引くのである。

このように戦争は、修復できない人間関係と、そして当該人物の人生の上には悲劇をもたらしたのである。『黒い雨』で原爆の悲劇を描いた井伏鱒二にも、「帰郷」と同様の悲劇を描いた小説がある。たとえば「復員者の噂」（一九四八・六）には、夫の戦死を公報で知らされた妻が再婚して、「この夫婦は円満に暮らしていけさうであつた。ところが、戦死した筈の宙さんが帰つて来た」ため、再婚相手の男性はそのまま隣村の生家に帰り、「宙さんは大変に無口な人間になつてゐた」、という話が語られている。戦争は人間関係を捻《ねじ》れさせ、また当の人間の性格をも壊してしまうのである。戦争は単に肉体的な破壊に留まらない、深い精神的な傷を人間に残すものだと言えよう。

同じく井伏鱒二の小説である「遥拝隊長」（一九五〇・二）は、戦中の事故で頭を強打して脳に異常をきたした元陸軍中尉の青年が、戦後になっても軍国主義精神を村人に強要して、何事かあれば東方（皇居の方）を遥拝させる悲喜劇を描いた小説である。この青年は本来は素朴な柔らかい心根を持った人物であったようなのだが、軍国主義が彼を硬直した人物にしてしまったのである。戦中の事故というのも、その硬直が災いした結果であった。また、戦後になっても続く戦争の悲劇ということで言えば、『黒い雨』では、主人公の姪である矢須子の見合い話が、途中までうまく進んでいたのに、矢須子が被爆直後の広島市内を歩いていたことを相手側が知り、結局は破談になってしまうことが語られている。

実際にも、原爆は被爆者のその後の人生に黒い影を落としたのである。『綾瀬はるか「戦争」を聞く』（岩波ジュニア新書、二〇一三・四）は、女優の綾瀬はるかが戦争被害者の話を取材した本であるが、その中で長崎の被爆者である片岡ツヨという女性は、「結婚をしなかった。原爆のためですよ。傷だらけになってから、誰がもらうですか。一人ぼっちです。やっぱり一人ぼっちは……。もう寂しいです。（略）」と語っている。同書ではこう語られている、「被爆した女性は、戦後、結婚、出産など、ことあるごとに、言われのない差別を受けてきたのです」、と。そして綾瀬はるかは、龍智恵子と萱原耐子という二人の被爆者の話を聞いた後、「お二人とも、戦後のほうがたいへんだったとおっしゃっていて、それがすごく悲しいと思いました」とも語っている。悲劇は戦後も長く続いたのだ。

また同書には、沖縄の宮城喜久子という女性の、次のような言葉も紹介されている。「生きている友達をそのまま置き去りにするということがね、それはもう、どの人も体験します。それがいまだにこう、うん、辛くこう、心の傷ですね、そういうのは」、という言葉である。このことは沖縄戦だけでなく、原爆の惨劇にもあったことで、しかもそれは友達だけでなく肉親の場合もあったようなのである。重松静馬の日記をもとに書かれている『黒い雨』の中では、崩れた家の木材に足が挟まって抜け出すことのできない少年を、父親が何とか引っ張り出そうとしながらも、迫り来る火焔のために少年を見捨てて逃げ出す場面が描かれているが、宮城喜久子の証言によるならば、そのようなことは必ずしも特異なことではなかったのである。しかし、それはやはり極めて辛いことであり、見捨てた側の人は生涯の「心の傷」になっただろうと思われる。

私たちは、このような辛く悲しいことを二度と起こしてはならないと深く反省し、非戦と平和を戦後に堅く誓ってきたはずだ。しかし近年、その反省と誓いを蔑《なみ》するのが、当然であるかの如き言動が目立ってきている、それも政府主導によってである。西谷修が『戦争とは何だろうか』（ちくまプリマー新書、二〇一六・七）で述べているように、「「戦争はもうしない」と言えた時代が「戦後レジーム」だということ」

であって、したがって暗愚な宰相安倍晋三が政治目標とする「戦後レジームからの脱却」とは、「軍事化を目ざしてアメリカの戦争を手伝う」ことであり、「これからはもう戦争を辞さないという姿勢を、中国その他の国々に示そう」ということである。それはつまり、戦前レジームへの回帰ということなのだ。

そのことは、安倍内閣の八割が「神道政治連盟」に属し、約四割が「日本会議」に属していることからも窺われる。山崎雅弘の『日本会議　戦前回帰への情念』（集英社新書、二〇一六・七）によれば、「日本会議」は政財界の右翼勢力によって構成されている組織で、たとえば戦時中に日本軍が犯した「悪事」は、すべて中国共産党などの反日勢力が作りだしたもので、事実無根だとする。そして、大日本帝国時代とくに「国家神道」の政治思想が人々を支配した戦前昭和期を、高く評価するのである。「神道政治連盟」は「日本会議」よりも宗教色が強いが、その政治的主張は同じである。すなわち、戦後の民主主義を根本から否定して、戦前の神権的天皇制国家に戻ろうとする主張である。言っていることは情けないほどに低レベルではあるが、私たちはそれを笑殺していてはならない。たしかに安倍晋三は、「死ななきゃ直らない」人物であり、「付ける薬は無い」男であるが、その稚拙な言説に対して正面から一つ一つ本気で反論していかなければならないだろう。いかに馬鹿〳〵しく面倒であっても、である。

因みに、藤生明の『ドキュメント日本会議』（ちくま新書、二〇一七・五）によれば、最近問題になった籠池泰典の森友学園が運営する塚本幼稚園の教育を、日本会議の関係者が挙って褒めそやしたそうである。その教育というのが、園児たちに教育勅語と五箇条の誓文を暗唱させるというものである。このように度し難く低劣で反動的で極右的なことが堂々と行われ、それを日本会議のメンバーが絶讃しているということを、私たちは知らなければならないし、批判の声を挙げなければならない。

次に、戦争と知識人との関係という問題について見ていきたい。

三　知識人と戦争協力――詩人・大木惇夫のことなど

大木惇夫という詩人は、現在では忘れられた詩人かも知れない。大木惇夫の次女であり、かつて中央公論社の文芸誌「海」の編集長を務めたことのある編集者で、同社退職後はエッセイストとして活躍している宮田毬栄《まりえ》が、父についてその題目もまさに『忘れられた詩人の伝記　父・大木惇夫の軌跡』（中央公論新社、二〇一五・四）という大部の伝記を書いている。もっとも、「忘れられた詩人」とあるが、この本が出版されてすぐに売り切れになったことを考えると、大木惇夫は今も知る人ぞ知る詩人であると言えようか。この本には大木惇夫の詩人としての面や家庭人としての面が、丁寧な筆致で述べられている。

たとえば、大木惇夫が「〈恋愛体質〉」であったこと、そのために起きた中年以降の恋愛によって、宮田毬栄たち家族だけでなく大木惇夫自身も辛い思いをしたことなどが、次女としての父への情愛に基づきながらも、距離を取った冷静な叙述で淡々と語られていて、読み応えのある伝記作品になっている。その落ち着いた筆遣いの中でも最も優れている一つは、米英などとの戦争に突入した時代に書かれた、大木惇夫の戦争詩や、戦後に彼の故郷のヒロシマを詠った詩などについての、宮田毬栄の批評である。

大木惇夫の戦争詩に触れて、宮田毬栄はこう述べている、「（略）社会性や批判精神の乏しい父は、戦争やナショナリズムに対する嫌悪の気分を抱きながらも、国家の政策にたやすく飲みこまれ、詩人の魂が燃えやすい愛国心という火種を投げられ、徐々に祖国への愛を育てていったものと考えられる」、と。昭和一七（一九四二）年一月に大木惇夫は陸軍文化宣伝班員として徴用されてジャワに行き、同年の九月に帰国し、その体験の中から同年一一月に詩集『海原にありて歌へる』を〈ジャワ・バタビア現地版〉として刊行し、さらに新たに二編加えた国内版を翌昭和一八（一九四三）年に出版している。この詩集は大東亜文学賞を受賞することになり、大木惇夫はこれによって名声を博したのだが、しかしこの経緯は大木惇夫が戦後にジャーナリズムから「抹殺される一大要因」となったのである。大木惇夫の戦争詩集としては他にも、『神々のあけぼの』（昭和一九〈一九四四〉年四月）や『雲と椰子』（昭和二〇〈一九四五〉年二月）などを加えて五冊にのぼるが、それらに収められた詩について、宮田毬栄は「これらの詩の表現は激しいが、詩そのものの強さは見られない」と述べる。

　たしかに、たとえば詩「椰子樹下に立ちて――ラグサウーランの丘にて。」では、「極まれば、死もまた軽し、／生くること何ぞや重き、／大いなる一つに帰る／永遠《とは》の道ただに明るし。」と詠われ、長詩「赤道を越ゆるの歌」では、「ひた進み、攻め寄せて来《こ》し／すめらぎの遠みいくさの／船団は壮んなるかな」とされ、末尾近くでは、「みんなみの果てにしあれど、／大君の辺《へ》に死するなり、／大君の辺に死するなり、」という詩句が、空疎な響きとともに〈高らか〉に詠われている。それらの詩句が天皇制とどう関わるのかというような問題意識など皆無のまま、用いられているのである。大木惇夫は、時代の空気や潮流に全く無批判に巻き込まれてしまった詩人だったのであり、宮田毬栄が述べているように、彼は「（略）一代の詩人の矜持をもって、高揚にまかせて戦争をうたったのだった」。

　それでは大木惇夫は、戦争中の自らのあり方に対して、戦後にはどういう態度を取ったかと言うと、他の少なからぬ文学者のように見苦しい言い訳はせず、むしろ沈黙していたが、しかしながら、戦後直後に刊行された詩集『山の消息』（昭和二一〈一九四六〉年九月）の「田園四季の記――あとがきとして」では、戦後に着手した「翻訳詩稿」の仕事の合間にも「戦争の真相なるもの」が伝わってきて、「その度びごとに、愚かしかった自分を思った」として、大木惇夫はこう語っている、「多くの欺瞞の前に、自分は一介の幼児でしかなかった」、と。しかし、「幼児」云々について宮田毬栄は、それは「明らかな欺瞞ではなかったろうか」と述べ、『海原にありて歌へる』の、「その詩人のなかに大いなる幼児がいたのであって、無垢な一介の幼児が詩人だったのではなかった」と手厳しく批判している。つまり大木惇夫は、戦後になっても戦争中の自分のあり方に正面から向き合うことをしなかったのだ。

彼のその甘さは、詩集『物言ふ蘆』（昭和二四年八月）の最後に収録されている詩「ヒロシマの歌」にも露呈している。原爆について彼はこう語る、「ソドムの日　ゴモラの日かと／怒《いか》りの日　審判《さばき》の日かと」、「蘇へる命《いのち》のあるは／み憐れみ尽きざるに因る／懲《こ》らしめの後の愛なり」、と。宮田毬栄が述べているように、「（略）戦中、ペンを持って戦争に深く関わっていたにもかかわらず、原爆の悲劇は恐怖の天災であるかのように書かれてしまうのである」（傍点・原文）。このような大木惇夫のあまりにナイーブでノン・ポリティカルな精神の姿勢は、やはり糾弾されなければならないだろう。たとえ彼が、純粋で無垢な精神の持ち主であったとしても、戦争詩によって戦争中に持て囃された詩人であったがゆえに、今日においても厳しく指弾されなければならないと思われてくる。

大木惇夫と違って、政治に深い関心と知識を持ち、政治の問題について積極的に発言していた知識人たちについて、マイルズ・フレッチャーの「近衛新体制と昭和研究会」という副題目のある『知識人とファシズム』（竹内洋・井上義和訳、柏書房、二〇一一・四）には興味深い論が展開されている。それによると、これまで丸山眞男が論じていたような論、すなわち日本でファシズムに加担したのは小学校・青年学校の教員や村役場の吏員、下級官吏などの言わば「亜知識人」層であって、本来の知識人層はファシズムや軍国主義に対しても冷ややかであったという論は、誤りである。実際、結果的にファシズムを先導した「昭和研究会」に入会したのは、ほとんどが本来の知識人たちであったのである。

マイルズ・フレッチャーは、「昭和研究会」の中でも著名な知識人であった笠信太郎、蠟山政道、三木清などは、ヨーロッパのファシズムを導入することによって日本国家の改革を試みようとしていたことを説得力ある論で展開している。おそらく、ファシズムにしろ皇道主義や日本精神主義にしろ、それらは知的でないファナチックな連中が飛びついた、思想的には低級なものに過ぎなかった、という先入観が丸山眞男にはあって、その先入観が「昭和研究会」に集まった知識人たちのファシズムへの加担や先導の有り様を見えなくさせてしまったと考えられる。

このように、政治的にナイーブであっても、逆に政治に深く関心を持つタイプにおいても、結果的には知識人たちが同様の戦争協力をしてしまったことが見えてくる。私たちは、先人たちが踏んだ誤った轍《てつ》を二度と踏んではならない。だから、安手の反動イデオロギーに乗ってはならないことはもちろんだが、一見知的に洗練されたような、実は危険な方向へと誘導する言説にも惑わされることがあってはならないだろう。

そのためにも、ポリティカルな問題に正面から挑んだ文学を、私たちもまた正面から論じていかなければならないと思われる。

四　論じられるべき文学者——立松和平

村上春樹の文学については、文芸評論家だけでなく少なからぬ文学研究者たちによっても論じられている。しかし、村上春樹（一九四九年生まれ）と同世代であり、数多くの小説やエッセイ等を書き、また行動する作家としても活躍した立松和平（一九四七年生まれ）については、論じられることが少ない。そうした中にあって、このたび立松和平の文学を論じた著書が上梓された。文芸評論家の黒古一夫による『立松和平の文学』（アーツアンドクラフツ、二〇一六・一〇）である。黒古氏にはすでに、『立松和平——疾走する「境界」』（六興出版、一九九一・九）と『立松和平伝説』（河出書房新社、二〇〇二・六）の二冊の立松和平論があったのだが、今回の著書は、二〇一〇年一月から二〇一五年一月まで五年間かけて刊行された『立松和平全小説』（全三〇巻＋別巻一）の各巻の「解説」をまとめて、総枚数が一二〇〇枚あったその「解説」に訂正等を施しながら八二〇枚余りにして「仕上げたもの」のようである。このことからもわかるように、これは立松和平の文学を初めて包括的に論じた、本格的な「「評伝的」作家論」の大著である。では、黒古氏は立松文学のどういうところを評価しようとしているのか。

たとえば立松和平には、田中正造に焦点を当てて足尾鉱毒事件を扱った『毒——風聞・田中正造』（東京書籍、一九九七）とその続編である遺作『白い河　風聞・田中正造』（同、二〇一〇・五）があるが、これらは立松和平が「団塊の世代の作家としてあくまでも「反権力・反戦」を底意に潜めた作品を書き続けていたこと」だと黒古氏は述べている。また、野間新人文芸賞を受賞した『遠雷』（河出書房新社、一九八〇・六）については、都市と旧農村との「境界」に生きる人々の悲喜劇を描くことで、初期の近代日本にはまだあった「共同体」が解体していく様と、それと併走するようにして従来の「家族」もやはり解体していく様子を描いたものであると指摘する。さらに『うんたまぎるー』（岩波書店、一九八九・一二）で立松和平は、「琉球処分」によって近代日本に組み入れられた沖縄が、「それ以後今日までいかに理不尽な「差別」的状況を強いられるようになったか、を描き出そうとした」、と黒古氏は述べている。因みに〈うんたまぎるー〉は、沖縄県西原町の民話で語られている、富裕層や権力者から金品を盗み、貧民に施しを行ったとされる義賊の主人公のことである。

このような指摘を見てくると、黒古氏が、「もし立松が生き続けていたとしたら、必ずや「反戦」「反体制（反権力）」の旗を降ろすことはなかったであろう」と語っていることに納得できるだろう。「盗作・盗用」問題としてマスコミの話題になった『光の雨』（改作版は一九九八・三～五に「新潮」に分載）は、実は一九六〇年代後半から一九七〇年代にかけての、あの〈政治の季節〉とは何であったかを問いながら、自分たちの世代の闘いを次世代に語り伝えようとした小説であったことを考えると、黒古氏が述べているように、なるほどそれは「（略）志半ばに倒れた作家高橋和巳の意を汲んだ埴谷雄高が言うところの「精神のリレー」を試みたもの」だと言える。

したがって、先に見た指摘なども踏まえると、「立松が戦後文学を継ぐ作家である」という、黒古氏の判断は首肯されるだろう。もっとも、立松文学の言わば領域の広さはそれらに留まるのではなく、「卵屋の子」と呼ばれていた、自らの幼少年時代と父母のことが語られている、第八回坪田譲治文学賞を受賞した『卵洗い』（講談社、一九九二・五）のように、少年の眼と感受性で「まわりの風景を凝視している」（『卵洗い』の「あとがき」）小説などもあるのである。

さらに注意されるのは、若い時から生涯を通して立松和平が仏教に正面から向き合ったことである。とくに興味深いのは、あの『光の雨』事件の後にインドに行ったときに、車の中で立松和平はいわゆる見仏体験をしていることである。『ぼくの仏教入門』（ネスコ／文藝春秋、一九九九・九）で、立松和平はこう語っている。「フッと気がついたら、ぼくは金色の仏像のような形をした何かを見ていたのです。暗闇の中、運転手さんの体越しにボーッと浮かんでいる。闇を透かすようにして何かが浮かんでいたのです」、と。もっとも、「単なるぼくの幻想にすぎなかったのかもしれません」ともしているが、しかし「（略）黄金の仏さんの姿が、ぼくの眼にははっきりと見えたのです」と続けているのである。

私たちはこの体験を合理的に解釈することもできるだろう。たとえば、『光の雨』事件で精神的に追い詰められていたからこそ、救いを求める切実な願いが仏の姿を目の前に幻想として現出させたのである、と。もちろん、真実のところはわからないが、大切なことはこのような体験を通して彼がいよいよ仏教に眼を向けるようになったことである。そこには盟友中上健次や尊父の死もあったと黒古氏は述べていて、なるほどそうであったであろうと考えられるが、ともかくもその仏教への彼の熱い思いは、やがて泉鏡花文学賞と親鸞賞とを受賞することになった小説『道元禅師』上・下（東京書籍、二〇〇七・七）に結実したのである。また、多作であった立松和平であったが、仏教関係の著作に限っても軽く十冊は超える著作を上梓している。これはやはり特筆すべきことだと思われる。

先に立松文学が戦後文学を継承した文学であるという黒古氏の言葉を引用したが、仏教との関係においてもそのことは言えるだろう。戦後文学でも、たとえば野間宏の文学と親鸞、あるいは武田泰淳の文学と仏教とは根底的なところで関係しているのである。とは言え、立松和平がそのことを意識していたから仏教に近づいたということは、むろんあり得ない。そうではなく、より本質的なところで、戦後文学も立松和平の文学も、人間の救済と解放という問題をその文学の中心に据えていたからこそ、ともに深く仏教と関わる文学になったものと言えよう。

このように見てくると、立松和平の文学が扱った多様な領域とその広さとともに、それらが今日を生きる私たちにとって本質的な問題であることがわかる。そうであるにもかかわらず、立松文学は研究対象になるようなことは、前述したように村上春樹の文学と比べて極めて少なかったのである。なぜか。ポリティカルであって、且つ言葉の本質的な意味においてラディカルな問題を包摂するような立松文学は、研究の俎上に載せるには不適合だと判断されて忌避されたのであろうか。

もしもそうだとするならば、そのことの方に問題があるだろう。私たちはポリティカルであることを恐れてはならない。とくに昨今のように、反動的な方向に政治が進んでいるような状況においては、それに対峙するためにも強く意識的にポリティカルな精神の姿勢を持たなければならない。そして、立松和平が文学で行った問題提起に真摯に向き合うことは、その姿勢を堅持することに繋がると思われる。

その反動的な方向とも繋がっている、沖縄と安保の問題について、次に見ていきたい。

五　沖縄と安保をめぐる問題――大城立裕の小説から

二〇一八年八月に新潮社から上梓された大城立裕の『あなた』は、一つの中編と五つの短編から構成されている小説集だが、「あとがき」によれば、それらは大城立裕のそれまでの「私小説とは縁のない小説」とは異なっていて、作者自身と繋がりのある内容となっている。その内の短編「辺野古遠望」（初出は「新潮」二〇一七年一月号）は、主人公で語り手の「私」が若かった頃に兄と辺野古にドライブに行った話から始まり、その兄の亡き後に兄の建設会社を受け継いだ甥が、辺野古の米軍基地建設の土木工事にどう関わるかという問題に触れながら、「四十六年前の祖国復帰」の頃のことや、さらには明治期のいわゆる琉球処分のことに「私」の思いが及ぶ話である。この小説が事実に基づく「私小説」だと思わせるのは、たとえば基地建設反対運動で「作家のM君」が逮捕されたが、その逮捕は「警察が狙い撃ちをした可能性がないとは言えない」と語られている箇所などである。この「M君」とは作家の目取真俊のことであろう。実際、目取真俊は不当にも逮捕されたのである。

注意したいのは、辺野古基地建設に関して小説の中で、沖縄の人たちの間では「琉球処分という言葉が昨今、日常語になっている。この現状はまるで百三十九年前の強制接収と同じだと見ている」と述べられていることである。そして、「早い話が、琉球処分という言葉が、日本復帰前の占領時代にはほとんど使われなかった」とも語られている。つまり、今問題になっている辺野古への基地移転こそが、沖縄の人たちには「琉球処分」を連想させるものとなっているのである。

これらの事柄には、安保条約と絡まっての〈沖縄問題〉の真相が語られていると考えられる。「琉球処分」という言い方は、『沖縄謀叛』（かもがわ出版、二〇一七・八）の共著者の一人である松島泰勝が同書で述べているように、日本政府の意に添わない琉球を「処分」（罰する）という意味である。その言い方が現在使われているというのである。たしかに、先の沖縄県知事選で辺野古移設に反対する玉城デニー候補が当選したにもかかわらず、安倍政権が強硬に移設工事を継続する構えを崩していないことを見るならば、そのことは二一世紀における「琉球処分」のように思われてくるだろう。知られているように、「琉球処分」

とは明治政府が琉球王国の八年に及ぶ抵抗を排して強制的に琉球を日本に併合したことで、以後の沖縄ではたとえばヤマトグチ（日本語）の普及が強引に推進され、ウチナーグチ（沖縄語）は公式の場では禁じられ、とりわけ学校教育ではヤマトグチの徹底化がなされたのである。もちろん、「琉球処分」という言葉は明治政府によって作られたものである。

この「琉球処分」について大城立裕は、かなり前の一九七二年に『小説琉球処分』という長編小説を同じく新潮社から刊行している。私が読んだのは講談社文庫版（二〇一〇・八）であるが、この小説には、琉球が中国の清王朝と江戸幕府との間の距離を調整しながら、つまりは両方とうまく付き合いながら独立を保ってきたこと、しかし明治維新後には日本の明治政府からの干渉によって、それまでの独立を守ることができなくなっていったことなどが、琉球内部の対立の様相とともに分厚く叙述されている。琉球内部の対立とは、清国が琉球の後見人となってくれるのではと考える清国派と明治政府側に立つ派との対立であるが、『小説琉球処分』を読むと、元外務官僚で作家の佐藤優が文庫版の解説で述べているように、当時の明治政府が語った、日本人である沖縄の同朋を守るという主張が、いかに欺瞞的なものであったかが、また「日本全体のために沖縄を犠牲にするという構造的差別が琉球処分のときに組み込まれた」ということがわかる。そして実に情けないのは、この「構造的差別」が今なお続いているということである。

さらに情けないのは、沖縄以外の多くの日本人が、沖縄について無関心であり、そして不正確な知識しか持っていないことである。たとえば今でも、〈米軍基地が沖縄経済を支え、その恩恵があるのに、沖縄の人は米軍基地に反対している〉ということを言う人がいる。だが、それは間違いだ。米軍関係の経済は沖縄経済の中で約五％しか占めていないのである。また、〈地政学的に言って沖縄は米軍の東アジア戦略にとって一番望ましい所にある〉という誤解もある。先に言及した『沖縄謀叛』で松島泰勝が述べているように、地政学的に言って米軍にとって基地が沖縄にある必要はないのだ。そのことは米政府も認めている。しかし、そのように他の場所でもいいという米政府の提案を、むしろ日本政府が拒否してきたのである。おそらくそれは、一つには、沖縄における米軍の存在の重要性を強調することによって、中国や北朝鮮の〈脅威〉を大げさに演出できるからである。

知らなければならないことは、他にもある。新崎盛暉が『日本にとって沖縄とは何か』（岩波新書、二〇一六・一）で述べているように、〈沖縄の米軍基地は最低でも県外〉ということを言った民主党鳩山政権のときに、外務・防衛の官僚たちがアメリカ側に鳩山政権の政策方針に応じないように働きかけたことだ。日本の官僚たちが、なのである。また、有事の際の沖縄への核持ち込みについての密約があったことは、密約交渉にあたった若泉敬によって明らかにされたが、この核持ち込みも軍事的に日本の安全を守るためではなかったのである。それに関連して言えば、未だ多くの人が日米安保条約が日本の安全のためにあると思っているようだが、そもそもの安保条約には米軍には日本防衛の義務は無かったのであり、それでいて日本における内乱鎮圧のために出動することができるものであったのである。

もちろん、これらのことにはすでに一般にも知られていることもあるが、知られていない場合の、その理由の多くは、隠されていたりマスコミが曖昧な報道をしたりしたためである。山田健太の『沖縄報道——日本のジャーナリズムの現在』（ちくま新書、二〇一八・一〇）には、沖縄をめぐる多くの報道がいかに事実をねじ曲げているかが語られている。たとえば、一昨年（二〇一六年）のオスプレイ機事故について、それを「墜落事故」と報道したのは沖縄の新聞社とテレビ局だけで、本土の報道機関は「不時着し大破」「大破した事故」と報道し、読売や産経、日経に至っては「不時着」と報道したのである。

私たちは、マスコミ報道に眼を光らせなければならないが、本土の人間がやるべきことは、沖縄にある米軍基地の多くを本土が引き受けるか、もしもそれを忌避するならば、日本の軍事的安全とほとんど関係のない安保条約を破棄することである。先の小説「辺野古遠望」の中で主人公の甥は、〈アメリカよりも日本政府を相手にする方が難しい〉と語っている。日本国民は日本政府に安保条約を破棄させなければならない。

そして、やはり私たちは未来に希望を抱いて生きなければならないと思われる。その問題に関して、次に少し論及しておきたい。

六　絶望から新たな世界像の構築へ――クライン、ジジェクなど

ナオミ・クラインは「トランプ・ショックに対処する方法」という副題目のある近著『NOでは足りない』（幾島幸子他訳、岩波書店、二〇一八・七）で、トランプの傍若無人と言うべき態度、そして一般の人びとの生活を破滅するような彼の酷い政治のあり方を、具体的な事例を挙げながら糾弾している。同書によれば、たとえばトランプが地球温暖化の問題に一顧も与えない理由の一つとして、温暖化説には科学的に誤りがあるからというようなことは、実は彼にとってどうでもいいことであって、それよりも、気候が大きく変動して自然災害が増えたとしても、自分たち富裕層は好条件の安全な地に移り住むことができると思っているからである。もちろんトランプは大統領なのだから、建て前としても弱者や貧者のことを考えるべき立場なのだが、実はそれらの人びとのことは彼の頭には一切無く、あるのは自分たち一族の事業や

軍事請負企業などの企業業績のことだけなのだ、ということをクラインは述べている。

ただ、私たちが忘れてはならないのは、同書で述べられているように、大企業に有利な金融規制緩和をして二〇〇八年の金融危機を招いたのはクリントンであったし、また銀行を訴追しないと決めたのはオバマだったことである。つまり、弱者ではなく企業の方に眼を向けていたのは、それまでの大統領においても変わりはなかったのである。トランプはその方向を極端に進めた人物だということである。もちろん、クラインの言うように、トランプは「最も品性卑しい人間」だから、その施策も私たちの眼には下種《げす》で且つあくどく映るわけである。

注意すべきは、アメリカと似たような事例が日本に見られることである。〈最も知性乏しい宰相〉、安倍晋三が押し進めている政策、たとえば企業を減税で優遇し、一般国民の福祉には冷淡であるという点においては、小泉純一郎が首相のときの政策と根本的には同じである。もちろん、原発に対しての姿勢に関して両者に違いがあるものの、しかし両者ともに新自由主義の政策では共通しているのである。因みに、小泉純一郎が首相のときには、富裕層が豊かになれば、最終的にはその〈お零《こぼ》れ〉が貧困層にも行き渡るというトリクルダウン理論がよく言われたが、いかにそれが誤りであったかは、この格差の現実から明らかであろう。小泉純一郎に責任を取らさなければならない。また、トリクルダウン理論を得意そうに語っていた竹中平蔵にも、その責任が厳しく追及されなければならない。

小泉や竹中のことはともかく、トランプと安倍晋三に共通していることをさらに挙げるならば、スキャンダラスな事実が発覚しても、それらは問題では無いかのように厚顔無恥に押し切ろうとする姿勢である。それに関してクラインが述べているように、トランプは「スキャンダルには動じない」のである。一方、安倍晋三はそこまでの強心臓の持ち主ではないようだが、しかしあの森友、加計学園問題が起きても、安倍晋三はそれを躱《かわ》しているのである。そういうとき、トランプは「もう一つの事実《オルタナティブ・ファクト》」ということを語ったが、安倍晋三はそのような詭弁を使う頭さえ無いためだろうか、単純に黒を白と言ったのである。しかし、こういうことがまかり通るならば、世の中には正義が無いことになってしまう。

さらに言えば、国家政策や世界戦略を、私利私欲の原理から動かしているトランプの政治が危険であることは言うまでもないが、それよりももっと危険なのは、幼稚で愚劣な極右イデオロギーを腹の底から信じ切って、日本を危うい方向へと、すなわち右傾化の方向へと引っ張っていこうとしている安倍晋三とその政権である。また、安倍のような極右の軍国主義者が宰相の地位にいるから、塚田穂高編著の『徹底検証　日本の右傾化』(筑摩選書、二〇一七・三)で様々な事例が紹介されているように、民間においてもヘイトスピーチが平然とまかり通っていたり、日本会議のような低劣右翼団体が大きな組織となって活発に活動したりするわけである。戦後においてともかくも民主主義を維持して来た日本社会は、すでに危険な曲がり角を曲がりきったのであろうか。そうならば、絶望的状況である。しかし、希望もあると思われる。

希望は、『徹底検証　日本の右傾化』の中で編者の塚田穂高が述べているように、「他者の声に耳を傾けること。差別や憎悪煽動、不公正や不平等、人権と自由の侵害と徹底的に闘うこと。」から生まれるであろう。また、『アナキズム　一丸となってバラバラに生きろ』(岩波新書、二〇一八・一一)で筆者の栗原康が、「アナキズムとは、絶対的孤独のなかに無限の可能性をみいだすということだ、無数の友をみいだすということだ、まだみぬ自分をみいだすということだ」と述べ、「アナーキーをまきちらせ。コミュニズムを生きていきたい。一丸となってバラバラに生きろ。」と読者に語りかけているように、アナーキーやコミューンに希望を見ようとする人が、比較的若い世代（栗原氏は一九七九年生まれ）にもいることである。アナーキズムへの共感と言えば、すでに鬼籍に入っている、小児科医で思想家でもあった松田道雄は、スターリン主義を生んだ社会主義に対してアンビヴァレンスな思いを持っていたが、『松田道雄と「いのち」の社会主義』（岩波書店、二〇一八・二）の高草木光一によれば、だからこそ松田道雄は、「（略）「希釈化されたアナーキズム」のなかから、新たな理論が抽出されることを期待していたと考えられる」。

もちろん、未来への希望はアナーキズムに絞られるわけではない。「（略）いま必要なのは、トランプに強く反対することだけではない。トランプを生んだリベラル‐資本主義の伝統全体からの明確な断絶もまた必要なのである」（『絶望する勇気（略）』〈中山徹他訳、青土社、二〇一八・八〉）と語るスラヴォイ・ジジェクは、「コミュニズムを再発明する」ことを呼びかけている。それは、新たな世界像の構築ということである。ナオミ・クラインも前掲書の中で、「ただ「ノー」と言うことだけではない。もちろんそれも必要だ。だが、夢を見、より良い世界を構想する余地を断固として保つことも必要である」と述べている。私たちも、手厳しく「ノー」を言いつつも、新たな世界像を構築するべきだ。それについて示唆を与えてくれる思想家の一人にグラムシがいる。

七　変革思想の再生に向けて――グラムシ

フランスの構造主義者で且つマルクス主義者であったルイ・アルチュセールは『甦るマルクスⅠ』（河野健二・田村俶訳、人文書院、一九六八・六）で、マルクスの史的唯物論におけるいわゆる上部構造について、その「独自な諸要素に固有の本質についての理論がある」（傍点・原文）として、その理論の大まかな輪郭については知られているものの、細部は知られていない領域だと述べ、次のように語っている。「マルクスとレーニン以後、いったい誰がこの探検を真に試み、あるいは押し進めたであろうか？　わたしが知っているのはグラムシだけである」（同）、と。たとえば、下部構造（経済）においていかに搾取されていても、上部構造すなわち人々の意識がその搾取を問題にしないならば、搾取―被搾取の支配構造は変わらないままであろう。グラムシはその上部構造の問題をこそ「探検」したというわけである。

上部構造の問題に関してグラムシは、ある階級の他の階級に対する支配は、単に経済的あるいは物理的な強制力だけによってではなく、被支配階級に、支配階級の信念体系に同意させて、その社会的文化的価値を共有させるように仕向けていくことだと考えた。だからほとんどの場合、支配体制を揺るがすようなことは、被支配階級はしないのである。このことについてグラムシは、国家の問題に関連する形で『グラムシ獄中ノート』（石堂清倫訳、三一書房、一九七八・三）の中でこう述べている。すなわち、「国家とは、指導階級が自己の支配を正当化し、維持するだけでなく、また被治者の能動的な合意の取得に成功する実践的、理論的活動の総体」（傍点・引用者）である、と。この「能動的な合意」についてグラムシは、支配的集団に対して「住民大衆があたえる「自発的」同意」という言い方もしている。

やはりグラムシとともに西欧マルクス主義の源流に位置するルカーチは『歴史と階級意識』の中で、マルクスの予言にもかかわらず、先進資本主義国のプロレタリアートが資本主義の「墓掘人」（『共産党宣言』）にならなかったのは、多くのプロレタリアートが〈物象化〉された意識の中で微睡《まどろ》んでいるからだ、ということを論じた。そうなると、その微睡みから覚醒すれば、プロレタリアートたちは革命闘争に立ち上がるはずだという論理が導き出されて来るだろう。しかし、その論理に基づいたような革命運動は、全世界的に見て部分的には成功することはあっても、先進資本主義国家の体制は揺るがなかったのである。それは、まさにグラムシが述べているように、被支配階級がその支配体制に「能動的に合意」しているからである。たしかに、微睡んでいると見るよりは「能動的に合意」していると考える方が、正鵠《せいこく》を射ているであろう。

つまり、支配というものは強制による独裁などではなく、説得と合意に基づく、支配階級の「ヘゲモニー」（主導権）によるのである。J・ジョルも『グラムシ』（河合秀和訳、岩波書店、一九七八・五）でグラムシのこの考え方を説明して、ある支配階級のヘゲモニーとはその階級が他の諸階級に自らの道徳的、政治的、文化的価値を承認させることに成功したことを意味すると述べ、こう語っている、「成功する支配階級は、現実に政治権力を手に入れる前にすでに知的、道徳的指導性を確立している支配階級である」、と。

だからグラムシは、文化と政治は切り離すことはできず、革命はすべて一つの偉大な文化的事象であると考えていた。文化という上部構造を重視するこの考え方は、また、人々の主体的能動性の尊重にも繋がってくる。そのことに関して、思想史家でもある鈴木正は「〝グラムシと日本〟に寄せて」（『グラムシ思想空間』〈社会評論社、一九九二・一二〉所収）で、「グラムシのいう革命は（略）天下をとる前に、歴史のなかで自分を変える文化革命が先立つものでした。（略）民衆が主役つまり自律的主体として参加する革命は、すべての民衆が人格の全面的実現の可能性を手にする」と述べている。

ここで注意したいのは、J・ジョルや鈴木正も述べているように、革命運動における文化の重視は、民衆の自律あるいは自己規律を促すものであるとともに、その運動の中ですでに革命後の新しい社会や新しい秩序を内包していなければならないものとしても意識されていたことである。日本のグラムシ研究では代表的存在の一人であった片桐薫は『グラムシの世界』（勁草書房、一九九一・一二）でそのことについて、「つまり彼は、過去の延長線上に革命的未来を抽象的に描いたのではなく、近代的工場の現実のなかで、未来社会の萌芽とそれへの主体的寄与の可能性を問題にした」と述べている。

このようにグラムシは、革命や革命運動における、文化および人々の主体的意識を重視したからこそ、その運動の中で革命後の未来が人々の意識の上で先取りされていなければならないと考えたのである。別言すれば、上部構造は下部構造によって完全に縛られていないと考えていたから、人々の意識という上部構造は、革命後の未来を先取りできるとしたのである。また、そうでなければ革命後に、真に民主的で自由平等な社会を築くことはできないであろう。また、人々の主体性を重視することは、後衛（大衆）が前衛（知識人）によって指導されるというレーニン主義的な発想を退けることにもなる。むしろグラムシは、革命運動の中や革命後において、すべての人が知識人になることを考えていたのである。その場合の知識人とは、グラムシの言葉で言えば「有機的知識人」であり、それは知的に自立していて自らの知性で物事を判断することができる人のことである。

さて、レーニンの前衛主義が革命を歪めて、結局は硬化した官僚制国家を生むことにも繋がったこと、そしてそれがソビエトや東欧の〈社会主義政権〉を崩壊させることにまで結果したことなどを考えると、グラムシの知識人論や、前述した人々の主体性を尊重する思想が持っていた可能性を認めざるを得ないであろう。また上部構造を重視する考え方や、革命闘争における〈陣地戦〉の考え方など、グラムシ思想には今日において、省みられるべきものがある。しかし、残念ながら日本の変革運動の側は、グラムシ思想から効果的な摂取をまったくと言っていいほどして来なかったのではないか。グラムシから学び、変革思想を再生させなければならない。

もちろん、変革思想の再生はグラムシから学ぶことだけに限らないであろう。たとえば、変革思想においてマルクス主義が主流となったために片隅に置かれた感のあるイギリスの社会主義、ジョン・ラスキンやウイリアム・モリス、ロバート・オーエンなどの社会主義、さらには生協運動の源流ともいうべきロッチデールでの協同組合運動には、今日から振り返ってみて学ぶべき点が多くあるように思われる。國分功一郎と山崎亮との対談である『僕らの社会主義』（ちくま新書、二〇一七・七）の「おわりに」で、山崎亮が社会主義の「美味しそうな部分」を「つまみ食い」して、「次の地域社会について考えたい」とのべているが、「地域社会」だけでなく、この日本社会全体を考えていくためにも、様々な変革思想から学んで行かなければならないだろう。

《松本清張》

清張小説のなかの新聞記者と新聞社

一

松本清張は、新聞記者を登場させた多くの小説を書いた作家であった。清張はミステリーやサスペンスを得意とした作家であり、それらの小説には何らかの形で犯罪事件が物語に盛り込まれているわけだから、事件の報道を仕事としている新聞記者たちの活躍や行動が小説の中で語られるのは、当然のことであったと言える。しかし、それ以上に清張が新聞記者を小説中に登場させたのは、物語を展開させる上で、新聞記者が言わば好都合な役割を果たす位置にあったからではないかと考えられる。

新聞記者には世間一般の人間とは違って情報のネットワークがあり、また取材の仕事のためという大義名分があるから、どこへでも出かけて調査をすることができるというフットワークの良さもある。また、新聞記者に取材される側も、聞き手が新聞記者ならば、時には警戒する場合もあるだろうが、しかし聞かれること自体には違和感を持つことはないだろう。たとえばある事件が起きた場合、警察以外では事件と全く関係のない者は、その事件に関する事柄を事件の関係者に聞くことはできないが、しかし新聞記者ならば、それが可能だし、少なくとも不自然さは無いのである。と言っても、新聞記者には捜査権のようなものは無いのだから、新聞記者が集めてくる材料のほとんどは、たとえば犯人を特定することに関して言うならば、直接に証拠となる材料ではなく、傍証の材料としてのみ使えるような情報ばかりであろう。

このことを言い換えれば、新聞記者は刑事のような捜査はできないが、しかし一般人よりは事件と深く関わることができる存在であるということである。その意味で、新聞記者は刑事と一般人との中間に位置している存在と言えよう。実は、新聞記者がそういう存在であるからこそ、ミステリーやサスペンスの物語を語り進めて行く上で、とりわけ、探偵側の登場人物たちの〈足〉による地道な調査から帰納的に事件の真相に迫るミステリーを多く書いた松本清張にとって、傍証となるような事実を集めてくる新聞記者の存在は、ミステリーを構成していく上で実に利用価値の高い存在であったと言える。

そういう新聞記者のあり方を、登場人物の一人である新聞記者自身に語らせている小説に、『黒い樹海』（一九五八・一〇〜一九六〇・六）がある。これは、R新聞に文化記者として働いていた笠原信子という新聞記者が、静岡の浜松市で起きた不慮のバス事故で死亡し、その妹である祥子《さちこ》が姉の死を巡っての謎を突き止めようとする話である。

実は、姉の信子はその旅行の前日に、祥子には仙台市の伯父を訪ねると言って出かけたのであった。だが、信子は東京からは仙台とは逆の方角の浜松市で事故に遭ったのである。また、信子は後部座席に座っていたために災難に遭ったのだが、なぜか彼女のスーツケースはバスの前部にあり、損傷も受けていなかった。しかし、スーツケースに入っていたはずの社員手帳と定期券入れが抜き取られていて、しかも定期券入れだけは事故の翌日に警察に届けられたということがあった。どうも信子は一人ではなく同伴者とバスに乗っていたらしく、その同伴者はバス事故の直後に信子のスーツケースから社員手帳と定期券入れを抜き取り、信子を見捨ててその場を立ち去ったようなのだが、おそらく信子が身元不明のまま葬られることにはさすがに気が咎めたために、定期券入れだけは返したらしいのである。その同伴者は、姉の信子と旅行をしていたということを隠しておきたい人物であり、だから事故の直後に姿を暗ましたのだと考えられる。では、その人物とは誰か。

物語は、仕事の上で信子と関係のあったと考えられる六人の男性に的を絞った祥子が、その六人の内の誰が同伴者であったかを探っていく話として展開する。そして、その探索の間にも信子の同僚であった女性記者の町田友枝が殺されたり、また信子の定期券入れを届けた、食堂の店員であった斎藤常子という女性も殺され、さらに以前に信子が住んでいて今は祥子が住んでいるアパートの、その管理人の小川和子が轢き逃げで殺されるということもあった。保身のために信子を見捨てて行方を暗ました人物は、それらの殺人事件と深く関わっていたという真相が明らかにされていくが、姉の信子の死後に妹の祥子は信子が勤めていたR新聞社に入社し、やはり信子と同様に文化部に所属し、新聞社で知り合った社会部記者の吉井記者に協力してもらいながら、真相に近づいていくのである。

したがって『黒い樹海』は、新聞記者としての調査能力が発揮される物語としても語られているわけであるが、その中で吉井記者は、先ほど述べたような、事件に関わる場面における新聞記者の特性さらには限界についてこう語っている。たとえば、「われわれ新聞記者は、ある程度、周囲を調査することはできます。それ以上のことになると、限界があります。つまり、われわれは警察官と違って、捜査権がありません。今一歩という突っ込みができないわけです」、と。あるいは、「なにしろ、ぼくらには、警察と違って捜査権がないので、徹底した調査が出来ない。どうしても、新しく敵の出現を待って、正体を見届けるほかないようです」、と。物語の語り手も、姉の信子の事故死の時や町田友枝の殺害の時に、あの六人の男性がどこに居たかについての吉井の調査を述べたところで、「しかし、吉井の調べたことは、例えば警察の刑事がその裏づけを取ったのとは違う。吉井は彼らの周囲からただ漠然とこれらの人物の所在を聴いて来たにすぎない」、と述べている。

しかし、すでに述べたように、そのような「周囲から」の調査だからこそ、少しずつ真相に近づいていく面白さが生まれてくるのでもあり、帰納的推理のミステリーを数多く書いた松本清張にとって、そのような職業上の特性を持つ新聞記者の存在は、物語を展開させていくうえで適材だったのである。

このように、『黒い樹海』は新聞記者の特性が生かされた小説であったが、それとともに物語の中では新聞記者の生態についても語られている。たとえば吉井記者は、「われわれの勤務は、外の何処をほっつき歩いているか分らんのですからな。ひどい奴は映画館に入って、一眠りして社に帰って来ますよ」（傍点・引用者）と語っている。こういうことは事実らしく、読売新聞大阪本社の元社会部記者だった大谷昭弘は、『新聞記者が危ない　内そとからの砲火』（朝日ソノラマ、一九八七・八）の中で、警察回りが担当の新聞記者の仕事に関して、その新聞記者は一ヶ月でも二ヶ月でも新聞社の建物も見ずに過ごすことができるとして、「そして府警本部の泊まりも一週間に一度ほどであるから、あとはまったく勝手に一人で町をほっつき歩いていたらいいのである」（同）と述べている。

また、祥子が姉と同じR新聞社に就職したことについて、文化部長の大島卯介は、「いや、ウチの社はね、わりと温情的な、というか、（略）。社員が死亡したら、なるべくその遺族を入社させるようにね」と語っている。「温情的」かどうかはともかく、これは新聞社はコネ採用をするところだということである。実際の新聞社にもそういうことがあるようで、大谷昭弘はやはり前掲書の中で、自分がかつて所属していた新聞社で実際にあった「不正」入社に憤りながら、「二十数人にのぼる社の幹部が、自分の子息を不正に入社させている新聞社がどこにあるだろうか。」と語っている。

このように、『黒い樹海』は新聞記者や新聞社の実相も語りながら、新聞記者という職業の特性をうまく生かしながら語られたミステリーであったわけだが、やはり新聞記者の取材力を活用して語られた小説に、「絵はがきの少女」(一九五九・一)がある。これは、少年時代に絵はがきの写真を見て、そこに写っていた少女に惹かれた小谷亮介《こたにりようすけ》が成人して新聞社に入り、新聞記者の取材力で少女のその後の人生を追う話である。調査の結果、どうも少女は不幸の坂を転がり落ちるような人生を歩んだらしいということがわかり、「絵はがきの少女」は人生の転変の非情さを感じさせる話である。「絵はがきの少女」は、市井に生きた少女の人生を追い調べるところに少しミステリアスな要素もあって、面白い読み物になっているが、これも新聞記者という職業の特性を生かした物語と言える。

同じように、新聞記者の取材力を効果的に使った物語としては、新聞記者が自分の父親の出自に関わる謎を、新聞記者という立場を使って明らかにしていく小説の「暗線」(一九六三・一)や、『歪んだ複写』(一九五九・六〜一九六〇・一二)がある。『歪んだ複写』は、中央線武蔵境駅近くの畑で男の腐乱死体が発見され、R新聞社の社会部記者である田原典太《てんた》は、R新聞社に訪ねてきたアパートの管理人の女性から、その遺体の人物は自分が管理しているアパートに以前に住んでいた元P税務署員の沼田嘉太郎ではないかという情報を得て、その殺害の真相を明らかにしていく過程で、税務署内の汚職と腐敗の実態も明らかになっていく、という話である。そしてこの小説では、事件の真相の把握において、警察よりも新聞記者の方が先んじている場合もあることが語られている。

やはり、その先んじている場合が語られている小説が、『死の発送』（原題「渇いた配色」、一九六一〜一九六二・一二）である。五億円の公金を横領して服役していた元N省役人岡瀬正平は七年ぶりに出所したのだが、五億円のうち一億円が使途不明のままとなっていて、夕刊専門の「R新聞」を発行している「三流新聞社」の編集長である山崎治郎は、その一億円を岡瀬はどこかに隠していると見て、その行方を突き止めるべく、部下の底井武八に出所後の岡瀬を見張らせる。それは新聞記事のネタとするためだと山崎治郎は底井武八に語っていたのだが、実は山崎の真の目的は、岡瀬を脅して一億円の何割かを自分のものにすることにあった。物語は、やがて底井武八が山崎の真意に気づくことになるが、後に岡瀬正平は絞殺死体となって発見され、山崎治郎も絞殺死体で発見されるということもあり、それらの事件の背後には競馬界の人物や競馬界と関わる前代議士の立山寅平の存在があることが、底井武八の調査で明らかにされていく話として展開されていく。

底井武八は新聞記者の取材力に触れてこう語っている、「つまり、警察よりぼくらのほうが、この事件では一歩先んじているわけですよ」、と。また、山崎治郎の事件と岡瀬正平の事件とは「切り離すことはできない」ものであることに関しては、「警察ではそこまで気付いていない」と底井武八は思っている。さらに、調査における新聞記者の有利さについても、底井武八は立山前代議士に「手蔓《てづる》はなかった」が、「しかし、新聞記者の有難さは、こういう場合に役に立つ。R新聞は夕刊専門の三流紙だが、とにかく政治家は新聞に弱いのだ」とも語られている。これは誇張ではないと考えられる。たとえば、元新聞記者の門静琴似は『わたしは悪い新聞記者』（データハウス、一九九五・三）で、「あんなちっぽけな名刺でも新聞社の肩書きが付くものと付かないものでは大違いで、役所から民間企業、果ては政治家までほとんどがフリーパスで通ることができます」と語っているのである。さらには底井武八は、調査の必要から見知らぬ人物の顔を知るために、新聞社の「調査課」や「総務課」に行ってその写真を探し出すこともしている。このような調査や取材は、やはり新聞記者だからこそできることであろう。

ところで、これまで見てきた清張小説における新聞記者たちは、『死の発送』の山崎治郎は特別としても、それ以外の新聞記者たちも、必ずしも好意的に描かれているとは言い難い。彼らの取材力や取材への情熱はそれなりに感じ取られるように語られているが、その人間性に敬意が持てるような存在としては描かれていない。しかし、そういう新聞記者の中にあって、『球形の荒野』（一九六〇・一～一九六一・一二）に登場する添田彰一は、例外的な存在であろう。添田彰一は「一流新聞社」に勤めている青年であるが、「被《き》ている洋服の好みも地味だし、色も柄もおとなしかった」とされ、また「（略）添田彰一の様子には、普通いわれている新聞記者らしい傍若無人さは無かった」ともされていて、そして「それほど添田彰一は新聞社の人間らしくなかった」と語られているのである。

しかしながら、ということは、普通一般の新聞記者像は添田彰一の人物像とは逆のタイプである、と松本清張は考えていたことになる。どうも清張は、言わば新聞記者たちの人間性についてはあまりいいイメージを持っていなかったようである。おそらく、一つにはそういうイメージは、『半生の記』（一九六三・五～一九六五・一）で語られている、新聞社勤務時代における清張自身の体験に基づいて形成されたのであろう。

それはともかく、『球形の荒野』は、添田彰一の恋人である野上久美子の父で、戦中に欧州の中立国公使館の一等書記官で昭和一九年に病死したとされていた野上顕一郎が、実は別人となって生存しているのではないかという謎を追う物語である。たしかに野上顕一郎は生存していたのである。病死したことになっていたのは、彼が祖国の人々を悲惨な目に遭わせている戦争を一日も早く終わらせようとして敗戦工作をしていたのだが、やはりその工作は軍国主義に染まっていた当時の日本政府の一外交官としては反国家的な行為であったために、彼は病死したことになったのであった。この事実を突き止めて行ったのが、新聞記者の添田彰一である。松本清張は『球形の荒野』においても、調査力や取材力のある新聞記者を重要人物として物語の中に効果的に配置することで、このミステリアスな長編小説のプロットの構成を成功させていると言えるだろう。

こうして見てくると松本清張は、とくにミステリアスな小説の中では、新聞記者という存在の特性を活用してプロットを巧みに進行させていると言えるが、前述したように、新聞記者たちの人間性については高い評価をしていなかったと思われる。少なくとも、これまで見てきた小説に出てくる新聞記者には、たとえば社会の木鐸《ぼくたく》としての使命感を持った人物は一人もいなかったのである。もっとも添田彰一については、他の新聞記者たちとは違う記者像が語られてはいた。しかしながら、添田彰一は、「ぼくは、目下、人生に何にでも興味を持つことにしています」と語っていて、新聞記者に必要な好奇心が旺盛であることはわかるものの、その彼からも木鐸としての使命感を感じ取ることはできないのである。

総じて、清張小説に登場する新聞記者たちは、その職業の性格から好奇心旺盛で高い取材能力はあるものの、社会的な使命感は希薄で、他の業種と変わらない普通の勤め人なのである。松本清張自身も新聞記者をそう見ていたと考えられる。そのことは、次に見る、新聞記者と新聞社を扱った小説『翳った旋舞』（一九六三・五〜一〇）からも窺われる。

二

東京の女子大を卒業した三沢順子はR新聞社に入社したが、漠然と希望していた社会部ではなく資料調査部に配属になる。資料調査部は大切な部署ではあるが、新聞社の中では日陰の存在であり、「糊《のり》と鋏《はさみ》の手工室のよう」なところだった。ある時、整理部員が夕刊用の写真を借りに来たのだが、順子が間違って渡した写真がそのまま紙面に掲載されたために、末広善太郎部長と金森謙吉デスクが更迭されることになるという大きな問題にまで発展する。その処分を断行したのが川北良作編集局長であった。仕事も出来て社内では怖れられていた川北であったが、実は業績不振のR新聞を買収しようとしている若手の実業家に膝を屈して擦り寄ってゆくような人物であった。物語は、その若手実業家の海野辰平と三沢順子とのアバンチュールめいた関係の話まで発展するが、そういうストーリー展開よりも新聞社内の事情や新聞人たちの有り様が描かれているところが、この小説の興味深いところである。

たとえば、資料調査部は新聞社の編集関係では花形の政治部や社会部とは反対の地味な部署であって、「R社では、資料調査部長の椅子《いす》を出世階段の一つとしているから、一時的に居座《いすわ》るつもりの者が多い」とされ、本気で資料調査部の仕事に取り組む者は極めて少なく、「そのほとんどが、部の仕事をみるというよりも、社内における政治的な動きに立ち回っている」と語られている。だから、新人の三沢順子が写真渡しの際にミスをしたときも、部長と次長は部の仕事を放ったらかしていて、自席にいなかったことが問題にされ、厳しい処分が下ったわけであるが、ここで語られている「政治的な動き」というのは、つまるところ自分の出世に関わる動きのことである。デスクの金森謙吉は、元は整理部次長であったが「不用意にも同じ記事を二度載せて譴責《けんせき》を喰《く》い」、資料調査部に回された人物で、彼は出勤時間も遅く、また出勤しても仕事をほとんどせず、ふて腐れたように部内にいるのである。しかし、その金森でさえ、「彼とても出世欲はあるのだ」と語られている。

金森だけではない。局長の「川北に出世主義の野心があるのは誰も知っている」とされたり、末広部長についても「立身出世を志している末広」というように語られている。有能な局長で社内の有力者である川北は、前述したように、自社が経営的に傾きかけると、その自社の買収を画策している海野辰平にいち早く取り入ろうとする。その川北についてはこう語られている、「川北の心はすでに没落を予想されたR新聞社から離れている。そして、すでに自分を海野社長に売り込むことで懸命であった」、と。

『翳った旋舞』に出てくる新聞記者とりわけ男性は、出世と保身が最大関心事であり、新聞人としての社会的使命などということは、頭の片隅にも無い人物たちばかりである。しかし、これらの叙述は誇張されているというよりも、どうも実際の新聞記者の実相に近いようなのである。たとえば先にも言及した大谷昭弘は、自分の出身母体の新聞記者たちについて、「そこを支配しているのは、社が大きく狂ってしまったことを奇貨として、社内の地位を確保しようとイス取りゲームにあけくれている男たちである」(前掲書)と述べている。また大谷昭弘は同書で、他社紙には載っていて自社紙だけに記事が載っていないようなミスには「×点」(バッテン)を付けられるとして、その減点主義について、「デスクはデスクでこれから各部の部長として、出世の階段を上がっていけるかどうかの微妙な時期だから×点が怖い」と語っている。

その結果、特ダネや突っ込んだ内容の記事に対する意欲よりも、新聞記者はともかくも「減点」を避けることに汲々とするようである。

内藤国夫は『新聞記者の世界』（みき書房、一九七七・一二）で、「社の幹部の派閥抗争」の問題や、直接に出世競争のことではないが、「読者のためにではなく、自分たちの〝手柄〟を求めての、仲間うちでしか通用しない抜いた、抜かれた競争に一喜一憂している有様は、こっけいでしかない」と語っている。あるいは、「（略）日々の新聞づくりとは無縁の、社内政治に熱心なものがハバをきかせたりする」とも述べている。読者や社会のことなどよりも、「社内政治」の方に眼が向いているわけである。こうなると、社会の木鐸としての新聞記者の使命云々は、彼らにとって無縁の高尚な話題だということになろう。

こうした傾向はかなり以前からあったようで、やはり新聞記者であった高木健夫は、『新聞記者一代』（講談社、一九六二・一二）で次のように述べている。すなわち、「また新聞記者のサラリーマン化は、それが幹部クラスにちかくなると、重役になることを目的とする、要するに「出世街道」を神風タクシーのように競争することになり、このことは、いきおい、新聞記者としての見識や教養よりも政治力、行政力を重んずる傾向を生む」、と。また、出世のこととも関わることであるが、たとえば殺人事件の被害者の写真が、その日の自社の夕刊に間に合わず、他社に抜かれるようなことがあったときには、「（略）すくなくとも進退伺いを出したと同じような謹慎的態度をして、左遷か、クビか、センセンキョウキョウとしたものである」と高木健夫は語っている。これも、新聞記者たちの眼が新聞読者の方にではなく、社内での自身の立場やその保身の方にのみ向いているということであり、「新聞記者のサラリーマン化」を表す事例と言えよう。

現役の新聞記者や新聞記者を辞めた若者たちにインタビューして書かれた、斎藤茂男の『新聞記者を取材した』（岩波書店、一九九二・三）の中には、女性記者の眼を通して見た男性記者の有り様が語られている章がある。女性記者だからこそよく見える男性記者たちの姿について、とりわけ〈男は外の仕事、女は家庭の仕事〉というような性別役割意識が強い男性記者たちの姿について、こう述べられている。「いわばこうした一方の性別役割に徹して「男」をやっている記者たちは、同時に表面平静を装いながら、内心では強烈な権力志向にとり憑《つ》かれていて、社内の出世競争に執着している人たちだ――女性記者の目には、そんな先輩たちの姿も映っているようだ」、と。その女性記者の一人は、「人事異動の季節なんか、もう内戦状態みたい。派閥同士でポストを分け合うので、まずそこに入ってないと話にならないんですが、女はいつも例外です。（略）それにしても男の嫉妬《しっと》心《しん》って、もの凄いですねえ。誹謗《ひぼう》中傷、ドロドロした恐怖小説に出てきそうな怪文書まで飛びかって……」、と語っている。

もう一つ別の事例を見てみよう。かつて読売新聞大阪本社の社会部長であった黒田清は、「黒田軍団」という異名で他社からも怖れられた社会部スタッフを率いて、次々と特ダネや大ヒット連載を打ち出し、さらには企画展を成功させた新聞記者だったが、右寄りに路線を変えつつあった東京本社の方針と合わなくなり、やがて社を辞めざるを得なくなった。その際に、彼のかつての部下たちは、新聞記者としての使命感やそれと繋がっている矜持など、まるで無かったようなのである。有須和也は『黒田清　記者魂は死なず』（河出書房新社、二〇〇五・一二）で、それについてこう語っている。「これまで『黒田軍団』の中核にいたはずの記者が、社内での生き残りを賭けて、新社会部長に必死で黒田との関係を否定した。そして、大谷に、黒田と手を切って新社会部長の意向に従うようにと、ひっきりなしに電話を掛けてきた」、と。

因みに、ここで言われている「大谷」とは、先に引用した『新聞記者が危ない　内そとからの砲火』の著者の大谷昭弘のことで、大谷昭弘も黒田清に倣って読売新聞社大阪本社を辞職したのである。有須和也は同書の中で、「保身のために、上だけを見て仕事をする人間——それは黒田の考える新聞記者像とは、まったく正反対の在り方であった」と語っているが、どうもそういう在り方が大半の新聞記者の、その実像のようなのだ。

こうした、新聞記者たちから発せられる告発のような〈証言〉を読むと、『翳った旋舞』の川北局長や末広部長、さらには金森次長は、決して例外的な新聞記者なのではなく、むしろ新聞社によくいるタイプであるということがわかってくる。斎藤茂男も前掲書で、新聞記者たちは「保身の意識」に取り付かれているのではないか、と述べている。

このように見てくると、『翳った旋舞』は新聞記者の実態を踏まえた上で語られた小説であったと言える。その実態をもう一度まとめて言うと、社会の木鐸と言った気高い使命感とは無縁であり、社内での自分の出世や保身が最大の関心事である、というような新聞記者が大半だということである。おそらく朝日新聞社勤務時代に、松本清張はそういう新聞記者たちの姿を目の当たりにしていたのであろう。そのことは『半生の記』から推測できる。後で見るように、『半生の記』の中では校正係などは同情されているが、清張によって同情されたり褒められたりしている新聞記者は、ほとんどいないからである。また、清張にはその時代に多くの新聞記者と直接に触れ合った体験があったからこそ、新聞記者を言わば自信を持って辛辣に描くことができたと言えようか。

もちろん、見てきたような新聞記者像とは異なる記者たちや、また新聞社についても大手の一般紙とは異なる種類の新聞を発行している新聞社もある。松本清張はそれらの新聞記者や新聞社の諸相というべきものを取り上げた小説も書いている。

三

新聞記者たちが出世競争に執着している様を見てきたが、その出世競争から脱落した新聞記者たちは、その後の人生をどう歩むのであろうか。その事例の一つを語った小説が「湖畔の人」（一九五四・二）である。新聞記者の矢上は、五五歳の定年がそろそろ目の前にちらついてきた四九歳の年に、信州の上諏訪の支局に転勤になることが決まる。矢上は出世街道から外れた新聞記者なのである。矢上は「人からは愛されない性質で」、「女からも愛されたことがない」男であり、そういう自分が哀しく、「絶望して死を考えたこともある」が、今は「諦めの上に居直っているような気持ち」で生きている。矢上は上諏訪が父家康から疎まれた松平忠輝の終焉の地であったことを知り、上諏訪での彼の人生を調べ始める。孤独であった忠輝に、矢上は自分の孤独な人生を重ねて合わせているわけである。

内藤国夫は、「日本の新聞記者は、いってみれば、トイレット・ペーパーのようなもの。つまり、使い捨て自由の、消耗品でしかない」（前掲書）と述べているが、矢上の姿にそれを見ることができよう。「湖畔の人」は新聞記者の仕事をしている時の矢上については、ほとんど触れられていないが、定年が近づいて地方支局に転勤になったということからは、矢上が出世街道から外れた新聞記者であったことがわかる。小説では矢上の「絶望」感は私的な事柄に関して語られているが、「諦めの上」に生きている矢上は、「使い捨て」られた「消耗品」としての新聞記者の風姿をよく表していると言えよう。

しかしながら、矢上はともかくも新聞記者であったのだから、それなりに花形の仕事をしていたと言えるが、新聞社内の裏方の仕事に携わっている人たちはどうであろうか。たとえば校正係である。松本清張は、『半生の記』の中で新聞社の校正係について、「（略）日ごろから校正係は冷遇されていた」と述べ、さらに「私は、今でも、昼間から点《つ》いているスタンドの下で活版の降版《こうはん》時間に追われながらせっせと朱を入れている校正係の歯を喰《く》いしばったような姿を泛《うか》べることができる」と語っている。その実見が元になった小説が、「背広服の変死者」（一九五六・七）である。

「背広服の変死者」の語り手で主人公でもある「私」は、「或る地方の大きな新聞社」の「広告部の校正係」として、旧制の高等学校を卒業してから一八年勤めているが、同じ広告部でも中心の「外務係」とは違って、校正係は「（略）全く片隅的な存在であった」と語られている。「私」は、社内で「片隅的な存在」の校正係の仕事に生き甲斐を感じることができず、校正係の先輩たちを見ていると一層「絶望」感が増し、「私」は自殺を決意する。そして、死後に発見されるなら当分は身元不明の「変死体」でなければならないと考える。それならば、行方不明のままであり、しばらくは月々の月給が妻子に渡るからである。これは、「妻子への私の情けない心づかい」であったと語られている。

『半生の記』との関連で眼を向けたいのは、「背広服の変死者」で登場する校正係の主任は、平岡という「五十をすぎた」男性のことである。「気のよい」平岡は、部下の「若い者から尊敬されなくても、一向に気にかける風はなかった」とされていて、また彼は古美術に趣味を持っていて、自宅に立派な専門書もたくさん揃えていたが、広告部の者は平岡の趣味を知ってはいても、「彼の人物と同様、その考古学を尊敬しなかった」と語られている。おそらくこの平岡は、『半生の記』で述べられている「校正係主任のAさん」

がモデルであろう。『半生の記』では「Aさん」について、「校正係主任のAさんが考古学に身を入れていて、よくその話を私に聞かしたものだった。Aさんは気の弱い人で、若い部下からは多少軽く見られていたようである」とされ、「ある日、彼の家に遊びに行くと、考古学関係の高価な本が四畳半だかの押入れにいっぱい積み上げられている」と述べられている。平岡の人物像は、ほとんど「Aさん」そのままである。

校正係だけでなく広告部長も、仕事上、辛い目を見る場合があることが語られているのが、「空白の意匠」（一九五九・四、五）である。この小説は、中央の広告代理店には頭の上がらない地方紙Q新聞の広告部長の悲哀が語られている話である。「和同製薬」の新薬を注射された患者が死亡することがあったが、その事件の報道では、他紙は「慎重な扱い」をしていて社名や薬の名前は出さず、ただ「某製薬会社」の「新薬」という表現であった。しかし、Q新聞だけ、「ランキロン」という新薬名を出したのであった。その製薬会社はQ新聞の最大のスポンサーだったので、広告部長の植木欣作《きんさく》は編集局長の森野義三に抗議をしたのであるが、中央紙で社会部長をしたことがある森野は、「薬屋さんの肩」を持って「読者の利益を無視したら、新聞の生命は、君、どこにある」という〈正論〉でその抗議を退ける。結局、製薬会社と深い関係のある広告代理店の意向を受けて、自社の専務の「懇願」で、植木欣作は詰め腹を切らされ辞表を提出することになる。

広告部長の植木欣作の処遇には同情されるところがあって、社内で詰め腹を切らされるべきなのはむしろ編集局長の方ではないかとも思われる。そうではあるのだが、森野義三編集局長のように〈正論〉に基づく編集を、果たしてどれだけ今日の新聞社は行っているのだろうか、と疑いも出てくるだろう。たとえば、『新聞があぶない』(文春新書、二〇〇〇・一二)で元新聞記者の本郷美則は、「企業の側も、広告を大量に出していれば、いろいろと手心を加えてもらえることを、体験的に知っている。広告第一がノシ歩いて、新聞はすっかり歪んでしまった」と述べているからである。あるいは、門静琴似は前掲書で、「記事よりも大切なのが何を隠そう新聞広告で、存在価値はかなり高いものがあります」と公然と言い放っている。むろん、松本清張もそのあたりのことは十分に知っていたと考えられるが、新聞社という組織においても当然あるサラリーマンの悲哀の方に、焦点を当てた小説が『空白の意匠』であったと言える。付け加えて言えば、〈正論〉を語った森野義三編集局長は、何も正義の人というのではなく、単に傲岸不遜な新聞人のように造形されているのである。こういう人物像の造形も、松本清張の、新聞社勤めでの実際の見聞が生かされていると思われる。

このように松本清張は、新聞記者だけでなく他の職種で新聞社に勤める人たちの在り方を取り上げた小説も数多く書いていて、たとえば「声」(一九五六・一〇、一一)は、新聞社の電話交換手の女性が間違い電話から殺害現場にいる犯人たちの一人の声を聞き、電話交換手という仕事柄、声の記憶が良かったために、却ってそれが禍《わざわい》して後に犯人たちに殺される話である。また清張は、新聞記者や新聞社が新聞を発行する以外の仕事あるいは活動も行っている、その諸相にも眼を向けた小説も書いている。新聞社の仕事には、競技会や展覧会などのイベントの企画への参画があるが、『詩城の旅びと』(一九八八・一～一九八九・一〇)は、新聞社が企画した「南仏プロヴァンス国際駅伝競走」を物語の背景にしながら、画家たちの人生に焦点が当てられているサスペンスである。

また、マスコミの中では権威のある新聞社は、今日では芸術家を育てる指南役や一種のパトロンの役割も果たすことが語られている小説が、『人間水域』（一九六一・一二〜一九六三・四）である。これは、前衛的な水墨画家の二人の女性が主人公の物語で、女性画家久井ふみ子は水墨画壇のボスや財界の実力者に近づこうとしているが、そのライバルの女性画家である滝村加寿子は、「R新聞」の「文化部次長」の後押しにより画壇での地位を築き、今度は「L新聞」の学芸部の記者に接近しようとする。

小説の中で、日本の芸術は絶えず公卿や幕府などの保護者を伴ってきたが、「しかし、今は何か。それはマスコミだ」と語られている。あるいは、「(略) 現代水墨芸術諸派に何よりも自信を持たせたのはマスコミの取り上げだった」、と。もちろん、個々の芸術家を育てる場合にも大きな力を持っているのもマスコミであり、その中でも新聞社の役割は大きいのである。もっとも、登場する新聞記者の島村理一は、自分たちは才能を発見してそれを世に知らしめるだけだということを語っている。しかし物語の後半で島村理一は、新しく見出した才能ある少女が世に出るまでの、その指南役を務め始めるのである。

『人間水域』に見られるように、新聞社は芸術団体や芸術家を紙面に取り上げることによって彼らを育成もしているわけで、これは芸術に関わる一種の世論形成を行っているとも言えるが、もしも新聞の報道が度を過ぎたものになった場合には、どういうことになるだろうか。芸術に関わることならば、それほど実害は無いだろうが、犯罪事件の報道のような場合には深刻な問題を惹起することがあるだろう。その問題を扱っているのが「疑惑」（一九八二・二）である。

雨の夜、北陸の県庁所在地で乗用車が岸から海に転落し、地元の資産家の白川福太郎は死亡したが、同乗していた、年の離れた妻の鬼塚球磨子《おにづかくまこ》は車から脱出して無事だったという事故があった。球磨子は元ホステスで詐欺や傷害の前科があり、事故の半年前に自分を受取人とする三億円の保険金を福太郎に掛けていたことから、殺人容疑で逮捕された。「北陸日日新聞」の社会部記者の秋谷茂一は、「女鬼クマの仮面を剝ぐ」という記事を署名入りで連載していた。それは球磨子の有罪が確定したかのような記事であった。秋谷は、もし球磨子が無罪になったら市民は不満であり、「ぼくはそうした市民感情を代表して、あの筆をとったわけです」と球磨子の最初の弁護士に語る。その弁護士は病気で入院し、代わりに民事が専門の弁護士佐原卓吉が国選弁護人となって球磨子の弁護に当たることになったが、佐原弁護士は見かけの印象と違って有能な弁護士で、検察側の状況証拠を次々と覆していき、被告が有利になっていくのである。

このようなマスコミの過剰な報道が、冤罪を生むことに加担することもあるであろう。この小説が発表された二年後の一九八四年から、あの「ロス疑惑」事件の加熱報道がマスコミの間で始まるのである。この過熱報道は主にテレビや週刊誌、夕刊紙で行われたのであるが、マスコミ報道の在り方に大きな問題を残した出来事であった。「疑惑」は「ロス疑惑」事件のほとんど直前と言っていい時期に発表されていて、時代を読む松本清張の感度の良さには改めて驚かされる。もちろん、小説「疑惑」と「ロス疑惑」との時期の近接自体は偶然であろうが、すでに清張が度を過ぎたマスコミ報道の問題に注意していたからこそ、事件を先取りするような小説を書くことができたと言えよう。

さて、新聞には、一般紙以外にも業界紙やいわゆる赤新聞などがあるが、松本清張はそれらの新聞や新聞記者の世界も小説に取り上げている。「紙の牙」(一九五八・一〇)は、市政を食い物にする、いわゆる赤新聞の実態が描かれている小説である。R市の厚生課長の菅沢圭太郎《すがさわけいたろう》は愛人との旅行で温泉場に来ていたところを、「市政新聞」の「明友新聞」の記者高畠久雄に見られ、心配していた通りにそれを強迫の材料にされて、高畠と繋がりのある殺虫剤業者の殺虫剤を市の金で買わされるのである。さらに、その情報を摑んだ、やはり「市政新聞」の「報政新報」の記者梨木宗介に、菅沢圭太郎は強請《ゆす》られて、この時代では高額な毎月一万二千円の寄付を要求される。物語はこの後、菅沢の自殺や梨木による自社の社長の追い落としの話として展開していくが、赤新聞としか言いようのない「明友新聞」については、「活字の魔力が働いて」「真実でなくとも、毎号のように〝悪事〟を書きたてられると、ほとんどの者がまいるのだ」とされ、市の「局長も部長も、この市政新聞を恐れている」と語られている。

同じ様な「市政新聞」を扱った小説が「梅雨と西洋風呂」（一九七〇・七〜一二）である。「民知新聞」は「不偏不党」を社是としている「市政新聞」であるが、その実態は市政や企業の弱みに付け込んで、新聞に高額な「広告」を出させるような、やはり赤新聞なのである。こういう新聞は「取り屋」と言われるとされているが、物語は市会議員でもあり「民知新聞」の社主でもある鐘崎義介《かねざきぎすけ》が転落していく話となっている。

また、このような赤新聞ではなく、戦前の朝日新聞社を扱った小説に「額と歯」（一九五八・五）があるが、これは実際にあったバラバラ死体事件とその新聞報道を扱ったもので、朝日新聞の新米記者が警察署のトイレの中で、「犯人《ほし》があがったらしい」という、刑事と巡査との話を偶々《たまたま》立ち聞きして、それによって他社に先駆けて一大スクープとして報道することができたという物語である。そのスクープは新聞社にとって大勝利のようなものであり、祝杯を挙げての慰労会で社会部長は「おめでとう。ご苦労でした」と部員を労うのであるが、松本清張は小説の末尾で、悲惨な事件の被害者の人生と「この饗宴とはかかわりのないものだった」と語っている。そして、スクープ記事が載った「（略）同じ日付の一面のゲラは、（略）代表松岡洋右がジュネーブに出発した活字をならべていた」、と。

小説の終わりに付け加えられたように語られているこの叙述は、被害者たちの悲惨なドラマに向き合うことや、国際連盟を脱退して戦争へとのめり込んでいこうとしている国家の問題を深刻に考えることよりも、自社のスクープを能天気に祝っている新聞人たちに対する批判であろう。〈新聞社そして新聞記者は、それでいいのか〉という松本清張の声が聞こえてきそうである。すでに述べたように、清張は新聞記者に対して必ずしも高い評価をしていなかったと言えるが、この「額と歯」にもそのことが窺われよう。しかしながら、それでは清張が思っているあり得べき新聞記者像とはどのようなものだったのだろうか。おそらく、それを語っているのが小説「投影」（一九五七・七）である。

東京の全国紙の元記者であった太市《たいち》は、恋人の頼子との逢瀬で無断欠勤したり、退職金の前借りをしたりして、ついに社会部の部長と喧嘩してその新聞社を退職し、頼子とともに瀬戸内地方の人口二〇万人のS市に移り住み、そこで「陽道新報社」という、社長と一人の社員だけの小さな新聞社に就職する。社長の畠中嘉吉は病で動けないが気骨のある人物で、自分のことを「この市政悪と闘ってきた信念の男じゃ」と語る。その言葉通りに、妥協も取引も一切することなく、太市たちの活躍もあって、市政の悪を暴くのである。「投影」は松本清張の小説には珍しくハッピーエンドにもなっていて、太市は東京の放送局に就職が決まって頼子とともに帰京することになるが、その出立のとき太市は、動けない社長の代わりに見送りに来た社長の妻に、「僕はこの土地に来て、社長によってはじめて新聞記者の正道というものに眼をあけてもらった思いです」と語るのである。

このように松本清張は、「投影」であり得べき新聞記者像を語っていると言えよう。しかしながら、実情はこれまで見てきた清張小説に登場してきた新聞記者たちに近いようなのである。また、新聞社もそうであり、たとえば例の「沖縄密約」問題で、本来ならば西山太吉記者を擁護すべきであった毎日新聞は、何もしなかった。朝日新聞の社会部長を勤めたことのある柴田鉄治は、『新聞記者という仕事』（集英社新書、二〇〇三・八）の中で、新聞の直面している危機として「（略）重大な危機だと思われるのが、新聞の「ジャーナリスト精神」の衰退である」と述べている。

たしかにそうであろうが、松本清張ならば、そもそも「衰退」する以前から日本の新聞記者に「ジャーナリスト精神」はほとんど無かったのだ、と言うかも知れない。清張の小説を読んでみると、そう思わざるを得ないのだが、日本の新聞社と新聞記者は、「陽道新報社」とその記者たちのようであってほしいと清張は思っていたであろう。

「黒地の絵」論

——戦争のもう一つの悲劇に迫る虚構

一

「黒地の絵」（一九六三・三、四）は、松本清張にとってエポックメイキングな小説だったと言える。このことに関して、佐藤泰正は「松本清張一面——初期作品を軸として」（『松本清張を読む』笠間ライブラリー、二〇〇九・一〇）で、短編作家であった清張が後に長編小説や推理小説、さらには古代史や戦後史にまで著作活動の幅を拡げた、スケールの大きい作家となっていく「きっかけ」について、「私はこれを初期作品の終末を飾ると言っていい中編小説『黒地の絵』（略）一篇に見ると言いたい」と述べている。佐藤泰正によれば、それまでの松本清張の筆は、大岡昇平から連載評論「常識的文学論」の最終回（一九六一・一二）で批判されたように、初期より「個人的な情念に偏っている」傾向があったのであるが、「黒地の絵」以降その筆は「組織的な権力の批判へと向かう」ことになっていくからである。浅井清も「松本清張の魅力」（『国文学　解釈と鑑賞』一九九五・二）で同様の判断をしていて、「或る「小倉日記」伝」等では主として「個人の意識に作品の焦点があった」が、「黒地の絵」は「そこから一歩踏み出したことを鮮明にした作品であった」と述べている。

たしかに両氏の指摘通りであると言え、松本清張自身も『半生の記』（一九六三・八〜一九六五・一）で「黒地の絵」の題材となった事件に触れて、「この騒動のことが動機となって、私は占領時代、日本人が知らされなかった面に興味を抱くようになった」と述べて、「黒地の絵」が以後の仕事の幅を拡げる契機となったことを認めている。ただ、そのこととともに、現代史や古代史も含めての歴史的な事象あるいは事件などに向き合う姿勢や方法と言ったものを、松本清張は「黒地の絵」を書くことによって固めていったのではないかと考えられる。後にその成果が現代史では『昭和史発掘』（一九六四・七〜一九七一・四）などになって表れ、古代史では『眩人』（一九七七・二〜一九八〇・九）などに結実したのである。では、松本清張の仕事の幅を拡げ、また歴史的事象を扱うときの姿勢を固めることに繋がった「黒地の絵」とは、どういう小説だろうか。次にこの小説の前半部分について見てみよう。

――朝鮮戦争勃発の当初、「米・韓両軍」は「北鮮軍」に苦戦を強いられていた。そのような最中の一九五〇（昭和二五）年七月一一日の夜、祇園祭を翌日に控えた小倉の町中で太鼓の音が響く中、小倉の街から一里ほど離れた「ジョウノ・キャンプ」に駐留していた「二十五師団二十四連隊」所属の黒人兵「総勢二百五十人」が集団で脱走し、附近の民家に入って略奪や暴行を働いた。炭坑事務員の前野留吉の家では六人の黒人兵が押し入って来て、焼酎を飲んだ後に留吉の妻の芳子を輪姦するということがあった。その内の一人は鷲の入れ墨を、もう一人は女性器の入れ墨をしていたことを留吉は眼に留める。その直後、芳子は「死ぬ。死ぬ」と言って号泣し、また留吉は「おれが男として意気地がなかったからだ。ゆるしておくれ」と言うしかなかった。

この脱走した「外国兵にたいしては、無力だった」日本の警察は、新聞社の「ニュースカー」で「戸締りを厳重にするよう警告した」のだが、「これだけが、日本側の警察がとりうる最大限の処置だった」。一方、MPの活動は「緩慢であった」ものの、その夜の内に脱走騒ぎは収まる。彼らは「おそらく処罰は受けなかったであろう。必要がなかったのかもしれない」からである。彼らは二日とたたないうちにジョウノ・キャンプから消えていた。朝鮮戦争の最前線に送られたのである。事件後、各紙の地方版に「キャンプ小倉司令官の市民にたいする遺憾の短い声明文」が掲載される。――

以上が小説前半の梗概である。黒人兵の集団が脱走し様々な犯罪を引き起こしたというのは実際にあった事件だが、「（略）黒人兵たちの集団脱走と暴行の正確な経緯を知ることは誰も困難である」と小説でも語られているとおり、事件の具体的で正確な内容はよくわからないようである。松本清張は文藝春秋の全集第37巻（一九七三・七）の「あとがき」で「黒地の絵」に触れて、「これを書くため小倉に戻って、当時の人たちの話を聞いたが、被害の届け出が少なかったのと、占領下だったために、現在でもよく分っていない」と述べている。公的な機関においてもそうだったようであり、たとえば『福岡県警察史　昭和前編』（一九八〇・七）でも、「昭和二十五年七月十一日夜の小倉キャンプで起った黒人兵たちの集団脱走と暴行の正確な経緯を知ることはだれも困難である」と語られている。

このことはずっと後になっても変わることがなく、『戦後50年　にっぽんの軌跡《きせき》　上』（読売新聞編集局「戦後史班」、一九九五・七）においても次のように語られている。すなわち、「脱走した黒人兵は二百人近くに上った。（略）被害は暴行、強盗、窃盗など、届け出があったものだけで七十数件。外聞を恐れて警察に届けなかった被害者もおり、実態は今なお不明な部分が多い」、と。松本清張も聞き込みをしてみたものの、あまり多くのことを知ることはできなかったと思われる。「外聞を恐れて警察に届けなかった被害者」たちは、むろん松本清張にも話さなかったであろう。

そうではあるが、おそらくは取材をしていた松本清張の耳にも入ったであろうと思われる事例も、後の証言から窺われる。これは松本清張記念館による「黒地の絵」展の図録（平成十七〈二〇〇五〉・八）にも引かれていて、また『福岡県警察史　昭和前編』ではより詳しく引用されている、昭和五〇（一九七五）年七月二三日の朝日新聞の特集記事にある、主婦の話による事例である。すなわち、「町内の主婦二人が暴行されたのを知っている。一人は三十歳くらいの奥さん。うわさが広まり、事件後まもなく、引っ越してしまった。もう一人は四十二、三歳だった。この人はご主人の目の前で、はずかしめを受けたそうだ。それ以後、ご主人はぐらぐらして酒におぼれるようになり、しばらくたってから、酔っ払って川にはまって死んでしまった。子供さんが三人いたのに。」という話である。

この「四十二、三歳」の主婦と「ご主人」の話が、「黒地の絵」における前野留吉と芳子の夫婦のモデルになったのではないかと思われる。もっとも、「黒地の絵」の留吉と芳子の夫婦には子どもがいないところが違っていて、また実際の「ご主人」は事件後は廃人のようになり（「ぐらぐらして」というのは小倉近辺では「頭にきて」という意味のようである）、その末に「川にはまって死んでしまった」ので、その点も前野留吉とは違うわけだが、しかし事件後の夫婦の不幸という点では共通している。なお、『半生の記』によれば、松本清張は事件当日、勤務先から自宅に夜の九時すぎには帰ったのだが、事件については何も気づくことなくその夜は眠り、翌日になって昨夜のことを知ったようである。そのときにはすでに、「近所の話では、（略）ある家では亭主が銃の台尻で殴《なぐ》られ、ある家では主婦が強姦《ごうかん》されたといっていた」ということを耳にはしていたようである。しかし、そのときはそれ以上のことは聞かなかったであろう。

おそらく松本清張は、「四十二、三歳」の妻と夫のことや、彼らのその後については、「黒地の絵」のための調査のときに初めて聞き知ったのであろう。そしてそのときに、彼ら夫婦、とりわけ廃人のようになって死んでいった夫を主人公にしようというプランができたのではなかったかと考えられる。小倉の人たちが受けた被害は、この「四十二、三歳」の妻とその夫の夫婦の悲劇を通して表すことができる、と松本清張は判断したのであろう。だから、「黒地の絵」は前野留吉と芳子の夫婦に焦点があてられた物語となり、前半では彼らが見舞われた惨劇が語られ、後半は留吉によるある種の〈復讐譚〉として語られることになったのである。前述したように、実際の「ご主人」は事件後には廃人同然の生活をした後、「川にはまって死んでしまった」のであるが、松本清張はその「ご主人」像を小説の後半部分で大きく変えていて、そのことによって小説はより大きく且つ複雑なテーマを提示することになったのである。

それが虚構の力であると言えるが、その問題については後に考察することにして、前半部分でもう一つ注意しなければならないことは、小倉の祇園祭の際に打ち鳴らされる祇園太鼓の音が黒人兵たちを刺激して、結果的には彼らの集団脱走を言わば指嗾《しそう》することになった、というふうな叙述がなされていることである。その「どどんこ、どん、どん、どどんこ、どん、どん」という太鼓の音は、物語の前半部分では通奏低音のように鳴り響いている。しかもその音は、黒人兵たちのような登場人物だけにではなく、読者の耳にも鳴り響かせようとするかのように叙述されているのである。実際にもこの小説の読者は、太鼓の音を頭に鳴り響かせながら、黒人兵たちの脱走劇を読み進めていくことになる。もっとも、馬場重行が「〈虚構の仕掛け〉の試み——『黒地の絵』私論——」(「松本清張研究」第三号〈砂書房、一九九七・八〉)で紹介しているように、その音は「ジョウノ・キャンプ」にいた黒人兵たちに本当に聞こえたのか、距離から考えて無理なのではないかとの意見もあるようだが、しかし馬場重行も同論文で述べているように、「この太鼓の音という装置は、作品内において実に巧みに機能している」と言えよう。

「黒地の絵」ではその音が黒人兵たちにもたらしたものについては、次のように語られている。「黒人兵たちは、不安にふるえている胸で、その打楽器音に耳を傾けたに違いなかった」、「遠くから聞こえてくるその音は、そのまま、儀式や、狩猟のときに、円筒形や円錐形の太鼓を打ち鳴らしていた彼らの祖先の遠い血の陶酔であった」、と。あるいは、「太鼓の鈍い音律が、彼らの狩猟の血をひき出した。この狩猟には、蒼ざめた絶望から噴き出したどす黒い歓喜があった」とされ、さらには、「鈍い、呪文的な音だった。黒人兵士たちは生命の絶望に祈ったのかもわからなかった」、「狩猟的な血が彼らの体にたぎりかえっていた」というふうに語られているのである。

そうすると、その後行われた、留吉と芳子の夫婦にとっては惨劇としか言いようのない輪姦事件は、黒人兵たちにとっては「狩猟」のようなものだったのだということになってくる。またそうならば、脱走した黒人兵たちは、その夜はあたかも未開の狩猟族のように振る舞ったのだというふうにも読めるようにもなってきて、このあたりは微妙な問題を孕んでいると言える。ただ、このことは人種的偏見の問題として捉えるべきではなく、黒人兵たちを免罪するのではないが、彼らにも同情されるべきところがあったのだという事柄として、太鼓の音による刺激が語られていると考えるべきであろう。この「狩猟的な血」のこととも関連して、黒人兵たちが「不安」や「蒼ざめた絶望」にあったと語られていることにも注意しなければならない。「彼らは（略）数日後には北鮮共産軍と対戦するため朝鮮に送られる運命にあった」のであり、彼らはそれを知っていたのである。

つまり脱走劇には、祇園太鼓の音に刺激された「狩猟的な血」の要素もあったかも知れないが、それよりも重要なのは不利な戦線に投入されることになっている黒人兵たちの「不安」と「恐怖」の方が大きな理由であったとされている、と読むべきであろう。祇園太鼓の音は「不安」や「恐怖」の中にいた彼らを狂躁状態にさせる働きがあったとされているわけである。小説ではこう語られている、「黒人兵たちの胸の深部に鬱積した絶望的な恐怖と、抑圧された衝動とが、太鼓の音に攪拌《こうはん》せられて奇妙な融合をとげ、発酵した」、と。「彼らは暗い運命を予期して」いたのである。そしてその「予期」は的中したことが小説の後半で語られる。

二

小説の後半では、話は脱走事件のあった翌年の一九五一年のことに移る。前半の冒頭と同じようにAPやUPの外電が引用されていて、外電は「米・韓両軍」が「中共軍」に支援された「北鮮軍」に押されていたことを語っている。物語は以下のように進む。

——小倉キャンプには次々に米兵の戦死体が搬送されてきた。基地内の「A・G・R・S（死体処理班）」で死体の識別作業をしていた歯科医の香坂二郎は、やはり「A・G・R・S」の雇員で同じ電車で通勤していた男に関心を持つ。男は前野留吉であった。香坂が留吉と話をしてみたくなった理由は、「彼の体から立ちのぼる、正体のわからぬ倦怠感であった」とされる。香坂から「君は黒人兵の刺青に興味がありそうだね？」と言われると、留吉は「探していいるんです」（傍点・原文）と応える。ある日、留吉は黒人兵の死体の刺青を解剖用ナイフで切り刻んでいた。その刺青とは「鷲」と「裸女の下部」の刺青であった。

前野留吉と芳子の夫婦の家に押し入って乱暴を働いた黒人兵たちは、彼らが「予期」していた「暗い運命」の通りに、戦死体となって戻ってきたのである。留吉はその戦死体の刺青を切り刻むことで一種の〈復讐〉を行ったわけである。留吉と芳子とは「一ヶ月前」に別れたらしいのだが、香坂には「僕も妻も、別れたくはなかったのです」と言い、香坂から「それが、どうして?」と聞かれると、「そういう仕儀になったのです」「いや、早く別々になりたかったのです。今はどうしているかな」と語る。輪姦事件の被害者たちはその後も辛い人生を歩まざるを得なかったのである。しかし加害者側の黒人兵たちも戦死したのである。輪姦事件は許されるべきことではないが、彼ら加害者たちも「予期」通りに悲劇に突き落とされる運命が待っていたのである。

だから、その「暗い運命」を黒人兵たちが知っていたとしたならば、その結果の脱走であり輪姦であったと考えられなくはなく、彼らの行為自体は許せないにしても、自分たち夫婦を見舞った惨劇に対して幾分はニュアンスが変わったものとなるであろう。少なくとも、彼ら黒人兵たちに対して憎しみもほんの少しは柔らかなものになるかも知れない。おそらく留吉はそのように思ったと推察される。だから、朝鮮戦争の米軍は白人兵の方が黒人兵よりも多いのに、戦死体では逆の比率になっていることについて、それは「戦線の配置によるのさ」と語る香坂に対して、「黒人兵はそうされることを知っていたのでしょうか?」と聞くのである。その問いに対して曖昧な受け答えをする香坂に、留吉は「殺されるとは思っていたでしょう。負け戦の最中に朝鮮に渡ったのですからね」と重ねて言うのである。そして、「黒んぼもかわいそうだな。かわいそうだが――」と「つぶや」く。「かわいそうだが――」というのは、だからと言って彼らが自分たち夫婦に犯した罪が消えるわけではないことを言っているのである。しかし他方で、「黒んぼもかわいそうだな」という思いもあったことはたしかである。

香坂二郎も、黒人兵に同情の気持ちも持った留吉と同様の思いを抱く。「女の体の一部が拙劣に描写された」刺青を持つ黒人兵について、香坂は「この男は低能なのか。」と最初は思い、「ほとんど教養らしいものを持っていなかった百姓ではあるまいかと（略）思った」と語られている。そしてその刺青は「軍隊から解放されて帰郷したとき、人前に出せるものではない」のだから、「無知な彼」は郷里に帰ったときのことまで考えていなかっただろうと思う。しかしそう思い至ったとき香坂の「顔色は少し変った」とされ、こう語られている。「そうだ、あの黒人兵は生きて本国に還ることを計算していなかったかもしれない。彼は死を予想し、大急ぎであの絵を腹に彫刻させたかもわからないのだ。だとすれば、彼は無知ではなかった。彼の絶望はそのとおりにここに腐って横たわっているから」、と。

被害者が気の毒であることは言うまでもないが、加害者もその罪は憎まれるべきではあるものの、同情されるべきところもあったのだ。犯罪に関してのこういう構図は、たとえば名作『砂の器』（一九六〇・五～一九六一・四）に代表的に見られるように、その後の清張ミステリーにはよく出てくるものである。加害者側も背を押されるようにして、やむなく犯罪を犯してしまう。その背を押すものは何かと言えば、それは社会であったり政治組織であったりする。その意味でまさに真の犯人とは、実際に手を下した実行犯ではなく、むしろ背を押した社会や政治組織などの方なのである。そのような考えの元に、松本清張は「黒地の絵」以後、多くのミステリーや犯罪小説を書いていくことになるが、その基本的な構図が「黒地の絵」

に出てきているのである。その意味で前述したように、清張が作家として成長していく契機となったのは、やはり「黒地の絵」であったと言えよう。

「黒地の絵」の黒人兵たちには同情されるべきところがあったが、それでは実際の米軍組織の中では黒人兵はどうだったのであろうか。彼らはどのような処遇だったのだろうか。それについて、朝鮮戦争期における米軍ではなく主にベトナム戦争中の米軍であり、また駐屯地も小倉ではなく沖縄の米軍についてのルポルタージュ『知られざる沖縄の米兵』（高文研、一九八四・五）で著者の高嶺朝一は、弁護士のマーク・アムステルダムの証言を紹介している。アムステルダム氏は、米国社会は一見すべての人種に公平に開かれているようだが、実は黒人への差別と偏見があり、とくに軍隊ではそれが「増幅」されていると指摘した後、次のように述べている。「米国社会における黒人の構成比は九・八％だが、軍隊では一一・一三％となっている。しかも、階級が低ければ低いほど黒人兵士の占める比率は高くなる。ちなみに海兵隊では一般兵士中に占める黒人の比率は一一・二％だが、将校ではわずか一・三％である」、と。また高嶺氏も、「（略）部隊によっては、白人兵が黒人兵と同じ兵舎で寝ることや夜警の同行を拒否した例もある」と述べている。

このような証言を見ると、「黒地の絵」の背景にあったと考えられる黒人兵差別は、米軍内に過酷な事実としてあったことがわかる。だから、黒人兵部隊は最も危険な戦線に行かされるようなこともあったのである。先に見た『福岡県警察史　昭和前編』にも、「小倉市民を恐怖に叩きこんだこの黒人兵部隊、第二十五師団第二十四連隊（三個大隊で編成）が、朝鮮戦線最前線へ投入されたのは、数日後であった」と語られている。まさに留吉の言うように、彼らも「かわいそう」だったのである。また、『戦後50年　にっぽんの軌跡《きせき》　上』（前出）によると、当時、小倉市警察の警備課渉外係として米軍憲兵隊との連絡役をしていた米今敏明も、黒人兵脱走事件の背景については、「軍隊内での黒人差別への反発と、戦地行きを前にした恐怖感が引き金になった」と推測している。

こうして見てくると、やはり「黒地の絵」はその後の松本清張の仕事を萌芽の形で内包した小説であったと言える。すでに述べたように、清張はその後、真犯人は加害の実行犯というよりも、むしろ加害者の背後に存在する政治組織や社会の方であり、加害者は被害者でもあったとする構図のミステリーや犯罪小説を、数多く書くことになる。加害者も被害者であったことについては、「黒地の絵」では実際にレイプ犯の黒人兵たちが戦死体となって戻ってきたことに端的な形で示されている。また「黒地の絵」は、一般にはあまり知られていない出来事や事件を独自の調査で明らかにし、そしてそれらの背景や謎についても推理力と想像力によって鋭い仮説を提示するという、清張の仕事の雛型でもあった。

その際、清張は熱心に調査をするのであるが、調査では明らかにならなかった問題があったり、実際の話をそのまま持ってきては、小説のテーマを展開していく上で必ずしも適切ではないと判断した場合には、自分の想像力で仮設された設定の方を採用することが多かったと考えられる。「黒地の絵」においてもそうである。たとえば、朝鮮戦争での米軍戦死者の遺体を識別するために実際に当時の小倉にいた自然人類学者の埴原和郎は、『骨を読む　ある人類学者の体験』(中公新書、昭和四〇〈一九六五〉・九)でその時の体験を語っていて、それによると労務者の体に染み込む、死体の腐臭の強烈さなどは、「黒地の絵」で語られているとおりなのだが、次のようにも語っているのである。すなわち、「高名な作家が、AGRSGを舞台とした作品を発表したこともあるが、その内容は必ずしも正確ではない。いずれは、この仕事に参加したわたしたち三人のうちのだれかが、その正しい姿を紹介しなくてはならないと感じていたのである」、と。

因みに「AGRSG」は先に見た「A・G・R・S（死体処理班）」にGROUPの頭文字Gを付け足して改称した名前の略称で、実態は「A・G・R・S（死体処理班）」と同じである。それはともかく、埴原氏はこの「高名な作家」が誰を指すのかについては明示的に述べていないが、おそらく松本清張と考えていいのではないかと思われる。では、どういうところが「必ずしも正確ではない」のだろうか。これについても埴原氏は語っていないのであるが、それは次に述べるような箇所ではないかと考えられる。

たとえば、「黒地の絵」の中で香坂歯科医が留吉に、「死体をいじくる仕事は、それほど金になるのかね？」と問い、また物語の最後で留吉が例の黒人兵の死体にまさに接して「骨膜刀《ナイフ》」でその刺青を切り刻んでいると思われる場面がある。つまり、「黒地の絵」では留吉たち「労務者」も戦死体に直接触れる機会があったかのような叙述になっている。しかし、留吉のような日本人「労務者」は戦死体に触れることはできなかったようである。埴原氏は同書で述べている、「労務者たちには、たとえ床におちた一片の骨でもふれさせない。前にも紹介したように、死体には資格をみとめられたもの以外は指一本ふれさせないという、米軍側の厳重な方針によるものである」、と。「前に紹介した」というのは、死体の処理に携わる者にはしかるべき資格が必要であり、「それは死者に対して礼をつくすことにもなる」という、米軍側の考え方のことである。埴原氏は、「「せっかく親切に骨をひろってやったのにおこられた」とぼやく労務者のおじさんもいた」とも語っている。

だから、留吉が「死体をいじくる」ことなどは有り得ないわけである。しかしながら、留吉が死体に触れることができなければ、物語の最後の場面は成立しないだろう。またこの最後の場面がなければ、留吉の遣り場のない怒りと嘆きが、言わば結晶化することはなく、物語としてはまさに画竜点睛を欠いたものになったであろう。やはり、「黒地の絵」で語られているようなラストシーンだったからこそ、この小説は読者に強烈に訴えかけて、留吉と黒人兵たちとの悲劇がより一層伝わってくるものとなったと言える。

松本清張は事実に基づいた小説を書きながらも、そのような改変を小説中で行うことがあったが、それでは清張にとって、事実と虚構との関係はどうだったのであろうか。

三

「黒地の絵」は、実際にあった、黒人兵の集団脱走事件を題材にした小説であったわけだが、そうならばこの事件をたとえば『日本の黒い霧』（一九六〇・一〜一二）や『昭和史発掘』のようなノンフィクションで語ることもできたかも知れない。しかし、小倉に帰ってからの調査では新事実が何ほども発見されなかったようなので、ノンフィクションにするには資料が足りないと、松本清張は判断したのであろう。

ところで松本清張は、たとえば帝銀事件ではまず『小説帝銀事件』（一九五九・五〜七）というノンフィクション小説を書き、その後に『日本の黒い霧』で「帝銀事件」と題されたノンフィクションを書いた。その逆の場合では、実際に起こったスチュワーデス殺人ではまずノンフィクションとして「スチュワーデス殺し事件」（一九五九・八、原題「「スチュワーデス殺し」論」）が書かれ、その後に小説『黒い福音』（一九五九・一一〜一九六〇・六）が書かれた。あるいは古代史で言えば、『眩人』（一九七七・二〜一九八〇・九）は、清張の古代史学説が語られている『寧楽　清張通史六』（一九八三・九）で推察された歴史的な事柄、たとえば宮子と玄昉との関係などが、今度は小説の形で語られているものである。しかも『眩人』には各章ごとに詳しい注記が多くあって、さながら学術論文のようなのである。松本清張は、『眩人』というフィクションの形を取りながらも、実は古代史についての自説を本気で語ろうとしたと思われる。また、『火の路』（原題『火の回路』、一九七三・六〜一九七四・一〇）では、古代史の研究者である主人公の女性の論文が小説中に掲載されているが、実はその論文で語られている学説は清張自身の学説なのである。

これらのことから推察されるのは、松本清張は事実と虚構との境目をそれほど截然と分けて考えてはいなかったのではなかろうか、ということである。普通には私たちは、事実は事実であり、虚構は虚構であって、そこに交じり合うものはないと考えているわけだが、しかしながらそれほど截然と区分することができるであろうか、と考え直してみる必要があるだろう。ここで、これまで虚構という言い方をしたが、それは虚構の物語ということであるので、これからは物語というふうに言い換えて考察を進めたい。その方がわかりやすいと思われるからである。では、物語と事実との関係はどう考えるべきだろうか。

たとえばフランスの哲学者ポール・リクールは、『時間と物語Ⅲ』（久米博訳、白水社、一九九〇・三）で歴史叙述と文学叙述との関係について、「（略）歴史はその書法において、文学の伝統から受け継いだ筋立ての型を模倣する」（傍点・原文）と述べている。そして、「歴史の文学から借用」ということを述べて、それは「構成の面」に関して悲劇や喜劇、ロマンス、アイロニーなどのカテゴリーを「借用」するだけでなく、「借用はまた、歴史的想像力の表象機能にも関係する」として、「つまりわれわれは出来事の連関を、悲劇的と見たり、喜劇的と見たり、するのを学ぶのである」（同）と述べている。他方でリクールは、「私はここで、フィクション物語は、ある仕方で、歴史物語を模倣するのだという仮説を検証してみよう。何事であれ物語るということは、それが実際に起きたかのように物語ることである、と言おう」（同）とも語っている。つまり、先の「借用」は歴史叙述が文学を模倣することであったのに対し、後のは逆に文学叙述が歴史から「借用」することである。このように、物語と歴史との関係は「循環的」であり、したがって「歴史が準虚構である」し、また「フィクションが準歴史的である」とポール・リクールは述べている。

たしかに私たちは、実際の出来事を解釈するときには物語の図式を知らず知らずに用いている場合が多々あるし、その反対に物語などのフィクションを読むときには、今度は現実を参照しながら解釈を行っていることが結構あるだろう。となると、物語と歴史との区別は、やはり厳密に截然とは行えないということになってくるのではなかろうか。

哲学者の野家啓一も、『物語の哲学　柳田國男と歴史の発見』（岩波書店、一九九六・七）で、「脈絡」を欠いた出来事は歴史的な出来事ではないとして、その「脈絡」を形成するのが「物語」であり、「物語行為の射程は単なる「虚構」のみならず「事実」の領域にも及ぶのであり、それは歴史叙述をも包摂する」と述べている。そして、「現実組織と虚構組織との間には、鼠一匹通さない厳格な国境線が引かれているわけではない」、と。また、野家啓一は『岩波講座　哲学11　歴史／物語の哲学』（二〇〇九・一）所収の論文「展望　歴史を書くという行為」でも、歴史記述とは〈物語り的な散文的言説の形をとった言語構造体〉なのであり、「メタファー（隠喩）やメトミニー（換喩）などの比喩表現を援用しながら行う詩的行為にほかならない」というヘイドン・ホワイトの主張を、正面から受けとめなければならない地点に我々は立っているのだ、ということを語っている。

物語についてのこれらの説に加えて、事象を単独に見てもその意味を読み取ることはできず、そこに理論がなければ読み取りには意味がないのであり、歴史的な出来事の場合にはその理論とは「物語」のことであって、「したがって歴史説明とはまさしく物語のことであり、物語こそ「説明」が歴史的文脈において意味すると思われることのすべてにほかならない」、とする『物語としての歴史　歴史の分析哲学』（河本英夫訳、国文社、一九八九・二）のアーサー・C・ダントの説なども考え合わせて見ると、物語叙述と歴史叙述とは深く関係していると言わざるを得ないだろう。哲学者の鹿島徹も「探究　九・一一以降、歴史を語ること――物語り理論からグローバリゼーション論へ――」（『岩波講座　哲学11　歴史／物語の哲学』所収）で、「（略）歴史の物語り論は「歴史は物語である」などと主張するものではないが、歴史における言語の介在を本質的なものと見なし、終結地点から振り返っての回顧的言説構築を、歴史叙述の核心と見なす」と述べている。「終結地点からの回顧的言説構築」というのは、たとえばそれは起承転結などの構造に従ったりする「言説構築」ということであり、したがって歴史叙述は物語叙述とその構造は大きく重なっているということである。

これらのような理論が日本でも紹介されるようになったのは、時期で言えばポストモダニズムが喧伝されるようになってから以後のことであるが、注意したいのは、松本清張はすでにそれ以前に物語叙述と歴史叙述とを意識的に交叉させるような小説を書いていたということである。むろん清張は、歴史理論と物語理論について詳しく知ることはなかったと考えられ、またそれらについて自身の理論構築をしたこともなかった。しかしながら清張はかなり以前より、実際の小説制作などにおいては、ポール・リクールやヘイドン・ホワイト、さらには野家啓一やアーサー・C・ダント、鹿島徹などが語っている理論を実践していたと言えようか。これはノンフィクションにおいてもそうであって、たとえば私たち読者は物語を読むように『昭和史発掘』を読むのである。そして読者は、その叙述に説得されて、それによって自身の昭和史像を作っていたりもする。

さて、「黒地の絵」に戻って見ると、「黒地の絵」の物語で語られている、前野留吉と芳子の夫婦の悲劇は、おそらく事実に基づいて発想されたものと考えられるが、しかし語られた話柄《わへい》の具体的な内容はあくまでも仮構された虚構の出来事であったし、留吉の〈復讐譚〉に至っては有り得ないことだったのである。だが、私たち読者は「黒地の絵」で語られた虚構の物語を読むことで、実際にあった、黒人兵脱走とその後の惨劇に眼を向けることができ、さらには朝鮮戦争にあった悲劇のもう一つの側面をも知ることができたのである。虚構の問題に関してさらに言えば、実際に祇園太鼓の音を黒人兵たちは聞くことができたのか、またその音が本当に黒人兵たちを刺激したと言えるのかという問題については、その当否を断定することはできず、黒人兵たちに太鼓の音が聞こえたというのは、松本清張による虚構の事柄かも知れない。しかし、もしも実際に黒人兵たちに聞こえたのだとしたら、その音が彼らの行動に何らかの影響を及ぼした可能性は考えられなくはない。

先にも言及した『知られざる沖縄の米兵』の中で高嶺朝一は、黒人兵たちが集まる、沖縄の旧コザ市にあった照屋という場所について触れた後、こう述べている。「照屋に、夏祭りのシーズンがやってくると、エイサーのパーランクーと青年らの地を踏む音に、黒人兵たちも体の奥深く眠っている郷愁を呼び覚まされるのか、エイサーの行列に飛び入りする光景もよく見られた」、と。高嶺氏は、黒人兵たちが「夏祭りのシーズン」に「「エイサーの行列に飛び入り」するのは、彼らの「体の奥深く眠っている郷愁を呼び覚まされる」からではないかと推察しているが、こういう発言があることを考えると、「黒地の絵」で黒人兵たちが祇園太鼓の音から刺激を受けたとする叙述も、あながち空想的なものとは言えないであろう。

もっとも、祇園太鼓の音についてはやはり真実のところは不明であるとしか言いようがない。ここで興味深いのは、やはり先にも引用した『福岡県警察史　昭和前編』にも、一九五〇年七月一一日の事件に関して次のような記述があることである。「この夜、小倉の街筋は、戦後はじめて再開される祇園祭りの前日でにぎわい、ドドン・ドン・ドン……独特の調子で打ち鳴らされる太鼓の音は、市民に〝生活〟が戻ってきたことを感じさせたが、その太鼓のリズムを別の感情で、からだで聞いていたのが、二日前、岐阜から城野の米軍補給基地（現自衛隊補給所）に到着していた第二十五師団二十四連隊の黒人部隊だった」とされていて、さらに黒人兵の脱走の原因に関して、当時のMP司令部首席通訳官だった永井義之という人の話が紹介されている。永井氏はこう語っている、「敗北の色が濃い戦場に狩り出されるという気持、米軍内部にあった黒人差別の空気に対する反発、そうした憤懣がうっせきしていたとき、町からきこえてきた祇園太鼓の音が郷愁をかきたてたのでは……」（傍点・引用者）、と。

　このような説は、当時の米軍内部でも語られていたからそのように永井氏も言ったのか、それとも米軍内部で勤務していて事情に通じていた永井氏による独自の判断なのか、どちらなのかはよくわからない。いずれにせよ「黒地の絵」は、松本清張の実地調査に基づきながらも多くは彼の想像力から生み出された虚構の物語であったが、そしてその虚構は言わば歴史的事実を超えてその事柄の真実、あるいは事柄の本質に迫るものであったのである。「黒地の絵」における、黒人兵たちの脱走による暴行事件は、彼らが野蛮で非道徳的だったからではなく、軍隊内の黒人差別や戦死の確率の高い戦場への出陣前であったこと、さらには祇園太鼓の音に刺激を受けたことなどの黒人兵たちを囲繞していた条件が、不幸な形で重なったために起きたものだったということが、清張の叙述から読み取ることができるだろう。

さて、このように「黒地の絵」は、永井氏の語っている説そのままを先取り的に描いたような物語であった。そしてそのことを考えると、「黒地の絵」はポール・リクールの言う「フィクションは準歴史的である」という一例と言えそうである。もっとも、憶測を逞しくするならば、永井氏の説は案外に清張の「黒地の絵」を読んだことから出てきたものであった、という解釈も出てこなくはないだろう。もしもそうならば、今度は歴史叙述がいかに物語叙述から影響されるものであるか、という考え方の例証になってくるであろう。つまり歴史の叙述が、物語の言説によって構築されるということでもあり、今度はポール・リクールの言う「歴史は準虚構である」という説の一例となってくるわけである。

野家啓一は『物語の哲学　柳田國男と歴史の発見』（前出）で、「「虚」と「実」との間にある両義的な空間を「物語」と呼んでおけば、「物語」は文学にとってのみならず、科学にとっても不可欠の要素だと言わねばならない」と述べているが、まさに清張はその「両義的な空間」で多くの仕事をした作家であった。彼の物語能力が文学において十全に発揮されたことは言うまでもないが、それとともに人文科学としての歴史学の場においても、その物語能力は有効に働いたと言える。「黒地の絵」は、戦争の悲劇は戦場や爆撃等による直接の被害以外のところにもあったことを語った小説であり、虚構を通して現実の戦争がもたらすもう一つの悲劇を語った、まさに「両義的な空間」での仕事であった。こうして見てくると「黒地の絵」は、やはり歴史的な事象に立ち向かうときの松本清張の姿勢を固めることになった小説であったと言えよう。

最後に、「黒地の絵」で語られている、在日米軍の黒人兵の朝鮮戦争への派兵について言うならば、派兵先が朝鮮半島であったことから日本本土の安全と関係のある派兵でもあったというように思われるところがあるかも知れないが、実は日本の安全とは全く関係がなかった派兵であった。そのことは今の在日米軍においても変わりないことを強調しておきたい。在日米軍は日米安保条約に基づいて駐屯しているが、日本を守るために駐屯しているのではない。梅林宏道が『在日米軍』（岩波新書、二〇〇二・五）で述べているように、「つまり、在日米軍とは、米軍がインド洋、ペルシャ湾にまで展開するための前進配備部隊なのであ」って、日米安保体制とは「（略）米軍の全地球的（超地域的）な展開を支える体制である」ということなのである。また同書では、在日米軍兵士の犯罪等によって、とりわけ沖縄においては市民生活が脅かされていることも語られている。

「黒地の絵」の世界を、過ぎ去った遠い昔の出来事として捉えてはならない。そこで語られた問題は、今も続いているのである。泉下の松本清張は、きな臭さを増しつつある昨今の日本を憂えていることだろう。

〔付記〕本稿中には現在の人権感覚からすると不適切な表現があるが、原文を尊重して訂正しないで引用している。

清張ミステリーと中国・九州地方の鉄道

一

推理小説と鉄道との双方に造詣の深い英文学者の小池滋は、『英国鉄道物語』（晶文社、一九七九・七）で、鉄道は近代科学という「母親」から生まれたという点において「推理小説の兄弟」であるが、それだけでなく鉄道は推理小説の発展に「大きな貢献」をしたと述べている。小池滋によれば、とくにイギリスでは当初より推理小説の掲載は雑誌に依存する度合いが強かったが、駅のキオスクで売られる雑誌に読み切りの短編推理小説が掲載されるようになると、鉄道の発展が推理小説の発展に深く関わってきた。乗客は読み切りの短篇推理小説を読むことで、列車の中での退屈な乗車時間を紛らわせていたわけである。さらに言えばイギリスの鉄道の場合には、客室はコンパートメントという個室形式が普通であったが、その個室形式が推理小説にとっては格好の舞台を提供することになった。言うまでもなく、鉄道のコンパートメントは密室であるため、密室型の殺人事件が物語られるのに相応しい場所になるからである。つまり、鉄道が推理小説の発展に貢献したもう一つの理由にこのコンパートメントの密室があったのである。たとえば、アガサ・クリスティの有名な『オリエント急行殺人事件』は、その密室型殺人事件の代表的な物語である。
このことに関連して、西洋の家屋と違って日本の家屋では密室は少ないために、その点で日本では密室型の犯罪ものは馴染みにくいということはよく指摘されるが、同様のことが鉄道の場合にも言える。その中にあって例外的なのは、西村京太郎のトラベル・ミステリーに見られるような、寝台列車を用いたミステリーだと言えるが、寝台列車以外ではやはり密室型犯罪のトリックの面白さを物語るには日本の鉄道は不向きである。

しかし鉄道に関する日本の推理小説は、時刻表を使ったものにその特徴と面白さがあるだろう。これは日本の鉄道が時刻表通りに運行する精確さを持っているからこそ成り立つトリックであるが、松本清張の『点と線』（一九五七・二～一九五八・一）はその種の代表的な推理小説である。ここでは、九州・中国地方の鉄道に関わる、清張ミステリーの時刻表トリックで言えば、鉄道と飛行機を使ったトリックという点で『点と線』と共通しているところもある短編の「危険な斜面」（一九五九・二）をまず取り上げたい。次に、トリックを使うに至るまでの話を簡単に述べてみる。

――西島電機株式会社調査課長の秋場文作は、かつて関係のあった女性である野関利江が今は秋場の勤める会社グループの会長西島卓平の「二号」となっていることを知り、利江との関係を復活させて、利江を通して自分を西島会長に売り込み出世の手掛かりにしようとする。「秋場は出世したい男であった」。秋場の思惑は成功し、利江の口添えで秋場は調査部長に昇進した。秋場にとって野関利江との関係はあくまで出世の手段であり、利江は「出世のために使っていた器具」に過ぎなかったのだが、利江の方は秋場との関係に段々と積極的になり、本気になってくる。このままでは利江との関係が西島会長に発覚すると思った秋場は、利江を殺害しようと計画し、実行に移すのである。——

その年の九月に入って、「山口県豊浦《とようら》郡××村の山中」で女性の死体が発見される。それは野関利江の遺体であり、「現場は山陰本線吉見駅の山林でめったに人の行かぬ所だった」。利江はその年の二月半ば頃より消息を絶っていた。利江の若い情人であった沼田仁一は、利江を殺害した人物は秋場文作だと考えて、出勤簿を調査したのだが、その年に秋場は続けて欠勤したことは無く、ただ四月十九日から五日間、福岡に出張しただけであった。死体は「部分的に白骨化」もしていて、しかも着ていた衣服が冬物であったこともおそらく判断に影響して、死体は「死後七、八カ月」という検死結果となったのだが、「死後の経過時間も、五カ月以上になると、死体を見ても正確には判定できない」と考えられる。また、冬物の衣服は殺害後に着せ替えることができるから、やはり秋場が出張した四月十九日からの五日間の間に、利江は秋場によって殺害されたのではないか、と沼田仁一は考える。

しかしながら、秋場にはアリバイがあった。秋場は四月十九日に東京駅から「急行《筑紫》」に乗って博多に直行していて、翌二十日の十九時十八分に博多に着き、博多駅で支店の人たちに出迎えられていたのであった。だが、完全に見えるこのアリバイのトリックを沼田仁一は突き崩していく。秋場文作はたしかに四月十九日に「急行《筑紫》」に乗って博多に向かったのであるが、実は品川で途中下車して一泊し、翌日の朝に羽田からの小倉行きの飛行機に乗り、下関に行って、そして山陰本線吉見駅付近で目的の犯行を遂げ、下関に到着した「急行《筑紫》」に再び乗って、あたかも東京から通して「急行《筑紫》」に乗っていたかのように見せたのであった。

このように、「危険な斜面」のトリックは『点と線』のそれに似ていて、鉄道と飛行機を組み合わせた時刻表トリックに面白さがあるのだが、このようなトリックは無いものの、時刻表をめぐる事柄が事件解決の切っ掛けとなっているのが、「ある小官僚の抹殺」（一九五八・二）である。この物語は、「砂糖汚職事件」のカギを握ると思われていた「××省」課長の唐津淳平が自殺と見られる縊死を遂げ、汚職事件も摘発は不発に終わったのだが、その死に疑惑を抱いた「私」が真相に迫ろうとする話である。直接には鉄道が事件に関わってはいないものの、唐津淳平が岡山県出張のために下り「急行《安芸》」で東京駅から出発したときの、その時間に関わる唐津淳平の行動に不審なところがあったこと、すなわち「急行《安芸》」は夜の二十時四十分発だったので、役所に出勤して仕事を片づけた後からでも十分に間に合うはずなのに、唐津淳平はその日には朝から役所に顔を出していなかったのである。そのことに不審な思いを抱いた「私」が事件解明に向かって行っていることを考えると、「ある小官僚の抹殺」も鉄道時刻表に関わるミステリーの一種と言えよう。

ところで、先に見た『英国鉄道物語』の中で小池滋は、西洋の小説には列車の中で偶然の相客に身の上話をするという形式のものがあって、たとえばトルストイの小説「クロイツェル・ソナタ」がそういう小説である、と述べている。これも客車が密室のコンパートメント型であるから、他の人には聞かれたくない、人生上の秘密話、この場合では妻を殺害するに至った話をすることができたわけである。同書で小池滋は、日本では江戸川乱歩の短編小説「押し絵と旅する男」（一九二九・六）がそれに相当している数少ない鉄道小説であると指摘しているが、その場合においてもその時には他の乗客が乗っていなかったという設定になっていて、客車一輛を丸ごと密室のようにしていたのである。

今述べたことを少し拡げて考えてみるならば、鉄道車輛というのは様々な出会いがある空間であり、もっと言えば様々な人生が交錯する空間でもあるということである。また、新幹線のような高速鉄道の無かった時代には、長時間同じ車輛に乗り合わせて且つ座席が近接していたりすると乗客同士で少し親密な話をするということもあった。そこまでに至らなくても、或る人物を印象深く記憶するということもあっただろう。あるいは、日ごろ話をすることもほとんど無い人物であっても同じ車輛に出くわしたりすると、挨拶を交わさざるを得ないこともあったであろう。これは、列車の車輛空間が閉じられているために偶然の出会いから自分を隠すことができないからである。こうした出会いや交流は、日本の鉄道のほとんどがコンパートメント型の客車でないからこそ、可能だと言えよう。

これらのような鉄道列車の特質を物語に取り込んで語られているのが、「顔」（一九五六・八）であり、「拐帯行」（一九五八・二）である。

二

「顔」は松本清張の最も有名な短編推理小説の一つである。

俳優志望の井野良吉が付き合っていた「酒場の女給山田ミヤ子」は妊娠したのだが、ミヤ子は堕胎に同意しなかった。「俺の一生がこんな詰らぬ女のために台なしになって堪るか」と思った井野良吉は、ミヤ子を温泉旅行に誘い、一晩温泉に泊まった翌日に、寂しい山林でミヤ子を絞殺しようとする。事は計画通りに運んだのであるが、温泉に行く列車の中でミヤ子が店の客に偶然に会い、その客と言葉を交わすということがあった。その列車は山陰線京都行き上りの汽車であり、ミヤ子がその客すなわち石岡貞三郎に声を掛けたのは、島根県の海岸沿いの周布《すふ》という小さな駅から浜田駅に到着する間であった。始発の下関から乗った井野良吉とミヤ子とは座席に座っていたのだが、列車は満員であったために途中から乗った人はみな立ち通しであり、石岡貞三郎もその「人ごみ」の中で立っていたのであった。

その場面は作中の「井野良吉の日記」では次のように語られている。引用は、ミヤ子に声を掛けられた石岡貞三郎の言葉から始まる。「「ミヤ子さんか。えらい思いがけないところで遇ったな。こりゃ驚いた」／彼は実際にびっくりした顔をした。それから横に腰かけているぼくの方を、それとなくじろじろ見た。ぼくは窓の方を向いて知らぬ顔をして煙草をくわえていた」（傍点・原文）。大衆酒場の「女給」をしている山田ミヤ子は、この温泉旅行を人に知られるのを厭がっていて、そのことはこれから殺人を犯そうとしている井野良吉にとっても同様であったので、「それで此処にくるまで、細心の注意をして知った人に出遇わぬようにしたのに、こんなところでミヤ子が知人に声をかけたことが、ぼくには腹立たしかった」と語られている。ミヤ子が声を掛けたのは、「あんまり思いがけないところで顔をみたので、声をかけずには居られなかったんですもの」ということだったのだが、これも車輛という閉じられた空間であったために、ミヤ子は止むなく自らの方から声を掛けたというふうにも考えられよう。

この温泉旅行の後に、前述したように井野良吉は計画通りにミヤ子を殺害したのだが、列車内でのこの石岡貞三郎との偶然の出会いが、やがて映画俳優として名が出始めていた井野良吉の逮捕に繋がる切っ掛けとなったのである。これはやはり、鉄道の客車の車輛だからこその出会いであったと言えよう。

同じ車輛に乗り合わせたために、その同乗者の顔を覚えてしまう話が「拐帯行」である。

主人公の森村隆志は、集金した会社の金三五万円を拐帯して、恋人の西池久美子と博多行きの特急「さちかぜ」に乗ったのだが、安サラリーマンの彼らには前途に何の希望も無かったので、その金で思いっきり贅沢な旅行をした後、心中するつもりであった。「さちかぜ」の乗客の中に、熱海から乗り込んできた、「いかにも渋い安定感をその身装《みなり》や態度にもっていた」中年の夫婦がいた。「この夫婦は、周囲のどの乗客にも見当らない、おだやかな上品さと、静寂な愛情を、その雰囲気にもっていた」と語られている。その夫婦とは阿蘇のホテルでも会い、そこからさらに列車で数時間ほど南下して「日奈久という駅」で降りた隆志たちは、その地のホテルでもあの夫婦連れに出会う。そして、彼らの「中年の安定」ぶりを目にした隆志について、「――あんな人生もある！／隆志は、感動して泪が出そうだった」と語られている。

　隆志は死ぬのではなく、生き直そうとして警察に自首して検事にこう語っている。「（略）罪は清算します。しかし、そのあとは懸命に努力して、自分の人生を建て直したいと思いました。その勇気を、あの夫婦から学びました」、と。しかし中年夫婦のように見えた二人は実は夫婦ではなく、女は男の愛人でバーのマダムであり、男は「六百万円の横領犯人」だったのである。隆志が二人から生きる勇気をもらったと思って東京に帰った後に、彼らは薬を飲んで情死したことを検事から聞かされるのである。

「拐帯行」はこのようにどんでん返しのある物語となっているが、それはともかく、鉄道の車輛の中で見かけた二人連れのことを印象深く記憶していて、そのことが後に主人公の人生の転換に大きな影響を与えることになったのである。これも、同じ車輛にいる時間が長くなることの多い特急列車だからこそあり得ることであり、それもいわゆる在来線の特急であったからでもあろう。

　このように、松本清張は『点と線』や「危険な斜面」のように、日本の鉄道ミステリーに多くある、時刻表を用いた巧みなトリックの謎を破る話だけでなく、「顔」や「拐帯行」に見られるように、鉄道の他の特質を活かした推理小説を書いているのである。推理小説の中に活かしているその特質は、鉄道に関わる様々なものに及んでいる。たとえばそれは、食堂車が発行した受領書であったり、定期券や切符であったりもする。

かつて在来線の特急列車には食堂車があり、そこで乗客は食事を楽しんだのであるが、『点と線』はその列車食堂の受領書に一人の刑事が不審を抱いたことが切っ掛けの一つとなって、その刑事たちが事件の真相に迫っていく話であると言える。すでに触れたように『点と線』は時刻表ミステリーの代表と言える推理小説であるが、列車食堂の受領書も捜査の重要な鍵となっている。

博多湾の香椎海岸で寄り添ったような中年男女の青酸中毒死体が発見され、男は汚職摘発が進んでいる某省の課長補佐佐山憲一で女は赤坂の料亭の女中のお時であった。また、東京駅の十五番線ホームで九州博多行きの特急「あさかぜ」を二人が待っていたところを目撃されたこともあって、これは心中事件として処理された。

しかし、福岡署の鳥飼重太郎刑事は、男の衣服のポケットにあった「列車食堂の受領書」を見て首を傾げる。受領書は「東京日本食堂の発行」で、そこには「日付は一月十四日、列車番号は7、人数は御、一、人様」（傍点・引用者）とあったからである。心中するような深い関係の男女であり、しかも心中場所に行こうとする列車の中で、男一人で食堂車に入るであろうか、という疑問である。普通でも濃い関係の男女なら列車の中で一緒に食事をするだろう。ましてや心中しようという二人である。鳥飼刑事の心には「御一人様」の食堂車の伝票」が引っかかり、鳥飼刑事には他にも疑問もあって、彼はそれらを追及していくことで、やがてこれが心中を偽装した殺人事件であることを見破るのである。

『点と線』は、作中人物で主犯格の男によって作為された〈四分間の偶然〉や、先にも言及した鉄道と飛行機、さらには連絡船とを組み合わせた時刻表トリックが有名だが、それらだけでなく、鉄道の食堂車の受領書にも関わって物語は進行していくのである。

松本清張は日本の鉄道にある幾つかの特徴的な事柄を小説の中に効果的に取り込んでいた。そのことによって清張は、鉄道ミステリーは時刻表トリックや密室型犯罪だけではない、ということを明らかにしてみせたと言えようか。鉄道に関わる、そういう他の例として、定期券と切符が鍵となっている小説について次に見ていきたい。

三

『時間の習俗』(一九六一・五～一九六二・一一)は、犯人が自らのアリバイ工作に鉄道の定期券をうまく利用する話が盛り込まれた推理小説である。これは、「交通文化情報」という業界紙の編集発行人の土肥武夫という男が、神奈川県の相模湖畔で絞殺死体となって発見され、『点と線』で活躍したあの名コンビ、警視庁捜査一課の三原紀一警部補と福岡署の鳥飼重太郎刑事とが事件を究明していく長編ミステリーである。三原警部補は極東交通専務の峰岡周一に関心を抱くのであるが、犯行の日時は峰岡周一には完璧なアリバイがあった。

二月七日未明、旧暦の元旦に当たる日に、峰岡周一は北九州門司の和布刈《めかり》神社で行われた神事を見物しその写真をカメラに収めていたのである。その神事を撮ったフィルム六コマの次に、七日早朝の小倉の旅館で撮ったその旅館の女中の写真が写っていた。しかも東京から土肥武夫の死を知らせる電報を、峰岡周一が旅館で受け取ったことも女中のお文が証言している。土肥武夫は二月六日の夜に殺害されているので、そうなるとその殺害現場に当日の夜に峰岡周一が居るのは不可能になってくる。峰岡は二月六日の深夜から七日の未明にかけて北九州門司の和布刈神社にいたことになるからである。和布刈神社の神事を撮った写真ネガと、それに連続して女中の写真のネガがあったことがそのことを証明しているのである。しかし峰岡周一は、本当に六日の深夜から七日未明にかけて和布刈神社にいたのであろうか。

実は、和布刈神社の神事を撮影したのは峰岡周一以外の人間であり、峰岡はそのネガからプリントした写真を他の未撮影のフィルムに写し取ったのである。写真に詳しい人間ならばそれは簡単にできる操作である。だから、峰岡はその当夜には和布刈神社にはいなくても、そこにいて写真を撮ったかのように偽装できたわけである。それに気づいた三原警部補は当初、このフィルム・トリックの片棒を担いで峰岡に協力したのは、それ以後に起きた第二の殺人事件の被害者である身元不明の若者ではないだろうかと推定する。しかし、そうではなくて事件とは関係のない人物が、当人の知らないところで結果的に写真トリックに協力させられてしまったというのが、事の真相であった。その人物は梶原武雄という青年で、『筑紫俳壇』という俳句雑誌を出している俳句結社の一員で俳句の趣味があり、またカメラの趣味もあるという、食品会社の工員であった。

やはり俳句趣味のある峰岡周一は、その結社の吟行に付いていき、梶原武雄と知り合いになり、そしてそのときに梶原武雄にはカメラの趣味もあって、次の和布刈神社の神事に行って写真を撮ることも知ったのであろう。では峰岡周一は、梶原武雄が撮った写真をどのようにして盗み撮りしたのであろうか。鳥飼刑事は以前に峰岡周一が西鉄の定期券売り場の付近に立っていたことがあったことを知る。梶原武雄はカラー写真を撮ってそれを現像する場合には東京のO写真工業にフィルムを送っていたのである。峰岡周一はそのことを知っていて、梶原武雄に成りすましてO写真工業に出向いて、その現像は郵送ではなくて、直接受け取りたい、とでも言ったのではないかと三原警部補は推理する。

はたして、その主任は三原警部補と鳥飼刑事に次のように語った。「私の方としてはご本人かどうかわからないので、その身分証明を求めたんです。すると、梶原さんは福岡の方の電車の定期券を出されましてね。そこに書かれている梶原さんの名前も、撮影者の送ってきた封筒のものと間違いはなかったのです……(略)」、と。その話を聞いた後、三原警部補は以下のように確信する。峰岡周一は二月七日に福岡に行っているが、「(略)このとき西鉄営業所から定期券を〝梶原武雄〟名義で買った。いうまでもなく、フィルム会社に呈示する身分証明用のものだった」、と。今日では、電車の定期券が身分証明用に用いられることは稀であろうが、当時ではそういうこともあったわけである。

やや詳しく『時間の習俗』の物語を追ってきたが、『時間の習俗』には鉄道ミステリー関係の清張小説の中にあって九州の大手私鉄が登場していて興味深い。また、このミステリーは、車輌や駅などのような、鉄道の最重要な道具立ては無いものの、定期券という小道具が犯人の犯罪トリックを成り立たせるために必須の役割を果たしているわけで、そこに鉄道ミステリーとしてのこの小説のユニークさを指摘することができよう。

この『時間の習俗』と同様に、鉄道に関わる小道具が重要な役割を果たすのが、『花実のない森』(一九六二・九〜一九六三・八)である。

独身サラリーマンの梅木隆介は、ドライブ中に奇妙なカップルを便乗させることになる。男性は冴えない中年男であったが、女性は妖しい美貌とともに貴族的な気品も持っていた。釣り合わない二人はどうも男女関係にあるらしいのだが、そのことを不満に思った梅木隆介は、その女性を追跡して遂に彼女の故郷までも探り当てるのである。梅木隆介はその女性に一目惚れしたわけであるが、それにしても、一度だけ車に同乗させたくらいの関係でしかないのに、執拗にその女性を追跡しようとするのは、少々不可思議である。もっとも、松本清張の小説には、ちょっと会っただけの女性に対して、普通には考えられないような一目惚れの情熱を執拗に燃やす男性が登場することがあるが、梅木隆介もその一人である。梅木は勤めている会社を休んでまでして、その謎の女性を追いかけるのである。その追跡ではほとんど刑事まがいのことまでもする。このあたりには、ややリアリティに欠けるところも無くはないだろう。

リアリティの問題はともかく、謎の女の周囲では二人の男性が奇妙な死に方をするのである。その内の一人の林田庄三という三五歳の証券契約係の男は、湯河原町万葉公園の中の滝のあたりで溺死体で発見される。梅木はその現場に行ってみたのだが、そのときに地に落ちていた小さな紙片を発見する。「彼はそれを子細《しさい》に眺めた。まさしく二等切符だ。破片には左側に矢印の一部が残って、〝岩〟という字がつづいている。もちろん、〝岩〟という字が頭につく駅名だ。あとがなくなっているから、完全な駅名が判じがたい」、と語られている。そして、林田の細君から一週間前に林田が広島市に行ったということを聞いた梅木は、広島市付近から駅名を探していき、広島県に近接したところに山口県の〝岩国〟という駅名があることを見つける。

さらに梅木は推理する。切符が乗客の手許に残るのは、乗り換えの場合である。林田はどこかの駅から岩国行きの切符を購入して岩国まで行き、そして岩国からは東京行きの列車に乗ったのではないか。岩国より西の駅で、梅木は特急や急行の停まる駅を調べていき、徳山—岩国間の各駅のどこかに、それも岩徳線上ではなく、山陽本線上のどこかの駅に、殺された林田は行ったのではないか、そしてその場所には謎の女の秘密があるのではないか、と考えていき、遂にその場所である柳井市を探り当てるのである。

その謎の女は旧華族の出身であり、名前は「みゆき」と言い、結婚もしていたのだが、彼女は異常に性欲が亢進する体質だったらしく、様々な男性と関係を持ち、そのことは彼女の夫も兄も公認していたのだが、関係を持った男たちの方が「みゆき」の魅力に取り付かれてしまい、しつこく関係を続けようとしたために、兄の楠尾英通が殺害したのである。また、兄の英通とみゆきとの間には、どうも近親相姦的な感情もあったようなのである。

このように、『花実のない森』は溺死体が発見された場所に落ちていた切符の欠片を手掛かりにして、みゆきに関わる場所を特定していくところに、鉄道ミステリーとしての面白さがあると言えよう。

やはり切符が物語の鍵となっているのが、連作短編小説『絢爛たる流離』（一九六三・一～同一二）の「第八話　切符」である。この話は松本清張の実体験と実際の見聞とが元になっている話である。まず、『半生の記』（一九六三・八～一九六五・一）によって、清張が実際に体験し見聞もした事柄から見ていこう。

松本清張は戦後しばらくの間、箒の仲買いをしていたが、当時はその箒の材料となる竹と針金、とりわけ針金が不足していた。そうしたときに小倉製鋼出入りの人夫だった小田という男が、工場から出される不合格品の針金の払い下げに成功していた。ただ、その針金は「縺《もつ》れたもの」であったため、その縺れを解くために「四、五人の人夫を頼んでいたようである」。しかし、製鋼会社から針金が出なくなったため、小田はその仕事を止めて転居していった。

その後に今度は、芝山という人物を松本清張は知るのだが、芝山は「廃品の針金を更正する「工場」を持ってい」て、そこでは「近所から集めたらしい女が五、六人くらい坐って、もつれた針金の束を解いていた」。やがて、清張は芝山に「技師長」という男を紹介される。その「技師長」は自称「東京高等工業出身」で「三十前後のひ弱な男」であったが、針金の「縺れ」を解く機械を設計して製作することを、芝山から任されていた。しかし結局、その機械の製作は失敗に終わったのである。芝山は清張にこう語ったらしい。「すっかり騙《だま》されましてね。（略）こんな役にも立たない機械を作るだけでも、何度も大工に作り直させてはやったもんですから、それだけでもえらい費用ですよ。まったくインチキな奴に遭いました」、と。

　松本清張が実際に見聞したこれらのことが、取り込まれて書かれたのが「第八話　切符」の短編小説である。

――針金の需要の高まりによって針金が儲かることを知った、山口県宇部市の古物商の足立二郎《あだちじろう》は、縺《もつ》れのある針金を安く買い、その縺れを十人くらいの女工を雇って解いていたが、手間賃は馬鹿にならず、ほとんど利益が出ていなかった。そのときに、坂井芳夫《さかいよしお》という「自称W大の機械科卒業の男」が、縺れを解く機械を作ってその機械にやらせれば安くつくという話を持ちかけてきた。坂井は機械の設計は自分がすると言い、そのためには設計費を含めて三十万が必要だと言うので、足立二郎は幼なじみで今は大阪の骨董商の愛人である米山《よねやま》スガに十五万円を出してもらい、自分も十五万円出したのである。しかしながら、製作は失敗する。――

　この辺りまでは、米山スガの事以外は、『半生の記』に語られている実際の見聞を踏まえた展開であるが、物語はここからフィクションとしてのミステリーの世界に入っていく。スガに出資金の十五万円を返してくれと追い詰められた足立に、坂井は山林が儲かることをスガに話せばいいので、スガに下見のために耶馬溪鉄道に乗って耶馬溪の奥にある山林に行くように誘えと言う。実は、坂井はスガを殺害する計画だったのである。足立はスガを誘い出すことに同意し、そして坂井芳夫は米山スガを耶馬溪鉄道の柿坂《こうさか》という駅で降ろし、スキを見て彼女を絞殺する。以下、やや詳しくその後の展開を追っていく。

――その死体を藁積の奥に押し込んだ後、帰りの柿坂の駅に着いたのだが、坂井芳夫は「女の着物に汽車の切符が入っていたのを忘れた」と言うのである。そして、「切符には、この宇部と柿坂の駅名がちゃんと付いている。女が宇部の人間だとはすぐ分かる。警察では早速こっちの市中の捜査にかかる」だろうから、死体から切符を取って来なければならない。自分はこれから山口に帰らなければならないから、足立二郎にその仕事をしてくれと頼むのである。死体に近づくのが「恐ろしい」足立二郎であったが、やむなく引きうける。実は、坂井芳夫はその現場に先回りして、共犯者の足立二郎も殺害しようとしていたのである。実際、先回りして藁積の中で待っていたのだが、寒さ凌ぎに酒を飲んでいる内に酔って眠ってしまう。そこにやってきた足立二郎は、ともかく切符が無くなればいいのだから、切符を死体とともに焼却すればいいと思い、坂井芳夫がそこで眠っていることを知らずに藁積に火を付けたのである。――

鉄道切符に記載されている駅名から、被害者の女の身元が割れるかも知れないという口実で、足立二郎をも殺害しようとした坂井芳夫は、肝心なところでの〈油断〉から、自ら墓穴を掘る結果となったわけである。「第八話　切符」はまさに切符が鍵となっている物語であり、また耶馬溪鉄道も出てきていて、やはり鉄道ミステリーの中に入れられよう。

さて、こうして見てくると、中国・九州地方の鉄道が関わっている小説に限って見ても、先にも触れたように松本清張は時刻表ミステリーだけでなく、切符などの小道具を含めて鉄道に関わる様々な事柄や事物を推理小説に効果的に取り入れていたことがわかる。

ここでは扱わなかったが、中国・九州地方の鉄道に関わって言えば、「父系の指」（一九五五・九）では主人公が乗った芸備線や伯備線にある数々の駅名が丹念に書かれていて、そこには清張が父親とともに里帰りしているのではないかとも思われるような抒情もあり、また「張込み」（一九五五・一二）でも列車の通り過ぎる駅名が丁寧に書かれているために、幾ばくかの旅情も感じられるものとなっている。それとともに、幾つもの駅名が語られていることで、その長旅が読者にも実感されて、刑事の仕事の困難さを想像させる効果も生んでいる。あるいは、最晩年の『神々の乱心』（一九九〇・三～一九九二・五）でも、広島の芸備線や福塩線などやその沿線上の土地についても丁寧に書かれていて、列車が中国地方の山の中に入っていく雰囲気が出てくるものとなっている。

このように、鉄道は松本清張の文学にとって、単にミステリー上のトリックを作り出すためだけの装置ではなかったと考えられる。ときには、鉄路や駅路は人生を象徴するものとしても、小説中に登場している。中国・九州地方の鉄道に関わってそのような小説を挙げるとすれば、「駅路」（一九六〇・八）であろう。

これは銀行を定年退職した小塚貞一が旅行に出たまま行方不明になる話である。小塚貞一は努力家でなかなか有能な銀行員であったようだが、真面目でどこか「孤独癖」もあったらしい人物だったという。小塚貞一は実は広島支店長時代に部下の福村慶子と恋愛関係にあったようで、以後も貞一はその女性に月々送金していたのである。一人の女性がその中継ぎ役をしていた。実は、小塚が失踪する三ヶ月前に福村慶子は病死していたのだが、そのことを知らなかった小塚貞一は、定年後の人生を福村慶子と生きようと思って広島市に行き、大金を持っていたために中継ぎ役だった女性とその情夫に殺されたのである。

小塚貞一の家の応接間にゴーガンの絵の複製が掛かっていたことを若手の刑事に言いながら、五十歳近い呼野刑事は小塚の気持ちを忖度して、こう語っている。「（略）普通の人間にも平凡な永い人生を歩き、或る駅路に到着したとき、今まで耐え忍んだ人生を、ここらで解放してもらいたい、気儘な旅に出直したいということにならないかね。（略）小塚氏の気持はぼくなんかにはよく分るよ」、と。もっとも、呼野刑事は続けて、「こちらには家出してもあとの家庭が困らないような財産が出来っこないからね。死ぬまで、自分の線路をとぼとぼ歩いてゆくより仕方があるまい。その限りでは、小塚さんは羨ましいと思う」、とも語るのである。

「駅路」には、昔は宿場町として栄え、今は広島市になっている可部の町の雰囲気も伝わって来て抒情性もある物語となっていて、その叙情に相応しく駅路や線路が人生の象徴として捉えられている。このような捉え方も、清張文学と鉄道との関係にはあったのである。トリックや謎解きに関わるものだけではなかった。

旅が物語を創造する

——時刻表と地図と

一

松本清張を有名な推理小説家に押し上げたと言っていい『点と線』（「旅」、一九五七・二〜五八・一）については、拙論「清張ミステリーと中国・九州地方の鉄道」でも論及したが、『点と線』における犯罪の言わば脚本を書いたのは、主犯格の安田辰郎ではなく、その妻の亮子の方であった。

東京駅で、一三番線のホームから一五番線のホームを見通せる時間帯は、それら二つのホーム間に列車が停まっていない時間帯であり、それは一日の中でわずか四分間しかなかった。その四分間を安田辰郎は利用して、一五番線にいた男女一組を一三番線に彼と一緒にいた料亭の「女中」二人に見せたのである。その光景は、あたかもその男女が示し合わせて一五番線のホームで落ち合っているように、二人の「女中」に思わせるためであった。そして、その光景を見せられた「女中」の目撃証言が決め手になって、九州の香椎の海岸で発見された青酸カリによる男女二人の死は、当初は心中事件として処理されることになったのである。

このように『点と線』の犯罪では、東京駅での四分間が極めて重要な意味を持っていたのだが、男女二人の遭遇とその目撃は、殺人を情死に見せかけるために、亮子によって仕組まれた最重要場面だったのである。ではどうして亮子は、一三番線ホームから一五番線ホームを見通せる時間が、一日の内でわずか四分間だけあることに気づいたのだろうか。それは、亮子が病弱のために時刻表を見て仮想の旅をする趣味を持っていて、日頃から時刻表をよく見る習慣があり、それで亮子が気づいたことだったとされている。時刻表をめぐる亮子のこの趣味は、実は清張自身の趣味でもあったことについては、すでに、赤塚隆二が『清張鉄道　1万3500キロ』（文藝春秋、二〇一七・一一）で「亮子は清張の分身である」と指摘し、それよりも少し早く松本常彦も、「「旅」と「点と線」」（「松本清張研究」第十八号、二〇一七・三）で、ほぼ同様のことを説得力ある論で展開している。松本常彦の論も、病弱な亮子は時刻表によって空想の旅をするという「紙上の旅行を求めた」のだが、それは清張の思いとも重なる、という指摘である。

たしかにそうなのであるが、そのことをより強めて言うならば、清張の実際の体験そのものが元になって、時刻表を通して旅に憧れの思いを持つという亮子像が、むしろ形成されたと言うべきであろう。たとえば、小説中に紹介されている亮子の随筆「数字のある風景」の叙述には、「点と線」が連載される前年の一九五六年九月「旅」（日本交通公社発行）に発表された、清張自身のエッセイ「時刻表と絵葉書と」（「松本清張研究」第三号〈北九州市立松本清張記念館、二〇〇二・三〉再録）で述べられていることが、ほとんどそのまま転用されているのである。

そのエッセイで清張は、汽車の時刻表の駅名を読むと、「見も知らぬ東北の寒々とした風景が泛び上ってくるのである。駅の名前だけで、その駅前の景色まで想像されるのだ」と述べて、さらに「徒然草」の

「名を聞くより、やがて面影は推し測《はか》らるる心ちするを、見る時は、又かねて思ひつるままの顔したる人こそ無けれ」という一節を引用しているが、ここで語られていることは亮子の随筆でもほぼ同様に述べられているのである。『点と線』では、たとえば東北の支線にある「余目《あまるめ》」という駅名から亮子は、「灰色の空におおわれた荒涼たる東北の町を想像するのである」として、やはり「徒然草」の一節を引用しながら、こう語っている。「徒然草《つれづれぐさ》に「名を聞くより、やがて面影は推《お》しはかるる心地するを」という文句があったことを覚えているが、私の心も同じである」、と。

さらにもう一つ、時刻表に関しての清張自身が持っていた思いを、同様に亮子も持っていたとされていることがある。同じく「時刻表と絵葉書と」で清張は、「十二時二十五分」に山陽本線の大阪行き列車が「瀬野駅」にさしかかろうとしている同時刻に、信越線では新潟行きが停車していて、また羽越本線では秋田県の余目という小駅に上野行きの列車が到着して発車したばかりである、ということを述べた後、「すると、私には、空間的には相隔ったこれらの駅が、瞬時に時間的に結ばれて、奇妙な想像に陥《おちい》るのである。それぞれの土地、乗客、その乗客のもっているさまざまな人生、それを十二時二十五分の時刻表の中で私は見出すのだった」と語っている。『点と線』でもこれと同じように亮子も、「私は時刻表を繰り、十三時三十六分の数字のついた駅名を探す。すると越後線の関屋《せきや》という駅に122列車が到着しているのである。鹿児島本線の阿久根《あくね》にも139列車が乗客を降ろしている」と述べた後、自分は時刻表によって各線のどの駅で汽車がすれ違っているかということまで発見し、そして「私は、今の瞬間に、展《ひろ》がっているさまざまな土地の、行きずりの人生をはてしなく空想することができる」と語っている。

この後者のエピソード自体は、犯罪には直接関わらないのであるが、このように時刻表から様々なことを思う亮子の趣味が、ミステリーとしての『点と線』の緊要部分を形成していて、しかもその趣味は実は清張自身のものでもあったということは、やはり注目すべきである。もっと広げて言うなら、このことは時刻表をめぐる事柄だけではなく、清張の小説とくに有名作には、清張自身の見聞を含めての実体験が土台になっている場合がある、という問題にも繋がっていくだろう。

しかし、その問題に行く前に、時刻表に関連することで『点と線』についてさらに言っておくと、当時の東京駅では一日の中で四分間だけ一三番線のホームから一五番線が見通せる時間があるという発見は、亮子は時刻表で発見したことになっているが、清張自身は時刻表からではなく、自身が実際に一三番線のホームに立って発見したようなのである。それについて清張は、「私の発想法」（講演録、「小説新潮」、二〇〇九・五）で、「おまえは時刻表で発見したのか、よく見つけたものだとよく言われます」が、「しかしそれは、私がいくら時刻表のベテランでも、時刻表では発見できません。やはり十四・五番線を見通せる時間に、東京駅の十二・三番線のホームに立っていたから、そのことがわかったわけであります」と語っている。そうすると、この見通しの発見はまさに清張自身の実体験から出てきたものであって、また物語の緊要部分のエピソードは、清張自身の何らかの体験に裏付けられている場合があるということである。

それとともに、『点と線』では亮子は時刻表で四分間を発見したことになっているのは、そのようにマニアックと言える時刻表趣味を持つ亮子だからこそ、完全犯罪に近い心中偽装を考えついたのだとも思われて、犯罪事件のリアリティに説得力を増すことに繋がっていると言える。

さらに、清張自身の実体験と小説との関わりで言うと、『点と線』では青酸カリで死んだ男女二人の遺体が福岡県の香椎で発見されたのだが、香椎に関して清張は『グルノーブルの吹奏』（新日本出版社、一九九二・一二）に収録されている談話記事「文学の森・歴史の海」で、香椎は清張が戦前に福岡の印刷会社に勤めていた頃に行った場所であることを、また国鉄（旧）と私鉄との双方の香椎駅がわずか百メートルしか離れていなく、「その間の夜の町がさびしい、その印象を生かしたかった」と述べている。清張は、実際の見聞を物語に生かす作家でもあったわけである。同じく「文学の森・歴史の海」の中で、『ゼロの焦点』（「太陽」および「宝石」、一九五八・一～一九六〇・二）でヒロインが自殺する場所として能登半島の西海岸を選んだのは、かつて別の取材で金沢に行ったときに能登で見た、「日本海の荒波と雲が重く低くたれこめたうらさびれた風景がそれにマッチすると考えた」からだと述べている。

ここで、清張自身の実体験そのものが元になって作られた小説について述べておきたい。それは、拙論「清張小説のなかの新聞記者と新聞社」でも触れた「絵はがきの少女」（「サンデー毎日」、一九五九・一）の物語である。これは、主人公の男性が少年時代に絵はがきに写っていた少女のことを忘れられず、彼が新聞記者となってから取材力を発揮して彼女の消息を調べてみると、彼女のその後の人生は不幸であったことがわかったという話である。実は、清張自身も絵葉書に写っていた少女に密かに想いを寄せた体験があったようなのである。この実際の出来事も先に言及したエッセイ「時刻表と絵葉書と」で語られている話で、清張は八つか九つくらいのとき、遠景に鳥居があり近景に一人の少女が立っている絵葉書を見たのだが、それについて清張はこう語っている。「私は、その少女の面影《おもかげ》が変に忘れられなかった。何処とは知らぬ片田舎に立っている絵葉書の少女は、私が青年期にすすむにつれて、妙に浪漫的な記憶として時々、思い出された」、と。後になって、少女が立っていたと思われる場所に、清張は立つこともあったようなのだが、むろん少女のその後を知ることはなかった。ともかくも、絵葉書を見た体験から「絵はがきの少女」という小説は生まれたわけである。

このように、清張は自身が関わる何らかの実体験を言わばパン種にして、それを膨らませて虚構の世界を作っていくことも結構あった作家だったのではないかと考えられる。もちろん、何らかの実体験はあくまで物語の中に奥深く埋め込まれた核であって、小説を読んだだけでは読者は容易にその核に気づくことはできないだろう。作者清張が体験話として語っていることから、初めて知ることができるのである。

次に、地図や時刻表さらには地理や紀行文について、青年時代の清張がどのような関心を持っていたかについて見ていきたい。

二

清張は「半生の記」（原題「回想的自叙伝」、「文藝」、一九六三・八〜一九六五・一）で、「小学校のときから地理が好きだった」こと、その教科書にあった凸版の絵で空想を掻きたてられ、「地理の教科書から旅の魅力を覚えた」と述べている。清張はやはり「半生の記」の中で、田山花袋や吉田絃二郎の紀行文を愛読したことも語っているが、吉田絃二郎の紀行文についてエッセイ「実感的人生論」（「婦人公論　臨時増刊」、一九六二・四）では、「たとえば、吉田絃二郎氏の一連の作品に共感を覚えて耽読したものだった」と述べている。また、田山花袋の紀行文に関してもエッセイ「雑草の実」（『自伝抄Ⅰ』〈読売新聞社、一九七八・三〉所収）などで繰り返し触れている。

清張が吉田絃二郎のどの紀行文を読んだのかについては、具体的な作品名を挙げていないのでわからないが、たとえば一九二八（昭和三）年一一月に発行された『わが詩わが旅』も、そういう一冊だったのではないかと推測される。その中で吉田絃二郎は、旅が自然の発見であり、自然に親しむ心は都市生活への反逆であり、それはまた「嬰児の心の発見」であるとして、「人間の住むところかならず生活のわづらひがあり、憂ひがある。しかしながら同時に人間の住むところかならず生活のよろこびがある」と述べている。つまり、自然の発見である旅はまた、人間の生活にある二つの面を見ることでもある。また彼は、「大きな自然の真ン中に、素ッ裸な自分自身を投げ出し、生まれたまゝの何の衒ひもない自分自身の真の姿を見出すことが出来る」とも語っている。旅は、自己発見をする機会も与えてくれるというのである。

おそらく、清張は実際に旅らしい旅に出る前に、旅についての吉田絃二郎のこういう叙述から受け取るところが大いにあったのではないだろうか。たとえば清張も、旅と自己発見に関して、エッセイ「旅の画集」(「旅」、一九六三・三)でこう述べている。すなわち、「旅は自身があらゆる環境から切離されて、自由な「個」になっていることである。一切の煩しさから離れて、遠い土地をさ迷うことによって、自己を凝視し、観照できる」、と。また清張は、旅の二面性についてもエッセイ「旅さき」(「新潮」、一九五八・八)で触れていて、「私は旅に出て、喜びだけを味わつて帰つたことがない。いつも何がなしの憂鬱を抱いて帰る」と述べ、それは「人間生活のやり切れなさ」、「人間の悲哀」を眼にするからだとしている。もっとも、続けて清張は、「しかし、あとから考えると、その憂鬱も結構愉しいことに気づくのだ」と述べ、人びとの悲哀を含んだ生活がその土地の「風景に密着している」と語っている。

因みに、清張はエッセイ「時刻表――ひとり旅への憧れ」(「週刊朝日」、一九七九・一二)で、「はずかしいことだが、わたしはもの心がついてから三十三歳まで遠距離の汽車に乗ったことがなかった」と語っているが、これまで見てきたことを踏まえると、清張は本格的な長い旅に出る前に、旅についての観念やイメージを、すでに吉田紘二郎の紀行文から形成するところがあったと言えそうである。

同様のことは、田山花袋の紀行文から受けた影響についても言える。清張は、田山花袋の紀行文については「旅の画集」（前掲）で、花袋の紀行文を読むことで「未知への夢を（略）満足させた」と述べている。田山花袋は紀行文「多摩の上流」（一八九六・一一）で、太田玉茗と行った多摩川の上流の景色が素晴らしいのに、それが知られることがないことについて、「如何に不遇なる事なる」かと語り、そして、「かくて不遇の人二人は、満幅の詩興を載せて、急ぎてその不遇山水《ふぐうさんすゐ》（ママ）の方へと向ひぬ」と語っている。あるいは、やはり若いときに「不遇」の思いを持っていた清張は、このような叙述のある花袋の紀行文に惹かれるところがあったのではないかと想像される。

こうして見てくると若い頃の清張は、時刻表を使っての架空の旅というものをほとんどしなかったが、しかし、吉田紘二郎や田山花袋の紀行文を読むことによって、やはり一種の架空の旅をしていたと言えようか。また清張は、地図を使っての架空の旅はしていたようである。エッセイ「ひとり旅」（『随筆・旅』〈六月社、一九五六・一一〉所収）で清張は、小学校の頃は地理が一番好きであったと語った後、「地図を見て想像に耽ることも愉しいことであった。地図の上では一つの小さな円《まる》や点でしかない市や町にも、私は自分なりの景色をその上につくった。辺鄙な地方の小さな町の名前ほど空想が働いた」と述べているのである。

清張のそういう体験が元になって生まれた短編小説に、たとえば「九十九里浜」（『新潮』、一九五六・九）がある。これは次のような物語である。――ある日、主人公の古月真治のもとに、異母姉の夫であるという義兄から一度会いたいという手紙が来る。古月は画家であったが筆も立つことから文章を書くことがあった。その異母姉は古月の文章を雑誌で見たのであろうと考えられる。姉の住所は九十九里浜であった。その地に憧れもあった古月は姉に会ってみようと思って、旅館を経営している姉夫婦のところに行く。ただ、姉はさほど歓迎の素振りも見せなかったのだが、浜の女たちが集団であぐり舟を引く光景に、古月は圧倒される。——

物語は淡々として展開し、とくに盛り上がりも無いのだが、地図上の九十九里浜に惹き付けられる古月の体験についての、以下のような叙述は、清張の小学校時代の体験を髣髴させるであろう。すなわち、「が、小学校の時、地理で習って以来、あの犬吠岬を突端として、雲型定規の背で緩やかに引いたような彎曲《わんきょく》に強い魅力を感じていた。太平洋に向って、大らかな退屈な、一点の出入りも無い直線は、海岸線でも襞《ひだ》の多い瀬戸内海地方に育った彼を惹《ひ》きつけた。（略）おそらくあの海岸のどこかの一点に立ったら、右も左も一物も遮るものもない直線の涯が靄《もや》の中に消え入っているに違いないと、その光景をよく空想した」、と。

地図を見てその土地のことを「空想」してみるというのは、吉田絃二郎や田山花袋の紀行文に魅了されていた青年清張もそうであった。清張は「雑草の実」（前掲）で語っている、「紀行文にひきつけられたのは、自分には生涯旅行ができないと諦《あきら》めていたからで、それだけに旅への憧《あこが》れが強かった」、と。若かった清張が、旅への思いをどのように解消したかについて、「雑草の実」では続けて、「一円か二円くらいで古自転車を買い、日曜日などにできるだけ遠くの知らない土地に行ったのも、その旅ごころをいくらかでも満たすためだった」、と語られている。

青年清張は、旅への思いを遠出のサイクリングで紛らわせていたわけであるが、このときの体験が生かされている短編小説が「河西電気出張所」（「文藝春秋」、一九七四・一）であろう。これは清張が小学校を卒業して川北電気株式会社小倉出張所で給仕として働いていたときの体験が元になっている小説である。この小説は、出張所内の社員たちの有り様や、社債の売れ行き不振の責任をとって自殺する主任のことなどが語られていて、給仕として勤めていた若かった清張を取り巻いていた周囲の状況を知ることができる内容になっているが、主人公の信一少年が自転車に乗ることについては、こう語られている。「信一は、だが、こうした使いに自転車で出ることは好きだった。その間だけ天井の低い、暗い事務室内の雑役から解放された。（略）そのときだけは自転車が自在に疾走するように自由が駆けていた」、と。そして信一少年は会社の仕事で小倉から別府まで行くことになったのだが、「小倉から別府まで四時間の汽車の旅は信一にはたのしかった。車窓に見える風景画がみんな珍しかった」とされ、「小学校の地理で習った豊後富士も間近に見た。それはまったく一人の自由で愉しい見物であった」と語られている。

青少年時に旅への憧れを持ちながらも、旅を諦めていた清張の思いを、私たちは「河西電気出張所」の信一の自転車や汽車での小旅行の叙述から読み取ることができる。清張は地図からだけでなく、たとえば父親の話からでもその土地を想像する楽しみを味わっていた。自伝的な小説「父系の指」（「新潮」、一九五五・九）では、父親が語る鳥取県の故郷の話を何度聞いても飽くことがなく、その土地の山や木々を「眼の前に勝手に描いた」りする「想像の楽しみ」を味わったと語られている。旅に出られなかったからこそ、想像を膨らませていたのである。おそらく生涯を通して清張には旅への思いがあったようだが、「半生の記」（前掲）に述べられているように、戦後に藁箒の卸売りの仕事で西日本各地を訪れているときも、卸売りの利益のことよりも、「憧れていた土地が見られたことは、その利益の中でも大きい」と思っていたのである。

それでは地図上の旅ではなく、清張の実際の旅と小説とはどう関わっているだろうか。名作『砂の器』に関連させせてその問題を考えてみたい。

三

清張はエッセイ「ひとり旅」（前掲）で、広島まで来たついでに「伯耆の中国山脈の麓で生れた」父親の故郷を訪ねてみようと思ったことがあったと述べ、そのときのことを書いている。ただ、それがいつのことなのかはわからない。清張は単に「ある年の冬」と語っているだけである。もっとも、「ひとり旅」が掲載された『旅』が一九五五年四月号であるから、それ以前であることだけはわかる。

「ひとり旅」によれば、清張は午後一時ごろに広島発の芸備線の汽車に乗り、三次市を暮れ方に通過し、広島県の東北地域にある備後落合という所に泊まった。汽車がそこまでだったからである。清張は「小さな宿屋」に泊まったのだが、一部屋に案内されたのではなく、「八畳ばかりの間の真中に掘りこたつがあり、七八人の客が四方から足を突込んで寝る」という「雑魚寝」だったようである。注意したいのは次の叙述である。「朝の一番で木次線で行くという五十才ばかりの夫婦が寝もやらずに話し合っている。出雲の言葉は東北弁を聞いているようだった。その話声に聞き入っては眠りまた話し声に眼が醒めた。笑い声一つ交えず、めん〳〵と朝まで語りつゞけていた」（傍点・引用者、以下同）と語られている。

夜中の間、断続的に聞かされた中年夫婦の話とその言葉の印象は、清張には頭に刻みつけられたような記憶になったと考えられるが、この夫婦のことは小説「父系の指」（前掲）でも語られている。「父系の指」では「終戦の年から三、四年たった年の暮のことであった」とされ、広島駅で父親の故郷に行こうと思い立ち、広島駅から芸備線に乗ってやはり備後落合まで行き、そこで「駅前の小さな宿」に宿泊するのである。ただ、中年の夫婦は同じ部屋の客ではなく隣の部屋の客とされていて、こう語られている。「隣りの部屋からは中年の夫婦者らしい話し声が高くいつまでも聞こえていた。こみいった面白くない話題とみえ乾いた声だった。この奥の出雲の者らしく、東北弁のような訛である」、と。主人公の「私」は、人生に疲れたような夫婦の話し声を聞いて、自分の父と母のことを「連想」するのだが、この挿話はやはり先に見たエッセイ「ひとり旅」での事柄が小説に取り入れられているのである。

すぐに気づかされるのが、この挿話が名作『砂の器』のミステリーとしての重要部分の核になったことである。よく知られているように、『砂の器』は、旧国鉄の蒲田駅の操車場で中年男の扼殺死体が発見されるが、この被害者は加害者と思われる三〇歳くらいの男性と前夜にバーで酒を飲んでいたらしく、その際、二人は東北弁のような訛の言葉を喋っていたこと、また「カメダ」という言葉をしきりに言っていたことがわかる。警視庁捜査一課の今西栄太郎部長刑事は、東北地方に注目して捜査を始めるのだが、東北弁のような言葉とは、実は出雲の地域で話されている、中国地方の中では特殊な言葉だったのである。この東北弁のような言葉という証言が、警察の捜査を当初ミスリードに誘うのだが、しかし『砂の器』のミステリーとしての面白さは、このことによって格段に上がったと言っていいだろう。そして言うまでもないが、東北弁に似た出雲の言葉のことは、先に見たエッセイ「ひとり旅」で語られている挿話が大きなヒントになったと言えよう。清張の実際の見聞がこの物語の酵母となっているのである。

しかし、その事件の後にすぐに今西刑事は東北地方で捜査を開始したわけではなかった。もちろん、東北地方と言うだけではあまりに漠然としているからである。捜査中のある日、今西刑事は自宅で食事の後にくつろいでいるときに、婦人雑誌の付録で折り畳み式になっている「全国名勝温泉地案内」を何気なく見ているときに或る発見をするのである。やはり事件のことが気がかりな彼は東北地方に関心を寄せて地図を見ていたのだが、「今西は、東北のその地図を見ているうちにたのしくなった」と述べられた後、こう語られている。「知らぬ駅名を見るのも、たのしいものだ。今西は、一度も東北地方に行ったことがない。だが、未知の駅名を見ると、その辺の景色が頭の中にぼんやり浮かぶような気がした。／（略）能代《のしろ》、鯉川《こいかわ》、追分《おいわけ》、秋田、下浜《しもはま》などの文字が漫然と目にはいった。／ところが、彼は、その次に目を移して、はっとなった。／「羽後亀田」／とある。／――羽後亀田。／今西は、瞬間に目の先がくらんだ」、と。

今西が地図にある駅名を見てその土地のことを想像して楽しむという挿話は、まさに清張自身の体験を元にして作られたものであろう。「知らぬ駅名を見るのも、たのしいものだ」という思いを持つのは、必ずしも一般的ではないからである。地理好きで旅行好きだったが、旅行には行けなかったという清張の体験があったからこそ、今西刑事がこのように地図にある駅名に眼を向ける場面が設定できたのである。後に、「カメダ」というふうに聞こえたのは、「羽後亀田」のことではなく、実は「亀嵩《かめだけ》」のことだったことがわかるのだが、先に見た東北弁のことと相俟って「羽後亀田」の〈発見〉は、今西刑事たちの捜査を大きくミスリードの方に傾かせていったのである。

ここで大切なことは、東北弁のような訛という証言や「カメダ」のことは、たしかに真犯人を割り出すことにおいては、今西刑事たちを迂路に誘い込む事柄であったのだが、しかし『砂の器』というミステリーを物語として進めるという観点からは、それらが実に重要な貢献をしているということである。それよりも、さらに本稿のテーマにとって重要なことは、ミステリーとしての『砂の器』の根幹部分を成す事柄が、やはり作者清張の実体験、あるいは実際の見聞に基づいているということである。先に『点と線』での東京駅の四分間の問題も清張の実際の見聞に基づいていることを見たが、こうして見ると、『点と線』でも『砂の器』でも、名作の説得力あるリアリティは、やはり清張の何らかの実際の事柄が、その作品の核心部分にあると言うことができようか（だからと言うべきか、地図を見ての思い付きから構想された『Dの複合』（「宝石」、一九六五・一〇〜一九六八・三）の場合は、謎解きの面白さが無くはないものの、感銘は薄いのである）。

清張はこのことに関して、エッセイ「推理小説の発想」（一九五九・四）で「虚構の火を燃えあがらせるのは、現実の薪《たきぎ》です」と述べている。もっとも、このことを清張は、「話がつくり話であればあるだけ、その表現なり、文章の筆致は、あくまでも現実的にすることが大切ではないかと考えます」という文脈で言っているのである。しかしながら、郷原宏が「松本清張・風景の旅人（第二回）」（砂書房版「松本清張研究 vol.2」、一九九七・四）で清張が語った「虚構の火」云々について、「この卓抜な比喩は、単なる文章論としてだけではなく、清張文学そのものの成立と発展を考えるうえで多くの示唆を含んでいる」と述べていることは、正鵠を射ていると言える。そのことは、本稿でこれまで述べてきたことを見ても納得できるのではないかと思われる。

本稿では、青少年時代の清張が旅への憧れを持ちつつも、裕福でなかったために旅に出ることができず、その代償として地図を見ることや、自転車での小旅行に行ったりしたこと、また彼の実際の見聞が小説に緊要部分として取り込まれている問題についても論及した。この問題については清張文学の言わば錬金術を解き明かすためにも、さらに考えていかなければならないだろう。

《文学者たち》

高橋和巳の変革思想

――21世紀から照射する

一

格差社会の問題は、前世紀の終わり頃から一部の経済学者や社会学者たちによって指摘されていたが、今世紀に入ってからは一般にも注目され始め、今や相対的な格差の問題だけではなく、絶対的な貧困もジャーナリズムにおいて問題にされるようになった。このような、絶対的貧困の問題を含む格差社会を生んだ大きな要因として、思うがままに人々から収奪しているグローバル資本の存在があることは言うまでもない。資本主義は、少なくとも一九七〇年代以前には福祉や貧困問題にそれなりに気を使うところを見せていたのだが、しかしとくに一九九〇年前後の旧ソ連、東欧の「社会主義」政権の崩壊以後は、恐れなければならない〈敵〉がいなくなったからであろう、文字通りの搾取をやりたい放題に行っている。その結果、経済学者などによって報告されているように、たとえば現在の日本では、子どもの六人の内の一人は貧困の状態に置かれているような事態となったのである。

このように現在の資本主義社会は、まるで一九世紀や二〇世紀前半の資本主義社会、すなわち弱肉強食を当然としていた社会に逆戻りしたかのようである。資本主義はうまく機能しても、と言うよりもうまく機能すればするほど、社会に大きな格差を生み出していくことを実証的で説得力ある論で展開した、トマ・ピケティの『21世紀の資本』（山形浩生他訳、みすず書房、二〇一四・一二）が、大きな話題になったのも宜なるかなである。

おそらく半世紀以上も前ならば、左翼的立場の陣営から、こういう事態に対しての対抗運動が凄まじい勢いで起こったはずである。もちろん今日においても、グローバル資本を批判する運動なども起こってはいるのであるが、それでは資本主義に替わるどのような社会像を提出することができるのかという問題になると、せいぜい〈環境問題に配慮した社会にしよう〉とか〈経済格差がなるべく小さな社会にするべきだ〉などといったような、言わば微温的でしかも実効性の薄い代替案を提出するくらいしかできないのである。つまり、全世界的に左翼陣営は後退しているわけで、その中で日本の左翼陣営も同様な状態であるが、日本においてはその後退は、旧ソ連、東欧「社会主義」政権の崩壊以前よりも前の一九八〇年代の始めから始まっていた。何故なのか。

その原因はいろいろと考えられるだろうが、一つの大きな原因としては、一九六〇年代後半に日本の多くの大学で展開された全共闘運動には、旧来型の左翼運動をリニューアルする可能性があったのだが、その可能性が萌芽のままに潰えてしまったことである。旧来型の左翼運動の中の、たとえば戦前からの日本共産党のあり方に対する批判は、すでに六〇年安保闘争以前からもあったわけだが、それらは必ずしも多くの大衆的な支持を得てはいなかった。また、日本共産党を批判的に乗り越えるべく活動を展開させていた、六〇年安保闘争以後のいわゆる反日共系の新左翼組織においても、旧来の左翼運動に対してどれだけ根底的な批判を徹底させていたかは、疑わしかったと言える。

もっとも、反スターリニズムという観点から、旧来型左翼に対する批判は語られてはいた。しかし、革命運動における倫理の問題や、変革思想の真の再生はどうあるべきか、というような問題に対して、新左翼諸派がどれだけ真摯に向き合っていたかというと、これも怪しかったと言わざるを得ない。そうした中で、全共闘運動が起こったのである。もちろん、そこには新左翼諸派の活動も大きく関与していたのであるが、それら諸派の動きも一九六〇年代末においては、全共闘運動に言わば包摂される形としてあったのである。そして全共闘運動には、様々な問題においてまさに旧態依然とした旧来型の左翼運動を刷新する可能性が、たとえ萌芽としてであっても、たしかにあったのである。

高橋和巳が全共闘運動に積極的にコミットしたのも、その可能性に期待を掛けていたからであった。全共闘運動と高橋和巳の関係は、全共闘運動が最盛期の時に彼がたまたま京都大学の教官を勤めていたためにそれに遭遇して運動に巻き込まれてしまった、というような性質のものではなかった。そうではなく、高橋和巳にとって全共闘運動とは、彼の年来の問題意識に応えてくれる変革運動であったのである。少なくとも、初期における全共闘運動を高橋和巳はそのように捉えていた。

梅原猛はエッセイ「高橋和巳の人間」(『高橋和巳の文学とその世界』〈梅原猛・小松左京編、阿部書房、一九九一・六〉所収)で、「全共闘運動とそれに伴う学園紛争が何らかの形で一つの事件であるとすれば、その文化的意味を彼の作品は代弁するにちがいないのである」と述べているが、たしかに高橋和巳の文学と思想は全共闘運動の最も良質の部分を「代弁」するものであったと言える。したがって次に、高橋和巳にあった年来の問題意識を見るとともに、日本の変革運動をあり得べき方向へと転換させたかも知れない、全共闘運動の中にあった可能性について、高橋和巳がどう考えていたかを見ていきたい。

『変革の思想を問う』（小田実他編、筑摩書房、一九六九・九）に収録されている座談会「変革の思想を問う」で、高橋和巳は以下のように語っている。すなわち、「ぼくが大学闘争という大規模な意識変革運動というものを、ひじょうに大きな意味をもっていると評価するのは、奪権運動それ自体が内部に人間変革の契機を含んでいなければならないと考えるからであり、今次の闘争にはそういう志向が萌芽的ながら存在すると認めえたからです」、と。さらに同じ発言で続けて、「つまり、従来の政治変革、そして社会変革、最後に人間変革という段階を逆立させることも可能かもしれないし、少くとも同時的に進行させることはできると思うんですね。（略）そういう経過を経て最終的な権力奪取、いやむしろ権力廃絶、国家廃絶に向かう。（略）国家そのものを解体し死滅せしめてしまう、そういう志向を具現する運動形態にもなりうると思うのです」、と語っている。

全集第一九巻の解題によれば、この座談会は一九六九年四月下旬に行われたようで、この時期は京都大学の学園闘争がおそらくピークを少し過ぎた頃であったと思われるが、高橋和巳のこの発言には彼が全共闘運動に寄せる期待が素直に語られていると言えよう。また、評論「闘いの中の私」（一九六九・四）では、「（略）全共闘の運動と論理に、従来の学生運動には乏しかった、一つの豊かな問題性があるとすれば、激しく厳しい平等の追究にならんで、つねに自由の概念が、くりかえし、問われていることにある、と私は考えている」と述べ、さらに「（略）たとえ萌芽にもせよ、自由と平等との、運動形態それ自体の中での握手は、私の長年の夢であり」として、「私の精神が（略）学生・院生の共闘組織の方にむいているのはそのためである」と語っている。

このように高橋和巳は、全共闘運動にはそれまでの左翼運動では平等の問題に比べてはあまり重視されてこなかった自由の問題や概念に眼を向けているところがあると評価しているのである。この自由の問題をどれだけ真摯に追究できるかは、旧来型の「社会主義」の多くが結果的には自由を圧殺してしまった問題をどう克服するかという、左翼運動にとって緊要な課題であった。この座談会の一年前には、〈プラハの春〉と呼ばれた、自由を求めるチェコスロバキアの運動が、旧ソ連を中心としたワルシャワ条約機構の軍によって弾圧された、いわゆるチェコ事件が起こったのである。したがってより一層、平等と自由と、その双方に対しての問題意識をしっかりと持った運動が全共闘運動である、というふうに高橋和巳は期待をかけていたのである。彼の期待に応えるだけのものが全共闘運動にあったならば、それは従来の左翼運動をまさにリニューアルする可能性を秘めていたと言えよう。

さらに高橋和巳は、当時の全共闘が盛んに語った「自己否定」の考え方に関して、インタビュー記事「種は植えつけられた」（一九七〇・一・二〇）で、「自己否定」の考え方には「（略）他者は非難しても自らを疑うことのなかった従来の政治運動にはない貴重な宝が含まれていた」と述べている。また評論「自立化への志向」（一九七〇・二）では、「（略）従来の左派は、思想に対する態度の問題にまで立ち入らなかったが、思想に向き合う自分とは何かという問い掛けが全共闘にあったことを、高く評価しているのである。

もっとも、大正から昭和初期にかけての革命運動では、知識人たちがプチブル階級としての自己を否定して、プロレタリア階級に〈階級移行〉して革命戦士となることを良しとする考え方があったのであり、これも大きくは「自己否定」と言えるものであったと言えるかも知れない。しかし、〈階級移行〉してしまえば、思想や運動と自分との関係を改めて省みて自己への問い掛けを継続するというようなことは、無かったのである。否定されたのは、あくまでプチブル階級としての自己であって、自己そのものが問われるということはなかった。それに対して、全共闘運動における「自己否定」とは、階級的な側面だけでなく、総体としての自分のあり方を批判的に問うていたのである。

高橋和巳自身は語っていたことではないのだが、この「自己否定」の考え方には、自己自身の問題にこだわり、自己自身を深く問おうとする点において、日本の戦後思想に影響を与えた実存主義の影も見ることができよう。「自己否定」には、運動に関わる自己の実存とは何かという問題意識があったと言えるからである。高橋和巳はこの「自己否定」のあり方に大いに期待をかけるところがあったようで、評論「自立化への志向」(前出)の中でこう語っている。「(略)苦しい自己否定を重ねた青年たち、相手を斬ることで同時に自分を斬りきざんだ青年たちが、一たびの疲労と鎖沈ののちに、ひとたびの絶望、その絶望をきわめつくす更なる絶望ののちに、新たな思想的営為者として再生してくることを願わずにはいられない」、と。

この「自己否定」の論に関して、いま見た発言とほぼ同様のことを語りながら、高橋和巳は評論「自己否定について」(一九六九・七、八)で次のように述べている。「(略)ほとんど自らを懲罰するように否定に否定を重ねていって、現代の青年たちはなにを獲ようとしているのか。それは革命社会といった具体的なものではないようにも思える時がある。彼方から射し込んでくるかすかな光、全く次元の異なった自由、獲得しうる保証は、まだどこにもない、しかし希求せざるをえないもの……」、と。

このように、高橋和巳が「自己否定」の重要性を語るのは、全共闘運動が語る「自己否定」の中には新しい倫理が「かすかな光」として胚胎しているのではないかという思いがあったからだが、それはまた革命運動の問題と密接に結びつくものであった。引用が続くが、日高六郎との対談「解体と創造」（一九七〇・一〇）で高橋和巳はこう語っている。「全共闘運動の高揚期には、私などがいろいろ夢見てきたことの萌芽がありまして、そういう政党、党派の中の内部批判あるいは党派相互の批判の自由ということが、ノンセクトの人々が一種のかなめになることによって確保されていた。ある一定の期間、その自由さが素晴しい力にもなった」、と。

そして、その「内部批判」や「批判の自由」が保証されていることが、明日の未来社会を築こうとする闘争に必要であるということを、高橋和巳は評論「非暴力の幻影と栄光——東洋思想における不服従の伝統」（一九六一・七）で述べ、さらに魯迅とガンジーの精神には「共通するもの」があったとして、その「共通するもの」について次のように述べている。「それは、未来の担い手は、かれが未来に生きるものであるゆえに、闘争のうちに〈自己浄化〉せねばならぬという、隠微な、しかし日月の経過にも決して色あせることのない発想においてである」、と。この評論は全共闘運動が起こる数年以上も前に発表されたものであるが、高橋和巳は全共闘運動における「自己批判」を、ここで言われている「〈自己浄化〉」を押し進めるものだと考えていたのである。

つまり、変革運動には未来を先取りする倫理が内包されていなければならないというのが、高橋和巳の年来の主張であって、それが全共闘運動に部分的でも具現化されていると彼は捉えたのである。したがって、高橋和巳にとって全共闘運動とは、「正義運動」でもあったのである。評論「自殺の形而上学」（一九七一・二）で高橋和巳は、「（略）全共闘運動というのは政治運動であると同時に、北一輝の言葉を借りれば、正義運動であるという側面が強い」（傍点・引用者）と述べている。

こうして見てくると、高橋和巳にとって全共闘運動とは、「自己否定」に端的に表されているように、自己への厳しい実存的問い掛けを試みながら新しい倫理を模索する運動であり、また革命運動の過程において未来を先取りするような意識変革と人間変革の問題をも提起したものであった。さらに、それまでの左翼運動が等閑に付しがちであったと言える自由の問題に正面から取り組もうとした運動であった。だから繰り返し言えば、高橋和巳は全共闘運動を、旧来型の革命運動をあり得べき方向にリニューアルする運動として捉えていたのである。彼は全共闘運動に足を掬《すく》われたのではない。自らの年来のテーマを担う運動としてそれを捉えていたのである。これも前述したが、彼が全共闘運動に積極的にコミットしたのは、むしろ当然なことであったと言える。

それらだけでなく、全共闘運動には形骸化した戦後民主主義の欺瞞を鋭く批判するところもあったわけだが、それは戦争責任の問題を有耶無耶にしたまま復興を遂げた日本の戦後社会に対しての批判という側面があったということである。すなわち、戦争責任を曖昧にした、言わばその戦後責任を指弾する運動でもあったのである。その問題においても、高橋和巳は全共闘と共振するところがあった。

しかし、それにしても情けないのは、その戦争責任の問題は二一世紀初頭の現在においても、まさに反動的と言うしかない陋劣《ろうれつ》な政治屋たちが、そのことを有耶無耶にするだけでなく、開き直って又ぞろ愚劣なナショナリズムを鼓吹《こすい》している有様なのである。さらには、冒頭で述べたように、そういう潮流に抗すべき反体制勢力の運動は、今日では停滞しているのである。このような状況を見ると、高橋和巳が期待をかけた全共闘運動が、その可能性の芽を育てることなく潰えてしまったことは、反体制派にとって痛恨の極みだったと言えるのではなかろうか。では、どうして全共闘運動は潰えたのであろうか。

かなり以前の拙論「高橋和巳――〈瞬間の王〉の文学」（「文教国文学」第二四号、一九八八・一二）で述べたように、大学臨時措置法の施行などによって全共闘運動は停滞を余儀なくされ、運動の場が大学から街頭へと移り、運動の主導権も無党派の学生たちから党派の活動家学生に移っていき、その党派間で内ゲバ（党派間でのゲバルト＝暴力）が起こるようにもなって、運動は内攻していき、やがて数々の悲劇を生むことになったのである。この内ゲバは、やがて青年大衆を変革運動から遠ざけることになった大きな原因の一つであった。高橋和巳は、「内ゲバの論理はこえられるか」（一九七〇・一〇、一一）で、未来を担う運動はその過程の中で新しい道義性を築くものでなければならないこと、内部の査問には一人でいいから大衆を必ず加えて公開性を維持すべきであることなどを提言したのだが、多少なりとも彼の影響力を及ぼすことができた無党派層が運動から離脱していった時点では、その提言はもはや実際的な効力を持たなかった。

その全共闘運動が終焉を迎えてから、高橋和巳も病のために逝ってしまった。現在おそらく、全共闘運動のことがジャーナリズムの世界などで話題にされることは、全くと言っていいほど無いと思われるが、それと連動するかのように高橋和巳のこともほとんど忘れ去られたかのようである。あの時代の立役者の一人であり、またあの時代の若者たちから圧倒的に支持された高橋和巳については、省みることさえ為されていないと思われる。もっとも、彼が鬼籍に入って暫くしてからは、彼の文学を取り上げた評論などがかなり出た時期があった。そして、その内の少なからぬものは批判的なものであったのである。たとえば、彼の小説の文体が大仰であることを冷笑的に論ったり、小説中での女性の扱い方に問題があることなどを指摘したりするものであった。

これらの批判的な評論は、若者たちの間にいた〈高橋和巳崇拝者〉たちの熱を冷ますことに効力があったであろうが、しかし冷笑や揚げ足取りからは生産的な思考などは生まれないだろう。私たちは、全共闘運動に期待を掛けた高橋和巳の思い、さらにはその思想とは何だったかを、今改めて考えてみる必要があるのではなかろうか。そして今日的観点からそのことを考えることは、明日の変革思想とその運動の再生に繋がって行くものだと思われる。次に、高橋和巳の小説に論及しながらそれについて考えていきたいが、さらに続けて、全共闘運動の問題提起が彼の年来の問題意識とどう交差していたかということについても、彼の小説に論及しつつ見ていきたい。

二

高橋和巳には、戦前に右翼もしくは右翼的だった人物たちを主人公にした小説がある。『散華』(一九六三・八)や『堕落』(一九六五・六)である。たとえば、『堕落』の主人公である青木隆造は、戦前では満州国建国に携わった人物である。戦後は混血児のための施設を営んでいたが、施設の経営は、戦時に自分の身代わりに我が子を見殺しにしたことに対する罪滅ぼしでもあった。戦後の青木は、「内なる曠野」を心に抱いたまま、すなわち内部の虚無を包み隠して、かろうじて残っている「共同体人」としての自覚に支えられて生きてきた人間である。だが、施設経営が社会事業として評価され表彰もされてからは、内部のバランスを失い、転げ落ちるように「堕落」していくのである。そしてその果てに、青木は愚連隊の若者たちとの間で暴力事件を引き起こしてしまう。

物語の最後において、刑務所の中で青木はこう思う。「満州人にも朝鮮人にも中国人にもロシア人にも、私は何故か裁かれたくなかった。私は私と同じ罪、同じ犯罪の共犯者である日本人たるあなた方に……かつては、私と同じ国家の名において行動し、そして後には、(略)何事もなかったように着々と出世し、(略)議会や官庁で鉄面皮な受け答えをし、(略)にやにやと笑いながら嘘八百を並べたてていた、この国の指導者、立法者、行政者、そして司法者たち。私はあなた方にこそ裁かれたかったのだ」、と。

自棄《やけ》を起こしたかのような青木の行動とこの言説には、十五年戦争に関わった人々、とりわけ日本国家の指導者たちに対しての指弾がある。もちろん、青木自身も、戦争中の自らの行為の意味も、その責任も問い詰めることとなく戦後を生きてきたわけだが、そういう自らの戦後のあり方を否定することによって、彼と同様に戦争責任の問題を曖昧にしたまま戦後を生きてきた国家指導者たちと戦後の日本国家に対して、戦争責任とそれを不問に付してきた言わば戦後責任を糾弾しているのである。

このように高橋和巳は、全共闘運動が起こる以前より、戦争責任の問題を曖昧にしてきた戦後の日本国家に厳しい糾弾の眼を向けていた。全共闘運動の時期とほぼ重なる時に発表された、左翼の人間と特攻隊の生き残りとの二人が主人公になっている小説『日本の悪霊』(一九六九・一〇)においても、その問題がテーマになっている。「あの時は皆がおかしかった。忘れようじゃないか。おたがいその時にどうしたかなどあばきあうまい」――戦争の体験を忘却しようとする、このような戦後の風潮に対して、特攻隊の生き残りの落合刑事は、次のような思いを持っている。すなわち、「そして正直者が馬鹿をみ、最も真摯なる者がもっとも手非道《ママ》く愚弄され、腹のにえくり返るほどくやしいことながら、そこで立ち止まって考えつめることによって訂正すべき、日本人の心情の根本的なずるさがそのまま看過されたのだ」、と。

この小説には、革命運動で殺人も犯している村瀬狷輔が過去の行為(殺人を含めての革命運動)がただ無意味に風化していくことに耐えられず、新たな犯罪を犯す話も語られているが、そのような過去のことなど無かったかのように浮薄に時を刻んでいく戦後の日本社会に対する抗議が、小説のテーマとして語られている。そう考えると『日本の悪霊』も、やはり『堕落』と同じように、過去のことなどは無視して進んでいく戦後日本、戦争責任の問題などは忘れたかのように経済的繁栄だけを追いかけていた戦後日本に対しての、異議申し立ての小説であったと言える。前述したように、この小説は全共闘運動とほぼ同じ時期に執筆されたわけで、そのことを考えると、日本社会の戦後責任を問うた全共闘の問題提起を、改めて受け止めて書かれた小説であったと言えるかも知れない。

もちろんこのような問題については、高橋和巳は評論においても語っていた。たとえば、評論「死者の視野にあるもの」（一九七〇・七）の中で高橋和巳は、戦後直後に人々が為さねばならぬ二つの仕事があったが、一つは生活の再建、とりわけ飢餓線上をさまよう窮迫からの脱出であったと述べて、もう一つについてはこう語っている。すなわち、「いま一つは自らに塗炭の苦しみを舐めさすにいたった原因の徹底的な追及、反省、そしてその体制上、意識上の仕組の根本からの除去であった」、と。しかし、それは為されることはなく、「戦争責任を負うべき勢力が、依然として強力な存在として生き残っており（略）重大な国家方針の選択にも、国民の総意を問おうとはしていない」のであった。

このように、戦争責任の問題を風化させた戦後責任を厳しく問うテーマの小説や評論を書いていた高橋和巳にとって、形骸化した戦後民主主義を問い詰めようとした全共闘運動とは、やはり共振するところが大いにあったわけである。それでは、高橋和巳が抱いていた政治社会思想とは、どのようなものであったであろうか。おそらく、それについての仮説的な提言も含まれていたと思われる小説『我が心は石にあらず』（一九六四・一二～一九六五・五）を通してそれを見てみたい。

『我が心は石にあらず』は労働運動に題材を採った小説である。この小説について野間宏は、柴田翔を聞き手にしたインタビュー「高橋和巳の文学と思想」（「人間として」第六号、一九七一・六）で、「非常に珍しい小説でね、つまりアナーキズムというか、無政府主義というか、そういうものによって……。（略）日本において、こういうアナーキズムの運動によって組合が組織されたり、それから会社と戦ったりした例が、はたしてあるのかなとぼくは考えているのですけどね」と述べている。それに同調する形で柴田翔も、「（略）この構想全体、組合運動におけるこういう考え方は、きわめて高橋的な考え方で、ぼくの推察によれば、おそらくヒントさえもなしに彼が構想していったのではないかと、思われるのです」と語っている。

マルクス主義に大きな影響を受けて、戦前昭和の時代に青春を送った野間宏の視野には、なるほど入らなかったのかも知れないが、「アナーキズムの運動によって組合が組織されたり」したことは日本においてもあったのである。たとえば、大杉栄が関東大震災の混乱に乗じた憲兵によって虐殺される以前の大正時代にはあったのであり、有名なアナボル論争はアナーキズムとボル（リ）シェヴィズム（レーニン主義）との論争であって、こういう論争が行われたということ自体、かつてはアナーキズムが一定度の影響力があったことを証しているだろう。そうではあるものの、柴田翔の言うように、『我が心は石にあらず』の構想全体は、たしかに「きわめて高橋的な考え方」であると思われる。

この物語の主人公である信藤誠は、優等生であったがセメント会社の石灰岩採掘夫の父を持つ裕福ではない少年だったために、その地方都市の有力者の奨学金によって大学を卒業し、その有力者がオーナーで経営者でもある企業に就職したのである。信藤誠は、奨学金の返済が免除されるという条件があったからその企業に就職したのであったが、それについて信藤誠はこう述べている。すなわち、「エリートとして優遇されるだろうという打算と、自分の身につけた知識ではなく〈観念〉をそこでこそ実験してみるべきだという気負いたった理想から、私はこの町へ帰ってきたのだ」、と。

少し注意されるのは、信藤誠が特攻隊の生き残りであり、生き残ったという事実が「理由の説明できぬ譴責感を私に植えつけた」と語られていることである。しかし、この特攻隊体験については小説では深く語られていない。おそらく科学技術者としての信藤誠が社会科学関係の本なども勉強した理由づけとして特攻隊帰りという設定になっていると考えられる。すなわち、特攻隊の生き残りとしての「譴責感」から、専門の機械工学以外の本まで読むようになり、それによって「譴責感」から解放されたわけではないが、「その代償にある〈観念〉」を学んだ、と語られているからである。その〈観念〉については明らかに語られてはいないものの、それは複数の左翼思想であると考えられ、信藤誠はそれらの〈観念〉を独自に練り上げて「科学的無政府主義」の理論を構築したのである。

ここで「科学的無政府主義」の「科学的」と言われているのは、〈空想的社会主義〉を批判してエンゲルスが自分たちの社会主義を「科学的」とした時の意味合いのものではなく、「自然科学における研究連帯のような連合形態」を意味していて、したがって「科学的無政府主義」はその「連合形態」を「まずは組合に、さらには政治組織一般に及ぼ」すことを考えている、信藤誠独自の政治思想のことである。その「科学的無政府主義」は、「老子的な原始村落やロシヤのミールを源基形態とする従来の無政府主義と異り」、あるいはバクーニンの一揆主義などとも異なって、発達した科学技術とオートメーション化に対応する「科学者及び労働者の運動形態」だとされている。

それはまた、中央の指令に従った従来の労働運動とは異なっていて、それぞれの組合の自律性と自主的判断を尊重して、それらの組合が連携を取って運動を展開する「地域自由連合主義」でもあったのである。信藤誠の「科学的無政府主義」という理念に基づく、この「地域自由連合主義」の運動は、資金難に悩まざるを得ないなどの「欠陥」があったが、信藤誠によればそれを補ってあまりある長所があった。すなわち、「第一は言うまでもなく権力分散と自主独立性、第二は企業別組合や産業別組合が往々にしてもち勝ちな、組合エゴイズムを観念的雄叫びによってではなく抑えうること。」とされ、より注目すべきは、「さらには、平和革命ということが現実的な意味を持ちうる、これが唯一の形態であること。」とされている。むろん、政治変革には何らかの暴力が伴うことが常態であると言えようが、信藤誠によれば、戦争という過酷な体験を経てきた者には、「平和革命」というのは「かけがえのない真実として受けとれた」のであった。しかし、それがいつしか、「平和と革命は分離され、むしろ乖離するものにすらなった」のである。そして「平和革命」を理想と考えた人たちも、それを具体的にどのような運動によって実現すべきかということに関しては、ほとんど考え及ばなかった。だからその理想を、信藤誠は「科学的無政府主義」の思想に基づく「地域自由連合主義」によって実現させようとするのである。

この「地域自由連合主義」とは、中央が指令を出して各支部がそれを遂行するというようなピラミッド型の運動組織ではなく、各地域に根ざした組合組織が互いの自主独立性を尊重しながら共闘し、その運動の環を拡げることを通して、支配層の権力構造に対峙していこうとする運動組織のことである。信藤誠はその理念についてこう語っている。「地域自由連合主義」は、「一つの権力を他の権力でとってかわるのではなく、権力を必要とする人間精神、人間の組織のあり方そのものを根本から改変しようとしていたのだ」、と。

このような信藤誠の理念は、作者の高橋和巳自身の抱懐するものでもあったと考えられ、作中でもその理念に繰り返し言及されている。おそらく高橋和巳には、運動体としての「地域自由連合主義」がどこまで実のある運動を展開できるかを、作中で実験してみようとする意図があったのではないかと考えられる。もっとも、もしも「地域自由連合主義」の運動が作中で実を結ぶようなことになったら、それはSF的な小説になっただろう。あるいは、トマス・モアの『ユートピア』のような、まさにユートピア物語に。しかし高橋和巳はそうではなく、あくまでも二〇世紀後半の日本社会での出来事としてのリアリティーを維持しながらの物語展開を意図していたはずである。であるならば、この「地域自由連合主義」の運動は、当初から敗北は必至であったとも言える。にもかかわらず、小説の中の実験であるにせよ、「地域自由連合主義」がどれだけ可能かを試してみたかったのであろう。

その敗北に至る物語の展開は、高橋和巳の他の小説と同様に、唐突に主人公を破滅の情熱に駆り立てさせたり、この主人公の急激な変貌によって、労組の連合体も穏和な集団から先鋭的な集団になっていき、遂には争議に敗北して解体していくというものである。主人公の変貌には女性の問題が絡まっていたり、やはり他の高橋小説と同様に、主人公が戦後社会に対して違和感を持っていて、その違和感が危機的な状況で噴出するというような人物設定になっていて、高橋和巳らしい小説となっている。

しかし、そういう問題はあるものの、『我が心は石にあらず』は高橋和巳の考える現実的な変革理念が正面から語られた小説であったと言える。それは実験的な社会変革小説でもあった。「地域自由連合主義」

の理念を支える変革思想は、「科学的無政府主義」だと主人公は言っているが、それは高橋和巳にとっても、あり得べき変革思想だったのではないだろうか。そしてその場合、力点は「科学的」にあるのではなく、「無政府主義」にあったと考えられる。したがって高橋和巳の変革思想とは、一言で言えば無政府主義すなわちアナーキズムだったと言える。次に高橋和巳のアナーキズムについて見ていきたい。

三

『我が心は石にあらず』で、日本ではアナーキズムがどのようなイメージで受け止められてきたかについて信藤誠は、「無政府主義や自由連合という言葉は、個人的なテロ行為や人間関係の乱脈さを連想させる、この国の歪んだ歴史と歪んだ観念がある」、と語っている。実際にそうであった。おそらく今日の日本でもその傾向は無くなっていないだろう。つまり、アナーキズムと言えば、社会主義や共産主義よりも過激で無秩序で乱脈であるというイメージが付きまとっているのである。しかし、たとえば日本におけるアナーキズムの代表的な思想家で活動家であった大杉栄の論などを読めば、アナーキズムは乱脈でも過激でもなく、むしろ真っ当なことを語っている思想だということがわかる。

大杉栄はクロポトキンなどに学びながら「自由発意と自由合意」(「新秩序の創造」、一九二〇・六)の重要性を繰り返し語ったり、『暴力論』のソレルを批判して、労働運動において重要なのは「神話」ではなく、「討論」である(「ベルグソンとソレル――ベ氏の心理学とソ氏の社会学」、一九一六・一)と述べているところなどからも、大杉栄が真に民主主義的な感覚を持っていて、また理性的でもあったことがわかるだろう。さらには主知主義的な偏向については、「この主知的主理的真実の中には、本能や意志や感情や憧憬を無視したところに全的人間味が欠け、また不完全な人間の知力や理性を過重したところに必然の誤謬があった」(「労働運動とプラグマティズム」、一九一五・一〇）というように、人間性の全面開花こそ大切であると語り、知性偏重の主知主義を批判していた。

言うまでもなくこの主知主義批判は、知識人主導型の日本の革命運動に対する批判でもあった。それはまた、昭和以降の日本の革命運動に宿痾《しゅくあ》のごとくあった理論偏重主義に対する、先取り的な批判でもあったのである。大杉栄はこう言っている、大切なことは一人一人の「個人的思索の能力を発達さすということ」(「個人的思索」、一九一六・二）であって、この「個人的思索の成就があって、はじめてわれわれは自由な人間となるのだ」(同)、と。これらの言葉は革命運動における前衛主義批判であると言え、そしてこのような姿勢が一党独裁のボリシェヴィキ革命に対する批判に繋がっていったのである。

このように大杉栄のアナーキズムを見ていくと、乱脈とか過激といったアナーキズム観が、いかに実態と離れた、敢えて言えば捏造されたイメージであったかということがわかる。もちろん、中には爆弾闘争至上主義のようなアナーキストもいたのだが、多くのアナーキストは穏和な社会を理想とするような人たちであったと思われる。たとえば文学者の有島武郎がそうであった。その有島武郎が影響を受けたアナーキストのクロポトキンは、大杉栄が翻訳した『相互扶助論――進化の一要素』(一九一七・一〇）の中で、生物は同種間では競争よりも相互扶助の方が顕著に見られると述べ、人間社会においてもお互いが睦み合う社会を理想としていたのである。

因みに、大作『邪宗門』(一九六五・一～一九六六・五）では、新興宗教の「ひのもと救霊会」の教主が二つの遺書を残していて、一つは呪詛と復讐の教えであったが、もう一つは男女が睦み合い、動物や山野などの自然をいたわり、互いに許し合うことで穏和な日々を生きていくことを説いたものであったとされている。『邪宗門』の物語ではこの後者の教えを受け継ごうとするのが松葉幸太郎と阿貴という少女であったが、これはクロポトキンの相互扶助の思想に通じている。高橋和巳は，阿貴たちの方向に期待をかけていたと考えられる。

それはともかく、「理想が運動の前方にあるのではない。運動そのものの中にあるのだ。運動そのものの中に型を刻んで行くのだ」（「生の創造」、一九一四・一）という大杉栄の言葉なども、高橋和巳の言葉、すなわち「革命なる一線ののちに、かくかくのことを為すだろうという空手形が大切なのではなく、苦しい変革過程の運動とその精神のなかに、次の時代の雛型が孕まれていなければならないのである」（「我が解体」、一九六九・八）に重なると言えよう。あるいは、すでに引用した一節の中でも、高橋和巳は「奪権運動それ自体が内部に人間変革の契機を含んでいなければならないと考える」（「変革の思想を問う」前出）と語り、これもそのまま大杉栄の主張に通じている。

むろん高橋和巳は埴谷雄高の弟子であったと言えるのだから、彼の変革思想がアナーキズム親和的であることは当然だと言えようが、彼のアナーキズムについては、日本の代表的なアナーキストの一人である秋山清が評論「高橋和巳とアナキズム」（「人間として」第六号、前出）で論及しているくらいで、あまり論じられていないと思われる。またその評論も、残念ながら高橋和巳の言説の紹介に終わっている。それでは、高橋和巳は自身のアナーキズムについてどのように捉えていたのだろうか。言うまでもないことだが、高橋和巳は自分が左翼的な立場に立っていると自覚していた。たとえば評論「我が解体6」（一九六九・一〇）で、「（略）便宜上の政治的色わけからすれば自分も左派の一員であろう」と述べ、「我が解体4」（一九六九・八）では自身のことを、「（略）文学、芸術を通じてアナーキスティックな思弁を身につけてしまっている教師」というふうに捉えていた。

興味深いのは、中国の文化大革命や毛沢東を評価する高橋和巳の観点も、文化大革命がバクーニンやクロポトキンたちが考えていた理想社会のあり方にどれだけ近づいたものになっているかという観点だったのである。たとえば評論「知識人と民衆――文化大革命小論――」（一九六七・一二）で高橋和巳は、「毛沢東の民衆信頼は、過去の思想に類比を求めれば、マルクス主義のそれよりも、バクーニン、クロポトキンの無政府集産主義に近いものを持っている。人間は自由であればあるほどその善性を高め、よりよくその能力を発揮するという信念のようなものが確かにみてとれるのである」、と述べている。

同評論で高橋和巳は、プロレタリア独裁が結局は少数者による大衆支配以外のものではないと批判したバクーニンの言葉を引用しながら、「だが、中国の文化大革命は、権力抗争的な側面も否定しがたくふくみながらも、各地方、各企業、各学校等で行われている造反運動は、また否定しがたく少数の知識人による支配を破壊している」、と語っている。やはり同評論でクロポトキンの『田園工場および仕事場』から、「今日まで経済学は、分業だけを説いてきた。われわれは今や結合を主張する」という言葉を引用しながら、続けてこう述べている。「いま中国で目指されている結合はクロポトキンの意味内容とは異るけれども、農民が同時に兵士であり、労働者が同時に文化担当者であるような総合的人間が、遙かなる目標として目指されていることは間違いない」、と。

高橋和巳は、このような文化大革命観を全共闘運動に投影していたと考えられるが、自身にとってのアナーキズムについて、鶴見俊輔との対談「ありうる戦後」（一九六九・八）で次のように率直に語っている。

「政治思想としてのアナーキズムとかそういうものに触れたのは、ずっとあとになってからのことなんですけれども、政治思想といわれるもののなかでいちばん共感をおぼえるのは、やはりアナーキズムのある部分ですね。いちばんだいじなのは、国家とかそういうことではなく、自分たちの生きている場なんだという、そういう基本的な思念がアナーキズムにはあるようなので……。」、と。

このように見てくると、高橋和巳の変革思想とは端的にアナーキズムであったと言える。もちろん、それはバクーニン主義かクロポトキン主義か、あるいはプルードン主義か、あるいはそのいずれに近かったか、というふうに限定できるものではない。もっとも、高橋和巳自身は直接言及してはいないが、『我が心は石にあらず』における労働組合運動の重視という点では、バクーニンやクロポトキンではなく、むしろプルードンの思想に近いと言えるかも知れない。さらには信藤誠の言う「科学的無政府主義」は協同組合的な社会主義の要素もあり、そのことを見ると、賀川豊彦も影響を受けたイギリスのロッチデールでの共同組合運動にも通じるところもある、というふうにも言えよう。

さて、二一世紀初頭における変革思想および変革運動は、冒頭で述べたように低迷しているが、その大きな原因としては、「社会主義」国家が政治的には自由を圧殺し人権を蹂躙するところがあったこと、経済的にも資本主義を上回る成果を上げることができなかったことなどを、挙げることができよう。と言って、グローバル資本に好き放題のことをさせておけば、経済格差はますます拡がり、地球環境も修復不可能なほどに破壊されるだろう。だから、旧来の「社会主義」と現在のグローバル資本主義との、その双方を乗り越える社会変革思想を構築することが喫緊の課題なのである。それはまた、これまでの変革思想のリニューアルであり再構築であるような思想営為を行うことによって可能となるだろう。

その際に、今は忘れられてしまったかのような感のある高橋和巳の変革思想にも、眼を向ける必要があるのではないかと考えられる。変革思想が低迷している中でも、注目すべき思想営為を行っているのが昨今の柄谷行人であるが、彼は「唯物論研究」第七一号（二〇〇〇・一）における田畑稔との対談で、自分は若年時よりアナーキズム親和的であったこと、また最晩年のマルクスにも論及した田畑稔の『マルクスとアソシエーション　マルクス再読の試み』（新泉社、一九九四・七）を読んだときに、「アナーキズムの著作とつながる問題意識を感じ」たと語っている。「思想の現在――柄谷行人のアソシエーションの転換』（御茶の水書房、一九九六・九）で、「こうしたマルクスの構想は、（略）プルードン主義的性格が強いことは否定できない」と述べている。

そのプルードン思想とは、アソシエーションとしての社会、すなわち協同組合的組織を基礎とする社会を目指す思想である。プルードン思想においては、その協同組合は生産過程だけでなく、流通過程における組合も重視するものである。もちろん、高橋和巳に流通過程についての問題意識などは無かったであろうが、しかし『我が心は石にあらず』に見られるように、「科学的無政府主義」の土台が組合運動にあることを明確に理解していたと言える。その組合運動組織は上意下達のような組織ではなく、横の繋がりによって成立し、自由な相互批判が可能な組織だったのである。そしてその運動の中で、人々は自己批判などを通して意識変革していくことができるものだった。

もしも、それらのことが物語の上だけでなく、現実の組合運動に広く普及していたならば、旧来の左翼組織にあった弊を克服し、グローバル資本の横暴も掣肘《せいちゅう》することができ、さらに未来社会への希望ある展望も開けるものになっていたかも知れない。この「もしも」は、あの全共闘運動についても言えることであろう。全共闘運動の中にあった可能性の萌芽を育てることができていたなら、変革思想とその運動が低迷している、今日のような状況にはなっていなかったのではなかろうか。高橋和巳と全共闘運動をもう一度見直す必要があるのではないか。

たとえば、昨今の柄谷行人の試みは注目すべきであるが、彼は全共闘や高橋和巳そして賀川豊彦などをこれまで一切評価していなかったのである。高橋和巳については、むしろ冷笑的な姿勢だったと言えようか。しかしながら、昨今の柄谷行人の思想営為は、実はそれらに接近していると言えるのである。もっとも、柄谷行人がそのことをどれだけ意識しているかはわからないが。

それはともかく、今は忘却されているような存在である高橋和巳と全共闘運動とが提起した問題は、現在においてこそ最重要な課題であると言える。とりわけ高橋和巳の変革思想には今日こそ学ばなければならないものがある。

〔付記〕高橋和巳の文章からの引用は、すべて『高橋和巳全集』（河出書房新社）による。

永瀬清子の老い

――日々を新しく生きる

一

老年期を現在の一般的な基準に従って六五歳以上とすると、略年譜などから窺われる、老年期の永瀬清子すなわち六五歳以降の永瀬清子の活躍には、眼を瞠るものがある。実に精力的に活動をしているのである。『海は陸へと』（思潮社、一九七二〈昭和四七〉・九）や『あけがたにくる人よ』（思潮社、一九八七〈昭和六二〉・六）の詩集および『私は地球』（沖積社、一九八三〈昭和五八〉・一）などの選詩集の出版、また『短章集』（思潮社）と名づけられた、散文詩とエッセイとの両方の性格を持っているような文集を四冊刊行、さらには『かく逢った』（編集工房ノア、一九八一〈昭和五六〉・一二）などのエッセイ集を出版して創作活動を活発に展開するとともに、岡山女性史研究会の会長を務めたり、一九八八（昭和六三）年には岡山での世界連邦婦人の会開催に参画し、各地で講演を行うなど、社会的な活動も広く行っている。一九九三（平成五）年に白内障などの眼の手術をしてからは、さすがに活動は縮小されたが、それでも永瀬清子は一九九五（平成七）年二月に脳梗塞で八九歳の生涯を閉じるその前年まで、たとえば毎日新聞連載「日々のつぶやき」を月に一回書いていた。
このような活動ぶりを見ると、井久保伊登子が著書『女性史の中の永瀬清子〔戦後篇〕』（ドメス出版、二〇〇九〈平成二一〉・一〉で老年期の永瀬清子について、「それにしても、稔り豊かな清子の老いの日々だった」、あるいは「何とも豊潤な七十代後半である」と述べているのも、たしかに頷ける。それでは、どうして永瀬清子は晩年になっても、あのようにエネルギッシュに活動することができたのであろうか。本稿では、その謎を少しだけ解き明かしてみたい。また、これまで永瀬清子における老いの問題について主題的に考察した論考は無いから、その謎を解き明かそうとするのは、意味のある試みと思われる。

さて、もちろん永瀬清子に超人的な体力や精神力、そして生命力があったとは考えられない。もっとも、詩人としての才能や人としての聡明さ、さらには人としての意志の強さを持っていたことは確かであろう。しかしだからと言って、それらのことは晩年期の旺盛な活動と直ぐに結びつくものではない。先走って予想を述べると、おそらく人生や老いに対する彼女の姿勢に、その謎を解く鍵があるのではないかと考えられる。とは言え、老年期に入ってからの永瀬清子にも、私たちが普通に抱く、老いに対しての思いもあったようである。まず、そのことから見ていきたい。

『流れる髪　短章集2』（思潮社、一九七七〈昭和五二〉・二）の「父の手紙」には、田舎の実家に帰って倉を整理していると、父から母への古い手紙や葉書が入っており、それらは永瀬清子が生まれた頃のものであったこと、その中には妊娠中の母に対して「心をおだやかに美しくお持ち下されたく候」という、母を気遣う父の言葉があり、また清子が生まれてからは「体重をおしらせ下さい」という言葉もあったことが語られている。その時の父は二五歳、母は二〇歳であったが、父が「心をおだやかに」と「祈ってくれた」ことについて、永瀬清子はこう語っている、「もしこの祈りがなかったら、私はどのようにか荒々しい人間になっていた事かしれないのだ——。」、と。

これを書いたのは永瀬清子が七〇歳のときだと思われるが、もちろんそれまでの永瀬清子も、自分の人生が多くの人に支えられたものであることは、十分承知していたであろう。しかし、さらに自分の知らないところで、自分の人生は誰か（この場合は手紙の父）に見守られていたということを、改めて認識し実感したわけである。おそらくこういうことは、年を重ねると私たちにも体験されることであろう。また、エッセイ集『うぐいすの招き　日々の紀行』（れんが書房新社、一九八三〈昭和五八〉・一一）に収められた、六九歳のときに書かれた「幸と不幸の境界——みつめる人ありて——」には、「あともう少ない手持時間に私はどれだけの事が出来るか、その努力はすべての不幸を幸福にかえるすべでもあろう。なぜならば幽かであっても私には亡き父母が、又わずかながら友が、いずこかにいてみつめていると信じられるから。私はその人々にみられるために最後の努力をつくすほかないのだ。」と語っている。

こういう感慨も、年を取ったという自覚のある人ならば、普通にあるのではないかと思われる。「手持時間」の少なさについては、まさにそうであろうし、やはり死者に見られているという感覚は、若いときよりも年を取ってからの方が強くなるものだと思われる。死者の「友」に関しては、七四歳のときの『焔に薪を　短章集3』（思潮社、一九八〇〈昭和五五〉・一一）の短章「ひとりでいる事をよしとしている時」では、「雨が降って来てくれた。／遠い遠い空から／すると友だちが来てくれた。／むかしむかし死んだ友だちが——」、と語られている。年を重ねれば重ねるほど、自分に関係のある死者の数が増え、たとえば一人のときにふとそれらの死者のことを思い出して、彼らと架空の対話をしたり、あるいは対話したような気になるということは、私たちにも普通にあるであろう。また、『流れる髪　短章集2』の中の、「老」と題された短章には、「自分にやさしくする事を自分にゆるす。／それが老《おい》だ。」と語られている。このことは人によりけりであろうが、おそらく多くの人は年を取ってもなお、〈自分に厳しくあらねばならぬ〉とは思わないであろう。やはり、「自分にやさしくする事」を許すと思われる。

七七歳のときに刊行された『彩りの雲　短章集4』（思潮社、一九八四〈昭和五九〉・一）には「昔、女があった」という文から始まる短章で構成された「第四章　にせ物語」という章があるが、その中に「c 飴玉」という短章があって、そこにはやはり年齢を重ねることで分かる事柄があることが語られている。生前の夫が朝食の後にいつも「おい飴玉！」と言うのを、永瀬清子は「はなはだ馬鹿らしく思っていた」が、ところが自分が老いて苦い散薬を飲むようになってからは、「にがい散薬が口の中に残るのでひとりでに飴がほしくなった」らしいのである。そのとき、永瀬清子は〈夫もそうだったのか〉と思い、「それで生前の夫をやさしく理解することに欠けていた事にはじめて気づいた」ようなのである。瓶の中の飴玉を見ながら、こう語っている、「瓶の中のセロハンに包まれたコハク色の粒、／それはさびしい私の悔いのこころ」、と。このような「悔い」の体験は、私たちにもあることであろう。

このように年を取ってから往事を振り返って、「悔い」を新たに実感するということでは、たとえば詩集『あけがたにくる人よ』に収められた詩「若さ　かなしさ」で語られている事柄もそうである。東京にいた当時の永瀬清子より「ずっと年上」の「学識のあるちゃんとした物判りのいい紳士」から電話があり、どうも彼は永瀬清子に会いたかったようなのだが、彼は「病気」のためにどうしても会えないことを言ったようである。しかしそのときの永瀬清子は、「長く長く電話で話す彼に当惑さえしていた」ようで、慰めの言葉も言わず、「人間ってそんなものよ」とか、「病気ってそんなものよ」と言ったらしい。彼は慰めてもらいたかったようなのに、である。当時の永瀬清子は、そのことに心を向けることをしなかったのである。永瀬清子は詩の最後で次のように語っている。

私はああ、恐ろしいほどのつめたさ
若さ、思いやりのなさ
そそり立つ岩さながら――

私を遠くからいつもみつめていたそのさびしい瞳に
それきりおお　私は二度と会うことはなかったのだ

おそらく、年齢を重ねるほどに、この種の「悔い」の思いは強いものになって来るであろう。そういうことは、年を取ることの一面にたしかにあるわけだが、永瀬清子もそれをしたたかに味わったのである。やはり短章集『彩りの雲　短章集４』の短章「ヒルムカシ」には、次のように語られている。

今、年は傾き、命も底をついて来たから、今こそ、自分の望むことをやろうと思い、いろいろな禁忌を破りハメをはずし、若い人々に現実の仕事をまかせ、今まで出来なかった事をやりとげたいと願うのである。霊よ、もう私をせめず、命を好きに使わせておくれ、私の時間はもうきっと夜に入っているのだから。

こういう思いも、ある程度年齢を重ねたなら、多くの人が持つのではないかと思われる。ただ、人によっては、なかなか「若い人々に現実の仕事をまかせ」という心境にならず、いつまでも現役の働き手でありたいと思っている老齢者も少なからずあるようだ。とりわけ、企業のトップとか、政治家にそういうタイプの人が多いようである。実は、彼らの多くは単に老害を撒き散らしているだけのようなのだが。

そのことはともかく、こうして永瀬清子のエッセイなどを見てくると、私たちの多くが老いの意識から持つだろう思いを、老年期に入った永瀬清子もやはり同様に持っていたことを知ることができる。自分の時間が「もうきっと夜にはいっている」という思いは、詩においても語られている。永瀬清子は一九九五年二月に逝去したが、逝去後の同年四月に刊行された詩集『春になればうぐいすと同じに』（思潮社）に収められた五連構成の詩「走り去るわが時間《とき》」には、永瀬清子の詩に曲を付けてくれた若い作曲家のことを思って第二連の最後で、「遠い都会へあなたは去らねばならぬ」と述べた後、第三連で次のように語っている。続けて、第四連は省略して第五連を引用する。

彼は若々しくほほえみ手をとって
「またゆっくりお会いしたいのですが」と云う
嘘云わぬ人のまじめさを私は思い
心はどんなにか楽しくときめくが
「もし機会がありましたら――」とだけで
心は老いた山羊のようにうなだれる
私に「時間《とき》」は　一層無慈悲に奔り去り
若い人と決して同じ速度ではないから――

（略）

おお若人にあすの約束はできよう
それでも現身《うつしみ》の私にはそれができない
走り去るわが「時間《とき》」はつかのま――
美しい音符は紙の上に止まっても
わが詩はやさしくそこにはばたいていても（ルビ・傍点は原文、以下・同）

この詩からは、やはり永瀬清子も、「時間《とき》」が「無慈悲に奔り去」ってしまうことの悲痛さを、私たちと同じように感じ取っていたことがよく伝わってくる。その「時間」の経過は、あの「グレンデルの母親」の上にも流れているとされている。詩集『あけがたにくる人よ』（思潮社、一九八七〈昭和六二〉・六）に収められている詩「老いたるわが鬼女」にそのことが語られている。「グレンデルの母親」は「私の洞」に棲んでいて、今は「みやびなく華やかさなく」という状態であり、次のように続けられている。「磨《と》いでいるのはただ我執の牙、／銅色の髪はすでに枯色／眼《まなこ》のみ赤らみ皺に埋れんとして／なおまだ思っている若き日日の自由」、そして最終連でも「満天の星の下、わが洞になおいささかの霜をさけて／昔のよき日の夢をあたためる（略）」、と。

詩「グレンデルの母親は」は、その題名が永瀬清子の第一詩集『グレンデルの母親』（歌人房、一九三〇〈昭和五〉・三）にも採られていることからもわかるように、永瀬清子の初期の第一の代表作と言っていいが、「グレンデルの母親」も寄る年波には勝てないかのように語られ、わずかに「昔のよき日」や「若き日日の自由」を回想することによって自らを慰めているかのようである。そのように永瀬清子は語っているのである。この詩には、老いの悲哀が出ていると言えよう。とくに「我執の牙」を「磨《と》いでいる」というのが、憐れである。このようなことも、老年になった永瀬清子の思いでもあったことは間違いないであろう。そして、それはまた私たちの多くと共通するものである。

しかしながら、永瀬清子が優れた詩人であるのは、老いの問題に対して、そこに止まっていないことである。永瀬清子は、老いから来る悲哀の思いを抱きつつも、老いそのものから眼を背けず、老いをそのままに受け止め、さらにそれを踏まえて積極的な姿勢で老いの人生を生きていったのだと思われる。次に、それについて見ていく。

二

詩「老いるとはロマンチックなことなのか」(『あけがたにくる人よ』所収)の一部を次に見てみたい。

老いるとはロマンチックなことなのか
もうあと僅かなので
心はいそぐ朝も夕も
崖っぷちの細道をゆくように

おおいまはじめてわかる　われらがスリリングないのち

(略)

けさ、朝げの汁の実に葱を摘もうとした時
指はつめたくまだ霜にふれたけれど
それでも太陽光線は青くみなぎりわたり
眼もあけられず私は思わず
春の方へとぶっ倒れた

この詩は、「老いるとはロマンチックなことなのか」という問い掛けから始まっているが、その問い掛けに対して詩の中で明確な答は言われていない。しかしながら、「崖っぷちの細道をゆくように」とあり、そのような自分の「いのち」、つまりは人生が、「スリリング」なものなのだ、と老いて「いまはじめてわかる」と詩人は言っている。「スリリング」とは〈ドキドキ、ワクワク〉することでもあるから、これは「ロマンチック」の意味合いにも繋がるだろう。老いた「いまはじめてわかる」、自分の人生はそういうものだったのだ、と。そのことを分からせてくれた「老い」は、やはり「ロマンチックなこと」ではないだろうか。そのように、詩の全体で先の問い掛けに答えていると言える。

このテーマと重なることを語った短章「老いたる友」が『流れる髪　短章集2』（前掲）に収められている。この短章は、「年をとったら、永瀬さん、すこし物が見えるようになったと思わない？」と語りかける、「七十四歳」の友人との会話から成り立っている短章であるが、この友人の問い掛けに対して永瀬清子も同意しながら、こう語っている。すなわち、「今まで平凡すぎるくらい平凡なくらしを私はして来たと思っていたのに、今になってみるとどの一隅をとってみても胸せまる事の連続だったのです。それが私の見えて来たという事の意味だと思うの」、と。たしかにそうであろう。多くの人は自分の人生を平凡な人生だと思っているであろうが、その辿ってきた人生の道のりを、よく見るならば実に起伏に富んでいて、それらは良く言えば「ロマンチック」であろうし、したがって少々「スリリング」でもあるだろう。しかしながら、不遜な私たちは高を括って、その起伏を言わば平《なら》して、〈自分の人生は「平凡」だ〉と判断してしまうわけである。

だから、「老いる」ことそのこと自体が「ロマンチック」だということも含みながら、「老い」は人生の「ロマンチック」な面に思い至らせてくれるものであり、したがってつまるところ、そういう「老い」は「ロマンチック」なのだ、ということでもあろう。この詩でさらに注意したいのは、最終連で「指はつめたくて「霜」もあるのだけれど、「太陽光線」のことが語られていて、そして「私」は「春の方へとぶっ倒れた」と語られていることである。この最後の言葉は、人生に対しての詩人の積極的な姿勢を語った詩句と言える。「老い」ても自分は「春の方へと」向かうのだ、という決意表明のように捉えることもできる。

では、永瀬清子は「老い」や「老いる」ということについてどう考えていたのであろうか。『焔に薪を短章集3』（前掲）には短章「老（二）」には次のように語られている。

老いたのは確かであるが「老人」になったとは思いたくない。

私として老いたのであり、「老人」になったのとはちがう。

私が恋したのであっても「恋」をしたのではないと同じに——。

これは、人を「老人」という一般的な類型の中に押し込めて、その人のことを分かった気にならないで欲しい、それぞれの人がそれぞれに老いたのであって、類型的な枠組みで受け止めないで欲しい、ということを言っているのである。しかし他方で、老人たちに対しては、「老（二）」では、最初に「人は皺よった自分の顔は意識してはいない。／曲がった自分の手足の上にも、若い時のままの顔を描いている。」と述べ、最後に「いつも昔の歌がきこえていて／今の音楽は耳に入らない。／それがみんなの罹る症状だ。」と語っている。この「老（二）」では、自らの「老い」を受けとめず、若かった「昔」にしがみついて、自分の今を受容しない「老い」た人たちを批判しているのである。若かった昔に執着するのではなく、「老い」た自分をまず素直に受け容れるべきである、と。

このことはまた、「老い」を肯定的に受け止めようとすることに繋がる。永瀬清子八四歳直前の詩集『卑弥呼よ 卑弥呼』（手帖社、一九九〇〈平成二〉・二）に収録の詩「わが老人の日」では、娘さんたちが花束を贈呈して「老いたる私」を慰めてくれるので、その慰めを受け容れようとしていること、そして「慰めたり慰められたり」することが「人生の本当の花なんだろうよ」ということが語られた後、月が二個に見えると語られ、「そうだ、乱視がすすみ白内障も加わって／本が読みにくいとはこのごろ思っていたが／月が二個あるなんてはじめて気づいた」として、詩は次のように結ばれている。

おお、ほんとは
悪いことじゃあないよね
そうだ、あの花束もきっと二倍に見えていたんだ。
そして彼女らの慰めもきっと二倍に——

おそらく「老い」と共に進行したと思われる「乱視」「白内障」さえも、言うならば敢えて肯定的に捉えていこうというのである。二つに見えることは二倍に見えることで、「花束」も「慰め」も二倍あると思えばいいのだ、と。肯定的ということの中には、もちろん「老い」の現実をしっかりと受け止めた上でということが含まれているわけで、永瀬清子は、さらには「老い」ている自分をユーモラスに語ることもしている。次の引用は『彩りの雲　短章集4』（前掲）の中の短章「d　老いたる女詩人」である。

もう私には朗読はできませんよ。何てったってそりゃ真正面むいて朗読する時はよござんすよ。声はまだまだ透るしね。問題は、いざ楽屋の方へ退く時だいなしになる事なんです。

つまり横向きの姿で全部ぶちこわしになるんですよ。それがね、あなた、情けないことに疑問符そっくりの恰好なんですから。

この『短章集』は永瀬清子が七八歳になる直前に刊行されている。永瀬清子は、年老いた自らの横向きの姿を「疑問符そっくりの恰好」だと言っているのである。これには少々自嘲的なニュアンスも無くはないが、それよりもやはり自らの「老い」をそのままに受け止め、そしてそれをユーモラスに語っていることに眼を向けるべきであろう。このことは、それまでの自分の人生を受け入れようとすることでもあろう。没後の詩集『春になればうぐいすと同じに』（前出）に収められた詩「私らとうぐいす」では、九十歳になる「杜実《とみ》さん」を見舞ったとき、彼女が一輪挿しの「れんぎょう」を写生していたことを語った後、杜実さんや自分はつまづきながら「八十年九十年を生き」、思い出を語りつつ、「今も辿るのか自分の道を――。」と述べた後、「次第に夕暮れが降りてきた／ありがとうよと私はそのれんぎょうの絵を貰って帰るわ／夕ぐれのこの世の道を――。／クレヨンの黄色がその時あたたかい灯のように／わたしの胸にともっているわ」と結ばれている。この引用の後半部分では、詩人は、老年になってそれまでの人生を振り返り、それなりに満足している、小さな悔いはたくさんあるであろうが、しかし自らの人生全体については、〈これで良かったのだ〉と肯定していると言えよう。「今も辿るのか自分の道を――。」という言葉にそれを見ることができる。

しかしそれは、自足してそこに止まることとは違っているのである。『焰に薪を　短章集3』の短章「c八十才を過ぎた友人のことば」では、「改まらぬ心や性質を死ぬまで日も足らず改めようとする、その人こそいつまでも若い人なのではなかろうか。／老人が「趣味に生きる」などと云うのは、むしろいやらしいことばではないのだろうか。」と語られている。これは、死ぬ直前まで前を向き、自分の中に改めるべきことがあるなら、改めようとする積極的な姿勢である。〈老いた人間は自足するべきである〉という後ろ向きの姿勢ではなく、また〈老いたからもう面倒なことはいいのだ〉といい。老いを認めつつも、だからと言って老いをことさら主張して、何もやらないことの口実とするのではなく、老いたあり方でこの人生を前向きに生ききって行こうとするわけである。

亡くなった「港野喜代子の魂に」という副題のある詩「夜ふけて風呂に」(『あけがたにくる人よ』所収)では、「私もやがては行くだろうよ／でも今日は何とかふるい立って／湯船の湯をいま一ト掻き！／私はしぶきをとばしながら／この四角な棺桶型の／湯舟の枠をまたぎ出る／現世の方へと――」という詩句の後、次のように語られている。

私は現世の大タオルで
ぱっと自らのしずくを抱きとろう
今ひと息　この世ではばたくため
仮の大きな翼に包まれるようにと

生きている限りは、自分の姿勢を死の方に傾かせるのではなく、「現世の方へと」、「この世」の方に向かって「はばた」かせようとするのである。好々爺という言葉があって、これは人の好い男性の老人だけを指すのではなく、人の好い老人一般を指す言葉のようであるが、永瀬清子はこの好々爺になることを拒否しているわけで、そこのところがやはり偉いと思われる。たとえば、詩「圭《かど》」（『卑弥呼よ 卑弥呼』所収）では、最初の行で「わが圭《かど》はとれたか」と問い掛け、「大かたはなめらかになりはしたが／なおむやみに心のいらだつ日があるのは何故？」として、次のように展開されている。

それは大体相手には意味のわからぬ事について。
つまり相手が世間並みによしとしている時
世間並みと、おのずから光るほんとはちがうと
私は言いたいのだ。

このあと詩は、そのように言う「私」に対して「そこがお前の至らぬ所と、人々は嗤う。」が、しかし何も分かっていないのはあなたたちの方だということを言い、キリストも最後に「主よ　彼等を赦したまえ　その為すところを知らざればなり」と言ったではないか、「ずいぶんえらそうなんだ」けれども、自分も「人々」に「そのように」言いたいということを語っている。

日本では年を取ると丸くならなければならないように思われているところがあるが、しかしこれは詰まらない〈趣味〉と言えそうである。実際これは単なる〈趣味〉ではないかと思われる。不正や、間違ったこと、どうも首を傾げざるを得ないことなど、様々な事に面したときは、年齢は関係なく、是々非々《ぜぜひひ》で行くべきであろう。たとえそれでまさに「圭《かど》」が立ったとしても、おかしいと思ったら、そのことをはっきりと言うべきである。むしろそういうときこそ、老人は毅然とした姿勢を示して、若い世代に対して範を

垂れるべきだと思われる。永瀬清子は、そう言っているのである。

これらのことは、永瀬清子にとっては、若かったときと変わらず、明日に向かって生きていこうとすることであった。『あけがたにくる人よ』に収録された「お茶の水」と題された詩では、おそらく「白水社」の編集者と思われる男性と、戦後直後のお茶の水のひじり橋のたもとで待ち合わせたことが語られ、「なつかしい人、いまはなく／ひじり橋の夕陽の中に立っているのは私一人。」とされている。これは過ぎ去った往事を振り返り、「川水ゆき年月は流れ」とされて、詩人は時の流れを感じながら無常感さえ覚えていなくもないのだが、しかし、最後の二行に至って永瀬清子らしい力強い言葉が語られている。すなわち、「なべてのものまばたきの間に過ぎゆくか／ただ眼にみえぬ明日のみを求め求めて」、と。たしかに過去を懐かしんでいるのであるが、そこに止まらず、「明日のみを求め求めて」いるのである。過去ではなく、あくまで「明日のみ」なのだ。しかも、「求め求めて」と強く希求するのである。

おそらく、こういう姿勢は、永瀬清子にある、また彼女自身十分に自覚している「欠乏」の思いに繋がっていると考えられる。「欠乏」という言葉は、彼女の詩のキーワードの一つと言えるのではないかと考えられる。若いときの第一詩集である『グレンデルの母親』（前掲）に収められた詩「黒犬と私」では、「犬が私の心の欠乏を嗅ぎつけると思ふ」と語られ、「私は日も夜もひもじいが／私の欠乏は正しい」と語られている。これは厳密には、「私の欠乏」が正しいというよりも、「欠乏」と感じる私の感性、思いが正しいと言いたいのであろうが、「欠乏」の感覚は永瀬清子の中で続いていて、『彩りの雲　短章集4』の中には「欠乏」と題された短章があり、「「欠乏」を持っている人は物事の本質を早く見ぬく」と語られている。

あるいは、「欠乏」という言葉ではなく、『蝶のめいてい　短章集1』（思潮社、一九七七〈昭和五二〉・一二）

に収められている短章「トラックが来て私を轢いた時」では、「トラックが来て私を轢いた時、私の口からは「餓えたる魂」がとび出す」と語られている。ここでは「欠乏」ではなく「餓えたる魂」という言葉が遣われているのであるが、意味はほぼ同じと言っていいであろう。自分の魂は「欠乏」していて「餓え」ているのだ、と言っているわけである。それが永瀬清子に詩を書かせてきたわけで、その意味で「欠乏」は彼女にとって大切なものである。

もっとも、そうであるにしても、興味深いのは、「欠乏」とは別のもう一つの人生もあったかも知れないという思いも、最晩年の永瀬清子にはあったことである。『卑弥呼よ 卑弥呼』（前掲）に収められた詩「恋は氷山」では、その最終連でこう語られている。

もっと楽しい一生ならよかったのに。
とうとうもう一生も終るから云いますがね、
おそろしい運命的な氷山の近づき
それはただ「欲乏」というもののかたまりよ、
いくら銀色に立派にかがやいていても。

たしかに、心の中の「欠乏」を基底に据えて詩を書いてきたから、優れた詩人に永瀬清子はなったと言えるのだが、そういう「欠乏」の無い、別の一生もあったかも知れないし、その「楽しい一生」を空想したくなる気持もわかるであろう。それと同様の、ひょっとしたらあったかも知れないが結局は無かった出来事を語ったのが、少し話題にもなったらしい、詩集『あけがたにくる人よ』の表題目になった詩「あけがたにくる人よ」である。この詩は、第一連の最初で「あけがたにくる人よ」と呼びかけ、「私はいま老いてしまって／ほかの年よりと同じに／若かった日のことを千万遍恋うている」と語り、第二連で若かった「その時私は家出しようとして／小さなバスケット一つをさげて／足は宙にふるえていた／どこへいくとも自分でわからず／恋している自分の心だけがたよりで／若さ、それは苦しさだった」と続く。だが、第三連で「その時あなたは来てくれなかった」と語られ、最終の第四連でこう語られている。「もう過ぎてしまった／いま来てもつぐなえぬ／一生は過ぎてしまったのに／あけがたにくる人よ／てでっぽっぽうの声のする方から／私の方へしずかにしずかにくる人よ／足音もなくて何しにくる人よ／涙流させにだけくる人よ」、と。先の「恋は氷山」と同じく、実際には無かったけれど、あり得たかも知れない別の人生を思いながら、詩は書かれている。永瀬清子は自分のこれまでの人生を基本的には肯定し、したがって老いた今のあり方も受け容れてはいるのであるが、しかし、あり得たかも知れない別の可能性を思うということも、老年にはあっていいことであろう。永瀬清子にも、そういう思いをするときがあったということである。

なお、藤原菜穂子の『永瀬清子とともに 『星座の娘』から『あけがたにくる人よ』まで』（思潮社、二〇一一〈平成二三〉・六）によれば、「あけがたにくる人よ」という恋の詩の相手について直接に永瀬清子に問うたところ、「そんな人はいませんよ、これまで出会った人たち……複数の人をひとつにして作り出したのですよ」、と永瀬清子は答えたようである。おそらく、永瀬清子と淡い恋の交流がなくはなかった二人の従兄たちも、その「複数の人」の中に入っているであろう。

「恋は氷山」や「あけがたにくる人よ」で語られたような、実際には無かったもう一つの人生の可能性を、年を取ってから想像するというのは、しかも「あけがたにくる人よ」のように恋心を語るというのは、永瀬清子が〈自分は老年だから恋心とは無縁だ〉というふうには思っていなかったということである。永瀬清子は空想の中で胸をときめかせているのである。それは〈老年だから〉〈年寄りだから〉という、言わば自己限定意識を持っていなかったということである。おそらく、このことが大切なことだと思われる。〈高齢者だから〉というふうに自分を限定したときから、その人にとって「老い」は始まるようである。

三

自分の「老い」を肯定的に受け止め、しかしその「老い」に自足したり、あるいは甘えたりすることなく、若かったときと変わらずに、これまで通り常に前を向いて「明日のみを求め求めて」(「お茶の水」)生活すること、それは「欠乏」を満たそうとすることでもあるが、ときには自分の「老い」をユーモラスに捉え返すだけの精神の余裕も持つこと、また変に丸くなったりすることなく、「圭《かど》」のある人と世間から思われたとしても、おかしいと思ったらそれを声に出すこと——これらのことが永瀬清子における、言わば「老い」を生きる指針であったと言える。まとめて言うならば、自らの「老い」を素直に受け止めつつも、これまで通りに前を向いて生きていくことである。おそらく、その姿勢の根底にはあの「欠乏」の意識があったのであろう。満たされない思いである。

永瀬清子はそのように「老い」を生きてきたと思われるが、そういう「老い」が可能になったのは、彼女の人生に対する積極的な姿勢があったからである。それとともに彼女には自らに課した、詩を書くという仕事があったからでもあった。次に『短章集』から、詩についての永瀬清子の思いや考え方を幾つか引用してみたい。

『流れる雲　短章集２』――「詩を書くのは今を破るため、／詩を離れられないのは新しい自分の意味を探すため。」（「糸巻きのはじめを」）、「なぜ五十年も詩を書くのか、ときく。／一番主な理由は「自分に満足していないから。」」（「なぜ」）、詩は「（略）最後に至って新らしい価値がみつかっていなかったらなんにもならぬ。」（「詩とは」）。『焰に薪を　短章集３』――「今まで詩じゃなかったものがだんだん加わらなくては／本当の天才にはなれないのだ。」（「焰に薪を」）、「見えていてもはっきりしなかったこと、その本当の意味をくっきりさせるのが詩である。」（「本当の意味」（一））。因みに「本当の意味」（四）には、「はっきりさせるということを、すべての保守や伝統はきらう。」とあり、永瀬清子の社会的政治的な姿勢を知ることができる。『彩りの雲　短章集４』――「命をよびさますのが詩であっても／そのあり方は多様である、雑多でもある。」（「わが目標」）、「つまり判らないから書く。そして新しい道にやっと出逢う。」（「夏草が」）、とある。

また、必ずしも詩に限定しているのではないが、「老い」の問題にも関わることを述べているのが、以下の文である。『わたしの戒老録』（共同通信社、一九八四〈昭和五九〉・九）に収録された「いいたいことが残っているので」から、「炎がよく燃えるためには薪を新しく投げ入れねばならない。伝統や自分の考えのみ固執し動けぬ人は早く老いるのだと思う」、と。また「あかしあ」一〇三号（一九八五〈昭和六〇〉・六）掲載の「進みゆく人（前）」からでは、この間社会保険会社で「いきがい」をテーマに話したことだと断って、「生きているということは少しでも進むことである。（略）生きている限りは少しでも、新しいことを考えたり行動したりして進んでゆく、ということが生きている一つの甲斐である」としている。

「進みゆく人（後）」（「あかしあ」一〇四号〈一九八五・八〉）では、「あんまり口幅ったいことを言うようでおかしいけれども、人がいかに汲み取ってくれるか、いかに役に立ってくれるか、そういうことが、私は詩を書くことの一つの大きな仕事ではないかといつも思っている訳なんです」、と。第十二回地球賞の「受賞のことば」では、「〈略〉もうじき本当の〆切のくる迄、なお刻々の心を書いていきたいものです」（「地球」第九一号、一九八七〈昭和六二〉・一二）、と語っている。

さらに、永瀬清子追悼号となった「黄薔薇」一四三号（一九九五〈平成七〉・七）には永瀬清子の「かえりみて」という短いエッセイが掲載されている。これは一九九四年九月三日に書かれたもののようである。そして老婆には老婆の詩があって、それを私は、わが登山の途中にあっても書きつづけ、やがてもう絶対にペンをとれぬ日が来た時、

「ここまで書いていてくれたのか」と人々がにっこりしてくれること。

「元気だして自分たちもあとはつぐよ」と云ってくれること。それは詩の道は遠いから、限りなくつづく筈だから――。

それを願いたいのだ。

この言葉は遺言のようにも読め、おそらく永瀬清子自身もそういう思いもあったのではないかと推察されるが、しかし、「老婆には老婆の詩があって」、「わが登山の途中にあっても書きつづけ」と語っているわけであるから、まさに「ペンのとれぬ日」まで、「限りなくつづく」「詩の道」を歩み続ける決意を語った言葉と言えよう。もちろん、ここで「登山」というのは、自らの長い人生を比喩して語っているわけである。

このように、「老い」を素直に受け止めつつ、しかし「老い」たからと言ってことさらにそのことを意

識せず、若いときから始めた詩の仕事を前を向いて進めていき、その中で「新しいこと」を取り入れたりする――そのような「老い」てからの永瀬清子のあり方は、実は「老い」の問題をどう考えるべきか、ということを論じている心理学者や医者などの意見に、多くが共通していることに驚かされる。

　ここでは触れなかったが、病気に罹ったときのこと、あるいは健康のことをどう考えるべきかという問題がある。永瀬清子も一時高血圧になったことがあったようである。「「いたわられ」と「いたわり」――精神と肉体はいつも密着している――」（「国民生活」、一九八二〈昭和五七〉・九）によると、「（略）元気な私も一時血圧が二三〇にも昇っていたこと」があったようで、「勤め先の診療室の先生から安静にと言われ」たのであるが、永瀬清子は勤務――岡山県庁の世界連邦事務局の仕事だと思われる――を続け、また百姓仕事もそのまま継続したのである。とくに夫の百姓仕事ぶりが見ていられず、永瀬清子も「どんどん手伝いました」とある。ところが、翌日には血圧は「ふしぎにもかえって下がっていたので」、「慣れた仕事を快くやることは血圧にも悪くないのだと知り」、「それから三年ほどの間に、決して勤務をやめずに次第に血圧を下げることに成功しました」と述べている。

　このことは、九〇歳を超えても現役の医者であった日野原重明が『豊かに老いを生きる』（春秋社、一九九五〈平成七〉・一〇）で述べていることに、そのまま当てはまる。日野原氏はこう述べている、「絶対安静という状態が一番悪いのです。（略）病気は働きながら治すものです」、と。まさに永瀬清子は、働きながら治したわけである。また同書で日野原氏は「私たちはもっと早くから老いを受容して、老いの中にどう生きればよいかということをよく考える」べきだということを述べているが、「心辺と身辺（続）」（「黄薔薇」一二三号、一九八九〈平成元〉・五）で永瀬清子は、「老令という病気だけはならない」と語りつつも、雑誌発行の仕事も若いときのように進まないから、却って「忙しい」と述べた後、「でもそれが自然とあきらめ「老令」を敵とせず、わが友と思う」と語っている。これはまさに「老いを受容して」いることであろう。

この「受容」に関しては、ポール・トゥニエが『老いの意味　美わしい老年のために』（山村嘉巳訳、ヨルダン社、一九七五〈昭和五〇〉・六）で、「老いを受け入れることはたやすいことではありません」としながらも、老いを受容することの大切さを語り、「むしろ、受容ということばほど積極的なものはないのです。なぜなら、受け入れるということは、諾《ウイ》ということなのですから」と述べている。そして、やはりこう語っている。「過去にとらわれた老人は、新しい未来を作り出す自由な心はもてないのです」、「（略）大切なことは、勇気を失わず、いつも過去にではなく未来に眼を向け、計画をいくつもたてて行くことなのです」、と。

因みに、このようなあり得べき老いとは逆の場合も、同書では語られている。それを永瀬清子と真反対のケースとして、次に見ておきたい。「そして、もっとも扱いにくい、もっとも不幸な老人とは、病気や老年や死も含んで、世界や人生をあるがままに受け入れることができず、自己放棄も知り得ず、矛盾を耐え忍ぶことができず、ただ嘆き悲しみ、人を責めるのみで、かぎられた、弱い、ただ他人にたよるしかない自分自身をありのままに受け入れることのできない老人のことではないでしょうか」、と語られているのである。ここで言われている「自己放棄」というのは、職業的事柄や現世的な役割から「自分自身を解放」していることである。この「不幸な老人」は過去の地位などの思い出をいつまでも引きずっているために、年を取って弱くなっている自分を受け入れることができないわけだ。

もちろん、これまで見てきたように、老いを受け入れるということは、老け込むことではない。老いを素直に受け入れて、且つそれまでと変わらず、明日や未来に向かって日々を活動的に生きていくことである。ポール・トゥニエは同書でそういう老年を「美わしき老年」と呼び、こう語っている。「美わしき老年とは、世界に心を開き、人間に注意を怠らない豊かな老年のことなのです。すみ切ってはいるが、はげしさも失わぬ老年、戦いつづける、しかも情熱的に戦いつづける、たしかに青春とはちがってもやっぱり戦う老年なのです」、と。ここで語られていることは、まさに永瀬清子の老いに当てはまる。

たとえば、先ほども引用した「『いたわられ』と『いたわり』（略）」の中で永瀬清子は、「（略）結局私はまだ自分を老人と思うひまがないのです」と語っているが、やはりこれは永瀬清子が「戦う老年」を生きていたということであろう。そして、老人の問題に関しては、現代では「いたわられ」る事のみが取り上げられているが、永瀬清子は「（略）逆に老人の本当の幸福はむしろ「いたわり」が発揮できるところにあるのを忘れています」と述べている。こういうことが言えるのも、永瀬清子が「世界に心を開き、人間に注意を怠らない豊かな老年」の人生を生きていたからであろう。

もちろん、これらのことは永瀬清子が老いてから初めて彼女の生活に現れたのではなく、以前からそうだったと言うべきであろう。このことに関してシモーヌ・ド・ボーヴォワールも『老い』上・下（朝吹三吉訳、人文書院、一九七二〈昭和四七〉・六）の中で、「（略）彼は老化による変質を受けながらもかつてそうであった個人でありつづける、つまり彼の晩年は大部分彼の壮年期によって左右されるのだ」と述べている。同じ趣旨のことを突き放した、厳しい言い方で言っているのが、小説家のW・サマセット・モームである。「要約すると」という短いエッセイで、「愚者の老年は愚かであろう、しかし、若い時も愚かだったのである」（中村能三訳、『老いの生き方』〈鶴見俊輔編、筑摩書房、一九八八〈昭和六三〉・八〉所収）と述べている。これを逆に言えば、賢い老年は若いときも賢い生き方をしてきたということになるが、永瀬清子を見ていると、まさにそうだったと言えよう。

また、老年になっても永瀬清子は人生や生活に対しての瑞々しい感性を持っていたようだが、これもずっと以前よりそうだったのであろう。たとえば、『彩りの雲　短章集4』所収の「人間力学」の中の短章「e私の持っているもののうち」では、「一方、人生に慣れていないこと、それが私の一番恵まれた素質なので、いつもすべては今はじまるのであり、毎朝はじめて目がさめるのであると、長い間思い思いして来た」と語られている。『彩りの雲　短章集4』は七八歳の刊行であるが、こういうことを老年になって言えるということは、老いてもそれ以前の感性が続いていたからだろう。〈老いたのだから、年寄りらしくしよう〉などと、微塵も思っていなかったわけである。永瀬清子の人生とは、老年のときの人生もだが、〈日々を新しく生きる〉人生だったということである。

そして、永瀬清子の弱者や敗者に眼を向ける姿勢は、たとえばグレンデルとその母親に眼を向ける姿勢や、また短章「鮮明化する値打」（『焔に薪を　短章集3』所収）で語られている、「貧の立場、餓えの立場、老の立場を忘れたくない。それは鮮明に物をみる眼鏡だからだ」という言葉によく現れている。その姿勢は若いときから老年に至るまで変わりはないのである。そのこと一つとっても、永瀬清子は一貫している。ついでに言えば、その立場は、アメリカ空母エンタプライズが佐世保港に入港したとき、当時のいわゆる三派系全学連が阻止闘争を展開したことに触れて、短章「核装備の」（『蝶のめいてい　短章集1』所収）で「核装備のエンタプライズに立ち向かうのに角材と石ころ。そのことが象徴的なのだ。あまりにも桁がちがっている。／「暴力」が悪いなら大きな暴力の方がよりせめられるべきだ。」と語っていることに通じる。

さて、このように見てくると、永瀬清子の老いの生き方というのがわかってきたのではないかと思われる。老いを正面から受け止め、自らの老いを受け入れつつも、ことさら老いを強調することなく、それ以前と同じように未来に眼を向けて前向きに生きていくのが、永瀬清子の老いの姿であった。だから、決して自らの老いを否定しているのではないが、先にも引用したように、「(略) 結局私はまだ自分を老人と思うひまがないのです」というように、活動的な生活を送っていたということである。如何にも隠居じみた暮らしなどしていないのである。目の前の仕事に懸命に携わっていたわけである。

おそらく、老年になってのこのような生活こそが、老いた人を生き生きとさせ、結果的にはその人を長生きさせるのではないかと思われる。哲学者として有名な西田幾多郎の旧制高校時代からの友人であり、禅仏教の学者としては世界的と言える鈴木大拙は、九六歳の長命であったが（一九六六〈昭和四一〉年没）、仏教学者の中村了權の『〈老い〉を生きる親鸞の智慧』（春秋社、二〇一六〈平成二八〉・八）によると、鈴木大拙が九〇歳くらいのとき、長寿の秘訣を教えてほしいと尋ねられると、彼は次のように語ったそうである。「わしは、べつに長生きしようとして、なったのではないな。もし、そこになにかあるとすればだ、目の前にやりたいことがあって、しょっちゅう、それに気がひかれていると長生きするのではないかな」、と。

また、中村了權の同書によると、秘書だった岡村美穂子も鈴木大拙について、こう回想しているようである。すなわち、「いつもひたむきに、その日その日を堪忍・精進しながら、つねに前方を見つめて進んでいく。過ぎ去ったできごとは、自然に忘れ去っていく。あるのは今日から未来へということだ。いつも未来を考え、真実に未来に生きようとするお方であった」、と。

鈴木大拙の言葉も永瀬清子が言いそうな言葉であるが、それよりも岡村氏の言葉の方が、まるで永瀬清子のことを言っているかのようである。やはり、過去を振り返るのではなく、常に前方、未来を見詰めながら進んでいくことである。まさに永瀬清子はそうして生きてきた。長寿であった最晩年になるまでそのように見事に生ききったと言えるであろう。

白樺派同人たちの宗教心

一

白樺派には、個性豊かな同人や柳宗悦のような学識豊かと言うべき同人もいて、彼らの文学や思想を一括りしてその特性を論じることには、無理があるが、しかし宗教心ということに関してはその傾向には共通するものがあると考えられる。これまでの白樺派研究では、たとえば、有島武郎におけるキリスト教というテーマで、有島武郎論が展開されることはあったが、白樺派全体の宗教心というものが取り上げられたことは、無かったと言える。本稿では、彼ら自身も実ははっきりと自覚的に捉えていない宗教心のその特質を明らかにしてみたい。

おそらく、その宗教心の特性は、白樺派のスポークスマン的な存在でもあり、そのグループを代表する存在と言える武者小路実篤に見ることができる。もちろん、他の同人には無い独自のものも実篤にはあるが、その実篤について述べる前に、まず長与善郎における宗教心について見ていきたい。寺澤浩樹は『武者小路実篤の研究―美と宗教の様式』（翰林書房、二〇一〇・六）の中で、「武者小路のある意味でエピゴーネンである長与善郎」ということを述べていて、たしかにそういうところがあったと言える。だから、武者小路実篤のスケールを一段階小さくした長与善郎は、白樺派同人たちの宗教心を考えていくための言わばケース・スタディ（事例研究）として適例と言える。

長与善郎は自伝的長編エッセイ『わが心の遍歴』（筑摩書房、昭和三四〈一九五九〉・七）の中で――これはその過半がやはり自伝的な小説『ささやかな賀宴』からの再掲載を含むという変わった自伝作品であるが――、内村鑑三の影響でキリスト教に近づいたこと、そして「四福音書をくり返し、熟読した」こと、しかしキリスト教の信者になることはなかったことを述べている。『わが心の遍歴』によれば、内村鑑三の所へ行き始めてからかなりの月日になったとき、自分は未だに神を信じることはできない、と長与善郎が言うと、内村鑑三は「神はここに在すじゃないか」と応えたそうである。

このとき長与善郎としては内村鑑三に、「（略）大事なことは自分が罪に対して実に弱い者で、何かの力に頼らなければとても安心して生きられないという謙虚な不安感を徹底して持つことだ。（略）そうなればおのずとキリストの救い主であった父なる神が信じられてくる結果になる」、というふうに言って貰いたかったようなのだが、内村鑑三はそうは言わなかったのである。信仰心を持つに至る機微を、長与善郎の方がむしろよくわかっていたと言えようが、ともかくも、ここで長与善郎は宗教とくにキリスト教と擦れ違ったわけである。

また同書で長与善郎は、「宗教的信仰心に縁の遠かった専吉」――「専吉」とは、『ささやかな賀宴』の主人公の名前で、つまりは長与善郎のことである――とも語っている。しかしながら他方では、内村鑑三に関する先ほどの箇所に続けて、次のようにも語っているのである。「（略）老年になった今では或る意味で単なる無神論者とも言えなくなっている」、と。おそらく、この二つの言説を統合して解釈するならば、特定の宗教に入信するというような「信仰心」は薄かったのだが、と言って超越的な存在のようなものを全否定するわけではない、ということになるであろうか。その辺りの微妙と言うべき心性について考えたいのであるが、そのために長与善郎がずっと以前の三十歳台後半に書いた、彼の代表作と言える『竹澤先生と云ふ人』（一九二四〈大正一三〉・四〜一九二五〈大正一四〉・九）について見ていきたい。

長与善郎は、この著作の「自序」において「自分の理想的人物を書かうとしたのではない」として、「むしろ唯現在に於ける自分の主観を表現する目的のために「竹澤先生」の周囲の人物を仮想したにすぎない」と述べている。したがって、「竹澤先生」の発言は、作者長尾善郎その人の発言と考えていいということである。また、周囲の人の「竹澤先生」についての発言も、やはり作者の「主観」あるいは自己観察の表明だと考えていいということであろう。さらに、こう述べている。「即ち自分の道徳観は、自分の神観乃至宇宙観――人間と世界との関係、全体なる宇宙の中に於ける個体の位置とその運命についての確実なる認識――から切り離しては成立し得ないものである」、と。

「竹澤先生」の中では、道徳観も神観念すなわち宗教観も、そして宇宙観も、すべて重なっているわけだが、その中でも「竹澤先生」は宗教を最重視していた。こう語っている、「要するに人生は宗教的だ。畢竟宗教的でないものは何もない。宗教が一切だ」、あるいは「だが僕にとつてはあく迄も宗教が第一で、道徳は第二だ」、と。また、人との関係で罪を犯しても、自分の「取り柄」は、人との関係という「対人の境を通り超えて」、「対神のくだかれたる心地になり」（ここは少々意味不明であるが）、人の思惑などどうでもいい「絶対境迄必ず行きつく点にある」とも語っている。やはりこれは対人的な罪の問題も、道徳次元を超えて宗教的な次元にまで行って終結させるのだということであろう。

このように「竹澤先生」は、宗教あるいは宗教的なものが最重要だと言っていて、そして、釈迦、孔子を理想としている。どうも「竹澤先生」は、宗教ならば仏教も儒教も、その差異などはどうでもいいらしいのである。また、語り手の「自分」は「竹澤先生」について、「先生はミスチシズムに興味を持たない人だつた。現実界《リアル》だけで先生には十分のやうに見えた」として、「竹澤先生」にとっては「現実程ミスチックなものはないから」、だと述べている。このミスチシズム否定と関連することで、「竹澤先生」は「僕は来世を信じてはゐないからね」と語っている。おそらく普通には、「竹澤先生」のように超越的な存在や現世を超え出た世界を信じないとなると、それは宗教的でないことだ、と受け止められる場合が多いと思われる。しかしながら、必ずしもそうではないであろう。世界宗教と言える大きな宗教の教祖は、来世への信仰やミスチシズムを語ったのではなく、人はこの世で如何に生きるべきかを語ったと言えるからだ。

たとえば、岩波文庫から出ている『ブッダの言葉——スッタニパータ——』は、この本の訳者で仏教学者である中村元によれば、仏教の多数の諸聖典でも最も古いもので、歴史的人物である釈尊の言葉に最も近い詩句を集成したもののようであるが、そこで語られているのは来世のことではなく、この現世で如何に生きるべきかという事柄を廻ってである。また、キリスト教の『聖書』においても、イエス・キリストが語っている多くの事柄は、現世での人々のあり方についてである。たしかに「マタイによる福音書」には、「天国」のことが語られているが、それも現世でどう生きるかが問題にされるときに、「天国」が言及されるのである。たとえば有名な「山上の垂訓」の最後にある、「義《ぎ》のために迫害《はくがい》されてきた人《ひと》たちは、／さいわいである、／天国《てんごく》は彼《かれ》らのものである。」（日本聖書協会、一九五五年改訳）、というふうに。キリスト教学者の八木誠一の『イエスと現代』（NHKブックス、一九七七〈昭和五二〉・二）によれば、四つの福音書の中で「マルコによる福音書」が一番古いようであるが、マルコ福音書には「天国」という死後の世界のニュアンスが出てくる言葉よりも、「神の国」という言い方がされている。

　このように見てくると、「竹澤先生」がミスチシズムや来世に関心を持たないということは、それがそのまま非宗教的であることには必ずしも繋がらないと言えるであろう。では、「竹澤先生」が「宗教が第一」と言っている場合の宗教とは、どういう性格のものだろうか。「竹澤先生」はこう語っている。宇宙には我々の理解や認識を超えたものがあるとともに、「一方吾々の理屈や都合と全く関係のない大きな「無意味」がそこに悠々存在する余地のある事を知らなければならない」、と。また、次のように語っている。

「吾々は此単純な無意味にすぎないものに、又その大きな無意味があつてくれゝばこそ天地がかくも悠々として吾々が呑気に息が吐けるものを、吾々の癖で強ひて何のかんのと小さな理屈をコジつけ度がり、元来解るべき筈のない此『有り難い』無意味を無理に解らうとして気違ひになつたりするんだ。
何と云ふ愚かさだらう。」

　この宇宙も、その中にある存在も、実は「無意味」だというわけである。ここで、「竹澤先生」はニーチェ的な認識の一歩手前にあるとも言え、また後で見るように、この「無意味」を言わばどう処理するか、あるいはそれにどう立ち向かうかという問題についても、見方によってはニーチェ的な解決法を語っている。しかし、「竹澤先生」の「無意味」という認識は、反《アンチ》キリストひいては反《アンチ》絶対者、反《アンチ》宗教というような姿勢と繋がっているのではない。たしかに、この「無意味」という認識は虚無観と繋がってはいるが、それはニーチェ的なものではなく、むしろ日本の大衆の中にも見られる虚無的な感覚と繋がっているのではないかと思われる。そのことで思い浮かべられるのが、中里介山の長編小説『大菩薩峠』である。この小説は大衆文学の代表中の代表と言える小説で、その長さは日本近代文学史上随一である。

二

ここで、長与善郎の文学を少し離れて、『大菩薩峠』について少し見ていきたい。『大菩薩峠』は大正二（一九一三）年九月から新聞に連載され始め昭和一六（一九四一）年六月まで新聞小説として断続的に発表された小説で、前半部分は雑誌「白樺」の刊行と並行して大正年間に連載されていた。その中に「間《あい》の山の巻」があり、そこに美少女のお杉とお玉が登場する。伊勢の外宮と内宮の間に「間《あい》の山」があり、昔から「ほいと」（乞食、乞児）の中から容貌優れた女の子が、お杉お玉となって「間の山」に現れると言われていて、実際、この物語の中でも見目麗しいお杉お玉が登場するのである。彼女たちは、「特殊な因縁つきの部落」の出であったとされている。すなわち被差別部落の出身だということだと考えられるが、彼女たちは軽業を行ったり、三絃胡弓《さみこきゅう》を弾いたり、歌を唄ったりする芸人である。彼女たちが唄う歌が、次の引用の「間の山節」である。

夕べあしたの鐘の声／寂滅為楽と響けども／聞いて驚く人もなし

花は散りても春は咲く／鳥は古巣へ帰れども／行きて帰らぬ死出の旅

お玉の声は「低く低く沈んで、唄を無限の底まで引いていく」、と小説では語られているが、この唄について、たとえば折原脩三は『『大菩薩峠』曼荼羅』（田畑書店、一九八四〈昭和五九〉・五）で、これこそ「（略）『大菩薩峠』を貫く基調音であり情念である。いわば古賀メロディにつらなる日本人の庶民文芸の系譜である」と述べている。ここで、「古賀メロディ」と言われているのは、もちろんその旋律そのものではなく、その歌謡全体の雰囲気のことを言おうとしていると考えられる。「間の山節」がどういう旋律なのかは、作中に楽譜が書かれていない以上、わからないからである。それはともかく、大長編小説『大菩薩峠』を貫いている情調が、この「間の山節」である、という指摘はその通りだと思われる。つまり、突き詰めて言えば、生の無意味さを実感している、庶民的な虚無感（観）あるいは無常感（観）が、『大菩薩峠』に流れる通奏低音だということである。

さて、長与善郎に戻りたいが、「間の山節」からペシミスティックな色合いを抜き去れば、長与善郎の言うところの「無意味」さに重なるのではないかと思われる。「竹澤先生」が、善なる原因が必ず善なる結果に繋がるというような縁があるとは限らない、と述べていることを語り手の「自分」は受けて、こう述べている。「かくて一種の深い「諦らめ」と云ふものを、——苟も生をこの世に享けたるものの「絶対に必要」なる覚悟として——先生は夙にその人生観の根底においてゐた」、と。「諦らめ」はもちろん「無意味」さの認識に重なる。『大菩薩峠』の多くの登場人物たちの多くは、しかし虚無感（観）に足を捉われることなく、健気に生きている（もっとも、主人公の一人である机龍之介などはそうではなく、その虚無の中に沈んでいるが）。

注目すべきは、「竹澤先生」がこう語っていることである。すなわち、「大体人生とは創造主義の処。建設の場。世界に神も意味もないとしたら、吾々自らが勝手に、安心立命が行くやうに自分でそれをでつち上げるべきである。吾々は自分で自分の神をでつち上げなければ結句不満足で、従つて不幸であるやうに出来てゐる」、と。「自分の神をでつち上げ」るというのが、生の「無意味」さに堪える、言わば処方箋という点で、先ほど述べたようにちょっとニーチェ的と言えるし、あるいは〈生は無意味である、だから自ら意味を作り出せ〉ということを述べた、『存在と無』のサルトル的だとも言える。さらには、「神をでつち上げる」ことによって人が「不幸」から免れることができるならばそうするべきだ、というのはプラグマティックな発想とも言えようか。〈その方が得になるなら、そうしろ〉、と言っているわけだから。

　では、「竹澤先生」が「でつち上げた」「自分の神」とは、どういうものであろうか。「竹澤先生」にとって、「神」に相当するものは「自然」のようである。「竹澤先生」は、世界の造り主のことを考えるような頭脳の持ち主である「人類を、自然は最後に製造せずにはゐられなかった」と語り、こう述べている。すなわち、「最後にはこの色界をそのまゝ、法界として、色身即仏身として、再び自然礼讃者、自然神教徒に帰命するつて事が、人間として一番すなほな正しい道だつて事を僕は堅く信じるね！」、と。さらに、「神は自然さのうちにある」として、「僕らは善を思はず、悪を思はずして唯悠々たる自然さのうちに直ちに神を見る事が出来る」と語っている。「竹澤先生」の言う「自然」とは、天然自然や自然科学という場合の自然でもあるし、また「自然さ」というような「自然な様《さま》」という場合もあるようである。その辺は言わば融通無碍である。

　その融通無碍さは次のような発言にも見られる。すなわち、「僕は唯法則としての神を――自然のうちに生きる法としての神を信ずる。孔子はその法則を『天』と曰ひ、老子は『道』と曰つた。印度人は又それを『梵』と曰ひ、希臘人は『ロゴス』と曰つた。それは実に歴々として永恒《（ママ）》無辺に生きる法則であり、洋々たる大生命であり、絶対に不可拘束なる自由意志であり、又測量すべからざる思想《イデア》である。一切はこのイデアから生じ、このロゴスに帰する」、と。そして、「神」というのは、この「法則」を「人格的に観じたるものの謂に他ならない」と述べている。こうして見ると、「竹澤先生」の言う「自然」には、晩年の親鸞が語った「自然法爾」の「自然」（じねん）の意味合いも、さらにあるようである。本多秋五は論文「白樺派と「自然」」（「文学」、一九七三〈昭和四八〉・八）で、『竹澤先生』が白樺派の自然観をもっとも組織的に述べているとしたうえで、そこには「自然法爾」の考え方があるのではないかと指摘している。また、「竹澤先生」は、仏教で言う大乗、小乗ということについて、「僕はそんな言葉の区別に拘泥せず、只自然に従つて生きて行かうと思つてゐる」と語っている。

以上のように見てくると、「竹澤先生」は知識人らしく洗練された知的な言葉で語っているが、宗教や宗教的なものに対しての根本的な心性というものは、実は日本の一般大衆の、あるいは多くの日本人のそれと重なるところが大きいのではないかと思われてくる。――まず心の底に虚無や無常の思い、あるいは「無意味」の思いを秘めながらも（これが『大菩薩峠』の多くの登場人物の人生であるが）、超越的なものに対しての畏敬の念を持っていて、しかしその超越的なものとは何かというふうには問い詰めはせず、したがって或る特定の宗教や宗派に所属するのではなく、また来世のことよりも現世のことに目を向け、何よりも「自然」の姿と営みをこそ「礼賛」する――というものである。

このようなあり方は、或る人格神や絶対者に帰依するのが宗教の本来的なあり方である、と考える立場からは、おそらく宗教ではないと思われるかも知れない。実際に、「竹澤先生」自身もそういうことを言っている。すなわち、「僕は、人格的、所謂勧善懲悪の神を拝むやうな信者達から見れば実際無神《（ママ）》徒なんだから。」、と。しかしながら、「竹澤先生」のような宗教心を持つ人々の方が、日本においては多いと思われる。「人格的な、所謂勧善懲悪の神を拝む」のだけが、宗教あるいは宗教徒の、マックス・ウェーバー言うところの理念型的なあり方なのではなく、「竹澤先生」のようなあり方も、と言うよりも、むしろその方が日本の一般大衆あるいは日本人の多数を占めるのではないだろうか。

その問題を考えるために、次に日本思想史とりわけ宗教史が専門と言える阿満利麿の仕事を見てみたいと思う。

三

阿満利麿の『日本人はなぜ無宗教なのか』（ちくま新書、一九九六〈平成八〉・一〇）や『人はなぜ宗教を必要とするのか』（同、一九九九〈平成一一〉・一）などによると、阿満氏が命名した「自然宗教」というのは、いつ、だれによって始められたかもわからない、自然発生的な宗教のことである。ここで注意したいのは、先ほど見た「竹澤先生」の言う「自然」は、阿満氏の言う「自然」とは違うということである。もちろん、両者が全く異なっているかというと、重なる部分も結構あると言え、これについては後で触れたいと思う。阿満氏によると「自然宗教」とは、先祖を大切にする気持ちや村の鎮守に対する敬虔な気持ちから生まれる宗教のことである。それは「創唱宗教」のように、特別の教義や儀礼、布教師を持たないが、年中行事という有力な教化手段を持っていて、人々もその行事等に参加することで心の平安を得ることができる——そういう宗教のことである。

このような「自然宗教」について、阿満氏は『宗教の力』（角川選書、一九九四〈平成六〉・六）では、「民俗宗教」という言い方をしている。この「自然宗教」の特質を把握するのに効果的なのは、「創唱宗教」との対比でその特質を考えることである。『日本人はなぜ無宗教なのか』で阿満氏は、「人生に対する懐疑や否定が「創唱宗教」への通路なのである」として、「そして「自然宗教」には、「創唱宗教」入信にみられる決断や明白な回心といったシンドサはつきまとわない」と述べている。やはり同書で、「「創唱宗教」を選びとるということは、「回心」を経験することである」と述べられていて、この「回心」（えしん）の有無が「創唱宗教」と「自然宗教」とを分かつ決定的な点であるとされている。

では、なぜ「回心」なのかと言えば、たとえば自分は悪に塗《まみ》れていて到底救われる存在ではない、といった絶望感に見舞われたりするからのようであるが、この問題を阿満氏は『日本精神史　自然宗教の逆襲』（筑摩書房、二〇一七〈平成二九〉・二）で浄土仏教に関連させて、「納得すべきことは、わが身が「妄念」のかたまりだということであり、それが納得できてはじめて、阿弥陀仏の誓願という「大きな物語」に頷くことができる」と述べている。つまり、「救われるはずのない愚かな自分」という、徹底した自己認識——それは自己批判、自己否定の要素を強烈に含んだものであるが——を通った後に出てくる回心体験を踏まえて、初めて人は「創唱宗教」に赴くようである。自己に対しての絶望感というのは、法然で言えば、「凡夫」の自覚ということであろうし、親鸞の場合では「悪人」の自覚ということになるであろう。

この問題について阿満氏は、『無宗教からの『歎異抄』読解』（ちくま新書、二〇〇五〈平成一七〉・五）で法然の仏教を通して次のようにも語っている。法然の仏教は、「ただ、自己の有限性、不条理、虚妄《こもう》性の認識を通してのみ開かれてくる」として、「本願念仏以外に自己を救う道はないという、絶対絶命の自己認識が、本願念仏宗のアルファでありオメガなのである」、と。このような自己に対しての否定的な厳しい認識を持つが故に「創唱宗教」の信者は、とりわけ仏教の場合では、自己にこだわるあり方から抜け出て、「無我」の境地を目指すわけである。また阿満氏は同書で、自己中心性に終始する日常的自我から抜け出ることについて、「(略)「宿業」の事実を見よ、「業縁」の事実を知れ、と教える。それは、自我の虚妄性を知れ、ということでもある」と述べている。

このような法然の仏教は、阿満氏の言葉で言えば「創唱宗教」の端的な例になるのである。自己に対しての深い懐疑、絶望、その果てでの自己否定を含む「回心」、その過程が人をして「創唱宗教」に赴かしめるわけである。そう見ると、「竹澤先生」の宗教というのは、やはり「創唱宗教」ではなく「自然宗教」と言うべきだと思われてくる。たとえば、宗教の大切さを語る「竹澤先生」は、自らの「回心」体験というものを一切語らない。ということは、それが無いからであろう。「回心」体験と、自己の「宿業」認識あるいは「自己」への絶望感というのは、表裏の関係にあるだろうが、「竹澤先生」には、そういうものは一切無いのである。もっと言うなら、自己の中にある悪の問題に対して眼を向けることもしていない。それは、罪意識の無さということでもある。「竹澤先生」の宗教は、自分が自然に包まれて、自分はその自然に穏やかに肯定されている、というような宗教である。これは、まさに阿満利麿の言う「自然宗教」の一例と言える。

こうして見てくると、「竹澤先生」はソフィスティケイトされた物言いをしているが、やはりその宗教心は、実は今述べたような面において、多くの日本の一般大衆と変わらなかったと言えよう。また、彼は超越的存在、彼の場合で言えば「自然」であるが、それについて詳しいことは言わないのである。こういうところも日本人の多くと同じだと言える。とにかく、それは畏怖したり畏敬するものとして受け止められ、それ以上のことは言われない。本居宣長は『古事記伝』で、「(略)何にまれ、尋常ならず優れたる徳のありて、可畏き物を迦微《カミ》とは云なり」と述べているが、阿満氏が『日本精神史』でそれに論及しながら述べているように、日本の「自然宗教」における神の定義も、この宣長の定義を超えるものではないであろう。おそらく、「竹澤先生」に聞いてみても、それ以上のものは出てこないであろう。

さて、次に「自然宗教」ではなく、「創唱宗教」の場合の宗教体験とはどういうものかについて見ていく。それは、「創唱宗教」の教祖である耶蘇（イエス）や釈迦を扱った本を書いて、「創唱宗教」に深く関心を持っていた武者小路実篤における宗教の問題を考えるための準備でもある。「創唱宗教」を念頭に書かれた宗教体験の本として有名なのが、心理学者でプラグマティズムの哲学者でもあるウィリアム・ジェイムズの『宗教的経験の諸相』上・下（桝田啓三郎訳、岩波文庫、一九六九・一〇、一九七〇・一二）である。

まず、ジェイムズは宗教について、次のような定義をしている。「すなわち、宗教とは、個々の人間が、孤独の状態にあって、いかなるものであれ神的な存在と考えられるものと自分が関係していることを悟る場合だけに生ずる感情、行為、経験である」（傍点・原文）、と。そして、宗教による救いにおける精神状態については、こう語っている。すなわち、「この精神状態にあっては、自己を主張し、自己の立場を貫き通そうとする意志は押しのけられて、すすんでおのが口を閉ざし、おのれを虚無《むなし》くして神の洪水や竜巻《たつまき》のなかに没しようとする心がまえが、それにとって代わっているのである」、と。

引用がさらに続くが、ジェイムズは次のようにも述べている。「たとえば無私の心境になり自己を放棄して高次の力に頼りきるという、一般に見られる宗教的現象から、服従心が生まれることもあろう」、と。あるいは、「パウロの言葉で言えば、もはやわれ生くるにあらず、キリストわがうちにありて生くるなり、である。私が無になる場合にのみ、神は私の内に入ることができ、神の生命と私の生命との間の差異がまったく目につかなくなるのである」、と述べている。その経験はこうも語られている。すなわち、「宗教的経験が明らかに証明している唯一の事柄は、私たちが私たち自身よりも大きい或るものとの合一を経験しうること、そして、この合一のなかに私たちの最大の平安を見いだしうるということである」（傍点・原文）、と。

このように「創唱宗教」における宗教体験、その回心の体験の場合には、自分が「神的な存在」もしくは「大きい或るもの」と「関係していることを悟」ったり、「大きい或るもの」と「合一」しているように受け止められたりするようなのである。要するに、自分という存在は「放棄」され、自己が「虚無《むなし》く」なって、あるいは「無にな」って、絶対的存在を受け容れるわけである。そして、それは圧倒的な経験のようなのである。こう語られている、「おそらく、宗教的な人なら誰でも、真理の直接的な直観、あるいは、生ける神の存在の直覚がおそって、気のぬけた日常的な信仰を圧倒してしまうような特殊な危機の記憶をもっていることであろう」、と。

このような体験すなわち「回心」体験は、長与善郎だけでなく殆どの白樺派同人たちにも無かったのではないかと思われるが、注意されるのは、ジェイムズが「結局、悪の事実こそ、人生の意義を解く最善の鍵であり、おそらく、もっとも深い真理に向かって私たちの眼を開いてくれる唯一の開眼者であるかもしれないのである」と述べていることである。後で柳宗悦について見ていくときにも論及したいが、白樺派全体を通して彼ら同人たちは、悪の問題に対して必ずしも敏感ではなかったのではないかと考えられる。

さて、以上のような、『宗教的経験の諸相』で語られたあり方が、人が「創唱宗教」に深く関わる場合に見られる、通常のあり方であろうと考えられるが、しかしそうだとすると、次に取り上げる武者小路実篤にとっての宗教というのは、少々不可思議な現象のように思われてくる。

四

先ほど見たように、宗教体験とは自分が「無になる」体験、能う限り自分が小さくなって絶対的な存在を受け容れようとする体験だと言えるであろうが、たとえば『幸福者』（一九一九〈大正八〉・一〜六）で武者小路実篤は、主人公と言える「師」にこう語らせている。すなわち、「自分の生命を最も貫く生かしたいと思ふ心から宗教は生れるのだ。（略）無限なものに自己を同化させるために自己をどう生かしたらいゝのかと云ふことが宗教心の起りだ」、と。この「師」の言葉からは、自己否定や自己を「無」にするような心の傾きを一切見ることはできない。むしろ逆に、自分を生かすということが第一に考えられている。このような言葉を見ると、武者小路実篤は宗教というものを腹の底から了解できていたのかという疑問が出てくるが、もちろん、これを武者小路実篤一流の独特の宗教観というふうにも言えよう。そしてそれは、極めて特異なものである。

言うまでもなく、〈自分を生かす〉というテーマは、武者小路実篤にとって根本的な問題であり、宗教に関わりのない事柄が語られている場合においてもよく言及されるテーマである。たとえば、『第三の隠者の運命』（一九二一〈大正一〇〉・一〜一九二二〈大正一一〉・一〇）では、主人公で語り手の「Z」が、「死ぬなら、自分の精神を生かせるだけ生かして死にたい」とか、「自分は真心を生かせるだけ生かす」ということを、繰り返し語る。そのテーマに関して『幸福者』の「師」は、「自分を本当に生かしきれる、その人には死は問題にならない。耶蘇はどんな時でも、本当に生きることを知つてゐた」と語っている。このことは、イエス・キリストの生涯を描いた『耶蘇』（一九二〇〈大正九〉・九）でも、次のように語られている、すなわち、「要するに耶蘇は自己を如何に生かすべきかと云ふことに就ては、実に徹底してゐる。其処までゆかなければ嘘だと思ふ」、と。『耶蘇』では、イエスは自己を如何に生かすかということに腐心した人物として語られているのである。このようなイエス像は、他の多くのイエス伝と異なっているであろう。

また、『耶蘇』は、あくまでイエスを神の子としてではなく、優れた人物として捉えられている。もっとも、彼こそ神の子である、と言いだした人の心はわかるとは述べられているが、しかしイエスをあくまで一人の人間として見ようとしているのである。作者の武者小路実篤はイエスに対して、「私はまだ君の友としては話せない小さいものだ。いつかは君と心置きなく話せる人間になりたい」、と述べている。『耶蘇』には聖書に書かれている、イエスが起こした奇蹟のことなどについては信用ができないということを述べ、「自分はそれ等の奇蹟にはあまり興味が持てない」と、殆ど切って捨てている。さらに、「しかし今の自分は云ふまでもなく最後の審判は信じない」と述べ、あるいは「(略)来世の話になると、ある処からは嘘のやうな気がし、他の処では譬へ話のやうな気がする、嘘としか思へない処は弟子のつけ加へたことではないかと思ふ」とも語り、おそらく肯綮《こうけい》に当たっている指摘もしているのではないかと考えられる。

このように『耶蘇』は、イエス・キリストを一人の人間、しかも尊敬すべき人間として語った評伝である。「創唱宗教」の教祖を扱いながらも、その宗教の教えも「創唱宗教」の教祖としての教えというふうには捉えていない。「神の如き心」の持ち主としての人間イエス・キリストを頌徳《しょうとく》した評伝である。それと同様の姿勢で書かれたのが、仏教の教祖である釈迦の伝記を述べた『釈迦』(一九三四〈昭和九〉・一一)である。『釈迦』は、ほぼ釈迦の一生とされている、出家、菩提樹下での悟り、衆生を救おうとする慈悲の心、そして入滅に至るまでの伝記である。武者小路実篤は「後書」で、「僕《ぼく》は別《べつ》に新《あた》らしい解釈《かいしやく》はしようとしなかつた。たゞ釈尊《しやくそん》を人間《にんげん》として何処《どこ》までもあつかつただけだ」と語っているが、たしかにその通りの著作である。繰り返すと、『耶蘇』と同様の姿勢で書かれているのである。

また『釈迦』の「序」では、「自分《じぶん》は釈迦《しやか》、耶蘇《やそ》、孔子《かうし》の三人《にん》を尊敬《そんけい》してゐる」と述べているが、仏教、キリスト教、儒教という、「創唱宗教」としての世界宗教の教祖を、あくまでも人間として見て尊敬しているというわけである。このことからも、武者小路実篤が「創唱宗教」を信仰の対象として見ていないことがわかるのではないかと思われる。それでは、実篤には宗教心が無いのかというと、そうではないと考えられる。その宗教心とは、先ほど見た長与善郎のそれと重なるところがある。それは「自然」に帰依しようとする精神と言える。

たとえば、すでに『友情』（一九一九〈大正八〉・八〜一〇）の中で、まだ漠然とした叙述であるが、「自然」やそれに類すると言える何らかの超越性を持ったものに対しての宗教心に触れている。主人公の野島は片想いの少女である杉子について、「彼は自然がどうして惜し気もなくこの地上にこんな傑作をつくつて、そしてそれを老いさせてしまふかわからない気がした」（傍点・引用者）と思っている。また、杉子にラブレターを送った或る青年の、そのラブレターの中には、「自然がこんなにまで強くあなたのことを思はないではゐられないやうに私をつくつてくれたことを、私には無視することが出来ないのです」（同）という言葉がある。また『友情』では、野島の友人の大宮は杉子と結婚することになるだろうと思われ、従って野島は失恋したわけであるが、その野島宛ての手紙の中で大宮はこう書いている。「たゞ自分はすまぬ気と、あるものに対する一種の恐怖を感じるだけだ。自分はあるものにあやまりたい」（同）、と。

ここで言われている「自然」にせよ「あるもの」にせよ、それについて深い思いや精緻な認識があるのではなく、ここには人智を超え出たものに対する、漠然とした崇敬心が語られているわけである。それは「自然」の摂理とも、あるいは摂理としての「自然」とも言えるが、「自然」に対しての武者小路実篤の思いは、その後も続くのである。たとえば、『真理先生』（一九四九〈昭和二四〉・一～一九五〇〈昭和二五〉・一二）で、「真理先生」はこう語っている。すなわち、「（略）我々はこの与へられた理性で我々の内からの生命をよく生かしてゆけば、自然からよしと見られるわけで自然からよしと見られることは、自己の生命が自然に肯定されたことになるので自然から肯定された生命は即ち内心から肯定された生命になるのです。つまり人生を肯定したいものは、自然から肯定される生活をすればいゝわけであります」（傍点・引用者）、と。そして、「（略）すべての人が自然の意志に適ふやうに、生きることを望んでやみません」（同）、と「真理先生」は語る。

「真理先生」のこの「自然」信仰とも言うべきものは、あの「竹澤先生」に共通するものだと言える。そして、そのあり方を突き詰めていけば、先ほどから繰り返し言及している、阿満利麿の言う、多くの日本人、日本の庶民がその中にある、「自然宗教」の心性と重なって来るであろう。それは、教祖がいるのでもなく教義があるのでもないけれど、人々の心の中にしっかりと根を下ろしている信心である。「真理先生」は先の引用に続く箇所で、「人類の生んだ最大宗教家の耶蘇はこの自然を天父と名づけ、（略）又人類最大の教師孔子は、之を天道とか、一もつてつらぬくとか言つてゐるので（略）」（同）と語り、キリスト教と儒教との間の区別も無視しつつ、ともかくも「自然」への畏敬の念を持つ大切さを語っている。区別を無視するこのようなあり方は、アバウトともいい加減とも言えるかも知れない。そう言えば、『幸福者』の「先生」は、「耶蘇や、釈迦や、孔子や、ソクラテスを尊敬されてゐた」とされている。やはり「耶蘇」などは人間として評価されていたわけであるが、「先生」自身もこう語っている、「神様はそんなにしつつこい無情な方ではありません。しかし心がやすまるなら南無阿弥陀仏を云つたらいゝでせう」、と。あるいは、「先生」が「自分は矢張り御釈迦様の前に一番すなほに頭がさがる」と言い、「それは子供からの習慣だらう」と語ったとされている。

もちろんこれらは、いい加減な気持ちや不真面目から言われているのではない。そうではあるが、おそらく「創唱宗教」の信者や「創唱宗教」こそを宗教だと考えている人たちにとっては、何とルーズな信仰心のあり方なのだろうと受け止められるであろう。しかし、かつて多くの家庭では、同じ部屋に神棚と仏壇とがあって、その双方に手を合わせていたのが多くの日本人だったことを考えれば、「竹澤先生」も「真理先生」も、実は日本の一般庶民とほぼ同レベルの信仰心、宗教心を持っていたと言えよう。彼らは知識人であるから、それなりの理屈を語っているが、根本の宗教的な心性というものは、一般庶民と変わらなかったと思われる。もちろん、作者の武者小路実篤自身もそうだったと考えられる。

興味深いことに、先に見た、『大菩薩峠』の「間の山節」に象徴されていると言える、一般の庶民の中にある虚無感（観）に通じることとも、たとえば『第三の隠者の運命』で主人公の「Z」は語っている。すなわち、「太陽は人間を照らす為に存在してゐるのではない。太陽はたゞ存在してゐるのだ。それだけで人間を照らすことになるのだ。人間の幸不幸は太陽の知つたことではない」ということを述べた後、「神もそのやうなものだと云ふのだ。神は我々の為に存在してゐるものではない。我々がどんな罪を犯《をか》さうが、犯すまいが、神は平気で存在してゐる」、と続けている。「太陽」という言葉を「自然」に置き換えると、これは武者小路実篤の自然宗教だということがわかるが、それとともに我々の存在はそれに救いを求めることなどできないのだということ、換言すれば我々の存在とはそういうものに過ぎないのだという虚無感（観）にも繋がるであろう。すでに引用した「竹澤先生」の言葉を借りれば、その虚無感はこの宇宙には「（略）吾々の理屈や都合と全く関係のない大きな「無意味」がそこに悠々存在する」という考えに結びつくであろう。

そしてその虚無感は、戯曲『わしも知らない』（一九一四〈大正三〉・一）や、やはり戯曲『人間萬歳』（一九二二〈大正一一〉・九）では、釈迦も神も人間の運命に容喙《ようかい》できるような存在ではなく、また全知全能ではない存在として登場していることに現われている。たとえば、『人間萬歳』では、人間たちが何のために生きるのかを知ることはできないと「天使」が言うと、「神様」は「俺だつて考へても見ないことを、彼等が知ることが出来るものか。だがいくら知らなくつたつて、彼等は生きなければならない」と語っている。この「神様」の言葉は、人間に向けて語られた武者小路実篤の言葉と言っていいであろう。人生の意味もこの世の意味もわからなくても、とにかく生きろ、ということである。

つまり、武者小路実篤は神のような存在がいてもいなくても、我々のあり方には何の影響も無いのだということを言いたかったと思われる。ということは、やはり人格神のような存在を否定しているということであるが、そのことも関係があるのは、来世やあの世というものも否定していることである。『幸福者』で「先生」は、「地獄なんて云ふものはない」、「極楽は勿論ない」と言っている。作者の武者小路実篤の眼は、この世で如何に生きるべきかという問題の方に集中していて、宗教もあくまでその問題と関わって意識されていたということであろう。その宗教とは、前述したように、「自然」の摂理あるいは摂理としての「自然」に対しての崇敬心であった。

五

今述べたような宗教心は長与善郎に共通していると先にも述べたが、このことは白樺派では『暗夜行路』（一九二一〈大正一〇〉・一～一九三七〈昭和一二〉・九）の志賀直哉にも言えることではないかと思われる。よく知られているように、半ばは強いられた不義のことが妻の直子にあった後、主人公の時任謙作は直子に暫くの別居を提案して、自らは鳥取県の大山に行くことにする。その麓での謙作についてこう語られている。「彼は仏教の事は何も知らなかつたが、涅槃とか寂滅為楽とかいふ境地には不思議な魅力が感ぜられた」、と。そして土地に住む八十近い老人に出会い、その老人は「（略）若し何か考へてゐるとすれば、それは樹が考へ、岩が考へる程度にしか考へてゐないだらう」と思う。

このように思うということは、謙作自身に「寂滅為楽」の境地に入る精神的な準備が出来始めていると言える。そして大山に登るのだが、大腸加多児《カタル》の病気に罹り途中で引き返すときに、次のような感じに謙作は包まれる。有名な箇所であるが、次に少し引用したい。

疲れ切つてはゐるが、それが不思議な陶酔感となつて彼に感ぜられた。彼は自分の精神も肉体も、今、此大きな自然の中に溶込んで行くのを感じた。その自然といふのは芥子粒《けし》程に小さい彼を無限の大きさで包んでゐる気体のやうな眼に感ぜられないものであるが、その中に溶けて行く、――それに還元される感じが言葉に表現出来ない程の快さであつた。何の不安もなく、睡い時、睡に落ちて行く感じに多少似てゐた。

仏教では、小我（小さな我）から抜け出て大我（大きな我）に入ることを悟りとしているが、大我とは自然全体とも、あるいは大宇宙とも言え、そしてつまるところ、それが仏のことだという考え方があり、人間の究極的な悟りとはその大我に即《つ》くことだという思想がある。謙作はその境地に入りかけていると言えるが、ここでは謙作が「大きな自然」ということを思っていることに注目したい。これまで幾度か言及した阿満利麿も、『人はなぜ宗教を必要とするのか』でこの箇所を含むところを引用して、次のように述べている。すなわち、「時任謙作の手にした「救済」は、明白な「創唱宗教」の教義に基づく「救済」ではありません。また、先祖崇拝を中心とする「自然宗教」がもたらす「安心」ともいえません。しかし、あきらかに時任謙作は「救われている」のです。自然と融解することによって、「永遠に通ずる路」に踏み出しているのです」、と。

　もちろん、阿満氏の言うように、阿満氏自らが定義した「自然宗教」の中にそのまま時任謙作のこの体験は入らないであろうが、教義や教祖などとは無縁なところで「自然」の摂理あるいは摂理としての「自然」に包まれて救済感を覚えているというのは、これまで見てきた、長与善郎、武者小路実篤などと共通している。そして、人格神の宗教などでは必ず見られる、悪や罪の問題に対しての意識が希薄なところも共通している。

　さて、今述べた悪の問題にも関わって最後に考えてみたいのは、柳宗悦である。一九五五（昭和三〇）年八月に刊行された『南無阿弥陀仏』という著作もある柳宗悦が、親鸞の悪人正機説について深い理解を持っていたことは言うまでもないことであるが、しかしながら、悪は彼の心に食い入るような問題になっていなかったのではないかと思われる。『南無阿弥陀仏』の中で悪人正機説について触れた箇所で、柳宗悦はこう述べている。すなわち、「真宗には悪人正機《しょうき》の教えがあって、善人が救われるなら、なお悪人は救われるというが、民藝品のことを考えると、はたと思い当るものがあるのである。自力の天才によいものが出来るなら、他力の凡人にはなおさら出来ると、そういい直しても、決して無理ではなくなるのである」（岩波文庫版）、と。また昭和三六（一九六一）年三月に限定私家版として刊行された『法と美』でも、悪人正機説に言及した後、「悪人を凡人に、善人を天才に当嵌《あては》めて考えますと、凡人の方が天才よりもっと美しい品を屡々《しばしば》生んできた事を、事実で示していて、もはや疑う余地がないのであります」（岩波文庫『美の法門』所収）と述べているのである。

悪人正機説は親鸞思想の枢要な部分であり、これによって浄土真宗は教線を延ばしていったわけであるが、柳宗悦はその悪の問題をこのようにさらりと美の問題に言わば横滑りさせて、そして悪人正機説を、後に民藝、民藝品と言われるようになった凡人の工藝品が、なぜ美しいかの説明原理にしているのである。そのことと関連することで、浄土三部経の一つ『大無量寿経』で語られている、阿弥陀如来となる前の法蔵菩薩がたてた四十八願のうち、普通には最も問題にされるのは、念仏する者を救うことを誓った第十八願、臨終には迎えに行くことを誓った第十九願、そして三度生死を重ねる間に必ず救うと誓った第二十願の、この三願なのであるが、柳宗悦はそれには注目せず、『大無量寿経』四十八願の中の第四願に眼を向けるのである。第四願とは、「たとい、われ仏となるをえんとき、／国中の人・天、形色《ぎょうしき》同じからず、／好醜あらば、／正覚を取らじ」（中村元他訓読）というものである。もしも天人や人間の間で形と色とに、すなわち美醜の差があるならば、正しい覚りを取らない、というわけである。

この第四願については昭和三二（一九五七）年一〇月に私家版で刊行された評論「無有好醜の願」で、

柳宗悦はそのことを詳しく論じている。また、柳宗悦は評論「真宗素描」（一九五五〈昭和三〇〉・四）で、「真宗の省《かえり》みるべき弱み」について、「それはとかく藝術との縁が薄いことである」（『柳宗悦 妙好人論集』〈岩波文庫〉所収）と述べているが、その欠落部分をまさに柳宗悦自らが補塡したと言えよう。その功績は大いに認めた上で、しかしながら、それでは柳宗悦自身にとって浄土仏教とは何だったのかを問い詰めてみると、実は彼自身の人生にとって痛切な問題と関わっての仏教体験があったというわけではなかったと考えられる。もちろん、松井健が『柳宗悦と民藝の現在』（吉川弘文館、二〇〇五〈平成一七〉・八）で述べているように、父との死別の体験やそれと関わる、「死への恐怖や死後の世界への興味がかかわっていた」ということはあったであろう。

柳宗悦が浄土仏教に深く関わったということは、これまでの語彙で言えば、彼は「創唱宗教」に正面から向き合ったということになる。したがって柳宗悦は、「自然宗教」の側に立つ人物ではない。また、熊倉功夫が『手仕事の日本』（岩波文庫版、一九八五〈昭和六〇〉・五）の「解説」で述べているように、「白樺派の藝術観が、覚醒した自我と天才の個性のうえになっているのに対し、柳は自我も個性も否定し、自我が生じる以前の未分化の自然のなかに存在の根元を求めようとしたのである」と言える。

このように柳宗悦は、他の白樺派同人たちと異なったところがあるのである。しかし、これまで見てきたように、「自我」や「天才」だけでなく、「自然」についても他の白樺派同人たちは強く意識していたわけで、その点、熊倉氏の説明には少し首を傾げるところがあるが、しかしながら柳宗悦もやはり「自然」に眼を向けていた、という熊倉氏の指摘には頷けるだろう。たとえば柳宗悦は『民藝四十年』（岩波文庫版、一九八四〈昭和五九〉・一一）で、「（略）最も高き知は、如何にその知が自然の大智の前に力なきかを知る知であろう」と述べ、また「よき美には自然への忠実な従順がある。自然に従うものは、自然の愛を受ける。小さな自我を棄てる時、自然の大我に活きるのである」と述べている。この言葉などは、『暗夜行路』の時任謙作が言ってもおかしくないと思われる。

さて、こうして見てくると、柳宗悦は浄土仏教という「創唱宗教」を正面から問題にした人である点、そして彼が著作で語った「他力」の教えは、自己や自我を主張する他の白樺派同人たちとは逆方向にあったという点など、柳宗悦は有島武郎とともに白樺派の中にあって少々特殊な位置にあった人物であるが、その柳宗悦も「自然の大智」ということを言っているところは、長与善郎や武者小路実篤、そして志賀直哉などに通じる宗教的心性も持っていたと言えるのではないかと思われる。

また柳宗悦は、大正一二（一九二三）年二月に学習院で行った講演「宗教的世界」で、「永遠なものへの思慕、ここに吾吾の宗教心の出発があると考へます」と述べている。そうであろうか。たとえば、新興宗教に入信する動機は「貧・争・病」の三つの内の一つ以上が関わっていると言われている。それだけ、この現世での生が辛いということが、人々がとくに「創唱宗教」に関わる痛切な動機だと言えよう。そう考えると、「永遠なものへの思慕」云々は、やはり恵まれた人の語る宗教心だと思われる。白樺派の中では「創唱宗教」に最も深く関わったのが柳宗悦だったと言えるが、宗教に対しての彼の根本にある心性は、他の白樺派同人たちと同様で「自然宗教」的な面が強かったのではないだろうか。

そう見てくると、白樺派同人たちは一般の日本人の宗教心を洗練された言葉で語った人たちであった、と言えるのではないかと思われる。このことは、宗教心だけのことではないのでは、と思われる。彼らは裕福な家庭に育った選良たちであったが、その意識や言わば思想性というものは、一般庶民とあまり変わらなかったのではないかと思われてくるのである。もっとも、そう言えるかどうかは、さらに彼らの精神世界を検証してみなければならない。

〔付記〕近現代の日本人の宗教心を考えるとき、神仏習合の問題は外せないが、白樺派同人たちの宗教心を考究するときには、そのことは必ずしも関与的ではないと判断されるため、本稿ではその問題は割愛した。

内田百閒

――不安から笑いへ

一

内田百閒は、小説家や作家、あるいは創作家と呼ぶには少しばかり抵抗を感じる文学者である。仮に、彼の代表的な小説として何が挙げられるかと考えてみた場合、百閒文学の愛読者でもすぐには代表的な小説を挙げることができないであろう。たとえば、百閒が尊敬し師事した夏目漱石には、『吾輩は猫である』とか『こゝろ』などの有名作があり、それらは漱石文学を代表する小説である。また、百閒の友人でもあり、百閒が大正七（一九一八）年に海軍機関学校に嘱託任用されるにあたって、百閒を推挽してくれた芥川龍之介には、短編小説では「鼻」や「蜜柑」、「藪の中」など、また中編小説では「河童」がすぐに挙げられる。もっとも、百閒にそういうような小説が全く無いとは言えない。たとえば、短編小説集『冥途』に収められた「冥途」や「件」などが、良く知られた小説だと言える。しかし、それらはやはり代表作と呼ぶことはできないであろう。

そもそも、内田百閒は文学者であることに間違いはないとしても、果たして小説家と呼べるのか、という問題もある。実は、百閒自身も自分のことを、小説家とか作家などと言わずに「文章家」だと言っていた。内田百閒は膨大なと言っていい作品群を残しているが、厳密な意味での小説というのは、すなわち想像力によって虚構の物語となっている話という意味での小説は、果たして百閒文学にどれだけあるかと言えば、多くはない。このように正統的な観点からは、百閒は小説家とは言い難いところがあった人である。にも拘わらず、内田百閒は日本近代文学史のなかでは極めて個性的であって、文学者としてはやはり大きな存在であったと言える。そのあたりの、通常の物差しでは捉えにくいと思われる、内田百閒の文学の魅力、その一端について考えてみたい。

先に、内田百閒には代表的なものとして挙げられる小説作品が乏しいということを述べたが、よく知られている小説集としては、先にも言及した、彼が単行本として最初に上梓した『冥途』(一九二二〈大正一一〉・二) がある。百閒が三二歳のときの作品集である。『冥途』は、「花火」「山東京伝」「件」、「木霊」「道連」「冥途」などの一八の短編を収めた小説集である。これらの小説についてよく言われるのが、夏目漱石のやはり短編小説集の『夢十夜』との類似である。たしかに、『冥途』は『夢十夜』と同じく、夢の世界を語った小説集である点で共通しているし、またどちらの小説集も、不気味であったり不条理であったりする物語で構成されている点においても共通している。百閒は漱石を本当に尊敬していて師として仰いでいたが、しかし『冥途』において百閒は、漱石の真似をしているのではない。やはり彼独自の世界を構築している。次に、その中の幾つかを見てみたい。

作品集の冒頭の小説「花火」は、「大きな花火」が揚がっている入江の近くで、「私は長い土手を伝つて牛窓の港の方に行つた」という文から始まる。やがて「顔色の悪い女」と出会い、「この陰気な女と一緒に行つて、碌な事はない様な気がし出した」と、「私」は思うが、「土手」の上を黙って歩いていく。やがて、「長い廊下の入り口」に出て、「私」は「もう行くまいと思ひ出した」のだが、「引き込まれる様な気持がして、女について行つた」と語られている。

おそらく、もうこの辺りで読者は、〈これは夢の話だな〉と感づくであろう。実際、物語のその後も、夢の話のように展開していく。

「女」は「私」に、もう土手は日が暮れて真っ暗だから自分の傍にいてくれ、ということを言ったり、「土手は浪にさらはれてしまひました。もう御帰りになる道は御座いません」と言ったりして、うつ伏せになって泣き出す。「女は顔も様子も陰気で色艶が悪いのに、襟足丈は水水して云ひやうもなく美しい」ことに、「私」は気づく。こう語られている、「私はこの襟足を見た事があつた。（略）ああ、あの女だつたと私が思ひ出す途端に、女がいきなり追つかけて来て、私のうなじに獅噛みついた」、と。そして「女」は言うのである、「浮気者浮気者浮気者」、と。「私」は身動きができないまま、「助けを呼ばうと思つても、咽喉がつかへて声も出なかつた。」というところで、物語は終わる。

このような唐突な展開、また助けを呼ぼうとしても声が出なかったというあたりは、まさに夢の世界が描かれているという感じを受ける。「花火」はそういう短編小説である。この小説のテーマに関して言えば、「女」が「私」を「浮気者」と責めているように、「花火」は、「私」の中にある、罪の意識や自己処罰的な意識といったものが夢となって現れ出た物語であると考えられる。「女」の後を言わば不可抗力的について行き、その「女」は泣いていて、その「襟足」の美しさに気づき、それを以前に見たことがあったことを思い出す。そして、「女」から「浮気者」と詰《なじ》られるのである。やはり、「私」と「女」との間には男女の関係があり、その中で「私」が「女」に対して不実をしたことがあったらしく想像されよう。だから、自己処罰的なニュアンスが出てくるのだと言える。

注意したいのは、普通には夢の話というのは、それを見た当人にとってはとても面白かったり、あるいは恐いものであっても、その夢の話を聞かされた者にとっては、その面白さも恐さも実感できないことが多いのであるが、『冥途』に収められた諸短編は、その夢の恐さや不思議さ、ときには滑稽感などがリアルに読者に伝わって来る小説になっていることである。

「山東京伝」という短編は、語り手で主人公の「私」が、江戸時代後期の戯作者であったあの山東京伝の「玄関番」の役目をする書生になる話である。冒頭の二文目で、「私は、世の中に、妻子も、親も、兄弟もなく、一人ぼつちでゐた様である」と語られている。これは物語の設定が語られている一文であるが、まずこのように「様である」という言い方が、これは夢だということを思わせる。物語では、「まことに小ひさな方が、玄関から上がつてまゐりました」と「私」は山東京伝に報告する、その「小ひさな方」とは「山蟻」だとされているが、それを聞いた山東京伝は、いきなり駈け出して、そして「私」を振り返って「鬼の様に恐ろしい」顔をして、「気をつけろ、こんな人間がどこにある」、と「私」を叱り、「出て行け」と言う。道の真ん中に追い出された「私」が「泣いてゐると、解つた」と語られている。何が「解つた」かと言うと、山東京伝がうろたえて怒ったのは、蟻が丸薬をぬすみに来たからだ、ということである。「けれども、山東京伝が、どうしてそんなに丸薬を気にするんだか、それはわからない。」という一文で物語は終わっている。

短編小説「山東京伝」はこのように奇妙な物語であるが、これも夢の話と受けとめれば、了解できなくはない物語と言える。「私」は仕事の上で失敗をしてしまって（すなわち、山蟻を入れたという失敗）、山東京伝に追い出されたのであるが、しかしそれが何故失敗なのか、またどうして山東京伝は丸薬を気にするのかも、「私」には理解できないままに、話は終わる。このような不条理と言える展開は、いかにも夢の話のようである。しかしながら、このようなことは、夢の世界でなくても現実においても、私たちも経験することであろう。つまり、対人関係における不可解な事柄、もっと言うなら理不尽な仕打ちとも言える出来事である。この物語では山東京伝に叱責されたことが、それである。

「件」の物語も、対人関係において強いられる理不尽な事柄、そのことから来る恐怖や不安を語った小説と言える。「件」とは、「からだが牛で顔丈人間の浅間しい化物」のことだが、その「件」に「私」がなってしまう。「件は生まれて三日にして死し、その間に人間の言葉で、未来の凶福を予言するものだ」とされていて、「件」である「私」を取り巻いて、柵の周りにいる「何千人だか何万人だかわからない」数の人びとは、「私」の予言を聞こうと固唾を飲んで待っている。その内、「件」の「私」は、それらの人びとについて、「私の友達や、親類や、昔学校で教はつた先生や、又学校で教へた生徒などの顔が、ずらりと柵のまはりに並んでゐる」ことに気づく。「私」は「厭な気持になつた」が、しかし、「私」の「前に人垣を作つてゐる」人びとの「顔に皆不思議な不安と恐怖の影がさしてゐる」こともわかってくる。結局、「件」の「私」が予言することはなかったのであるが、人びとは「私」が予言しそうだと思って「東西南北に一生懸命に逃げ走つた」ようなのである。そして物語の最後で、「私はほつとして」、「三つ四つ続け様に大きな欠伸した。何だか死にさうもない様な気がして来た」と語られている。

この物語では、「私」を取り巻いている人びとの方に「不安と恐怖の影」がさして、「私」の方には「大きな欠伸をする」余裕すらあるわけであるが、しかし、「件」に変身したことは、やはり理不尽なことである。その結果、「私」は人びとから異物扱いをされているわけであって、人びとに逃げられた「私」は孤独でもある。

もう少し、『冥途』の中の短編小説を見ていきたい。「木霊」という短編も、いかにも夢らしい物語である。「大きな池の縁を、子供を負ぶつた女が泣き泣き歩いて行つた。背中の子供も時時泣いた。私はその後をつけて行つた」、というところから物語は始まる。「私」は「帰らなければ、家で子供が待つてゐる」と思うが、暗い道を行く「女」の後を追う。そして土手に出て橋を渡るのだが、「ふとこの橋も今始めて渡るのではないと思ひ出した」とされ、「ただ私の前を行く子を負つた女の泣声ばかりが何処までも何処までも私を引張つて行つた。私は仕舞に自分の家のことも忘れてしまつて、その恐ろしい暗闇の中に昔の事を思ひ探つて止まなかつた。」というふうに結ばれて物語は終わる。

これも罪の思いと関わる物語と言えよう。「私」は、「家で子供が待つてゐる」にも拘わらず、「子供」を「負ぶつた女」の後を追っていくのである。夢は時間の順序を入れ替えたり、順序を圧縮したりすると精神分析のフロイトは言っているが、これも「家」を省みずに「女」の後を追っていくようなことをしたから、「子供」が生まれたということを、圧縮して表している話と読める。「女」が泣いているのは、「子供」が生まれた後の、「私」の不誠実さを恨んでいるためかも知れない。罪の思いは、むろん「女」に対してであるし、また「女」とそういう関係になったことを「自分の家」に対してもやはり罪障の思いを抱いているると言える。現実的で生々しい罪の思いである。つまり「私」は、「女」に対しても「家」に対しても、罪の思いを持っているのである。とくに「女」に対しての罪という点では、先に見た「花火」に通じるテーマが語られた物語と読める。

『冥途』には、自分が一方的に被害者の側にいるという話もある。たとえば、「波止場」がそれである。「私は湯治場で一人の男と知り合ひになつた。」という一文から始まり、段々と懇意になったその男とは、「昔からの友達の様に思はれ出した」とされ、妻もまたその男と知り合いになり、妻とも「昔からの友達の様に」なる。そして、「私は少し心配になつて来て、もう帰らうと思つた」と語られている。その「心配」の中味は物語の進行とともに読者には薄々と分かりかけてくるが、その真相がはっきりと明らかになるのは末尾に至ってからである。「（略）例の男が私の顔を見て、今までに見せたこともないやうな美しい笑ひ顔をした。私は己に帰つて、はつとした。さうしてあれが平生ひとごとのやうに聞いてゐた間男といふものだつたのかと気がついた」、と語られている。

この物語は当時の百閒の中にあった、おそらく漠然とした不安や心配、さらには恐れといったものが、「間男」の形となって顕在化した物語とも言える。「間男」を目の前に見ることは、夫にとってやはりショッキングな出来事であり、恐れでもあるであろう。

このように、『冥途』の中の諸短編には、夢のような物語を通して、罪障感や自己処罰的な感覚、対人関係における不可解さや不条理で理不尽な思い、不安や恐怖、孤独感などが語られているのであるが、それらの様々な思いをさらに貫いて共通する大きな一本の筋は、悲しみであったと思われる。この小説集の表題にもなった「冥途」の物語は、「高い、大きな、暗い土手」の下にある「一ぜんめし屋」にいる、四、五人のお客たちの話を「私」が聞く話で、その中に「父」がいるらしいのだが、どの人が「父」かはわからない。そして「私」の思いはこう語られている。「何といふ事もなく、ただ、今の自分が悲しくて堪らない。けれども私はつい思ひ出せさうな気がしながら、その悲しみの源を忘れてゐる」、と。末尾では黒い土手の腹にカンテラの影になって映っている自分を眺めながら、「長い間泣いてゐた」と語られている。このような、生きていること自体から来るのではないかと思われるような「悲しみ」は、『冥途』にある全編の短編小説を通して語られている。

以上、やや詳しく『冥途』に収められている数編の短編を見てきた。この論考の後半で見る、実にユーモア溢れる内田百閒というイメージは、たしかに間違ってはいないのであるが、そういう百閒の根底には、不条理で理不尽な人生に対する悲しみや、周囲の人たちと必ずしもうまく行かない対人関係における憂愁の思いなどがあったということを確認しておきたい。それらの思いは、現実の表面の奥に潜んでいる人生の真の姿に対する思いである。このような思いは以後の百閒にずっとあった。その意味で、やはり処女小説集『冥途』には、期せずして作家の本質が現れていると言えようか。

二

『冥途』以後の短編を集めた小説集が『旅順入城式』(一九三四〈昭和九〉・二)である。百閒が四四歳のときである。この小説集には「広所恐怖症」などの、以後もずっと続く神経症的な話も出ていて興味深く、また『冥途』と同様に夢の物語も語られている。そういう中でとりわけ注意されるのは、この本の表題作になった「旅順入城式」の物語である。この短編自体は大正一四〈一九二五〉年七月号の雑誌「女性」に掲載されたものであるが、作品集に収められたのは先に見たように、昭和九年であるから、それは日本の国家が軍国主義の方向へと傾いて行っている時期でもあった。

物語は、法政大学の講堂で行われた活動写真の会の話で、そこで映されたのが日露戦争での旅順開城の出来事だったようであるが、百閒は次のように書いている。横浜の伊勢佐木町を行く出征軍の「兵隊の顔はどれもこれも皆悲しさうであつた」とされ、旅順を取り巻く山々の姿については、「何と云ふ悲しい山の姿だらう」と述べられ、「下士の声は、獣が泣いてゐる様だつた」とも語られている。「悪戦二百有余日と云ふ字幕」のあった、兵士たちの行軍のフィルムでは、「二百日の間に、あちらこちらの山の陰で死んだ人が、今急に起き上がつて来て、かうして列んで通るのではないかと思はれた」と語られている。このような文章に、戦争や軍部、さらには軍国主義というものに対しての百閒の姿勢を見ることができよう。反戦とまで言えなくとも、厭戦であることがはっきりとわかる文章である。

雑誌に発表された初出が大正年間であっても、単行本に収録されたときの、その単行本は昭和九（一九三四）年に刊行されているのである。もっとも、昭和九年はまだ辛うじて、こういうことが言えた時期であったと言えるかも知れない。たとえば、京都大学のあの滝川事件が前年の昭和八（一九三三）年であるから、まだ反戦の声を挙げることはまったく出来なかったとは言えない。しかしそれにしても、このような文章を公にすることには、やはり勇気と覚悟のいることだったと思われる。後で見るように、日本文学報国会へ入会しなかった百閒の反骨精神が、すでにこの小説に現れていると言える。

さて、小説においては、百閒の意識の奥に潜む不安や罪障感や不条理の思い、さらには悲しみが語られていたが、昭和に入ってからは、百閒は随筆もしくは随筆的な文章を発表し始める。後の大文章家としての百閒の始動である。その中では、戦後の随筆的な文章で縦横無尽に展開される、百閒的な理屈、すなわち一歩間違えば単なる屁理屈に落ちてしまうような理屈が語られ始める。それだけでなく、後の文章に続出すると言える、人間心理の機微を掬い上げる、百閒らしい文章も書いている。それらの幾つかを、戦前昭和の文章集である、『百鬼園随筆』（昭和八〈一九三三〉・一〇）、『續百鬼園随筆』（昭和九〈一九三四〉・五）、および『無絃琴』（昭和九〈一九三四〉・一〇）に見てみたい。

たとえば人情の機微に関わる話としては、『百鬼園随筆』の中の「手套《しゆとう》」である。これは、電車の中で手袋をはめていたために金入れから切符を取り出そうとしたときに、十銭の銅貨がついて出てきて床に落ちることがあり、百閒は落ちた所も知っていて後でそれを拾うつもりでいたのだが、百閒の前に腰掛けていた学生がそれを拾って百閒に渡してくれたという話である。学生は、どうも百閒自身は落としたことに気づいていないように思っていたらしいのだが、もちろん百閒は気がついていたわけで、「礼を云つてそれを受取つた」ようである。しかし、その学生も百閒の「落ちついた冷やかな態度の中に」、百閒が銅貨に気づいていたことをそのとき知ったらしく、「いくらか間のわるい様子をして、出口の方に行つてしまつた」ということがあったようである。

その出来事について百閒は、その学生に「本当に気の毒な事をしたと思ひその親切な学生にすまなかつたと思つた」と語りながらも、次のように結んでいる。「けれども相手の親切に報いるため、もつと驚いた様子をすべきだつたとは考へない、又その学生が、彼の敢てした親切のために、それ丈の極まりの悪さを負はさるべきものだとは猶更考へない」、と。おそらく、百閒の言うとおりであろう。百閒も学生も間違ってはいない、当然の対応をしたわけであり、百閒は自分の立場の正当性を語り、と同時に百閒は、学生の立場に立っての理解もしているのである。百閒は、それぞれが間違いとは言えないことをやった場合においても、気まずくなるようなことはあるもので、それはそれとして受けとめなければならないということを言いたかったのであろう。この「手套」は、先ほど述べた人間心理の機微を語った話とも言える。

ただ、たしかにそうなのであるが、この百閒の論には隙間《すきま》がないであろうか。学生に気まずさを感じさせた百閒もやはりいい気持ちではなかったと思われる。でも、それは仕方ないことだと言っているわけである。そしてそういう事態を毅然と受けとめろ、と。しかし、「礼を云つてそれを受け取つた」ときに、〈実は自分も銅貨を落としたことに気づいていて、後で拾おうと思っていたんですよ。でも、拾ってくださってありがとう〉と言えば、学生も気まずい思いをしなかったのではないかと考えられる。後でも問題にしたいが、百閒の論には、あるいは理屈には、一面的な論理の展開、あるいは一点に立ってのみの論の展開という特徴がある場合もあるように考えられる。もちろん、その理屈が鋭くて面白く、また一般に気づかれていないことの指摘にも繫がって感心させられもするような場合もあるが、ときには単なる屁理屈に堕している場合も、多くあるように思われる。もちろん、その屁理屈が面白いのではあるが。

また、借金話や貧乏話でも、百閒は独特の論を展開している。「無恒債者無恒心」というエッセイでは、「百鬼園先生思へらく」として、「お金に窮して、他人に頭を下げ、越し難き閾を跨ぎ、いやな顔をする相手に枉げてもと頼み込んで、やつと所要の借金をする。或は所要の半分しか貸してくれなくても不足らしい顔すれば、引込めるかも知れないから、大いに有り難く拝借し、全額に相当する感謝を致して、引下がる。何と云ふ心的鍛錬、何と云ふ天の与へ給ひし卓越せる道徳的伏線だらう」、と語っている。さらにはこういうことも語っている。「自分が汗水たらして、儲からず、乃ち他人の汗水たらして儲けた金を借金する。その時、始めてお金の有難味に味到する」、と。つまり、借金をすることが人間修養に繫がる、という論である。しかし、これはやはり屁理屈であろう。もっとも、その屁理屈から生まれるユーモアが、この文章の持ち味だと言えよう。

内田百閒文学の研究家である酒井英行は『内田百閒〈百鬼〉の愉楽』（沖積社、二〇〇三〈平成一五〉・六）の中で、「百閒文学の神髄はユーモアである」として、そのユーモアに関して「（略）百閒の詭弁から醸される滑稽味」ということを述べている。たしかにその通りである。次にその詭弁あるいは屁理屈の例を、戦前昭和の文章から幾つか見てみたい。

『無絃琴』（昭和九〈一九三四〉・一〇）に収められた「搔痒記」には、岡山の六高時代によく遅刻したことについてこう語っている。「遅刻したのは、私の家があまり学校に近すぎた為で、学校の構内にある寄宿舎の遠い部屋から教室に出て来るよりも、私の家の方が近かった位である。だから一たび遅くなつた以上は、道を急いでその時間を取戻すと云ふ事が出来ないので、それで毎日遅刻した」、と。〈なるほど〉とも思われるが、ここにも論理の隙間があるだろう。問題は、「一たび遅くなつた」ということ自体に、遅刻の最大原因があるが、そこはさらりと流して、距離の問題に話をずらすのである。詭弁である。

『凸凹道』（昭和一〇〈一九三五〉・一〇）の「御時勢」では水道料金を滞納していることについて、滞納料金を綺麗に払うのは「少し思ひやりの足りない話ではないか」として、こう述べている。「滞納する者が急に減つた場合を考へて見ると、それだけ手間がかからなくなるから、水道局で人べらしをするに違ひない。催促して廻つて家族を養ひ、子供を学校に上げてゐる人が、職を失ふ羽目になつては気の毒である」、と。この理屈も面白いと言える。しかしそれでは、警察官を減らさないために泥棒稼業があり、消防官の職を無くさないために放火も止むを得ないだろう、ということにもなってきて、やはりこれも屁理屈である。

もちろん、百閒はそのような理屈を面白がって言っているのであって、本気でその理屈を信じているのではないだろうとは考えられる。そうではあるのだが、案外に本気で信じてもいるというところも無くはないというのが百閒である。たとえば、次のような理屈にそれを見ることができる。

やはり『凸凹道』に収録されている「正直の徳に就いて」という文章では、あの救世軍の山室軍平が列車の二等車に乗ったことに対して、三等に乗るべきだったのではというような議論があったことについて、百閒は次のようなことを語っている。三等に乗る方が「節倹」であるが、二等に乗れる人が三等に乗ることによって、それでなくとも混み合っている車内が一層窮屈になり、坐れない人も出てくるかも知れない、ということを述べた後、こう語っている。「二等に乗れる人は二等に乗つて、三等にしか乗れない人に席を譲り、他人をらくにする為には、自分は節倹の徳を捨ててもいいと考へる方が救世軍らしくないかと僕は云ひました」、と。

ここでは百閒は読者を笑わそうとして屁理屈を言っているのではなく、本気で語っていると思われる。だから、ここには詭弁的なニュアンスも無い。それなりに筋の通った理屈と言える。しかし、それは単眼的で一面的な観点からの理屈にはなっていないであろうか。たとえば、三等車に乗ることによって、二等車に乗る場合との差額が出て、わずかな金額であったとしても、その差額を貧民への援助金に廻すことができるわけで、その差額のことと三等車の客たちに一層窮屈な思いをさせてしまうことと、その両者を比べた上での理屈、論理となっていないところが、やはり一面的と言えよう。

次に、戦前の文章でいかにも百閒らしいことを語っている文章を見てみたい。これは屁理屈ではなく偏屈と言えることかも知れない。『鶴』（昭和一〇〈一九三五〉・二）に収められている「李鴻章」という文章である。百閒は子供のときの学校や先生方の俤が懐かしくて、毎年、年賀状を出していたらしく、大学の何年かまではそれを続けていたようである。しかし、岡山から来た友人に会ったとき、その友人が知らせてくれたのは、その学校の先生が「内田は感心である。母校の恩を忘れないで、年年必ず年賀状をよこす。（略）さう云つて先生が学校の生徒に話して聞かせた云々」ということであった。

それを聞いた百閒は、「私は言葉に表せない不快な気持がした。無心で行つてゐた事を、人はその儘に受取つてくれないで、意味をつけて扱つた。／私はそれ以来、郷校宛の年賀状を廃した」と述べている。百閒の気持ちもわかるところがあるだろう。自分の行為は、教訓話の材料のためでもなく、感心してもらいたいためでもなく、ただ「郷校」が懐かしくてしたことなのに、そのようにある意味で教材のように利用されてしまったのは心外である、という気持ちである。しかしながら、先生方も百閒からの年賀状が嬉しくて、そのことを生徒たちにちょっと自慢したかったのだとも言え、何も賀状を廃するには及ばないのではないだろうか。たしかに、言わば純情を裏切られたという思いもあったであろうが、やはりこの事例も、物事を単線的に単眼的に見てしまう百閒らしい例と言えよう。もちろん、そのようなある点においての愚直さが、社会や世相に対しての、一本筋の通った彼の精神の姿勢を形作ってもいるわけで、そこに百閒文学の魅力もあるわけである。

百閒的な理屈ということで言うと、こういう例もある。『無絃琴』にある文章「菊世界」では、学校の先生を辞めて家に蟄居してからは、「午飯は廃して」、蕎麦の盛りを「一つ半食ふ事にきめた」と語られている。蕎麦屋は近所の中村屋でそこの蕎麦は「日がたつに従つて、益うまくなる様であつた」と述べた後、こう続けている。「うまい、まづいは別として、うまいのである」、と。つまり、比較するような相対的な観点から、旨い不味いを言っているのではなく、この蕎麦屋の蕎麦に決めて、それで満足している以上、絶対的に「うまい」と言うべきだ、ということを言いたかったのであろう。それを「うまい、まづいは別として」というように、説明を端折って論を展開するところが面白いところと言えば言える。

そろそろ百閒の戦後の活躍に移りたいが、世相に対しての戦前の百閒の姿勢について、さらにその他のことについても見ておきたい。

『有頂天』（昭和一一〈一九三六〉・七）に収録されている「春雷記」では、二・二六事件の日のことが書かれている。百閒ははっきりと語っている。「しかしどう云ふ事を心配すると云ふはつきりした気持はなくて、寧ろ不愉快の方が強かつた」、と。また、「今古」では関東大震災時の戒厳令を思い出して、それと比較しながら二・二六事件のことをこう述べている。「ただ大震災の時は天変地妖を恐れる純粋な気持ばかりで、腹の中に割り切れないものはなかつた様である。だから恐ろしい事だと思ふだけで、不愉快でもなく、憂鬱でもなかつた」、と。ということは、百閒は二・二六事件を「不愉快」で「憂鬱」で、「割り切れないもの」のある事件だと見ていたわけだと言うことであろう。それはつまり、軍部の台頭を好ましくないことだと見ていたということである。

次に、百閒が若いときから死の恐怖、死の不安に脅かされていたことを見ておきたい。たとえば『百鬼園日記帖』（昭和一〇〈一九三五〉・四）の大正六年七月二十八日のところには、「此頃のとりとめない死の不安（考へてゐる内に此文句を書くのが恐しい、いやな気がした）が腹の底で此帳面を書けと云つたらしい」とあり、同じく大正六年十二月十日には、「此一年間私は死を恐れ通した」、「私は殆ど一年間死を恐れた」、「私は死にたくなかつた」などと書かれている。死の恐怖のことは日記の他のところにも記述がある。死の恐怖などの暗鬱な思いが背景にあって、『冥途』や『旅順入城式』に見られるような、罪や不条理をめぐる物語が書かれたと言える。

その死の恐怖と関わりがあるのではないかと思われるのが、神経症のことである。やはり『無絃琴』の中の「竹杖記」に、玄関で靴を穿くため身を屈めた拍子に「年来持病の動悸が打ち出した」と語り、「迷走神経の過敏症、或は神経性心悸亢進症とか云ふ病気ださうである。発作が起これば、脈拍が百八十から二百ぐらゐになり、暫くすると癒る事もあり、どうかした機みで、なほりそこねて、その後に結滞が続く事もある」と述べている。

おそらく、これは不安発作を伴う神経症ではないかと考えられる。この神経症では心臓に過度に意識が集中してしまうために却って不整脈が起こりやすく、それが「結滞」の症状となるのだと思われる。だから、不安神経症は別名で心臓ノイローゼだと言われる場合もある。心臓に過度に意識が集中するのは、心臓が止まるのではないかという恐れがあるためで、その恐れは死を恐れる気持がもたらすものである。もちろん、どんな人でも死を恐れるが、そのような通常の恐れではなく、今まさに死ぬのではないかという、本人にとっては本当に切実な恐れなのである。実はその恐れは、生きたいという強い願望の裏返しだと言われている。生きたいと強く思う人ほど不安神経症、あるいは心臓ノイローゼに罹るようである。百閒が罹ったのは、この種のノイローゼだと考えられる。

百閒は、戦前昭和においてすでに笑いの要素のある文学を書いていて、戦後になってはさらにその笑いの文学を語るようになるが、これは先に見た人生についての悲しみの思いや神経症的な世界とバランスを取るためということがあったと考えられる。

さて、以上のように戦前の百閒を見てくると、戦後に活躍する土台が戦前において十分に築かれていたことがわかる。不安や不条理の思い、貧乏、借金、軍嫌い、独特の論理（あるいは屁理屈、詭弁）から生まれるユーモア、神経症などである。さらには小説作品よりもおそらく虚実入り交じっているだろうと考えられる、百閒独自のと言える文章、文章作法である。因みに、百閒は『百鬼園随筆』の中の「蜻蛉玉」で、「私といふのは、文章上の私です。筆者自身のことではありません。」と語っているが、そうだろうと思われる。また、このことは、『百鬼園随筆』の中の文章についてだけを言っているのではなく、紀行文的な文章であろうと随筆的な文章であろうと、どの文章においても、そこで語られている「私」は、あくまで文章上の「私」だと考えるべきであろう。

戦前の百閒についてもう一つ見ておきたいことは、彼は日本文学報国会に入会しなかったことである。日本文学報国会とは、情報局第五部第三課という部署の指導によって作られた、文学者を統制するための国策的一元組織で、陸軍の肝煎りで作られた組織である。ほとんど文学者がこの組織に入ったのである。旧プロレタリア系の文学者たちの多くも入会している。これに入らないと軍部に睨まれ、またそういう文学者には出版社、雑誌社も仕事を依頼しにくくなるわけである。そういう組織だったので、日本文学報国会に入らないというのは、危険でもあったのであるが、軍部嫌いの百閒は入会を肯んじ得なかったのだ。このことは特筆していいことだと思われる。彼の軍国主義嫌いや軍部嫌いは、筋金入りだったということである。因みに、大衆文学、とりわけ時代小説の金字塔と言っていい、あの『大菩薩峠』を書いた中里介山も、日本文学報国会には入会していない。中里介山と内田百閒は希有な例外であったのである。内田百閒の反骨精神には、敬意を表すべきではないだろうか。

なお、百閒の文書には「甘木」という名前の人がよく登場するが、『丘の橋』（昭和一三〈一九三八〉・六）の中の「養生訓」によると、「甘木」というのは「某」の字を上下に二つに分けただけであって、こういう仮の名は百閒の発明ではないそうである。ともかく百閒も、名前を出す必要の無いとき、また本名を出すのは遠慮されるときに、「甘木」の名を使うようである。

次に、戦後の百閒の活躍を見てみたい。彼は戦後も、「贋作吾輩は猫である」（昭和二四〈一九四九〉・一〜一二）を連載したり、『実説艸平記』（昭和二六〈一九五一〉・六）を出版するなど、旺盛に筆を執っているが、やはり戦後の百閒を考えるときに重要なのが「阿房列車」の旅であろう。それとともに、もう一つは摩阿陀会の話だと思われる。どちらも百閒が還暦を迎えたその一年後から始まる。先走って言うと、戦後の百閒は高齢化社会を迎えた現代において、老いをどう生きるか、という問いに対しての一つの理想的なあり方を示していると言える。

三

内田百閒は、シリーズ最初の「特別阿房列車」の冒頭で、「阿房」というのは人の思惑に合わせてそう言っているだけで、自分が「阿房」だとは思っていない、ということを述べた後、こう語っている。「用事がなければどこへも行つてはいけないと云ふわけはない。なんにも用事がないけれど、汽車に乗つて大阪へ行つて来ようと思ふ」、と。その後、九州鹿児島や東北山形、山陰松江や四国高松への汽車旅行をするのだが、たしかに「用事」は無く、また名所旧跡の類を見物するのでもない。当時の国鉄職員だった「ヒマラヤ山系」こと平山三郎を相手に酒を飲みながらノンビリとした汽車旅を楽しむのである。

「百鬼園先生と鉄道」（平山三郎編『回想　内田百閒』津軽書房、一九七五〈昭和五〇・八〉）の平山三郎によれば、この阿房列車の旅における鉄道の走行距離は、「全部で三万キロを越えるのではないか」ということだが、それはまさに無目的を楽しむ旅だったようである。『けぶりか浪か』（昭和三七〈一九六二〉・七）に所収の「山むらさきに」で百閒自身も、「しかし無目的と云ふ心掛けは大切であつて、スケヂユールだのシエヂュールだのと云ふものは、行く先先の邪魔になるばかりである。近年私の企てた阿房列車の旅行は一番よろしい。無目的を実践した一聯の範例である」（傍点・引用者）、（略）と述べている。

近代に生きる私たちは、常に何か目的を設定し、その目的に到達することを良しとする人生や生活を送っていると言えよう。では、何のための目的かと改めて問うならば、〈人生を充実させるため〉とか、〈生き甲斐を感じるため〉というような理由を漠然と挙げるが、それでは〈充実した人生とはどういうことか〉〈生き甲斐とは何か〉とさらに問うてみるならば、実は曖昧な答えしか返って来ないということが多いと思われる。あたかも日々の生活を、その目的達成のための手段のようにして毎日を生きているとするなら、私たちの一生とは一体何だろうかと思わざるを得ない。もちろん、このような問題は人それぞれの価値観によって違うであろうから、一概なことは言えない。しかし、目的達成をこそ大事だとする生き方では、たとえば無駄をいかに省くかということが大切になってくるであろうが、果たしてそれらは省くべき無駄なのだろうかと考えてみることが大切だと思われる。

日本におけるユング心理学の権威であった河合隼雄は、『老いの発見2　老いのパラダイム』（岩波書店、一九八六・〈昭和六一〉・一二）の中の「文化のなかの老年像　ファンタジーの世界」で、「「無駄をなくそう」と皆が努力している。これに対して「無駄を大切にしよう」と老人の知恵は語る」と述べ、「老人は何もしないでそこにいること、あるいは、ただ夢見ることが、人間の本質といかに深くかかわるものであるかを示してくれるのである」（傍点・原文）と述べている。還暦を迎えた後の百閒が、無目的そのものの阿房列車の旅に出たことは、まさに河合隼雄が語っている、「無駄を大切にしよう」という実践例と言えよう。百閒も「雷九州阿房列車　前章」（一九五三〈昭和二八〉・一〇）で、自動車に乗るのは料金から言って無駄だという考え方はよくないとして、「（略）無駄を排除しようと云ふ方へ、考へ方を向けるのはこの場合よくない。それを考へつめれば、阿房列車が成り立たない」と述べている。

阿房列車の旅は、このように無駄を楽しもうとする旅であった。だから、たとえば『第三阿房列車』（昭和三一〈一九五六〉・三）でこう語っている。「元来私は松江へ見物に来たのではない。それでは何しに来たのかと云ふ事になると自分ながら判然としないが、要するに汽車に乗つて遠方まで辿《たど》り着いたのである」、と。同じく同書で、松江から大阪までの約八時間の間、何かを片づけておかなければならないという心づもりはない、として、「ただぼんやりと坐つてゐるだけが、今日一日の仕事である」、と述べている。

こういう無駄を楽しもうとするような精神の姿勢だからこそ、ユーモアも生まれると言える。もちろん、百閒のユーモアは例によって独特の理屈から出てくるものである。次に引く「遺失物取扱所」をめぐっての話は、拙論「老いと笑い――内田百閒」（『反骨と変革　日本近代文学と女性・老い・格差』〈御茶の水書房、二〇一二・八〉所収）でも引用したが、ここでも引用したい。ここではその中の一例のみを挙げる。『区間阿房列車』（一九五一〈昭和二六〉・一）における静岡駅構内での会話である。「そこの、右の窓口に何と書いてある」と百閒が問うと、「ヒマラヤ山系」こと平山三郎が「遺失物取扱所です」と答える。以下がその続きの会話で、引用の最初が百閒の発言である。

「何をする所だらう」

「遺失物を取り扱ふのです」

「遺失物と云ふのは、落として、なくなつた物だらう。なくなつた物が取り扱へるかい」

「拾つて届けて来たのを預かつておくのでせう」

「拾つたら拾得物《しふとくぶつ》だ。それなら実体がある。拾得物取扱所の間違ひかね」

ヒマラヤ山系はだまつてゐる。相手にならぬつもりらしい。


こういう箇所に読者は思わず笑みを漏らすであろうが、ここもすでに見たような、一面的な観点からの論理を展開していると言えよう。もちろん、無くなった物にのみ焦点を当てるという一面的な観点からは、百閒の論の方が正しいと言える。しかしながら、取扱所を訪れるのは物を無くしてしまった顧客であるから、取扱所の名前はその顧客本位に付けられるべきであろう。したがって、大局的にはやはり「遺失物取扱所」の方が適切であると言えよう。もっとも、百閒はそのことをわかった上で屁理屈をこねているとも考えられるが、しかし意外に自分の論に自信を持っているところもあったのではとも思われる。いずれにしても、百閒は理屈を楽しんでいるわけである。そして、その理屈は、常にある一つの観点のみから見るならば、筋が通っているというものである。

屁理屈は『第二阿房列車』（昭和二八〈一九五三〉・一二）では次のようにも展開される。列車の中での会話である。最初の発言は「ヒマラヤ山系」すなわち平山三郎で、後の方が百閒である。


（略）、No smoking in bed.　しかし吸ひたい。（略）

「ベッドで煙草を吸つちや、いけないと云ふのでせう」

「違う、さうぢやないだらう」

（略）

ベッドで煙草を吸つてはいかん、と云ふのではない。寝てゐて煙草を吸つてはいかん、と云ふのだらうと解釈する。我我は寝てゐない。寝台の上に起てゐる。抑もこの寝台はベッドではない。汽車の寝台、船の寝台はバアス berth である。（略）さあ一服しよう。

これはやはり強引な屁理屈と言うべきであろう。こういう屁理屈を「ヒマラヤ山系」を相手に語りながら、阿房列車の旅は自由に気ままに、ゆったりとした時間の中で進行していったのである。百閒の奇妙な理屈はその後も健在で、お金に関しては、たとえば、『いささ村竹』（昭和三二〈一九五六〉・二）の「御慶五年」で、必要からお金を作ろうとすると、お金が「本来の威厳」を発揮して難しい顔をするから、「人を集めて御馳走するなどと云ふ馬鹿な事を考へてゐれば、お金が油断する。その隙に調達が叶ふと云ふ事になる、のだらうと思ふ」という、これも奇妙な論理である。さらには、小言幸兵衛的な発言も健在である。たとえば、『馬は丸顔』（昭和四〇〈一九六五〉・一〇）の中の「仰げばたふとし」では、「仰げば尊し、仰がなければどうだ。すぐにこの下らない無駄口の屁理屈が出て来る。私など備前岡山生まれの者の悪い癖で、だから他国の人から憎まれる」、と語っている。

百閒自身も、自分の発言のかなり多くが、「無駄口の屁理屈」であったことの自覚は、このように当然あったわけであるが、そこに私たち読者は意外な発想や自由な考え方にも触れることになって、窮屈なこの現実社会から自分を少しだけ解き放すことができるだろう。おそらく、百閒文学を読む面白さの大きな一つはそこにあると言えよう。百閒自身も「無駄口の屁理屈」を語り、そこから生まれるユーモアを、大いに楽しんでいたと思われる。彼は若いときから死の恐怖と向き合い、借金や、不安神経症、もしくは心臓ノイローゼと思われる病を抱え、また人生に対する悲しみの思いを持っていたからこそ、笑い、ユーモアの精神は、それらの状況を乗り越えるために必須だったと考えられる。

このような百閒から私たちは学ばなければならないと思うが、彼が晩年に阿房列車の旅に出かけたり、さらには法政大学の教え子たちとの会であった「摩阿陀会」を本当に楽しみにしていたことなども、実は高齢化社会に生きていく私たちにとって実に有益な示唆を与えてくれるということについて、次に見ていきたい。

「摩阿陀会」という名前の由来は、還暦を祝ったのに百閒は未だ死なないか、「まアだかい」というところにあるのだが、これは百閒還暦の翌年から始められている。「摩阿陀会」は、百閒が法政大学に勤めていた頃の、とくに学生航空の会所属だったメンバーなどが、毎年数十人が集まって行われた、百閒の健康と長寿を願っての会であったと言える。この会が始まる一年前にはプレ「摩阿陀会」を開いていて、面白いのはそこで百閒の葬式を済ませていることである。会に参加した教え子たちが、百閒の方に手を合わせている写真も残っている。当時は還暦を迎えた人は完全に老人として遇されたところがあったわけであるが、仮の葬式を執り行った教え子たちは、老年者の百閒に、死の問題から眼を逸らすのではなく、笑って死と向き合っていくような老いの人生を、師の百閒に求めたのだと思われる。百閒は、毎年行われるこの会を本当に楽しみにしていたようで、死の直前まで続いていたようである。因みに、一九九三（平成五）年に封切られた、黒澤明監督の映画「まあだだよ」は、この「摩阿陀会」をモデルにして作られたものである。

それとは別に、今度は百閒主宰で「御慶の会」という会が開かれている。百閒は個別に新年の挨拶をするのが面倒だから、この会を開いたということを言っているが、メンバーは「摩阿陀会」とほとんど重なっていたようだから、この会はおそらく「摩阿陀会」のお返しの意味もあったものと思われる。そして、「御慶の会」の費用は、百閒らしく借金で賄っていたようである。この二つの会での百閒の挨拶が文章として残っていて、どちらも面白いが、これもやはり前掲の拙論で引用した「摩阿陀会」のものを引いてみたい。一九六二（昭和三七）年八月に「摩阿陀十三年」と題されて発表されたものである。

あれから星霜十四年、さつき北村君は今晩の開会の挨拶で、摩阿陀会の肝煎《きもい》りの不行届、不手際の為、この会をすでに十三回も続けて皆様に御迷惑を掛け、申し訳ないと釈明した。

全く私もさう思ふ。しかし片づかないものは仕方がない。十三べん掛けた御迷惑の掛けついでに、今晩も亦かうして御馳走をいただく。（略）それが今後また何回続くか、それは私の知つた事ではない。

サルトルのパートナーであったシモーヌ・ド・ボーヴァワールは名著『老い』上・下（朝吹三吉訳、人文書院、一九七二〈昭和四七〉・六）の中で、「（略）もしも心にまだ投企《くわだて》をもつならば、それらはひじょうに貴重である。良好な健康にもまして、老人の最大の幸福《チャンス》は、彼にとって世界がまだ目的にみちていることである」と述べ、それとは逆に「投企が衰えれば世界は貧しくなるのだ」と語っているが、「阿房列車」の旅は毎回が「投企《くわだて》」であったと言えよう。「阿房列車」の百閒にとって決して「世界は貧しく」なく、豊かなものであったろうと思われる。

また、老いの境涯を生きるにおいて大切なことは、人との繋がりであり、それは社会性を失わないことであって、逆に言えば「老人を脱社会化しないことである」ということを、精神科医の中井久夫は論文「世に棲む老い人」（『老いの発見4　老いを生きる場』〈岩波書店、一九八七・二〉所収）で述べている。九十歳を越えても現役の医師であった日野原重明も『老いと死の受容』〈春秋社、一九八七〈昭和六二〉・三〉で、「人間は、人間同士の間に生きることに生き甲斐を感じる生きものである」と述べている。百閒は平山三郎や法政大学の教え子たちといった若い友人がいて、大切な人との繋がりをまさに実践していた。

老いの時期だけではないことであるが、笑いというもの、笑うということがいかに大切かということも多くの医師や哲学者などが言っている。老年期の内田百閒はまさに、ユーモア精神に支えられていたと言えよう。

さて、こうして見てくると、晩年の内田百閒は、まさに私たちに老いをいかに生きるかのお手本を見せてくれていることがわかる。注意したいのは、老いてから百閒がそうなったのではなく、中年期、いやもっと前の若年期から彼はそうだったと言える。老いると、どんな人でも弱くなる。老いの問題は、その弱さをどう受容するかということから始まる。自分が弱くなったことを、たとえば実業界で活躍していたような人は認めたくないようである。だから彼らの多くは、老いの境涯で苦しむことがあるようである。しかし、百閒は若いときから、自分には高所恐怖症や広所恐怖症がある、結滞があり、借金もあると広言していた。つまり、自らの弱さを認めていたのである。そして、自分は無用の人間になるのだと宣言もしていた。

こういう人は、近代の日本では希有の存在だと言える。強くありたい、弱さは見せたくない、そして上の方に登りたいという願望が、多くの近代日本人を支えたエートスであった。百閒はそういうところから降りた人なのである。その点において特筆に値する人である。今、日本は、明治期以来、ずっと続いてきた右肩上がりのあり方を本当に見直さなければならない時期に来ている。このことはもう何年も前から言われていることで、またそれは、個人の生き方においてもそうだと言えよう。そういう問題を考えるとき、内田百閒の生き方は、二一世紀の現代日本の私たちに有益な示唆を与えてくれるのではないかと思われる。

〔付記〕本文でも述べたように、本稿三章以降の文章は、拙稿「老いと笑い——内田百閒」（『反骨と変革　日本近代文学と女性・老い・格差』〈御茶の水書房、二〇一二・八〉所収）の内容と重なるところがある。

《短歌・文芸学・小論》

恋心の純粋持続
――『西川徹郎青春歌集――十代作品集』

一

『西川徹郎青春歌集――十代作品集』（茜屋書店、二〇一〇・一〇、以下『西川徹郎青春歌集』）に収められている、斎藤冬海による力作解説と言っていい「解説＊少女ポラリス」（以下「解説」）によれば、西川徹郎は少年時代に石川啄木の詩集『あこがれ』や歌集『一握の砂』を読んで詩歌に目覚め、やがて俳句や短歌の創作にのめり込んでいったようである。また西川徹郎は、高校時代には「西川翠雨」というペンネームを用いて俳句や短歌を発表していたが、この「翠雨」というのは、石川啄木が十六歳のとき用いた「翠江」の号と、啄木の函館時代の友人宮崎郁雨の名から取ったものであって、そのペンネームに「西川徹郎の青春期の啄木への傾倒が見て取れる」、と斎藤冬海は述べている。その「傾倒」ぶりを示すものとして、西川徹郎が「明らかに」意識していたと考えられる啄木短歌を、斎藤冬海は『一握の砂』から九首ほど引用している。もっとも「解説」には、西川徹郎のどの短歌が啄木のどの短歌の影響を受けているかについての詳細な指摘は無い。また、影響に関して斎藤冬海は、啄木短歌だけではなく中原中也やヴェルレーヌの詩、斎藤茂吉の短歌などにも言及している。

おそらく、『西川徹郎青春歌集』の短歌に関してだけでなく、文学的出発をしていた頃の西川徹郎にとって、石川啄木は文学上の師表の一人であったと考えられる。その他にも、

　バレーボールの少女一人に眼を寄せて白秋の歌を口ずさみをり

の短歌では北原白秋の名や、また、

　勇が歌を口ずさみつつ賀茂川の水の流れを君と眺めし

の短歌には吉井勇の名が出てくるなど、青春時に西川徹郎が愛読していたと思われる詩人や歌人を知ることができる。しかしながら、やはりその中でも一番の影響は啄木から受けたであろうと思われる。啄木の名は、たとえば次の短歌に登場している。

　啄木の哀しみをもて飯食へば流るる涙の冷たくもあり

　啄木の恋の歌よりわが詠ふ歌かなしけれ馬鈴薯の花

の短歌である。

さらに啄木との関係ということで言うならば、『暮色の定型――西川徹郎論』（沖積舎、一九九三・一一）の著者でもある高橋愁は、もしも石川啄木が現代に生きていて、高橋愁や西川徹郎と交友関係を結ぶようになったらどうなるだろうか、という実験的な小説を試みている。それが『わが心の石川啄木』（書肆茜屋、一九九八・六）である。その「あとがき」で高橋愁は、もしも石川啄木が「本腰を入れて俳句をつくったとしたなら」、「西川徹郎のような非定型・無季語の革新的な俳句をつくったのではないか」と「推測」し、そして啄木の短歌は「実存短歌といいかえてもいい」としたうえで、啄木も西川徹郎もともに生家が寺で

あることにも共通性があると指摘して、二人の文学は言わば「好個の伴侶といってしかるべきであろう」と述べている。

おそらくこの小説を執筆したときには、高橋愁は西川徹郎の短歌を歌集の形で読んだことはなかったであろうが、まさに高橋愁の慧眼通りに、西川徹郎の文学は石川啄木と大きく関わっていたと言える。ただ、『わが心の石川啄木』の物語は、二人の文学者が抱懐する文学観を大いに語り合い、ときには深い議論にまで発展する、というような展開にはなっていない。小説中で啄木は、日本人には俳句詩型には馴染まないところがあるものの、西川俳句の試みは従来の俳句を破壊するエネルギーがあるのではないかと語り、啄木は西川俳句を高く評価している、という内容に収束されている。また、西川徹郎が啄木の文学をどう評価しているのかということについても、残念ながら言及されていない。そうではあるものの、高橋愁のこの小説は、西川徹郎の文学を考えるにあたって、石川啄木が重要であることを指摘していて示唆的である。

先にも述べたように斎藤冬海は、西川徹郎の短歌に影響を与えたと考えられる、石川啄木の短歌を九首引用しているが、その他にも両者の影響関係としては次のような例も見られるのではないだろうか。次に、『一握の砂』における三行分かち書きの短歌を一行にして引用し（／は改行を表している）、その後に西川徹郎の短歌を引用してみる。

遠《とほ》くより笛《ふえ》の音《ね》きこゆ／うなだれてある故《ゆゑ》あらむ／なみだ流るる　啄木

笛の音の何処ともなく流れ来ぬ涙に濡れし顔洗ひをる　徹郎

もちろん、影響関係と言っても、その関係を断言することは難しい場合が多いだろう。なぜなら、もしも実作者がはっきりと影響を意識していて、パロディ作品を意図するような場合などを除いて、実作者はむしろその痕跡を消そうとするだろうからである。もっとも、そういう場合でも、影響がまさに痕跡として残っているということがあり、読み手はそのことを言わば〈感得〉するわけである。

因みに、そういう〈感得〉の例として、歌人の福島泰樹が『寺山修司　死と生の履歴書』（彩流社、二〇一〇・四）で語っている、寺山修司の短歌における啄木短歌の影響についての指摘を挙げることができる。福島泰樹は、寺山修司の短歌の中には「啄木短歌の本歌取りではないかと想われる作品が多々ある」として、「場面設定の妙、ドラマ仕立ての妙、平易な愛唱性の妙など、さまざまな共通性が浮かび上がってくる」と述べ、たとえば次のような例を挙げている。啄木の有名な短歌、「ふるさとの訛《なま》りなつかし／停車場《ていしやば》の人《ひと》ごみの中《なか》に／そを聴《き》きにゆく」に対して、寺山修司の短歌、「ふるさとの訛りなくせし友といてモカ珈琲はかくまでにがし」を挙げ、あるいは、啄木の短歌、「巻煙草《まきたばこ》口《くち》にくはへて／浪《なみ》あらき／磯《いそ》の夜霧《よぎり》に立ちし女《をんな》よ」に対して、寺山修司の有名な短歌、「マッチ擦るつかのま海に霧ふかし身捨つるほどの祖国はありや」を挙げている。

これらの例から窺われるように、影響関係をはっきりと指摘できるかどうかについては微妙であると言えるが、しかし『西川徹郎青春歌集』の背後には石川啄木の短歌の影があり、また歌集の幾つかの短歌には、「本歌取り」とまでは言えなくとも、類似の設定や発想があるということは言えそうである。しかしながら、後で見るように、恋愛を詠った歌がほとんどである『西川徹郎青春歌集』の、その恋心を詠った歌において、啄木の恋愛の歌とは大きく性格が異なっているのである。その違いは、『一握の砂』、また啄木死後に出た『悲しき玩具』が、啄木が二十代の短歌であるのに対して、『西川徹郎青春歌集』の短歌が、副題目にあるように西川徹郎がまさに十代のときに詠われた短歌であったことから来るものであると言える。十代と二十代ではその人生体験の質、とりわけ恋愛体験の質はまったく異なっているからである。その相違は、二十代と三十代との相違、三十代と四十代との相違よりも、はるかに大きいであろう。

次に、『西川徹郎青春歌集』の短歌を見ていきたい。

二

『西川徹郎青春歌集』のほとんどの短歌は恋の歌である、と先に述べたが、厳密に言うならば、歌人の恋心を詠った短歌であり、しかもそれはただ一人の少女に向けられた恋心を詠った短歌なのである。その少女とは、先にも言及した斎藤冬海の「解説」によると、西川徹郎が中学一年の時に転校してきた少女で、父親の転勤に伴って札幌からやって来たのである。斎藤冬海はその少女についてこう語っている、「（略）新城の田舎育ちの子供とは全然違う都会的な雰囲気の清楚な可憐な少女で一躍クラスの注目を集めた」、と。『西川徹郎青春歌集』の短歌の多くはその少女に対しての想いを詠ったものである。直接に当該の少女が登場していない短歌でも、その背景には彼女の存在を感じ取ることができる。

その少女と西川徹郎とのことを、斎藤冬海の「解説」によって、簡単に跡づけてみると次のようになる。

――西川少年はその少女に憧れの想いを懐き、その少女が住んでいた営林署の官舎（少女の父親は営林署に勤務していた）が見える新城神社の丘に登るようになったが、次の年に少女の父親が隣町の赤平市に転勤となったため、少女は再び転校して西川少年たちのもとを去った。しかしその後も、西川少年は少女が住んでいた家屋を暗くなるまで見つめていたことがあった。西川少年が芦別高校に入学すると、その少女も芦別高校の生徒になっていたことがわかる。しかし、またしても少女は姿を消したのである。少女は芦別市内の病院に入院したのだが、難病である脊椎カリエスの病を患っていたので、札幌市の病院に転院したことを、西川少年は知る。その後、西川少年は京都の龍谷大学に入学するが、二年で希望退学をして郷里に帰り、そしてようやく札幌市にある少女の家を探し当て、ついに相見えることができる。そのときに、少女から脊椎カリエスは誤診であったことを聞かされた。「解説」にはこう書かれている。「ただ一回のみのデートを約束して、徹郎は少女の家を後にした。中学時代に芽生え、二十歳となるまで思慕し続けた少女への初恋は成就せず竟る」。――

「解説」では、この初恋物語に沿う形で『西川徹郎青春歌集』の短歌が引用されているが、本稿でもほぼ初恋物語に沿って何首かの短歌を見ていきたい。歌集は少女との出会いからではなく、いきなり少女が病んだことから詠われる。そして、別れである。

君が死の夢をみし日に裏山の藤の花のみ散り初めにけり
網走の凍りし海に身を入れて死なむと思ふ君の病める日
劇的な悲恋を誰に語らむや冬草までも荒れすさぶ日に
別れなる朝に贈りしわが庭の花はかの花君影の花

少女が過ぎ去った後も少女が住んでいた家屋を丘から見ていたという短歌が続き、京都での短い大学生活の間にも少女のことが偲ばれている。たとえば、祇園で舞妓を見かけることがあっても、想いはあの初恋の少女に向かっているのである。京都を舞台にした短歌には別の女性たちが登場するものがあるが、おそらく彼女たちは仮構された存在ではないかと考えられる。西川徹郎の京都滞在期間がかなり短かったことを考えると、それらの短歌で詠われているようなことは起こらなかったと推定する方が自然だからである。次に、その辺りまでのことを詠んだ短歌を幾つか引いてみる。

君が家見むとて丘を登りつつ撫子摘めば腕に溢れぬ
月寒の町に住むてふ病む君を一目見んとて来は来つれども
灯を慕ふごとくに君を慕ひをり虫の性《さが》かも魚の性かも
清水の塔に涙《さし》ぐみ君が名を櫻明かりにくちずさみけり
嵐山黒き瞳にかなしみのひとすじ残る君なりしかな
四条橋君と渡れば三日月の東山より出《い》で初めにけり
春の夜の星数えつつ四条橋をみな子待ちし我を憐れむ
舞姫の舞ひ観ておれどわが思ふことは雪降る国の君なり

すでに「君」は去っているが、「君が家」を見に丘に登ったり、また「一目」でも「君」を見たいと思う自分の「性」は、まるで走光性の「虫」や「魚」のようだと歌人は言う。京都にいても想いは北国にいる「君」に向いているのである。ここで、「四条橋君と渡れば」の短歌のように別の女性が登場しているかのようであるが、先にも述べたように、これは仮想現実であろう。そのことは、引用の最後にある「舞姫の舞ひ観て」の歌が明らかにしていると言えよう。想いはあくまでも「雪降る国の君」に向いている。仮想現実であることは、実は短歌にも詠われていた。

賀茂川へ幻の君を連れあるく夕陽に映える南座の旗　（傍点・引用者）

短歌にどんな女性が登場しようと、歌人の心はあの少女に向いていた。そのことについて斎藤冬海も「解説」で、西川徹郎は「(略) 賀茂川、祇園、歌舞練場、東山、清水、鳥辺野などを舞台にした作品を多く書くが、心は常に初恋の少女にあった」と述べている。

歌人は京都にいても初恋の少女を探し求めている。

はるばる来れば祇園は涙に濡れてゐる君は何処よ君は何処よ

そして歌人は京都を去るのである。

君が胸に小雨降るなりわが胸に雪の降るなり祇園よさらば

「君」はどこにいるのか、「君」はどうしているのか、病は癒えたのかなどと思うと、さらに哀しみが募ってきたであろう。しかし、遂に逢うことができたのである。次の引用の前半三首は「君」を思い遣る短歌であり、後半六首は再会の場面を詠んだ短歌である。

夕な夕なアザリヤの花散りにけり愛しきひとは如何にあるらん
紫の野花の茎を噛みにけり初こひびとは病みたまひつつ
青白き梨の蕾に降る雨の如くに涙流しひと恋ふ
月の出を待つが如くに君を待つ君影の花匂ふ喫茶店
わが前に幻として君は在り幻の花匂ふ喫茶店
麗しくなりぬと君に囁きぬ珈琲の香に咽び初むれば
白藤の花が匂ふと囁かば頷きたまふ君なりしかな
君が髪梳けばさやけき藤の香の町に匂ふとわれ囁ぬ
君に逢ひ別れて来れば白藤の匂ひの髪に滲みてありけり

「如何にあるらん」と恋いつつ心配もしていた「君」と逢うことができたのである。引用した後半の六首は、「幻の花」の節で連続して掲載されているのだが、この箇所が『西川徹郎青春歌集』の中の一つのクライマックスであろう。おそらく歌集の読み手も、この恋が片想いの恋であっても、この箇所まで読み進んで来たときには、西川少年もしくは西川青年を祝福したくなるであろう。先に見たように、斎藤冬海は西川徹郎二十歳のときのこの再会で、彼の初恋は成就せずに竟《おわ》ったと述べていた。実際、そうであったであろうが、短歌はこれで終わることなく、少なくとも歌集において終わることなく、あたかもこの初恋を反芻するかのように、次々と恋心の歌が詠われているのである。

三

恋を詠った歌集は、相手が如何に素晴らしい人であるかが、少なくとも心身両面における相手の美点が複数の歌に詠み込まれているのが、普通であろう。あるいは、相手の所作や言葉なども詠み込まれるものであろう。むろん、短歌である以上、描写というものには限界があるが、そうであっても相手についての何らかの情報が織り込まれているだろう。ところが、『西川徹郎青春歌集』には初恋の少女の、その容貌や容姿、言葉や所作などは、ほとんど詠まれていないのである。所作としては、先に引用した喫茶店での再会を詠った短歌には「君」が「頷きたまふ」とあるが、そのような小さな動きが詠まれているだけである。他の例としては、

ハンケチを握り締めたる君が指いとか細くも月の出《い》でつも

の「ハンケチを握り締め」ている所作と「指」が詠まれているくらいである。容貌については、

君が瞳《め》は海の流れてゐるごとく澄めりと云へば笑みたまひけり

の短歌があって、「君」の「瞳《め》」が「澄」んでいたことや、「君」が「笑み」を浮かべたことが詠まれてはいる。あるいは、「瞳」に関しては、

大いなる瞳を持てる君こそは雨の中なる馬鈴薯の花

という短歌、また「笑み」に関しては、

荒波の果てなる灯台の灯点すが如き君が微笑み

という短歌もあり、「君」は「瞳」や「笑み」が魅力的な少女だったのであろうということが推測される。とりわけ「瞳」に関しては、例外的に複数詠まれていて、

嵐山黒き瞳にかなしみのひとすじ残る君なりしかな

汝《な》が瞳心の庭のヒヤシンス薄紫に咲けば悲しも

などもある。しかし、「君」の「瞳」が詠まれた短歌は歌集の中では例外的、特例的であったと言える。また、「君」についてのイメージとしては、たとえば

藤咲けば君の咲くやに思はるる思い出の山に一人登る日

という短歌があり、歌人にとって「君」が藤の花のイメージだったことが知られる。藤の花については、

裏山に藤咲きにけり泣き濡れて君を思へば藤の香のする

という短歌もあり、やはり藤の花と「君」とは重なるのである。さらに、

ほの淡きヒヤシンスかな君が頬朝焼けいろに染まりしを見ゆ

では、「朝焼けいろに染ま」った「君が頬」が出てくるが、これも歌人にとっての「君」のイメージ形成

になっていることはわかるが、「君」の形容としては、漠然としたものである。「君」の言葉としては唯一、

撫子の花が好きよと云いしゆえ撫子摘みに野に出《い》でて来ぬ

という短歌があり、この短歌から「君」の趣味や、その趣味から人柄もぼんやりと想像されなくはない。しかしながら、やはり「君」のことは、短歌を読んでいるだけの読み手にはほとんどわからないのである。もっとも、斎藤冬海の「解説」を読むと短歌の背景その他が了解できるものとなっているが、それでも「君」と呼ばれている少女のことは茫漠としている。一体、この少女の容姿、容貌や声、その雰囲気、とりわけ彼女が歌人のことをどう思っていたのかなどについては、全くわからないのである。

西川少年は、少女の容貌や容姿、声などの外見的な様子は十分分かっていたはずだが、しかし表面的なところに留まらない、その性格や人柄などについては、実は西川少年もよくわかっていなかったのではないだろうか。少女がその学校に在籍したのは、わずか一年間であり、しかもおそらく西川少年は少女に深く接するようなことはほとんど無かったと考えられるから、その少女の性格や人間性などについて十分に了解することはなかったと考えられる。また、その少女が西川少年のことをどう想っていたかについても、西川少年は知ることはなかったであろう。

だから、この初恋は片想いの恋だったと言えようが、しかもそれは一方通行的な初恋だったと考えられる。西川少年は言わば〈振られ〉てもいないと言えよう。つまり、そこまでも進行していない初恋だったと考えられる。しかし、そうではあったのだが、西川少年はその少女に熱い想いを懐き、さらに一三歳から二〇歳までの約七年に亘って懐き続け、その想いを短歌に込めて詠ったのである。これをどう考えるべきだろうか。まず、恋を詠った短歌の幾つかを取り上げてみよう。

十三のかの朝焼けは君と見き今は枯木のもとに来て見ゆ
君が手に初めて触れし秋の夜の木橋に涙ぐみつつ佇《た》てり
啄木の恋の歌よりわが詠ふ歌かなしけれ馬鈴薯の花
エレケップ連山に秋来たりけり眼を細むれば君を思へば
病むひとを思ひ夜空を仰ぐなり行く雲もなく飛ぶ鳥もなく
君がため夜は淋しくなりにけり君を思へば花散りにけり
気違ひは花散る見れば怯えをり橋の上にて君が名を呼び
花陰に初恋びとを思ひをりなんと悲しき恋なりしかな
君がため枯葉ふる日も花ちると思ふをとことなり初めにけり
君泣けばわれも泣きにき海鳴りを遠く聞きゐし十三の夜

これらの短歌には、「君」への想いを語る歌人の肉声をも聞こえてきそうな、センチメンタルでもありロマンティックでもある熱い恋心が詠われている。この恋は、引用の最初の短歌に「十三のかの朝焼けは」とあり、最後の短歌にも「十三の夜」とあるところから、斎藤冬海が「解説」で語っていたように、中学一年生の時から始まったと言える。このようにこれらの短歌には、「君」に対する歌人の熱い恋心が詠われているのだが、その後も片思いのまま二十歳までの七年間も続いた恋愛感情は、どういう性質のものだったと考えればいいだろうか。

古典的な恋愛論の代表であるスタンダール『恋愛論』（前川堅市訳、岩波文庫、一九五九・四改版）の分類に従うならば、おそらく西川少年の恋は「情熱恋愛」ということになるだろう。その恋が、『恋愛論』で語られている「趣味恋愛」や「肉体恋愛」、「虚栄恋愛」などではないことは言うまでもない。興味深いのは、たしかにそれは、「情熱恋愛」ではあるものの、スタンダールが語っている、恋における「結晶作用」が、『西川徹郎青春歌集』では一切詠まれていないことである。「結晶作用」とは、スタンダールによれば、「私が結晶作用というのは、つぎつぎに起るあらゆる現象から、愛するものの新しい美点を発見する精神作用のことである」という「作用」である。しかし相手の「新しい美点」どころではなく、前述したように、容姿なども含めて相手のことはほとんど語られていないのが、『西川徹郎青春歌集』における恋だったのである。

短歌で詠まれているのは、相手の少女に言わば傾斜していく自分の恋心だけなのである。だから、相手の少女が自分のことをどう思っているのかということや、自分の恋心は相手にうまく伝わっているだろうかといったような、恋愛に付きものの不安、懸念、心配なども詠まれてはいない。言うならば、自分自身の恋心の純粋持続の様相が詠まれているのである。もっとも、この初恋では「結晶作用」は恋のかなり早い時期に終わっていて、恋心は一挙に確立していたとも考えられるが、しかしながら、そうであっても、たとえば自分の恋心を相手が受け容れてくれないのはどうしてなのか、相手は自分のことを何とも思っていないのか、というような猜疑心が出て来て当然であるが、そういった猜疑心やさらには嫉妬心なども短歌には見られないのである。この初恋は純愛であることに間違いはないが、少しばかり通常の恋愛とは様相を異にしていると思われる。

また、スタンダールは『恋愛論』で次のように述べている。「恋する男は、たえずつぎの三つの考えの間をさまよう。／一　彼女は、あらゆる美点をもっている。／二　彼女は、自分を愛している。／三　彼女からできるだけ大きな恋のあかしを得るにはどうすればいいか」、と。『西川徹郎青春歌集』における恋が、「結晶作用」が恋の初期に一挙に完了していたとしたら、スタンダールが指摘している「一」は歌人の恋にも該当するであろうが、しかし「二」や「三」の事柄はほとんど無縁なのである。おそらく、スタンダールの言う「三つの考え」というのは、常識からしても納得できる指摘であろう。そうなると、『西川徹郎青春歌集』の恋は、際立って特異な恋、あるいは恋心だったと思われてくる。

四

ここで、これまでの論述を簡単にまとめておきたい。

――『西川徹郎青春歌集』で詠われている恋は、片想いの恋であるが、恋の相手を讃歎するような短歌はなく、その少女が病気であることはわかるものの、相手についての情報が無い。その情報とは、容姿や人柄などについての情報、たとえば美しいとか優しいとか、繊細であるとかといった情報である。それが無いのである。また、恋に付きものと言える嫉妬心や猜疑心や、相手の気持ちを忖度するようなところも、歌集の短歌には全く無いと言っていい。詠われているのは、相手に対する、歌人のまさに純粋な思慕の念だけであり、しかも十三歳の時から二十歳のときまでの七年間に亘っての、変わらずに純粋に持続しているロマンティックな想いだけなのである。だから、この恋はスタンダールの言う「情熱恋愛」であったと言えるものの、先に引用した、『恋愛論』で述べられているような、恋する男の標準的な恋の様相とは、かなり異なっている恋であった。――

このように、『西川徹郎青春歌集』で中心的に詠われているのは、相手の少女をひたすら想い続ける恋心である。注意したいのは、この恋心には基本的に進展や変化というものが無いということである。恋心をめぐって実に多くの短歌が詠われているのであるが、それは様々な場面や設定における様相が短歌に詠われているからであって、恋心そのものが変化しているからではないと言える。もちろん、その恋心が哀しみに傾斜したり、回想に捉われたり、淋しさの思いに包まれたりと、様々な色合いには染まっているわけで、それらが種々の異なった短歌となって詠われているのである。しかし、繰り返して言えば、その恋心は基本的に一貫しているのである。たとえば、次のようにである。

　エルムケップ連山に秋来たりけり眼を細むれば君を思へば
病むひとを思ひ夜空を仰ぐなり行く雲もなく飛ぶ鳥もなく
君がため夜は淋しくなりにけり君を思へば花散りにけり
うら若きひとを思ひつつ星明かり湖橋《こきょう》渡れば蜉蝣の飛ぶ
君を思ふ傷みに堪へて賀茂川の河岸に散り初む名無し草摘む
裏山に泣きにゆくなり朝な夕《ゆ》な君に逢はずて死なむと思ひ
君がため一人野に出てとめどなきあはれを思ふ子となりしかな
君が名をくちずさむ時幻の琴の音聞こゆ月の出の頃
幻の花の香りが流れ来て君を思ひて名をくちずさむ
君が名を荒磯《ありそ》の岩が上に立ち汽笛の如く沖へ叫べり

　このように、「君を思へば」、「病むひとを思ひ」、「うら若きひとを思ひつつ」や、「君が名をくちずさむ」などの言葉に見られるように、純粋な思慕の念に染まっている恋心が様々に詠われているのが、『西川徹郎青春歌集』における恋の短歌なのである。そしてその恋心は、プラトニックであったと言うことができよう。たとえば、その恋に肉体的な接触というようなことは想像できないであろう。もっとも、

君が手に初めて触れし秋の夜の木橋に涙ぐみつつ佇《た》てり

という短歌もあるが、詠われているのはやはりプラトニックな恋心である。だからこの短歌も、「涙ぐ」んでいる歌人の思いの方に焦点があるのだと言える。

すでに述べたように、西川徹郎はその文学的な出発のとき、石川啄木に影響を受けていたと思われるが、それではたとえば石川啄木の歌集『一握の砂』における恋の歌と比べてみると、どうであろうか。すでに指摘したように、『一握の砂』は二十代の啄木の歌集であり、『西川徹郎青春歌集』は十代のときに詠まれた歌集であるから、歳の差からくる相違が出てくることは言うまでもない。たとえば、釧路の芸妓のことを詠んだ啄木短歌に、「小奴《こやつこ》といひし女《をんな》の／やはらかき／耳朶《みみたぼ》なども忘《わす》れがたかり」というのがあるが、「耳朶《みみたぼ》」という部分に焦点化しつつ、それを「やはらかき」と形容することで「小奴《こやつこ》といひし女」の官能的魅力を浮かび上がらせていると言える。このように相手の官能の魅力を詠んだ短歌は、『西川徹郎青春歌集』には無い。

また、啄木の短歌には、「小奴《こやつこ》」との官能的な交わりがあったからこそ、二人の恋には進展その他や微妙な陰りも出て来たと思われる。たとえば、やはり「小奴《こやつこ》」とのことを詠った短歌に、「やや長《なが》きキスを交《かは》して別《わか》れ来《き》し／深夜《しんや》の街《まち》の／遠《とほ》き火事《かじ》かな」というのがある。この短歌について、文芸教育の西郷竹彦は『啄木名歌の美学』（黎明書房、二〇一二・一二）で、〈火事〉と言っても〈遠き火事〉であって、「（略）どこか他人事に思える出来事です。ということは、ほかならぬ自分たちの身の上に起きている男女のドラ

マも、何故か遠い他人事のように感じられてくる、ということです」と述べている。たしかにそうであろう。この男女の間にはそろそろ倦怠感が生まれつつあるということが読み手に伝わってくる短歌である。

『一握の砂』には、啄木が函館の弥生小学校に勤めていたときに同僚であった女性の教師、橘智恵子のことを詠った短歌も二二首収録されているが、その中に次のような短歌がある。たとえば、「人《ひと》がいふ／鬢《びん》のほつれのめでたさを／物書《ものか》く時《とき》の君《きみ》に見《み》たりし」という短歌である。ここには、女性教師である智恵子が懸命に書き物の仕事をしているところが詠われているのだが、「鬢《びん》のほつれ」が美しく見えたことが詠われていて、読み手にもその智恵子の美しさ全体が感じられるものになっている。やはり智恵子とのことを詠ったものに、「さりげなく言《い》ひし言葉《ことば》は／さりげなく君《きみ》も聴《き》きつらむ／それだけのこと」というのがあるが、これは「それだけのこと」と言われているがゆえに、読み手は「それだけ」のことではないのではないか、そこには男女間の出来事があるように思われてくる短歌である。つまり、男女間における微妙な感情の遣り取り、あるいは恋の駆け引きの一場面さえ想像されてくるだろう。

このように、エロスも倦怠も含んだ、大人の男女の微妙な恋心を詠った啄木の短歌と比べて、『西川徹郎青春歌集』で詠われた恋心がやはり十代のものであるということが、改めて確認されよう。それはまさに憧れの人に向かう純一な恋心を詠った短歌であった。したがって、七年間変わらず一貫して想い続け、且つその想いが言わば高い水準を維持したままであったというのは、やはり特筆に値する初恋だったのではないかとも思われてくる。しかも、その恋は片想いの一方通行の恋であったようだが、相手の反応がどうであれ、歌人の恋心には変化はなかったのである。しかしそれにしても、そういうことはあり得るのだろうか。

イタリアの作家であり思想家でもあったフランチェスコ・アルベローニは、『恋愛論』（大空幸子訳、新評論、一九九三・五新版）の中で、同様の問いを投げかけて、「ある人間がべつの人間に何年も何年も、もしかすると、全生涯恋したままでいられるだろうか」と問うている。そして、そういう場合があるのだと言う。すなわち、「霊的、神秘的な愛はつねに恋のままでとどまる。人間と神のあいだで相互的な契約など結ばれるはずがないからである。片方は恋するのみであり、他方は恋されるだけであり、その応答は保証されたものではなく、永遠に《恩寵《グラツィア》》でしかない」、と。さらにこうも語っている。恋愛においては、「あらゆる具象化、受容化が喪失とつらなる。したがって（略）想像力によって永存させるしかない」、と。

このアルベローニの論は示唆的である。『西川徹郎青春歌集』における恋心は、まさに「片方は恋するのみであり、他方は恋されるだけであ」ったし、すでに見たように短歌の中で恋の相手である少女は、「具象化」されていなかったし、歌人に「受容化」されていたわけでもないと言える。「受容」も何も、その恋には進展らしきものは無かったようなのである。そしてその少女は、歌人の「想像力」の中でますますロマンティックな存在となっていったようなのだ。といっても、歌人にとって少女その人が「霊的」で「神秘的」な存在として意識されていたということはないであろう。しかしながら、そのプラトニックな恋心、終始一方通行だった恋、そして「具象化」されることのなかった少女のあり方などを考え合わせてみると、その恋あるいは恋心は、アルベローニの言う「霊的、神秘的な愛はつねに恋のままでとどまる」という、その典型例であったと言えようか。

さて、以上のように見てくると、『西川徹郎青春歌集』にある独自性が明らかになってきたのではないかと思われる。おそらく、その少女は西川少年にとって、あたかも女神のような存在だったのではないだろうか。一方的と言ってもいい片想いの恋心を、言わばその高い緊張度を失わないまま七年間も持続させることができたということを考えると、そのように思われてくるのである。そしてその結果、言わば恋心の純度の高い、実に希有な歌集が生まれたのである。『西川徹郎青春歌集』は、石川啄木の詩集の題目を採るならば、まさに〈あこがれ〉の恋心そのものの絶唱であったと言える。

『西川徹郎青春歌集』は、以上述べたようにほとんどが恋心の短歌によって編まれているのであるが、そうでない短歌もある。とりわけ注目されるのは、

　連山の凍り横たふそのもとに溶鉱炉静かに火を吐きてをり

という短歌である。これは、無人の荒野を行く趣のある俳人西川徹郎の活躍を予感させるような短歌と言えようか。青少年期の西川徹郎には、やがて大噴出するエネルギーが「静かに」燃えていたのである。

なお、最後に付け加えておくと、本稿の題目に「純粋持続」という言葉があるが、これはあのベルクソンの語った〈純粋持続〉の考え方とは何の関係もない。

西郷文芸学の特質と他理論との関係

一

西郷竹彦の文芸学は実に汎用性があり、誰でも西郷文芸学を何とか理解すると、それを用いて、実際に文芸作品を分析し評価することができる。これまで多くの文学理論あるいは批評理論が産み出されてきたが、たとえばニュー・クリティシズムにしても精神分析批評にしても、歴史に残っている文学理論、批評理論は、いずれも汎用性があって、誰でもそれを理解すれば応用できるものであった。西郷文芸学（以下、文芸学）もそういう理論であり、おそらく日本において、汎用性を持った、読みに関する文学理論が独自に構築されたのは、文芸学が初めてではないかと思われる。少なくとも私は他には知らない。

たとえば、文学の普遍理論を目差して構築されたとされる吉本隆明の『言語にとって美とはなにか』（勁草書房、一九六五・五、一九六五・一〇）は、実は誰も使うことのできない理論であった。本人でさえそれを使って作品を分析したことはあまりないと言ってよい。因みに、その理論の根幹部分は、マルクスの『資本論』の主に剰余価値説と資本蓄積についての論と、サルトルの『存在と無』の哲学とのごた混ぜ、それも不精確な理解に基づくごた混ぜであって、したがって『言語にとって美とはなにか』はスッキリと理解することが原理的に不可能な〈理論書〉であった。それとは大いに異なっているのが、文芸学の理論である。吉本理論における「指示表出」と「自己表出」の考え方は曖昧かつ恣意的であるが、西郷理論の「異化」「同化」の理論は明快で誰でも使うことができる。そのような汎用性のある西郷文芸学の特質を見ていきたい。

田近洵一は『戦後国語教育問題史』〈大修館書店、一九九一・一二〉で、「西郷文芸学において、各論の一つである視点論は、虚構論・構造論・形象論・筋論などの基底を支える理論と言ってよいだろう」と述べているが、たしかにそうであって、この視点論に基づく「異化」「同化」の考え方は文芸学の土台と言えよう。知られているように文芸学では、読者が小説中の視点人物の視点になること、すなわち《内の目》で見ることは、その人物の感情、心に「同化」することであり、そうではなくその視点人物を突き放して外から見ること、すなわち《外の目》で見ることを、「異化」するというふうに言う。もちろん読書において読者は、たとえば視点人物に「同化」して対象人物を「異化」したり、さらにはその同化している視点人物に対してもある程度「異化」したりすることもある。このような「〈略〉同化・異化の表裏一体となった体験のありかたを共体験というのです」〈『第3巻　文芸の授業入門』〈『西郷竹彦文芸教育著作集』、明治図書、一九七六・四〉以下は巻数と巻の題目および刊行年月のみ表記〉と述べられている。

おそらくここで気になるのが、「異化」という言葉ではないかと思われる。その「異化」はロシア・フォルマリズムで言われた「異化」とどう異なるのか、あるいはどう重なるのかという問題である。結論を言えば、両者は違っている。ロシア・フォルマリズムにおける「異化」というのは、その一人であるシクロフスキーが『散文の理論』（水野忠夫訳、せりか書房、一九八三・五）で述べているように、通常は「知覚作用が習慣化しながら自己運動を行なっている」ことに対して、詩の世界では「生の感覚を回復」するために、「日常的に見慣れた事物を奇異なものとして表現する《非日常化》の方法が芸術の方法であり」と考えて、敢えて難解さや奇異さを持った言葉を使用することで、それによって事物の新鮮な感覚を蘇らせようとしたわけである。それが「異化」であった。そして彼らは、習慣化し自動化した言語を〈日常言語〉と呼び、「異化」する言葉を〈詩的言語〉と呼んだ。

しかしそれは、文芸学で言う「異化」とは異なっているのである。ロシア・フォルマリズムで言うように、敢えて変わった表現を用いることで言語による知覚を長引かせて事物の味わいを蘇らせるというようなことを、文芸学では問題にしているのではない。視点人物の感情や心に「同化」するのではなく、その視点人物から離れて《外の目》で見ることが、文芸学で言う「異化」することである。また、ロシア・フォルマリズムの言う「異化」の論が詩の作り手の立場からの論であったのに対して、文芸学の「異化」「同化」は読み手の側に立っての、読みの理論として述べられているわけで、そこにも違いがある。ついでに言うと、劇の観客に強烈な違和感を突きつける、ブレヒトの言う「異化効果」の論と少しずれるのである。

それでは、その「異化体験」「同化体験」そしてそれら両方の「共体験」の読みによって、何が目指されているであろうか。『第1巻　文芸教育論』（一九七七・二）でこう述べられている。「作中の人物の姿のなかに自己の現在の姿、あるいは未来のあるべき姿、もしくはあるべからざる姿を発見するということである。作品の状況とそこに生きる人物の生き方を、今日の現実を生きるわがこととしてとらえるという主体的な読みのことである」、と。そしてその読みについては、「文芸教育において私は「典型をめざす読み」

ということを主張してきている」とも語られている。つまり、読者が作品内の状況や人物の問題を自分の問題として、自分が今生きている状況と関わらせて読むということである。それが「典型をめざす読み」である。そうなると、ここでまた、ではたとえばエンゲルスが語った典型論とどう異なり重なるのか、あるいはルカーチの語った典型論とはどうだろうか、という疑問が出てくるかも知れない。

この、典型論をめぐってのエンゲルスやルカーチの論との関係という問題については、全集別巻Ⅱに収録されている、足立悦男の詳細で浩瀚《こうかん》な著書である『西郷文芸学の研究』がすでに取り上げて論じているのだが、ここでも少し考えてみたい。エンゲルスは、マーガレット・ハークネスへの有名な手紙の中で、「リアリズムとは、私の考えでは、細部の真実さのほかに、典型的な状況のもとでの典型的な性格の忠実な再現という意味をもっています」（『マルクス＝エンゲルス全集』第三七巻〈大月書店、一九七八・四〉所収）と述べている。つまり、作者が小説中で人物（性格）やその人物を取り巻く状況を描く際には、「細部の真実さ」だけではなく、典型を描かなければならないと述べているのであるが、これもやはり作者サイドに立っての見方、典型論と言えよう。それに対して文芸学の典型論のポイントは、すでに見たように読者サイドに立った論であり、たとえ小説中の人物が過去の人であっても、読者がそれを現在の自分と繋げる形で読むことで、読者は自分の考え方や生き方を自己批判したりして、自分の問題として読む、すなわち「主体的な読み」をするというところにある。

そこがエンゲルスとの違いであるが、しかし両者の論は対立しているのではない。これに関しては西郷氏も自身の論の説明の中で、「これは、エンゲルスの考え方を否定するんじゃなくて、エンゲルスの基本的な考え方を、教育の中で、より徹底的にかつ具体的におしひろげた、そういう考え方なのです」（『第11

巻　民話の世界・民話の論理』、一九七六・四）と述べている。次に、それでは文芸学の典型論は、ルカーチの典型論とどういう関係にあるであろうか。ルカーチは、「マルクス＝エンゲルスの美学論稿への手引き」（土屋明人他訳、〈『ルカーチ著作集7』白水社、一九八七・三〉所収）で、「典型の描写においては、（略）具体的なものと法則的なもの、永続的で人間的なものと歴史的に一時限りのもの、個人的なものと社会的・一般的なものとが合一する」と述べている。また、ルカーチは『美の弁証法』（良知力他訳、法政大学出版局、一九七〇・三）を書いていて、この本の原題は「美学カテゴリーとしての特殊性について」のようであるが、ルカーチは典型をヘーゲル哲学における「特殊性」の概念と結びつけて論じている。

ヘーゲルは、概念を〈普遍、特殊、個〉の三つのモメントを含むものとして捉え、特殊が普遍と個を媒介する中間項であると考えた。絶対精神（普遍）が歴史の局面〈（個）を通して具現（特殊）化すると考えるヘーゲル哲学にとって、特殊は中間項として重要な働きがあるのだが、ルカーチの典型論はこの特殊の考え方を踏まえたものである。『美の弁証法』の中でこう述べている。「その普遍化は個別性を一定の特殊なものに、美学的な意味で典型的なものへと高めることでしかなく、同時にそれは普遍的なものの一定の具体性をともなうものであって、しかも具体化のなかで、その普遍性自体が人間生活におけるその具体的活動に揚棄されるのである」、と。難しい言い方であるが、個と普遍を媒介するものが特殊であり、典型というのはその特殊に相当するというわけである。

文芸学でも典型について同様な論が述べられている。「典型（人物）は、ある固有名詞をもった、ひとりの血のかよった、他に二人といない人物として描かれ登場します。その意味においてきわめて特殊的、個性的です。しかも、その姿のなかにわたしたちは、その人物にだけある特徴としてではなく、それが農民なら農民のもつ一般性、普遍性、本質をたしかに見出すことができるのです」（『第8巻　文芸の読書指導』、一九七七・四）、と。やはり、典型には「個性」と「普遍」とを媒介する面がある、という考え方である。

こうして見てくると、文芸学の典型論はエンゲルスやルカーチの典型論とも重なるところを持ちながらも、先ほども述べたように、作者ではなく読者の側に立って、そういう典型的人物や典型的状況を読者である自分たちはどう受けとめるのか、というふうに読まなければならないというところに、文芸学の典型論の重点はある。再び西郷氏の言葉を引くと、「（略）ほかならぬ、現代を生きる、今日を生きる私自身の問題として、作品を読むということ。これが典型として読む、あるいは典型をめざして読むということです」（『第11巻　民話の世界・民話の論理』）、ということである。

では、そのように「典型として読む」ことによって、読者はどういうところに出て行くのであろうか。あるいは、出て行くべきだろうか。西郷氏は、たとえば戯曲を読むことや観ることについて、「（略）実は、この性格と環境の関係を正しくつかむことによってわれわれの認識を変革し、正しく、ふかめるということでもあるのです」（『第1巻　文芸教育論』）、さらには「すぐれた文芸とは、（略）人間が対象（＝自然、人間、社会、歴史）に働きかけ、それをよりよき方向に変革してゆくことのなかで、自己もまた変革されるというお互の関係のなかに生きているものであることを、正しくとらえ描いたもの、ということです」（同）、あるいは「ドラマとはまさしく、人間関係の認識とその変革をめざす芸術であるはずだ」（『別巻Ⅲ　文芸教育の諸問題』、一九八二・八）と述べている。つまり、自己の変革であり、それと連動して自己を取り巻く社会などの変革に繋がっていくべきであると、西郷氏は語っているのである。私はこの考えに大いに共感するが、ではこのような文学論は文学教育論とどう結びつくのかということが、次に問題になってくるであろう。しかし、その問題に行く前に虚構論について見ていきたい。

二

文芸学では、虚構というのは嘘話ということではなく、「虚構とは現実を対象を世界を、意味づける芸術の方法である」として、「虚構とは意味づけられた経験、意味づけられた事実、意味づけられた世界ということなのです」(『第8巻　文芸の読書指導』)とされ、さらに「「虚構の方法」というのは、日常の現実から出発して、それを超えた高い次元のものを作り出していく方法ということです」(『第12巻　詩の世界・詩の論理』、一九七七・四)と語られている。注意すべきは、その虚構論を踏まえて、さらに文芸学では作者だけではなく読者も虚構すると論じられていることである。すでに見た典型論においては、「典型として読む」というのは、読者による「主体的な読み」のことであった。つまり文芸学においては、典型は作者が作るというだけのものではなく、読者も能動的に「主体的」に作品を意味づけて読むことであった。虚構の問題においても、文芸学では読者も積極的に関わるものとして論じられている。『虚構としての文学　文学教育の基本的課題』(国土社、一九九一・二)では端的に、「読者も虚構するのです」と述べられている。

虚構というのは「現実を踏まえながら現実を越える世界」(『第5巻　美の理論・美の教育』、一九七八・一)、たとえば日常的なものを踏まえながらそこに非日常的な意味を見出したりした場合、それが「虚構する」ということだから、文芸作品を前にした読者がもしもそういう意味を読むならば、それは「読者も虚構する」ということになるであろう。この辺りにも、読みあるいは読者の側に立った文学論という文芸学の特質を見ることができるが、文芸学はこの虚構論からさらに興味深い論を展開している。こう語られている、「虚構ということの本質とかかわって、作者の意図しなかったところにも読者は美を体験するということは、ありうることです」(同)、と。

これは、ヴォルフガング・イーザーやハンス・ローベルト・ヤウスたちが提唱した、受容する側すなわち読者の側の、作品解釈における能動的関与を論じた受容美学の考え方にも通じるであろう。因みに、受容美学が日本で紹介され始めたのは一九八〇年代以降だと考えられるので、文芸学での読者による虚構の論はそれよりも早いわけである。また、「作者の意図しなかったところにも読者は美を体験する」というところに着目するならば、そのように読者が「作者の意図」を上回る読みをすることについては、やはりドイツ系の文学理論である解釈学の考え方にも繋がる。解釈学のW・ディルタイは、『解釈学の成立』(久野昭訳、以文社、改訂版一九八一・一)で、「解釈学的な手続きの最後の目標は、著者自身が自分を了解していた以上によく、著者を了解することである」と述べているが、これも先の文芸学の発言と重なるものである。さらに、読者の能動的な解釈に関して、文芸学ではこう語られている。「(略)作者の意図を越えて読者が主体的にそこに生み出し得たもの、そして、もしかすると作者も「なるほど」とうなずくかも知れないもの、そういうふうなものと言っていいと思うんです」(『第15巻　文芸と教育』、一九七八・九)と。

このように文芸学は、読者の積極的な読みを重視し、それは作者の意図をも上回る読みを展開することもあるという虚構論、そしてその「主体的」な読みから生み出される典型論を展開してきたが、ここで疑問が出てくるかも知れない。読みにおける読者の積極性を言うのはいいが、そうするとそれぞれの読者が勝手な読みをすることになるのではないか、という疑問である。まず文芸学はこの点について、「まちがった読みというのはあっても正しい読みというのはないのです」（『第3巻　文芸の授業入門』、一九七六・四）とこれも端的に述べられている。言わば物理的な誤読というのはあるが、唯一正しい読みというのは、無いのだということである。

しかしそうすると、「正しい読み」が無いならば、解釈における混乱がやはり生まれるのではないかという懸念が出てくるかも知れない。もっとも、典型論においても虚構論においても、読者の主体的で積極的な関与こそ重要だとするのであるから、その時点ですでに原理的に言って、唯一の正しい読みという考えは否定されているのである。その点で文芸学は、解釈の多様性を認めるのである。しかしそれは、〈どう読んでもいいいし、またどうでも読める〉というふうな、ポストモダニズム全盛時代に流行った、無責任あるいは責任回避の論ではない。文芸学ではこう述べられている。「（略）その多様性というのは、こういうふうにも意味づけできる、ああいうふうにも意味づけできると並列すべきものではなくて、他ならぬこの意味づけこそが、この解釈こそが、他のどれよりも深く豊かであるとか、より切実に共感できるというふうな「価値」を問題にする必要があると思うのです」（『第15巻　文芸と教育』）、と。

大切なのは、違った解釈や対立するはずの解釈が仲良く並んでいるような状態を――テクスト論が流行った頃はそのような能天気な光景があったのではないかと思われるが――受け入れるのではなく、どの解釈が最も「深く豊かで」また「切実」であるかを解釈同士の間で競り合わせることだということである。多様性を許容した上で、競り合わせることが重要になってくるわけである。

さて、このような文芸学の理論が文芸教育の問題に対してどのように関わるかということであるが、文芸学の理論は実はそのまま文芸教育学に繋がっていると考えられる。その点に大きな特色がある。教育の理論だから言わば腰を曲げ身を縮めてわかりやすく啓蒙的な論にモデルチェンジしなければ、というようなところは全くない。文芸学の理論はストレートに文芸教育の理論としても展開されている。そこにこの文芸学の大きな特質があると言えるであろう（むしろ、文芸学の理論は文芸教育の場で鍛えられたと思われる）。先に見た解釈の多様性の論を文芸教育の面で展開すると、教師が正解を握っていて他の解釈を排除するというのとは全く異なっている。むろん教師は自分の解釈を持って授業に臨むのだが、他方で子どもたちの解釈をも受け入れようとする姿勢を持つわけである。「（略）教師自身が心を開いておれば、子どもの発言から、自分の解釈のまちがいやらせまさやら、ずれやら思いいたらなかったところを逆に発見させられるということがあるわけです」（『第13巻　詩の授業』、一九七五・一一）、と。

数学などと違って一つの正解があるのではない、という文芸学の考え方がそのまま文芸教育の論になっていることに関して、こうも語られている。「読者はたとえ答えに到達することがなくとも、問いつづけていく過程において、自己の思想を耕し深め、人間性をゆたかなものにしていくことができるのです。そこに文芸の教育性もあるのです」（『第1巻　文芸教育論』）、と。だから、「教案は出発点でしかない。そこから、教師も子どももお互いにしのぎをけずってああでもないこうでもないと語りあってゆく中から、教師が見えなかったところも見えてくる」（『第3巻　文芸の授業入門』）というのがあり得べき授業なのである。こういう授業を文芸学では「せりあがる授業」（同）と呼んでいるようである。「子どもとともに連れあって、教師も高みへせりあがる――そこに「共育」の理想があります。教師も発見し、教師も学び、育つのです。それが教師の生きがいともいえましょう」（『第14巻　文芸の授業』、一九七七・九）、と。

そして、文芸の授業で肝心なことは、正解に至ろうすることではなく、「問いつづけていく」（同）ことだとされている。そうすることによって子どもたち自身が、自らは変わらなければならない、変わることができるのだということを学んでいくわけである。次のように語られている。「教育は人間変革を信ずるところから出発する」、あるいは「『文芸の授業』は人間変革の『るつぼ』であるといえましょう。（略）わたしは、このような文芸教育を『関係認識・変革の文芸教育』と名づけております」、と。さらには、「現実変革のプロセスにおいてしか、その対象としての現実の本質は見えてこないんじゃないか」（『第1巻　文芸教育論』）、と。もちろん、そのために先に見た「同化」「異化」による読みが必要になってくるのであり、その操作による読みの訓練によって、「（略）読者である子どもが、他者の身になる同化の力と自分自身をも異化することのできる力とを養っていることになるわけです。そこに一つの大事な文芸教育の教育性というものがあるのです」（『第3巻　文芸の授業入門』）ということである。

さて、文芸学にはイメージの論や美の論など興味深い論がまだまだあるのだが、終わりに二つのことに言及してみたい。一つはすでに触れた変革のことであるが、西郷氏は偉大な作家の作品でなくともすぐれた思想性のゆえに取り上げる価値のある作品というものがあると述べた後、こう語っている。「ところで、ここでいう正しい思想とは、現実を現状のままに保守する思想ではなく現実をよりよく変革する思想でなければなりません」（『第8巻　文芸の読書指導』）、と。この変革を志向する姿勢に私は共感する。ついでに言うと、「ブルジョワ民族主義的な観点からの愛国心は危険である」（『別巻Ⅲ　文芸教育の諸問題』）という発言にも、私は大いに共感する。

もう一つは、こう語られていることである。「このように文学が人間生活のすべてにかかわりあうものであるために、文学が社会的、政治的、道徳的、……な立場から多角的に問題にされることも当然であり、また、文学研究、評論そのものにも、これらの問題性を棚あげにすることはできないわけです。/おなじようなことが、文学教育にあっても言えるのではないかと思います」（同）、と。まさにそうである。文学や文芸教育を、個人的な情感や情緒に関わるものだけに限定したりしてはいけない。言わば〈文学く～したもの〉だけが文学の世界ではないのである。因みに、私の最初の著書は『脱＝文学研究――ポストモダニズム批評に抗して』という題目であったが、その「脱」という言葉には、文学研究を狭い世界に閉じこめてはならないという意味を込めた。そして、学問領域の自立性を強調することは無意味である、と。そう考える私の志向と、西郷氏が「多角的」なものの見方の重要性を語っていることとは、重なっていると思われる。

最後に、今述べたことに関連して、この問題については村尾聡が『文学教育論　西郷文芸学の教育学的考察』（ブイツーソリューション、二〇一四・六）の中で同様の評価をしていることを紹介したい。村尾氏は、現在の教科の知識がバラバラに教えられていることに対して、「このような状況にあって西郷文芸学における教育的認識論の試みは、各教科内の系統化と各教科間の関連・系統を同時に進めることのできる新しい教育方法の構想である」と述べている。

西郷竹彦の漱石・表現論を読む

一　表記について

ポスト構造主義の流行が過ぎ去って随分と経つが、ポスト構造主義が喧伝されていた頃、書記言語の優位性を語った、ジャック・デリダの著書『グラマトロジー』が話題になったことがあった。その著書は、書記言語の方が音声言語よりも言語の本質を表していること、また所記（意味されるもの）よりも能記（意味するもの）が重要であることを指摘して、音声中心主義ひいてはロゴス中心主義を批判するものであった。日本近代文学の研究においては、ロゴス中心主義への批判という思想的な問題が追究されることはなく、すなわちその問題までに踏み込むことはしなかったものの、たとえば横光利一の小説『上海』は所記ではなく能記中心の小説であるというような論が展開されたこともあった。つまり、『上海』を読む上で大切なのは、いわゆるテーマや内容よりも、能記が端的に表されている表記のあり方にこそ、眼を向けるべきだという論である。

しかし、ポスト構造主義、広くはポストモダニズムの主張を受け容れた論者も多かったと考えられる漱石研究者たちの間で、漱石作品の表記の問題が正面に据えられて論じられたことが、どれだけあっただろうか。本稿で論じようとしているのは、西郷竹彦の論文「漱石小品の表現法（記語）の謎〜「夢十夜」第三夜を例として」（注）であるが、西郷氏によれば、『夢十夜』については「二百編を超える研究論文が発表されて」いるものの、表記のあり方や、とりわけその内の記号について論じたものは無いということである。私はそこまで博捜していないが、眼を通した、近年の二十編ばかりの論文においても、たしかに西郷氏の言うとおりであった。ということは、後は推して知るべしと言えようか。

さて、漱石は初期にはそれほど表記の問題には意識的ではなかったが、その後は意識的になってきたと考えられる。そのことについて田島優は『漱石と近代日本語』（翰林書房、二〇〇九・一）で、初期においては漱石は、朗読されることを主眼としてリズミカルな文章を書くことに重きを置いていたが、「しかし、漱石は次第にその考えに疑問を持ち始めるようになる」と述べている。田島氏も同書で引用しているが、高浜虚子宛の書簡（明治三八年一一月二六日付）の中で漱石は、「一体文章は朗読するより黙読するものですね」と語っている。少なくともこの書簡あたり以後は、文章は眼で読まれるものであることについて、漱石は十分に自覚的になったと考えられる。つまり、漱石は表記の問題についても慎重な配慮をするようになり、表記を無造作に取り扱ってはならないと考えるようになったということである。西郷論文で扱われている作品は、すべて先の書簡以後のものであるから、西郷氏が表記の問題をめぐっての論を展開していることは、なるほど首肯できるだろう。とにかく、漱石はこれらの作品中の表記に意識的であったのである。

まず、そのことを確認したうえで、次に表記を含む表現の問題についての漱石の基本的な考え方を見ておきたい。漱石は『文学論』（一九〇七〈明治四〇〉・五）で言語について、「即ち吾人の心の曲線の絶えざる流波をこれに相当する記号にて書き改むるにあらずして、此長き波の一部分を断片的に縫ひ拾ふものと云ふが適当なるべし」と述べている。また「如此く文章の上に於て示されたる意識は極めて省略的のものなるを以て、仮令短時間の心的状態と雖も其一々の推移を遺憾なく文字を以て聯続的に描し出さんことは到底人力の企て及ぶところにあらざるべく、かの所謂写実主義なるものも厳正なる意義に於ては全然無意味なるを知るべし」、とも語っている。ここで漱石は、言語は事象についてそのすべてを描き出すことができないということ、すなわち言語の表現能力には限界があることを述べているのである。もっとも、この箇所で漱石が語っているのは、人の内面を言語で写実することは厳密な意味ではできないということであり、その意味で写実主義は不可能だと述べているのだが、このことは人の内面だけでなく外界の描写においてもそうであろう。

こういう漱石の考え方を見ると、漱石は言語の表現能力の限界性をしっかりと認識していたわけで、彼の作品における表現は言語の限界性についてのこの認識の元に形作られていると言える。さらには、言語表現に限界があるからこそ、それを補うために様々な表現方法が駆使されたということも想像されよう。それがたとえば記号の用い方による工夫である。西郷論文が述べているように、とくに「(略) 短編においては、「カギ」や「ダッシュ」（——）、「?」などの記号に至るまで、実に細心の「美学的」配慮がなされている」と考えられるのである。したがって、これら記号を含めた表記の問題は、等閑《なおざり》にされてはならないのである。しかも、そこには虚構作品の作り手である作者・夏目漱石の重要なメッセージが含まれている場合もあると考えられる。

因みに、谷崎潤一郎も表記の問題についてほぼ同様のことを意識していた。谷崎潤一郎は『文章読本』（一九三四〈昭和九〉・一二）で、やはり言語の不完全性について、「（略）**言語は万能なものでないこと、その働きは不自由であり、時には有害なものであること**」を述べ、その不完全な言語をいかに扱うかという問題を展開している。「有害」というのは言語が「**思想を一定の型に入れてしまふ**」からであり、微妙な印象も言語によって画一的に表されてしまうことが往々にしてあるからである。たとえば、同じ「美しい」という言葉を複数の書き手が語った場合、そこには様々に異なったニュアンスが込められているはずなのに、すべては画一的に「美しい」と表現されてしまうのである。谷崎潤一郎はそのことを述べているのである。

また、同書で谷崎潤一郎は、読み手に「**分らせる**」ように書くためには、「文章の**音楽的効果と視覚的効果**を全然無視してよいはずがありません」と述べている。とくに「**視覚的効果**」については、「文字の組み方」や「活字の種類と大きさ」、さらに「文字の宛て方」などが文章を理解するうえで、「少からぬ手助けになつたり妨げとなつたりする」と言う。そして、「既に言葉と云ふものが不完全なものである以上、**われ〳〵読者の眼と耳とに訴へるあらゆる要素を利用して、表現の不足を補つて差支へない**」と語る。たとえば、志賀直哉の短編小説「城の崎にて」の文章の中にある、蜂が「直ぐ細長い羽根を両方へシツカリと張つてぶーんと飛び立つ」という文について、谷崎潤一郎は、「ぶーん」は「ブーン」でも「ぶうん」でも駄目で、「ぶーん」でなければ「真直ぐに飛んで行く様子が見えない」と述べている。

このような谷崎潤一郎の主張を読むと、彼は主に表現の美的な効果について語っているように受け取られ、また実際そのことに違いないと言えるが、しかし彼は単に美的な効果だけではなく、先の引用にあるように、表現されたものの内実を真に読者に「分らせる」ためにこそ、「文字の宛て方」などの「視覚的効果」の重要さについても述べているのである。したがって、その効果をしっかりと受け止めている読者は、内容の深い理解にまで到るわけである。こう見てくると谷崎潤一郎は、表現の問題に関しては漱石とかなり近い考え方をしていたことがわかる。ともに表記については十分意識的であったのである。

以上のことからも、漱石のとくに短編においては、微細と見えるかも知れない表記の問題は、決して等閑にしてはならないという西郷論文の方向性については、納得できるのではないかと考えられる。それでは、その観点からの作品分析の内容について次に見てみたい。

二　文芸学の有効性

これまで論じられてきた、『夢十夜』の「第三夜」の論の多くは、西郷論文で整理されているように、「精神分析的な解釈」であったり、「人間存在の原罪的不安」や「父母未生以前の漱石」という観点からの論であったり、またはそれらと関連させながら「漱石文学の基本的モチーフ」を「第三夜」に見ようとする論であった。それらの論の中には示唆的な指摘もあるのだが、しかしそれらは、作者・夏目漱石というよりも夏目金之助その人の実人生の問題に性急に結びつけようとする傾向があったと言える。しかしその前に、まず「目の前の作品の文章そのものを「指で押さえながら」その意味するところ深く追求する」ことをせよ、と西郷論文は語る。そして、その作業をする中で幾つかの疑問点が出てくるのである。

たとえば、「自分」と背中の「子供」との会話で、後の会話にはすべてある「カギ」が、冒頭の両者の科白には無いのである。どうしてなのだろうか。また、話者は自身のことをずっと「自分」と言っていたのに、末尾では「おれ」という呼称になっている。そのことと呼応するように、最初は背中の「子供」も、当初は「子供」や「自分の子」「我子」と呼ばれていたのに、途中からは「小僧」という呼称の方が多くなってきて、「こんなもの」という言い方までされてくるようになる。何故だろうか。さらに、「自分」が「子供」を背負って歩いていくうちに、「子供」は「もう少し行くと解る。——丁度こんな晩だったな」と語るが、ここだけにある「——」（ダッシュ）は何を意味するか。

西郷論文はこれらの疑問に答えようとしたものである。すなわち、「——」は「立て札」の役目を持っていて、読者にここは「素通りするな。止まれ、要注意！」と注意を促しているのであり、「子供」に対しての呼称の「千変万化」は、「自分」の「心情の波打ち（ゆらぎ）」を表しているとする。また、「自分」が「おれ」となったのは、自分の「罪を自覚したればこそ」、「おれ」と「卑称表現」したとする。たしかにこれらの指摘は、表現の細かな差異に眼を向けることによって、作品のテーマの輪郭をはっきりと把握できることを示していると言えよう。

ただ、「百年前」に「自分」が「一人の盲目を殺した」ことをめぐっての西郷論文の解釈には異論があるかも知れないだろう。西郷論文ではその殺人を自分の子供を殺したことと捉えているが、本文では必ずしもそう断定できるようには書かれていない。単に「一人の盲目」と書かれているだけである。これについては先行論文でも自分の子殺しと捉える論もあれば、そのようには捉えずに「一人の盲目」をむしろ他人として捉えている論もある。これについては本文に明示的に書かれていない以上、どちらとも断定できないのであるが、本文を素直に読むならば後者の方の解釈に傾くのが自然かも知れない。「自分」が殺したのは「一人の盲目」だったのだが、それは必ずしも子どもであったとも、また我が子であったとも言い切れない、と。

なるほどそうではあるが、しかし西郷論文の捉え方の方が、より深い問題に読者を直面させる、言わば生産的な読みが可能となると言える。そのように捉えると、西郷論文に述べられているように、この殺人を現代社会における、教育現場における「いじめ」を含めた「**精神的な**「**子殺し**」」の問題に関わらせることもできる。このように作品で語られた問題を現代の読者自身の問題として捉え返すことを、西郷論文では「**典型を目指す読み**」と述べられている。

たしかに、西郷論文のような捉え方の方が、文学をより豊かに読むことに繋がるであろう。もちろん、作者の漱石が「**精神的な**「**子殺し**」」という問題をもはっきりと意識して、「第三夜」を書いたとは考えられないだろう。しかし解釈学のＷ・ディルタイが、解釈においては「著者自身が自分を了解していた以上によく、著者を了解する」（『解釈学の成立』久野昭訳）と述べているように、私たち読者は作者の意図を考慮しつつも、その意図を超えた読みを展開することに躊躇してはならないだろう。

さて、「第三夜」について西郷論文では「カギ」の問題が語られ、これをめぐって西郷文芸学（以下、文芸学）における緊要な論点であると言える「同化」「異化」について述べられているが、「同化」「異化」についての論は、むしろ『永日小品』中の「蛇」の分析においてより有効性が発揮されていると思われる。西郷論文によれば、作中人物の言葉でも「カギ」が無い場合には、そこは「人物の言うとおりに受け取り、つまり同化して読めばいい」のだが、「カギ」が有る場合には読者は「その人物に同化することなく」、「本当はどうなんだろう」と思いながら読むべきこと、「つまり砕けた言い方をすると「勘ぐって読め」ということ」、すなわち「異化」して読めということを、「作者が読者に慫慂している」と捉えるべきである。

ここで、文芸学における「異化」という考え方について、「西郷文芸学の特質と他理論との関係」でも述べたが、ここでも少し考察しておきたい。「異化」の論で有名なのがロシア・フォルマリズムであるが、その場合の「異化」についてロシア・フォルマリズムの代表的な批評家であるV・シクロフスキーの『散文の理論』（水野忠夫訳、せりか書房、一九八三・五）ではこう述べられている。すなわち、通常の言語表現では事物そのものを感得することは少なく、「事物の代数化、事物の自己運動化の過程で、知覚力の最大の節約」が行われるが、詩においてはそうであってはならないので、詩では「異化」が行われなければならず、「異化」というのは「日常的に見慣れた事物を奇異なものとして表現する《非日常化》の方法」である、と。事物そのものの感触を読者に伝えるために、通常の言わば自動化した理解を拒んで、敢えて難解な表現方法を採ったりすることで、言語表現において「対象の独得な知覚を創造する」のである。

ロシア・フォルマリズムの「異化」論から影響を受けたとされるのが、劇作家のブレヒトの「異化効果」の論である。これは西洋世界において長い間、劇の美学であったカタルシス（浄化）の論とは逆に、劇を観た観客が自分たちが住んでいる世界に対して違和を持ち、さらには批判的な姿勢をも持つようになることを促すことである。それまで自明だと思っていたことに対して〈果たして本当にそうか〉という疑いを観客が持つような、そういう「異化効果」のある劇が現代社会には望ましいとしたのである。

文芸学における「異化」の論は、ロシア・フォルマリズムの「異化」論よりも、敢えて言えば、ブレヒトの「異化効果」で言う「異化」にむしろ近いと言えよう。すなわちそれは、作品内の情報等をそのまま受け取らずに、それらに対して〈果たしてそうか〉と疑う精神のあり方において近いからである。「カギ」の問題の場合では、登場人物のその発言を鵜呑みにせずに、それは本当かと疑って読め、という作者による「異化」の指示になるのである。それ以外の地の文での、一般的には間接話法と呼ばれている会話の文では、当該人物の言うとおりに「同化」して読めばいい、と作者が「示唆」しているということになる。

そのことを押さえたうえで、西郷論文における、漱石作品の「蛇」についての読解を読むと、たしかに頷ける論となっている。「蛇」の最初の方では「笠のなかから非道《ひど》い路《みち》だと云った様に聞こえた」とあり、この発言には「カギ」は無い。しかし、中盤の会話や終わりの方の「覚えていろ」の言葉には「カギ」がある。だが、末尾の叔父さんの「誰だか能《よ》く分らない」という言葉には、「カギ」が無いのである。これを文芸学の「同化」「異化」の論で分析すると、「カギ」の無い叔父さんの言葉はそのまま「同化」して受け止めればいいことになり、となると叔父さんは本当に「分らない」のだということになる。また「覚えていろ」という「カギ」が付されている言葉を、語り手は「声は慥《たし》かに叔父さんの声であった」と述べているものの、しかし本当にそうだろうか、と読者が大いに「異化」する余地があるのである。そうなると、「蛇」の読者は西郷論文にある通り、「「**永遠の迷宮入り**」の世界に突き落とされる羽目となった」と言えよう。それこそ、漱石が読者に感じ取らせたかったテーマであったと考えられるのである。

「蛇」における「二人」という呼称の問題はここでは割愛して、次に短編「変な音」論について簡単に見ておくと、西郷論文で指摘されている、「○○さん」という言い方の問題は、固有名を敢えて書かないことによって「人間に共通する普遍的「真実」」を語ろうとしたことであり、看護婦の「御前の方の音って?」という言葉に「?」があるのは、疑問符をこの箇所だけに付けることによって、「作者が読者に注意を喚起している」のだとされているのも、了解できる。

西郷論文ではこれまで見てきたような表記等の問題が、西郷氏が引用している漱石の批評「小説『エイルキン』の批評」における主張と大いに関わるものであると指摘されている。そこで漱石はこう述べている、「著作を翫味せしむると云ふ以上は、十の中を八分通叙して、残る二分を読者が想像力を用うる余地として存して置かねばならぬ」、と。この発言は言語の不完全性に認識と裏腹をなすものだと言えよう。なお、先に見たように、谷崎潤一郎も言語の不完全性については漱石と共通する認識を持っていたが、読者の「想像力」に関しても同様の考え方をしている。谷崎も『文章読本』で、「僅かな言葉が暗示となって読者の想像力が働き出し、足りないところを読者自らが補ふやうにさせる。作者の筆は、唯その読者の想像を誘ひ出すやうにするだけである」、と述べている。同様の表現観を持っていた両者は、やはり同じ論に至っていると言うべきか。

さて、西郷論文では表現についての他の指摘もあるが、それよりもその表現論から必然的に出てくるであろう問題に触れたい。表記等の問題が解釈上蔑《ないがし》ろにできないということは以上のことから了解できるのだが、それでは表記等でそういう工夫をしながら、漱石は読者をどういう世界に立ち会わせようとしているのだろうか、という問題である。

西郷氏の比較的近著である『増補　宮沢賢治の「やまなし」の世界』（黎明書房、二〇〇九・七）や『宮沢賢治「二相ゆらぎ」の世界』（黎明書房、二〇〇九・八）においても表記の問題が語られている。前著では、作品中で〈やまなし〉あるいは〈山なし〉と表記されているが、このように「表記の二相」を取ることで、〈娑婆即浄土〉〈娑婆即寂光土〉とする『法華経』や『華厳経』に説かれている世界観を反映したものであると述べられている。また、「仏も迷えば凡夫、凡夫も悟れば聖人なのです。人間は迷いと悟りの間を絶えず揺らいでいるのです。まさに「二相ゆらぎの世界」としてあるのです」とも語られていて、表記の〈ゆらぎ〉の問題が『法華経』などの世界観に繋がるものだと語られていた。

後著でも、たとえば賢治の作品「毒もみの好きな署長さん」について、「署長は自分のことをあるときは〈僕〉、あるときは〈私〉、また最後の死刑の場面では〈おれ〉といいます。その何れも「実相」であり、（略）「諸法実相」とはそういうことです」、と「二相ゆらぎ」が「大乗仏教、特に法華経の世界観と密接不可分の関係がある」という指摘がされていた。表記等は些細な問題のように見えて、実はそれらは大きな思想上の問題と関わっているという指摘である。

なお、両著書は大部の著書であり、「「二相ゆらぎ」の世界」についての西郷氏の論がほぼ十分に展開されていると言える。それに比べて今回のものは論文という小さな分量のものである。だから、漱石作品における表記等の問題がさらにどういう問題や世界に繋がって来るのかということに関しては、展開されていない恨みがあるが、重要な論点は指摘されているだろう。

注＝「文芸教育」一〇三号（新読書社、二〇一四・四）に掲載。同論文では、漱石の「夢十夜」の中の「第三夜」だけでなく、「永日小品」の中の「蛇」、また短編「変な音」における表現法についても論じられている。本稿で「西郷論文」という場合は、すべて同論文を指す。また、西郷竹彦の文章からの引用も、明記していないものは、すべて同論文からである。なお、漱石の文章の仮名遣いについては「西郷論文」における引用に従って、本稿でも現代仮名遣いとしている。

小論

——夏目漱石・「スピリチュアル」・黒澤明・オーウェル・レーニン

『行人』——先取りされた問題

夏目漱石の『行人』は、夫婦のあり方や広くは男女の結びつきのあり方がテーマとなった小説である、と一応言える。たとえばこの小説には、岡田とお兼さんの夫婦や、物語の中で結婚に辿り着くことになる、佐野とお貞さんの話が語られている。また、二郎の友人の三澤が語る、一旦嫁いで夫の家を出ることになった「其娘さん」の話も、男女のあり方の一つと言えよう。さらには、一郎たちの父が語る、結婚が破約となって「二十何年の後」に偶然再会した男女の話も、そのテーマ系のエピソードである。このように『行人』には、幾組かの男女の組み合わせが語られているのだが、言うまでもなくテーマの中心に位置するのは、一郎と直の夫婦である。

一郎と直の夫婦についてはその結びつきの経緯は語られていないが、結婚後の二人のあり方から見て、どうも佐野とお貞さんの結びつきに近いものだったのではないかと想像される。少なくとも、相思相愛の状態で結ばれたのではないだろう。もちろん、そうでなかったとしても、岡田とお兼さん夫婦のように、それなりに仲睦まじく暮らすことができるが、一郎たち夫婦は互いの感情を言わば疎隔させたまま今に至っているのである。そして、実はそのことが一郎と直の一番の悩みであった。

直は漱石の小説中の女性たちで言えば、『虞美人草』の藤尾や『三四郎』の美禰子などの系譜に属するタイプであり、勝ち気で凛とした姿勢を持った女性である。義弟の二郎によれば、直は「決して温かい女」ではなかったが、相手が「熱を与へる」と「温め得る女」であり、また相手の「手加減で随分愛嬌を搾り出す事の出来る女」である。他方、夫の一郎はいかにも学者タイプの男性で、「詩人らしい純粋な気質を持つて生れた好い男」であるが、「我儘な所」も備えていて、他人から見れば狷介な人物であった。二郎は、二人は「同じ型」であるために、かえってうまく行かないのだろうと考えているが、直は一郎ほどの狷介さは無いと言える。少し愛想が足りないという程度である。

その直が、夫からの愛情をあまり感じることはなく、小姑のお重からは嫌われていて、義理の両親からも親しみを持たれているようには見えないという状況の中で暮らしていたわけであるから、かなり辛い毎日を送っていたと言わざるを得ない。その中で、義弟である二郎とだけは親しくなっていったというのは、自然なことかも知れない。二郎は一郎に比べて常識人であり、それだけ俗物性もあるが、思いやりもあって、直からすれば話しやすい人物であった。だから、直は二郎との和歌山行きにも同行したのである。そのときに直は胸の内を二郎に精一杯ぶつける。この小説の一つのクライマックスである。

暴風雨の夜、直は二郎に、自分は「猛烈な一息《ひといき》な死に方がしたい」と言い、そのことを「妾《あたし》は真剣にさう考えてるのよ」と語る。そして、嘘だと思うならこれから二人で和歌の浦へ行って「一所《いっしょ》に飛び込んで御目に懸けませうか」と言い、さらに、「死ぬ事丈《だけ》は何《ど》うしたつて心《うち》の中で忘れた日はありやしないわ」

とも語る。義弟に向かってこういうことを言うのである。直のこれらの言葉には、駆け落ちの誘いも含まれていなくはなかったと言えるのではないか。あるいは、直としては、今の苦境を精一杯の象徴的な表現で語ったとも言えよう。しかし直の思いを受け止めることができない二郎は、「姉さんは今夜余程《よっぽど》何うかしてゐる。何か昂奮してゐる事でもあるんですか」としか応えることができない。

直の誘いは空振りに終わったのであるが、彼女はもう一度、二郎に胸の内をぶつけることを試みる。それは二郎が家を出て一人住まいを始めた下宿に直が夜に突然訪れたときのことである。もちろん、直としては義弟の一人住まいの様子を義姉として見にきたのだという建前で訪れたのであろうが、しかしそれはあくまで建前であって、再度自分の胸の内を二郎にぶつけたかったからだと考えられる。直は、男は厭になれば何処へでも行けるが女はそうはいかないと言い、「妾なんか（略）凝《じ》つとしている丈です。立枯《たちがれ》になる迄凝つとしてゐるより外に仕方がないんですもの」と語る。直は、「斯《こ》んな厭な話」は「妾は今迄誰にもした事はないのよ」とも語る。しかし、二郎は「気の毒さうに見える此《この》訴へ」とは思うものの、それ以上は心を動かそうとはしない。

二郎へのこの二度の訴えは、直としては思い切った打ち明けだったわけで、さらには性的な誘いのニュアンスもそこには含まれていた。たとえば、二郎の下宿で火鉢にあたっていたときの「彼女の態度は、（略）狎《な》れ〳〵しかつた」と二郎に思われている。そして、二郎も彼女が帰った後の夜、「嫂の幻影《まぼろし》」を見て、「彼女の唇の色迄《いろまで》鮮《あざや》かに見た」と語られている。二郎も直からの信号を受け止めてはいたのである。しかし、二郎は義姉と義弟という枠組みを決して越え出ようとはしない。世間の道徳通念を踏み越えるような男ではないのである。

こうして見てくると、最終章である「塵労」の途中までの、『行人』の主人公は、問題を抱え、また魅力的でもあった直だったように思われてくる。漱石は、当時の結婚制度の中で必ずしも幸せを摑んでいない女性たちの苦悩に眼が届いていたと言える。もっとも、眼が届いていただけで、その問題を掘り下げるところにまでは至っていなかった。しかし、現代のフェミニズムが提起した問題に通じる事柄をすでに取り上げていたと言えようか。よく知られているように、『行人』は漱石の病によって一旦中断され、その回復後に「塵労」が書き継がれたのであるが、従来より「塵労」とくに後半のHの手紙は、それまでの章との繋がりという点では唐突の感があると指摘されてきた。

たしかに、妻の貞節を信頼することができず、妻の心を摑むことができないことを悩みとしていた一郎の苦悩と、「塵労」でのHの手紙が語っている、禅仏教の高僧の境地に憧れを抱いたり、絶対や神を問題にするような一郎の話とでは、レベルが違いすぎていて、それ以前の物語との接合という点ではやや無理があるかも知れない。しかし、そもそもHに一郎を旅に連れ出してもらうことを依頼したとき、二郎は一郎夫婦の具体的な問題などをHに言うことはできなかったのである。そのときのことを二郎は、「自分は已を得ず特殊《スペシャル》な問題を一般的《ジェネラル》に崩して仕舞《しま》つた」と述べているが、なるほどそうであろう。そうなると、Hは一郎夫婦のことは何も知らず、また一郎もその具体的なことは語るはずはないから、勢い一郎の悩みは一般的あるいは抽象的なレベルでHに語られることになったわけである。したがって、Hの手紙の内容が抽象度の高いものになっているのは、むしろ物語内の論理に忠実であったと言える。

妻の心が摑めないという不安を、一郎はさらに掘り下げて、それは妻との関係においてだけではなく、自分は何事においても「安住することが出来ない」という、言わば不安それ自体の問題としてHに語ったわけで、そのことによって『行人』の世界に拡がりが出て来たのである。その不安は、たとえば「自分の心が如何《どん》な状態にあらうとも、一応それを振り返つて吟味した上でないと、決して前へ進めなくなつてゐます」という形で表れるのだが、これは後に小林秀雄など昭和文学が問題にした、鋭敏な自意識がもたらす不安の先駆形態だと言える。あるいは、大正時代に一部の知識人たちの間で拡がった神経病的なあり方にも通じていると言えようか。もちろん一郎はこの状態が苦しいから、それを超え出ようとしているのだが、その超え出た境地については、「半鐘の音を聞くとすると、其半鐘の音は即ち自分だといふ」ような境地だと語る。

実はこの境地は、『行人』連載の約二年前の明治四四年一月に出版された、西田幾多郎の『善の研究』で語られている純粋経験の様相と同じである。西田は純粋経験についてこう述べている、「恰《あたか》もわれわれが微妙なる音楽に心を奪はれ、物我相忘れ、天地唯嚠喨《ただりゆうりよう》たる一楽声のみなるが如く、此刹那所謂《いわゆる》真実在が現前して居る」、と。つまり、純粋経験とは、主客が合一した在り方、もっと言うならそれらが未分化の在り方のことである。もちろん、西田にとって純粋経験とは私たちの経験の本来の原初的な有り様を表しているものなのだが、一郎にとってはむしろ逆に獲得し到達すべき境地として考えられているのである。一郎にすれば、科学が発達した近代社会に生きる人間にとっては、純粋経験の境地は到達不可能と言えるものだったわけである。『善の研究』は禅仏教を西洋哲学の語彙で語った哲学書であるという面もあり、そのことを考えると、禅の高僧に憧れを持つ一郎が願う境地が『善の研究』の哲学と共通するところがあるのは当然と言える。もちろん、この境地に到達したからと言って、直との関係がすぐに修復するわけではないが、少なくともその修復のための好位置を得ることはできよう。

このように見てくると、『行人』は小説の結構においてやや難があるものの、夫婦関係における女性の立場の問題や、神経病的な自意識過剰の世界、さらに純粋経験の問題など、明治末から大正にかけての同時代の問題だけでなく、その後の戦前昭和の文学や思想のテーマを先取りした小説と言え、時代の本質を見透かす漱石の眼の鋭さを示す小説であった。

『こゝろ』――もしも〈笑い〉があったなら

夏目漱石の『こゝろ』は、多くの高校国語教科書に採録されてきたということもあって、日本近代文学史において屈指の有名作であると言える。本稿では、前半で『こゝろ』について少し批判的な読みを行い、後半では言わば望蜀《ぼうしょく》の言を述べてみたいと思う。

これまでも指摘されてきたことだが、『こゝろ』には幾つかの瑕瑾《かきん》や不可解な箇所がある。瑕瑾について言えば、「先生」は「K」の墓には「妻《さい》」を連れて行ったことはないと言いながら（上六）、〈下五十一〉では「妻」と「二人連れ立つて」「K」の墓参りをしたことが語られている。また、〈上二十二〉には、「私」が「先生」からもらった手紙は二通だけだと語られている。一通は「私」が帰郷の折に「先生」が金の工面をしてくれたことについての「私」からの礼状に対する返事であり、もう一通は例の「先生の遺書」である。しかし、〈上九〉を読むとそれら以外にも旅先の「先生」から便りを二通もらっていることがわかる。つまり「私」は「先生」から四通の便りを受け取っているのである。二通だけではない。その他にも、〈中十八〉で「先生の遺書」を、「私」は「袂の中へ（略）投げ込ん」で「東京行《ゆき》の汽車に飛び乗つ」たとされているが、「先生の遺書」の分量を考えると、着物の「袂」に入れられるはずはなく、ここの所の叙述は少々おかしいのではないかという疑問もある。

もっとも、これらの瑕瑾は、どんな名作にも少しはある単純なケアレスミスと考えて良く、〈文豪漱石の小説にもそういうミスがあるのだな〉と思って了解すればいいのであって、とくに論《あげつら》うこともないだろう。

だが、不可解な箇所については、そのまま見過ごすことはできないのではないだろうか。たとえば、「K」の言う「道」については、それがどういうものなのかはわからない。「先生」も、「道といふ言葉は、恐らく彼にも能く解つてゐなかつたでせう」（下十九）と語っているが、「K」が「精進」しているらしい「道」の内実は、読者にも不可解なものである。「K」の克己的で禁欲的な「精進」ぶりや、「K」の読書が聖書やコーランにまで及んでいることから、それが宗教的な修養のようであることはわかるが、それ以上のことはわからない。もっとも、「K」の「精進」が、「K」の出自である浄土真宗の他力本願的なものではなく、むしろ禅宗のような自力本願的なものであること、そしてそれは世俗的な栄耀栄華を否定するものであるらしいということはわかる。どうも「K」は、潔癖で高邁な精神そのもののような人間になろうとしていたらしいのである。それが「道」を歩む「K」の目標のようである。

しかしながら、実は「K」の言う「道」には、案外、思想的内容と呼べるほどのものは無かったのではなかろうか。それは、当時の旧制高校的、あるいは旧制大学的な教養主義の雰囲気によって培養された、空疎な精神主義といったところがその内実だったのではないか、という疑念が出てくる。また、そのような空疎な精神主義ほど、多くの場合、実生活上の蹉跌や挫折に弱くて脆《もろ》いものではないかと考えられる。「K」の自殺はその端的な例である。旧制高校的、旧制大学的ということで言えば、かつて「先生」は「御嬢さん」に接すると、「気高い気分」「神聖な感じ」を覚え、「信仰に近い愛」を持ったと語られているが（下十四）、これこそ若い女性を清純な存在と思いたがる旧制の高校生や大学生の女性観であろう。これは「御嬢さん」すなわち「静」が「妻《さい》」になっても変わらず、自殺の直前にいたっても、「先生」は「妻が己れの過去に対してもつ記憶を、成るべく純白に保存して置いて遣りたい」と語り、「妻」には何も知らせてくれるな、ということを「私」に語るのである。その「妻」は、十分に成熟した大人の女性なのであるが。

そのように語る「先生」は他方で、「妻」のいる前で子どもができないのは「天罰だからさ」（上八）と思わせぶりなことを「私」に言う。「K」の自殺後に「先生」が徐々に変貌していったことをよく知っている「妻」が聞いているにもかかわらず、そう言うのである。「先生」は無神経である以上に、思いやりが無いのではないかとも思われる。もっとも、「妻」もその「先生」の言葉に何かを感じた様子はないようなのである。普通ならば、その「天罰」が「K」の自殺と関わりがあるらしいことに、「妻」は気づいていいはずなのに、である。「妻」の「静」は、「理解力」ある女性だと「私」は言っているが、どう考えても鈍感である。「静」は「御嬢さん」のときからも鈍感すぎる。一つ屋根の下で一緒に暮らしている男性たちが自分に対してどういう感情を持っているかということくらい、妙齢の女性ならわかるであろう。そして、「先生」からプロポーズがあった後に「K」は自殺し、それ以降「先生」が変貌していくのだから、「K」の自殺も「先生」の変貌も、何らかの形で自分の存在が関わっているのではないかと、「理解力」ある女性ならば思うはずである。だが、「静」がそのように思った気配はないのである。このように鈍感すぎる「静」の人物像にも不可解さがある。

また、金銭と愛に関わるエゴイズムの問題には敏感でそのために「先生」は自殺するのだが、身寄りのない「妻」を一人残して自殺するというのは、結局「先生」は最後まで自分の苦悩にしか眼を向けないエゴイストだったのではないか、という問題もある。夫に自殺された「妻」は、夫の精神的な支えになってやれなかった自分を悔やみながら、その後の人生を生きていくことになるわけで、その「妻」はどうして、「己れの過去に対してもつ記憶」を「純白に保存」することができるだろうか。「先生」がエゴイストの自分を言わば自己処罰するのだが、その処罰行為自体が最大のエゴイズムとも言え、そうなると『こゝろ』には物語自体を崩壊させるかも知れない矛盾が孕《はら》まれていることにもなってくる。

さらに言えば、「先生」は「明治の精神」に「殉死」すると遺書に書き残しているが、「先生」の言う「明治の精神」とはいったい何なのか。この言葉は小説の末尾でほとんど唐突に出てくるため、他の箇所から推測するしかないが、「先生」は明治の時代を「自由と独立と己れに充ちた現代」（上十四）だと語っていて、これは必ずしも明治の時代を肯定的に捉えているのではなく、むしろ逆に「先生」は明治をエゴイズムが充満した時代と考えていたようなのである。

普通、何かに殉ずるという場合、その何かは肯定的価値を持つものであるのだが、「先生」にとって明治の時代も「明治の精神」もそういうものではなかったのである。にもかかわらず、「先生」は「明治の精神」に「殉死」すると言うのである。このことは漱石が明治期天皇制をどう捉えていたかという問題と関わってくると考えられるが、それはともかくも、このあたりの叙述は十分に整理されているとは言い難い。また、忘れてならないのは、その後の物語が書かれなければならない「中　両親と私」での話は、尻切れトンボに終わっているという構成上の不備があるということである。

おそらく、明敏な漱石はそれらの問題に全く気づいていなかったわけではなかったろう。そういう問題や矛盾が含まれながらも、漱石は『こゝろ』でともかくも「明治の精神」に「殉死」する「先生」の〈こゝろ〉のあり方を書きたかったのではないかと思われる。とくに「下　先生と遺書」は、物語上の不整合も無視して、息せき切って書かれているという印象を受ける。そして、その切迫感がこの小説にある種の迫力も与えていて、読者に衝撃をもたらすものとなり、またそれによって、『こゝろ』は日本近代文学史上の屈指の、名作というよりも問題作となったと言えようか。

ところで、漱石の初期作品である『吾輩は猫である』を笑わずに読んだ人はいないであろう。『坊っちゃん』も笑えるところのある小説である。漱石が笑える小説を書ける人であったことは、言うまでもない。その漱石の小説には、いわゆる前期三部作、後期三部作が書かれていくなかで、〈笑い〉が消えていくのである。これは残念なことではなかっただろうか。もしも、『こゝろ』の中で「先生」か「K」か、あるいは「御嬢さん」のうち、その一人でもいいからユーモアを解する人物であったならば、三人のうち二人が自殺するような悲劇は、避けられたのでないかと思われる。たとえば、「先生」と「K」の代わりに、『吾輩は猫である』の珍野苦沙弥と金縁眼鏡の美学者である迷亭が、一人の女性をめぐって三角関係に陥ったとしたら、どうであろう。おそらくその『こゝろ』の物語は、悲劇ではなく喜劇の様相を帯びただろうと想像される。少なくとも二人が自殺するという結末は考えられないだろう。と言って、それは必ずしも不真面目な劇になるというのではないのである。

〈笑い〉については多くの学説があり、よく知られたものとしては、〈笑い〉は概念的な思考に対する直感の優越だとするショーペンハウエルの説、機械的なこわばった在り方に対して柔軟な生の側から発せられるのが〈笑い〉だとするベルクソンの説、さらにはショーペンハウエルの説とも重なる、規範的圧力から自由になるのが〈笑い〉であるというアーサー・ケストラーの説などがある。それらの説を最大公約数的に纏《まと》めるならば、状況に埋没してしまいそうな在り方から距離を取ろうとする精神の働きが〈笑い〉を生むということである。逆に言えば、〈笑い〉によって人は、状況に捕らわれている自分を、相対化して眺める精神の自由を獲得するということである。

『こゝろ』の「下　先生と遺書」では、「K」が「覚悟ならない事もない」と言うと、「先生」はその「覚悟」とは「御嬢さん」に対する愛の告白だと思い込み、抜け駆けするように結婚を申し込むのである。「先生」は自分を取り巻いていた状況もその中の自分も、突き放して見ることは一切できなかったわけである。もしも、このとき、状況を相対化して見る精神、すなわち〈笑い〉を生むような精神があったならば、そのような抜け駆けはしなかったであろう。「K」についても同様なことが言えるだろう。彼の「精進」がもしも禅宗と関わるものであったならば、禅こそ〈笑い〉を重視する宗教と言えるのだから、「先生」の抜け駆けを大いに笑ってやっても良かったのである。「御嬢さん」もそうである。恋する二人の男性を笑ってやれば、物語はあれほどの深刻さから抜け出したはずである。

三角関係の問題は解決の無い問題であろう。あるとすれば、〈笑い〉によって深刻さを相対化することで、悲劇を回避することである。漱石の最後の弟子の一人と言える内田百閒は、中年以降とくに晩年に至って『阿房列車』シリーズに見られるような〈笑い〉の文学を書いた。もしも、漱石が百閒のようにもっと長生きしていたら、『こゝろ』の物語は喜劇として言わば再話されたかも知れない。そうなると、悲劇的要素も充分にあるが喜劇でもあるというような空前絶後の小説が生まれたのではないだろうか。漱石には読者をもっと笑わせて欲しかった。

〔付記〕漱石の文章からの引用では、ルビは適宜省いた。

「スピリチュアル」に可能性はあるか

「スピリチュアル」の運動もしくは「新霊性文化」の運動に関する研究の第一人者と言っていい島薗進は、『精神世界のゆくえ　現代世界と新霊性運動』（東京堂出版、一九九六・九）で、「新霊性文化」を日本の宗教史の文脈に置いてみると、「実際、新宗教と新霊性運動の境目に線を引くのは容易ではない」と語っている。島薗氏は同書で、「新霊性文化」には社会的政治的な制度への「参与」や「批判意識」が薄められていて、「私的な「意識の探求」や「自己変容」の実践に埋没する傾向が強い」とも述べているが、それらの特徴に眼を向けるならば、例えば新興宗教の中では言わば老舗になる金光教にも同「傾向」の特徴を見ることができる。金光教も、政治的社会的な批判意識は全くと言っていいほど希薄であり、その意味でノンポリティカルであって、また「天地金乃神」という超越神が一応考えられているものの、その神への信仰もあくまで「生活というすがたにおける信心」（『概説金光教』金光教本部教庁、一九七二・四）が大切であるとされ、より堅実で充実した日常生活をする人間になるような「自己変容」を、信者に勧めるのである。さらには、その教義に体系性は無く、したがって教義によって信者を縛るようなこともしない。

資本主義制度が発展していった明治以後の日本社会の中で、貨幣経済が齎《もたら》す実利主義や弱肉強食の競争社会の中で生きていかざるを得なかった庶民に、金光教は生きる知恵や励まし、慰めを与える宗教として多くの信者に受け入れられていったわけだが、一九七〇年代から今日に至るまでの「スピリチュアル」の興隆も、高度資本主義社会の中で生きざるを得ない人々にとって、やはり生きる知恵や励まし、さらには癒しを与えてくれるものとして受け入れられているのではないかと思われる。

もちろん、そこには金光教などの新興宗教には無かった要素も多く見られる。たとえば島薗進は、『スピリチュアルの興隆　新霊性文化とその周辺』（岩波書店、二〇〇七・一）で、「新霊性文化は自らが、伝統的な宗教と近代科学や合理主義との双方の欠点を克服した新しい世界観、あるいは新しい運動や文化であると自覚している」と述べている。「近代科学や合理主義」に対する批判は、既成の宗教にも無くはなかったが、しかしながら既成宗教や新宗教における科学批判は、「新霊性文化」もしくは「スピリチュアル」のように近代科学とその主たる思考法である要素還元主義などに異議申し立てをする、というような突っ込んだ批判ではなかった。だから「新霊性文化」は、自らの文化がこれまでの新宗教と違っていて、近代科学に対しての内在的な批判を含んでいると考えるわけで、実際にも科学者たちもこの文化の一員として加わっていて、その独自の科学論を展開しているようである。

さらには、既成宗教にも新興宗教にも見られない、新霊性文化の際立った特徴として挙げられるのが、集団化を嫌う個人主義的な傾向であると言える。葛西賢太が論文「「スピリチュアリティ」を使う人々――普及の試みと標準化の試みをめぐって――」（『スピリチュアリティの現在』〈湯浅泰雄監修、人文書院、二〇〇三・一〇〉所収）で述べているように、これまでの宗教には「拘束的」「排他的」「教条的」なイメージがあったが、「新霊性文化」にはそういうものは無いのであり、また岡野治子が論文「フェミニスト神学の視点から社会倫理を再考する――スピリチュアリティ・平和をめぐって」（同書所収）で指摘しているように、「聖なるもの」と自己との間を「仲介する装置としてのインスティチューションが登場しない」のである。つまり、新霊性文化の組織に入る垣根も低く、且つその組織は自由度が高くて柔軟なのである。

「新霊性運動」で最も注目すべきは、その個人主義的な傾向と関わっていることだが、「自己変容」「自己拡大」さらには「自己超越」ということが最大の課題とされていることである。周囲の状況よりも、自己を如何に変えるか、今の自己を如何に超越するかという問題の方が重視されているのである。このことは、先にも述べたノンポリティカルな姿勢とも大いに関わっているわけである。新霊性文化の一つもしくはその周辺とされているトランスパーソナルについての論者である吉福伸逸は、『トランスパーソナルとは何か』（春秋社、一九八七・七）で、フランス現代思想には権力・反権力というパラダイムがあるが、そういうパラダイムの転換が必要であり、「敵と味方の境界線の排除」ということが重要なのだと述べている。そして、トランスパーソナル心理学にとって「もっとも大切なポイントは、実際に個を超えた状態が存在するということなんですね」と語っている。ここで言われている、「個を超えた状態」というのは、社会や世界や歴史などではなく、それらを超えた普遍的な何かのことである。

さて、こうして見てくると、新霊性文化、運動もしくは「スピリチュアル」文化、運動からは、既存の宗教や新興宗教にも、また政治社会的な思想や運動にも、行くべき方向が見出せない追い詰められた現代人の、その悲鳴が聞こえてくるような気がするだろう。もちろん、「スピリチュアル」文化には消費至上主義的生活に対する批判もあり、環境破壊を推し進める資本に対してのエコロジカルな反措定も込められているものもあって、私たち現代人の生き方を深く内省すべきであるという提言を、「スピリチュアル」文化から聞くことができよう。さらには、既存の宗教や近代科学のその双方を超え出る地平に、ひょっとすると辿り着くかも知れない可能性も持っているように思われなくもない。

しかしながら、自己の周囲の状況を変えようとするのではなく、今の自己を変容あるいは超越することによってのみ、周囲の状況に対処しようとするのは、やはり大きな問題があるのではないだろうか。古典的なマルクス主義ならば、それは結果的に現状を肯定しているという点において支配的イデオロギーに屈服したあり方だと述べるだろうし、あるいはルカーチならば、物象化された意識の産物だと述べ、自己超越などは新たな観念論だとするかも知れない。もちろん、「スピリチュアル」の方では、そのような解釈の枠組みを超えているのが新霊性運動なのだと言うであろう。だが常に、新式の観念論が新たに登場するときには、自らはそれまでの唯物論対観念論という図式を超え出ているのだという宣伝の下に登場してきた歴史を考えてみれば、私たちは彼らの言うことをやはり眉に唾を付けて聞く必要があると思われる。

私たちは自分たちがここに存在していること、多くの存在物に取り囲まれて生きているという事実に対して、ある種の謙虚さを持たなければならないであろう。そのことはまた、存在の神秘に対して、あるいは私たちを超え出たものに対して、畏敬の念もしくは感覚を持つということである。そのことによって、私たちは存在と生命の価値というものを心底から感得できるのであって、だからこそグローバル資本が世界を席巻してやりたい放題のことをしているこの現状に対して憤りを覚えるのである。したがって、新しい人間のあり方、その意識のあり方を提示しようとしている「スピリチュアル」の試みには、たしかに或る可能性も感じることができる。それは宇宙時代の宗教という可能性であり、教団や教祖というものに拘らない新式の宗教であるという可能性である。「スピリチュアル」の運動がどこまで延びるか、しばらくは注視したい。

黒澤明監督『わが青春に悔なし』――この映画がリアルに感じられる現代

一九七〇年だったか一九七一年だったかは、今となっては定かではないが、当時テレビで黒澤明監督の映画がシリーズとして放送されていて、高校生だった私は毎回それを観ていた。初めてこの映画を観たのも、その時である。『わが青春に悔なし』は黒澤明の戦後第一作目の映画であり、一九四六年一〇月に封切られている。この度、私はこの稿のためにレーザーディスク版で観てみた。二度目の鑑賞である。

――一九三二（昭和八）年、京都の吉田山にハイキングに来たらしい男子学生たちと一人の若い女性の姿が映し出される。その女性とは京大教授八木原（大河内傳次郎）の娘である幸枝（原節子）で、幸枝に想いを寄せる学生に野毛隆吉（藤田進）と糸川の二人がいた。やがて八木原教授は、軍国主義に傾いていた日本政府から圧力を受けて大学を追われることになる。学生たちはその弾圧に抗すべく団結して立ち上がり、野毛はその学生運動の中心メンバーであった。時は移り、野毛は中国問題が専門のジャーナリストとして戦時下の日本で健筆を振るっていたが、日和見的な糸川は体制側の人間となり検事になっていた。実家を出て東京で働き始めた幸枝は、野毛と再会し、二人は結ばれるが、野毛はスパイ容疑で特高警察に逮捕され、そして獄死することになる。幸枝は、京都の自分の実家に帰ることはせず、野毛の実家に行き、野毛の老いた両親と暮らし始める。幸枝は、馴れない農作業に泥まみれになりながらも骨身を惜しまず、野毛の母親（杉村春子）とともに働き、周囲の村人たちの中傷（スパイ、売国奴と呼ぶ）や妨害（田を荒らされたりする）にもめげることはない。やがて一九四五（昭和二〇）年の敗戦を迎えるが、その時から幸枝たちに対する村人たちの態度が変わってくる。村人たちは、戦時下の自分たちの態度を反省しているような表情をするのである。――

以上のような梗概を見ただけでも、この映画が前半は滝川事件を、そして後半はあのゾルゲ事件をモデルにして作られていることがわかるであろう。どうも、シナリオを担当した久板栄二郎の最初の脚本はゾルゲ事件を中心にしたものであったようだが、その後最初の脚本はボツにされて、滝川事件とゾルゲ事件とを接ぎ木したような『わが青春に悔なし』になったのである。この変更の背景には、当時のGHQの意向（滝川教授罷免を指揮した文部大臣鳩山一郎は、戦後、GHQにより一九四六年五月に公職追放されていた）や制作会社東宝の思惑があったらしいのであるが、詳しい経緯等はわからない。しかし、この映画が敗戦一年後に封切られたことに、やはり大きな意味があったと言える。これを観た人々の多くは、戦前昭和の自分たちのあり方を省みたのではないかと思われる。自分たちは、あの村人たちとどれだけ違っていたろうか、と。

そして、高校生であった私は、反戦の志を貫いた野毛や幸枝のような人生こそ、まさに「悔なし」の人生であり、自分もそのように生きたいものだと心底思った。その意味で、私にとって忘れられない映画である。

もっとも、この映画にはいろいろと問題もある。たとえば、八木原教授は政府により罷免されたわけだが、その罷免理由については映画の中でほとんど説明されていない。八木原が滝川のモデルであると思って観て、初めて了解できるものになっているのは、やはり作品の不備であろう。また、野毛のスパイ容疑による逮捕に関しても、それに関わる野毛の具体的な活動についても同様に、映画の中で明らかにされていないという問題がある。さらに、映画の最初のタイトルで滝川事件について語られたところで、文部大臣の鳩山が「全学一致の反撃に遭い」とあるが、大島渚が『大島渚著作集第一巻　わが怒り　わが悲しみ』（現代思潮社、二〇〇八・一〇）所収の「『わが青春に悔なし』　滝川事件に憧れて私は京大に入ったのだが」で述べているように、滝川事件当時の京大の法学部以外の他学部教授会は、法学部と同一歩調を取れという学生たちの要求に何ら応えなかったし、法学部においても抵抗は学部全体を挙げてのものではなかったのである。「全学一致の反撃」というのは間違いである。つまり映画の中では、その抵抗運動、そして八木原（滝川）教授もたぶんに美化されている。

また、大島渚が同エッセイで述べているように、最初のタイトルで「軍閥、財閥、官僚」が弾圧の当事者であることが述べられているものの、単に抽象的にそう語られているだけで、弾圧者の思想やその姿が映画では具体的にはされていない、という弱みもある。ただし、特高警察の刑事役である志村喬は、その陰険で憎々しげな刑事を見事に演じている。

おそらく、この映画の一番の見どころはヒロインの幸枝が変貌するところであるが、しかし同時にその変貌が最も説得力に欠ける箇所でもある。若かった幸枝は糸川に、「（略）あなたの後からついて行けば、平穏無事な……しかし……御免なさい……少し退屈な生活があると思うの」と語り、続けて「野毛さんについて行けば、何かギラギラした、目の眩むような生活がありそうだわ。……怖いけど……魅力よ、これは」と語る。いかにも世間知らずの高慢なお嬢さんが言いそうなセリフである。実際にも幸枝の望んだようにと言うと、皮肉な言い方になるが、彼女は夫の野毛の逮捕に連座して警察で厳しい取り調べを受け、「目の眩むような」牢獄生活をするし、野毛亡き後は野毛の母とともに過酷な農作業のために、文字通り「目の眩む」失神をしたこともあった。

因みに、映画はこの農作業を執拗にと言っていいほど描いている。黒澤明の『蝦蟇の油　自伝のようなもの』(岩波書店、一九八四・六)によると、黒澤はこの農作業の約二十分間のシーンに「作品の勝敗をかけた」「私は執念に近い熱意を傾けた」ようだが、実際にも映画の中で最も迫力あるシーンとなっている。杉村春子によれば、稲作の作業の「全コースを本当にやった」ようで、杉村も原も「ぐったりして腰も立たないほどでした」ということである。迫真的なシーンが生まれた所以である。

それはともかくも、幸枝は、若く高慢だった頃に思い描いていた通りの人生を生きたと言えるわけで、そう考えれば彼女は本質的に変貌しなかったというふうにも解釈できよう。もちろん、戦後になって自分の実家の母親に、「村の女の人や、青年達の為に働くのが、私には一番生甲斐があるように思えるわ」と語る幸枝には、高慢で我がままであった、都会のお嬢さん気質を捨て去り、人のために生きようとするような変貌もあったことは、たしかなのである。そしてその生き方を、彼女は「いつも野毛が云っていた……振り返って見て悔のない生活って気持」だとも母親に言い、晴れやかに微笑む。その微笑みも見どころのシーンである。しかし、そういう幸枝の変貌については、彼女の心理が語られていないため、どうもわかりにくいのである。

しかし、そういう問題があるものの、野毛や幸枝、とくに幸枝の生き方は、やはり観客に勇気を与えてくれるものとなっている。それにしても情けないのは、この映画を再度観て妙にリアルに感じられたことである。彼らの生き方は「悔なし」の素晴らしいものであったが、再び彼らのような生き方を若い人たちにさせてはならない。

オーウェル『一九八四年』と現代の日米社会

旧ソ連や旧東欧社会主義政権が存続していた頃には、オーウェルの小説『一九八四年』（一九四九年）はそれらの政権が維持する社会体制を諷刺した小説として受け止められることが多かった。しかし、旧ソ連のスターリニズムに対する批判は、オーウェルの政治寓話小説『動物農場』（一九四五年）の方により端的に語られていて、『一九八四年』はスターリニズムを標的とした小説として限定的に捉えるべきではないだろう。むしろ、『一九八四年』で描かれている全体主義的な管理社会の不気味な実相には、すでに私たち人類が通り過ぎたファシズムやスターリニズム、さらには日本の軍国主義などの過去の政治社会体制よりも、今後の未来世界に現出するかも知れない社会のあり方が描かれていると読めるのである。『一九八四年』はそれなりの分量の小説であるが、物語の筋書きは簡単である（なお、同書からの引用は早川書房『一九八四年［新訳版］』〈二〇〇九年、高橋和久訳〉による）。

――オセアニア国に住む主人公のウィンストン・スミスは、〈ビッグ・ブラザー〉が率いる「党」の「真理省記録局」に勤務する党員で、歴史の改竄をすることが仕事であった。彼は完璧な服従を強いる体制に以前より不満を抱いていて、違法ではないものの、もしその行為が発覚すれば、「死刑か最低二十五年の強制労働収容所送りになる」行為、すなわち「日記を始め」たのであった。そこには「党」への批判なども書かれていた。しかし、個人生活をも完全に掌握しようとする「党」の監視から逃れることはできず、やがてスミスは逮捕され、〈党中枢〉の人間であるオブライエンの「指導」のもとで拷問を受け、反抗の意志を失う。この国では反抗の意志が無いだけでは不充分で、体制を熱狂的に支持しなければならなかった。物語はこう終わっている。「闘いは終わった。彼は自分に対して勝利を収めたのだ。彼は今、〈ビッグ・ブラザー〉を愛していた。」、と。――

もっとも、小説はこれで終わっておらず、附録「ニュースピークの原理」、すなわちオセアニア国の公用語であるニュースピークについての構造や語源についての解説が付されているのであるが、そのことよりも注意されるのは、オセアニア国における政治体制において文字通りの欺瞞が罷り通っていることである。たとえば、真理省の建物には「党」の三つのスローガンが掲げられていて、そこにはこう謳われている。「戦争は平和なり／自由は隷従《れいじゅう》なり／無知は力なり」、と。本来ならば矛盾したり、そぐわない語同士が結びつけられている。しかし、そうであるにもかかわらず、そのことに人々が疑義を覚えないのは、彼らが「二重思考」の訓練を受けて精神が馴致《じゅんち》されているからだと言える。

厳密には、「二重思考とは、ふたつの相矛盾する信念を心に同時に抱き、その両方を受け入れる能力をいう」のであり、だから「意識的な欺瞞《ぎまん》を働きながら、完全な誠実さを伴う目的意識の強固さを保持する」わけであって、たとえば「故意に嘘を吐《つ》きながら、しかしその嘘を心から信じていること、都合が悪くなった事実は全て忘れること」をするわけである。そうなると、「黒を白と言いきること」もできるだろうし、「過去は党が如何ようにも決められる」ということになる。もちろん、「党」は無謬《むびゅう》である。たとえ、誤りがあったとしても、それは「二重思考」によって誤りの事実を忘れ、「党」に都合の良い〈事実〉を信じればいいのである。こうして「党」の支配は、揺るぎないものとなっていく。

オセアニア国のあり方は私たちの近未来社会という面があるのだが、私たちはすでに今、幾分かオセアニア国と同様の事態に近づいている。宰相安倍晋三が数年前に〈軍事力拡充による積極的平和主義〉ということを盛んに語った。本来は、平和学者ヨハン・ガルトゥングが用いた「積極的平和主義」という言葉は、単に戦争が無い〈消極的平和〉ではなく、貧困や人権抑圧などの〈暴力〉が無い状態を指している。度し難く愚劣な宰相安倍は、その原義をねじ曲げて用いたのである。「黒を白と言いきること」は、日本が有数の子どもの貧困大国であるにもかかわらず、二〇一六年一月の国会で安倍が「決してそんなことはない」と強弁したことにも表れている。

実は、日本とともにアメリカもオセアニア国の様態に近づきつつある。『一九八四年』のオセアニア国では「黒を白と言いきること」が普通に行われていたが、現大統領トランプの言動にも同様にその事例を見ることができる。たとえば前大統領オバマの出生地疑惑が問題視されて、オバマは出生証明書を公表するという事態にまで発展した。それで決着したかというと、今なおその証明書は偽造されているとする疑念がくすぶっているらしい。これはトランプが出生地疑惑をまさに執拗に言い立てているからである。ジャーナリストの佐藤伸行は『ドナルド・トランプ 戯画化するアメリカと世界の悪夢』(文藝新書、二〇一六・八)の中で、このことに触れて、「嘘も繰り返せばそれは真実になる」というナチスの宣伝相ゲッベルス流の古典的な情報操作の手法を、トランプは応用していると述べている。つまり、「「トランプの世界」では、事実に重みは置かれていない」わけである。

このことに関しては、やはりジャーナリストの金成隆一『ルポ トランプ王国——もう一つのアメリカを行く』(岩波新書、二〇一七・二)で、「トランプは、平然とウソを繰り返すなど、事実へのこだわりも見せない。(略)有権者がウソや擬ニュース、誇張された話にさらされる時、民主主義は困難を迎えるだろう」と指摘している。実際、そうである。トランプの問題は、つまるところ人々がこれまで築き上げてきた民主主義社会を突き崩すのか、ということに帰着するであろう。

また佐藤伸行は先の書で、アイビーリーグの名門校であるペンシルバニア大学の大学院ウォートン校を主席で卒業したとトランプは言っているが、ウォートン校は卒業生の成績順位を公表しない方針であるため、トランプの自己宣伝が真実か否かを明らかにすることはできない、と述べている。そして、「誇張と虚偽情報、あるいは真偽不明の情報の流布は、トランプの半生に太い軸として貫かれている」、と。

驚かされるのは、トランプの大統領就任式には一八〇万人集まったオバマ前大統領の時の三分の一ほどしか集まらなかったと米メデイアが報道したことに関しての話である。朝日新聞アメリカ大統領選取材班の『トランプのアメリカ　漂流する大国の行方』（朝日新聞社、二〇一七・二）によると、その報道に対してトランプは一五〇万人いるように見えたと語り、ホワイトハウスの報道官は「これまでで最多の聴衆数だ」と強調した。メディアがそれは「ウソだ」と批判を強めると、今度はコンウエイ大統領顧問が「オルタナティブ・ファクトだ」と言いきったのである。

「オルタナティブ・ファクト」、すなわち「代替の事実」「別の事実」ということであるが、こうなると真実を如何様にも、また幾らでも、まさに捏造することができるだろう。オセアニア国では「党」の都合のいいように歴史の改竄が行われていたが、トランプ王国では最近の出来事も「オルタナティブ・ファクト」という詭弁を用いて改竄されるのである。また、オセアニア国の三つのスローガンの内、「無知は力なり」というのがあったが、トランプは文字通りにそれを実践していて不正確なデータ、誤解に基づいた認識を堂々と語り、過ちを指摘されると、先に見たような「オルタナティブ・ファクト」説で話を有耶無耶にしてきたのである。

なぜトランプのような、本来なら泡沫候補として消えていったはずの知的に低級な人物が米大統領になることができたのか。その背景には「白人」対「マイノリティ・移民」、「地方」対「都市」、「低学歴」対「高学歴」という根深い対立構造がアメリカ社会にあること、その対立をデマゴーグ的な才能では一級のトランプがうまく利用していったということがあるだろう。その政治手法は見え透いた低レベルのものであっても、あのオセアニア国の「党」の統治手法と本質面では通じていることに、やはり注意しなければならないだろう。その行き着く先は、手法は洗練されているが、そしてその本質はとてつもなく野蛮な管理社会である。

昨今の日本の政治社会動向においても、森友学園問題などで、平然とウソがまかり通っている。おそらく、トランプ以下の知性しか持ち合わせていないと考えられる宰相安倍晋三は、「オルタナティブ・ファクト」というような詭弁を使うことさえできないのであろう、単純に黒を白と言ったのである。アメリカも日本も、オセアニア国と同じ方向に向かっていると言える。オセアニア国では四六時中監視されている人々は、実際に行動に移さなくても表情などで、反抗の意志ありと認定されれば監禁されたのだが、日本では閣議決定された「共謀罪」も実際の犯行ではなく、その準備段階だと認定されれば罪になるのである。日本をオセアニア国のような国家にしてはならない。

レーニン『国家と革命』を読み返す

私にとって『国家と革命』は、今回で三度目の読書となる。一度目は一七歳のときで、ノートを取りながら読んだことを覚えている。二度目は九年前である。或る論文を書く必要から読んだのだが、三回ともすばらしい書物であると思った。この書物に私以上に説得されたのが、壮大なテーマを扱った未完の長編小説『死霊』の作者である埴谷雄高である。

埴谷雄高は、自伝的エッセイ『影絵の世界』（一九六四～一九六六）で『国家と革命』体験について語っている。埴谷雄高は、若いころはアナーキズムに大いに共感していて、レーニンの『国家と革命』を論駁《ろんばく》するべく、その題目もレーニンの著書名を逆転させた『革命と国家』という著書を執筆しようと試みたのだが、『国家と革命』と格闘する内に、『国家と革命』に「いつしか逆にのめりこみ、そして、（略）そのなかに耽溺してしまったのである」。それは、「過渡期の国家の問題についてレーニンに爽快にうちまかされた」体験であった。埴谷雄高はそれについてこう語っている、「深く惚れこんだ相手がそのとき薔薇色の言質として私に与えた唯一の約束とは、〈国家の死滅〉なのであった」、と。

アナーキズム親和型の青年であった埴谷雄高が、レーニン主義の軍門に降ったのは、レーニンが『国家と革命』の中でマルクス主義革命も〈国家の死滅〉に結びつく革命を目指しているということを明言していたからだったというわけである。たしかにレーニンは同書で述べている、「われわれは、目標としての国家の廃止の問題では、けっして無政府主義者と意見がちがってはいない。われわれは、この目標を達成するために、搾取者に反対して国家権力という道具を、手段、方法を一時もちいる必要があると主張する」（大月書店『レーニン全集』第25巻、傍点・原文、以下同）、と。なぜ、「国家権力という道具」を「一時もちいる必要がある」かと言えば、「国家を「支配階級として組織されたプロレタリアート」に転化することなしには、ブルジョアジーを打倒することができない」からである。つまり、反革命からプロレタリア革命を防衛するために国家権力を利用するのだと言うわけである。そして、革命防衛に「このプロレタリア国家は、勝利するやいなやただちに死滅しはじめる」、とレーニンは語る。

おそらく埴谷雄高は、一挙に国家を廃絶しようとするアナーキズムよりも、革命後において言わば自然死させるようにして国家を死滅させようとするマルクス主義の方が、というよりもレーニン主義の方が実効性があると判断したのであろう。実際、『国家と革命』の論述は、階級支配の機関である国家を確実に解体し死滅させようとするヴィジョンや、それだけでなく革命後の社会の有り様も、説得力ある論理で生き生きと語られているのである。一九一七年の八月から九月にかけて執筆された『国家と革命』には、すぐ後に起こされることになるボリシェヴィキの十月革命に向けての熱気の中で、革命の理想が高らかに語られていたというふうにも言えよう。

たとえば、その理想はこう語られている。「国民経済全体を郵便のように組織すること、しかも技術者、監督、簿記係が、すべての公務員と同様に、武装したプロレタリアートの統制と指導のもとに「労働者なみの賃金」以上の俸給をうけないように組織すること——これこそ、われわれの当面の目標である」、あるいは社会主義では「すべての人が統制と監督の職務を遂行し、すべての人がある期間「官僚」になり、したがって**だれも**「官僚」になれない状態へとただちに移行する」、さらには「社会主義のもとでは、**すべての人が**順番に統治するであろう。そして、だれも統治しない習慣がまもなくできるだろう」、と。

また、革命後の人々は、その人間性自体が変化する、ということもレーニンは同書で語っている。すなわち「(略)資本主義的搾取の数かぎりない恐ろしさ、野蛮、不合理、醜さから解放された人間は、(略)暴力がなくても、強制がなくても、隷属関係がなくても、国家と呼ばれる**特殊**な強制**機関がなくても**、これらの規則をまもる**習慣を**、徐々に**もつようになるであろう**」、と。ここで言われている「これらの規則」

とは、「共同生活の根本的な規則」のことである。要するに、人間は体に長らく染みこませた奴隷根性から解放されるのだ、と述べられているのである。

このような理想を持ってレーニンは、十月革命に向けてのボリシェヴィキの武装蜂起を指導したのであるが、こうして見てくるだけでも、『国家と革命』が実に魅力溢れる書物であるかということがわかる。そして、レーニンが当時の水準で一級の政治学者であったこともわかる。因みに、レーニンは『唯物論と経験批判論』から窺われるように、哲学者としては一級とは言えないだろうが、『ロシアにおける資本主義の発達』や『帝国主義論』に見られるように、経済学者としても紛れもなく一級である。

さて、以上のようなヴィジョンのもとに行われた十月革命であったが、その後のソ連社会は『国家と革命』とは逆行するような道を歩み始めるのである。なぜ、そうなったのか。一つには、早すぎるレーニンの病死や、その後のスターリンによる権力奪取を阻止できなかったカーメネフたちボリシェヴィキ幹部たちの失態、さらにはレーニンとともに革命の大立て者であったトロツキーの、スターリンに対する油断ということなどがあったであろう。とりわけ残念なのが、最晩年のレーニンの口述筆記である「一九二二年十二月二十四日付の手紙への追記」における、次のようなレーニンの言葉が結局無視されたことである。すなわち、「スターリンは粗暴すぎる。そして、この欠点は、われわれ共産主義者のあいだや彼らの相互の交際では十分がまんできるものであるが、書記長の職務にあってはがまんできないものになる。だから、スターリンをこの地位からほかにうつして（略）」（大月書店『レーニン全集』第36巻）という言葉である。

いわゆるレーニンの遺書問題については、藤井一行の『レーニン「遺書」物語　背信者はトロツキーかスターリンか』（教育資料出版会、一九九〇・一〇）に詳しく述べられているが、しかしスターリンの暴政だけがその後のソビエト社会を歪めた原因ではないであろう。実はレーニン自身が『国家と革命』での見解を反故にするかのような発言をしているようなのである。レーニンは一九二〇年三月六日の演説で、「国家の問題はこれまでと同じやり方で提出するわけにはいかない」、「（略）国家の問題は別の軌道にうつされ、以前の意見の相違は意味を失いはじめた」と述べている。これについて、ルイス・フィッシャーは『レーニン』上・下（新装版、猪木正道・進藤栄一訳、筑摩書房、一九八八・五）で、「彼は（略）国家の死滅に関する自らの理論を放棄したのである」、「『国家と革命』は、革命によって愚弄され、その革命の指導者によって反故にされたのである」、と述べている。

革命のリアリズムの中でレーニンは、フィッシャーの言うように、自らが著作で述べたことを捨てざるを得なかったのかも知れない。しかしそうであったにしても、『国家と革命』で論じられたことには、不滅の真理があると言えるのではなかろうか。

あとがき

本書の主題目にある「述志」という言葉は一般的な言葉ではない。広辞苑にも載っていない。と言って、これは私の造語ではない。たとえば、近世の談義本を扱った論文の題目にも「述志」の言葉が遣われている例がある。本書の主題目にこの言葉を用いようとしたのは、若いときに読んだ高橋和巳の文章が頭にあったからである。それは「〈志〉のある文学」という題目の短いエッセイであり、それを私は「述志の文学」というふうに間違って記憶していたのだが、そこで高橋和巳は、『詩経』大序の「詩は志の之《ゆ》く所なり。心に在りては志と為り、言に発すれば詩と為る」という文を引用しながら、「詩そして文学は、志の表明なのである」として、この考えは自分にとっては「ごく当然と思われる」と述べている。表現については私の記憶違いであったが、その趣旨においてはやはり高橋和巳は「述志の文学」ということを語っていたのである。

その高橋和巳を論じた論文を収録したこともあって、本書の主題目に「述志」の言葉を用いたのだが、本書で扱った他の文学者や研究者も、やはり「述志」の文学、文章を書いている人たちだと言える。また、やはり主題目にある「叛意」という言葉であるが、これも柄谷行人や松本清張、高橋和巳、西川徹郎に当てはまり、さらには内田百閒や永瀬清子、西郷竹彦にもかなりの部分において当てはまるであろう。

なお、「叛意」という言葉を本書の主題目に用いることをほぼ決めた頃、早稲田大学の高橋敏夫氏から御著書の『抗《あらが》う　時代小説と今ここにある「戦争」』（駒草出版、二〇一九・三）をお送り戴いた。その「おわりに」で高橋氏は、この本は「時代小説による戦争への「抗い」」について述べたものであることを語っているが、「抗い」の姿勢は高橋氏自身の姿勢でもあろうと思われ、その姿勢に私は大いに共感したのである。もちろん、その「抗い」の対象と「叛意」の対象とは共通している、と私は考えている。

改元キャンペーンなどによって国民をあらぬ方向へと統合したがっている昨今の為政者たちや、「戦争のできる国・する国」へと前のめりになっている政治権力に対して、私たちは強い「叛意」を持ち、そして毅然として「抗」っていかなければならないのではないか。それにしても情けないことに、改元・即位をめぐる状況を見ていると、私たち日本の国民は、戦前の天皇制国家時代の政治的および社会的な意識をどれほど超え出ているだろうかと、疑問を持たざるを得ない。やがて正真正銘の悪気流へと転化しかねない、こういう風潮に対しても「叛意」を強く持ち、何としてでも「抗」っていかなければならない、と私は思っている。

本書は、私の勤務校の所属学科によって作られている学会機関誌「清心語文」に掲載した論文以外は、依頼および慫慂によって書いた論文や講演を論文化したものから構成されている。ここではお名前は割愛させて戴くが、依頼や慫慂をして下さった多くの方々には心より感謝申し上げたい。

本書の出版にあたっては、御茶の水書房の橋本誠作社長、そして本書を担当して下さった黒川惠子氏には、今回もたいへんお世話になった。お礼申し上げる。

本書は、私の勤務校であるノートルダム清心女子大学学内出版助成を受けている。原田豊己学長をはじめ関係各位に感謝申し上げる。

二〇一九年五月　　綾目広治

初出一覧

《文学と思想の現在》

・〈明治維新〉一五〇年と『資本論』一五一年（「清心語文」第二〇号、二〇一八・一一）

・〈近代化〉言説の再考（「日本文学」NO. 798、二〇一八・一一）

・思想の現在――柄谷行人とアソシエーション論（「季報　唯物論研究」第一三七号、二〇一六・一一）

・文学と思想の課題――現代の政治社会状況の中で（「清心語文」第一九号、二〇一七・一一）、および「沖縄と安保をめぐる問題――大城立裕の小説から（「千年紀文学」一二四号、二〇一八・一〇）、「絶望から新たな世界像の構築へ」（「千年紀文学」一二五号、二〇一九・一）を一つの論文にまとめた。

《松本清張》

・清張小説のなかの新聞記者と新聞社（「松本清張研究」第十六号、北九州市立松本清張記念館、二〇一五・三）

・「黒地の絵」論――戦争のもう一つの悲劇に迫る虚構（「松本清張研究」第十七号、同、二〇一六・三）

・清張ミステリーと中国・九州地方の鉄道（「松本清張研究」第十八号、同、二〇一七・三）

・旅が物語を創造する――時刻表と地図と（「松本清張研究」第二〇号、同、二〇一九・三）

《文学者たち》

・高橋和巳の変革思想――二一世紀から照射する（『高橋和巳の文学と思想――その〈志〉と〈憂愁〉の彼方に』太田代志朗・田中寛・鈴木比佐雄編〈コールサック社、二〇一八・一一〉所収）

・永瀬清子の老い――日々を新しく生きる（「ノートルダム清心女子大学紀要　日本語・日本文学編」通巻54号、二〇一九・三）―二〇一八年九月に赤磐市の「くまやまふれあいセンター」で行った講演を論文にまとめた。

・白樺派同人たちの宗教心（「ノートルダム清心女子大学紀要　文化学編」通巻54号、二〇一九・三）――二〇一八年六月に金沢大学サテライト・プラザで開催された有島武郎研究会第63回全国大会での講演「白樺派同人たちの宗教心」を論文にまとめた。

・二〇一九年二月に行われた吉備路文学館主催の講演「内田百閒の文学」を論文にまとめた。

《短歌・文芸学・小論》

・恋心の純粋持続――『西川徹郎青春歌集――十代作品集』（「西川徹郎研究」第一集、茜屋書店、二〇一八・七）

・二〇一五年八月に広島市で開催された「文芸研50回記念大会」におけるシンポジウム「西郷文芸学50年と国語教育」での報告（「文芸教育」１０８〈新読書社、二〇一六・四〉に採録）を論文にまとめた。

・西郷竹彦の漱石・表現論を読む（「文芸教育」１０３、新読書社、二〇一四・四）

・『行人』――先取りされた問題（「虞美人草」第一二号、京都漱石の會、二〇一三・一〇）、『こゝろ』――もしも笑いがあったなら（「虞美人草」第一四号、京都漱石の會、二〇一四・一一）、「スピリチュアル」に可能性はあるか（「季報　唯物論研究」第１２２号、二〇一三・二）・黒澤明「わが青春に悔なし」（「季報　唯物論研究」第129号、二〇一四・一二）・オーウェル『一九八四年』と現代の日米社会（「週刊新社会」、二〇一七・四・一八、二〇一七・四・二五）・レーニン『国家と革命』を読み返す（「季報　唯物論研究」第141号、二〇一七・一一）

人名索引

〔「白樺派同人たちの宗教心」を論じた論文以外は、主題的に論じている人名の当該論箇所、及び注記の中での人名は除外している。外国人名については慣用の日本語表記に従った。事項を表す言葉に含まれている人名についても、人名索引の中で取り上げた。〕

あ行

い行

う行

き行

く行

け行

こ行

さ行

し行

す行

そ行

た行

ち行

つ行

て行

と行

な行

に行

の行

は行

ひ行

ふ行

へ行

ほ行

ま行

み行

む行

め行

も行

や行

ゆ行

よ行

ら行

り行

る行

れ行

ろ行

わ行

〔**著者略歴**〕

綾目広治　（あやめ　ひろはる）

1953年広島市生まれ。京都大学経済学部卒業、広島大学大学院文学研究科博士後期課程中退。現在、ノートルダム清心女子大学教授。「千年紀文学」の会会員。

著書に『脱＝文学研究　ポストモダニズム批評に抗して』（日本図書センター、1999年）、『倫理的で政治的な批評へ　日本近代文学の批判的研究』（皓星社、2004年）、『批判と抵抗　日本文学と国家・資本主義・戦争』（御茶の水書房、2006年）、『理論と逸脱　文学研究と政治経済・笑い・世界』（御茶の水書房、2008年）、『小川洋子　見えない世界を見つめて』（勉誠出版、2009年）、『反骨と変革　日本近代文学と女性・老い・格差』（御茶の水書房、2012年）、『松本清張　戦後社会・世界・天皇制』（御茶の水書房、2014年）、『教師像―文学に見る』（新読書社、2015年）、『柔軟と屹立　日本近代文学と弱者・母性・労働』（御茶の水書房、2016年）、『惨劇のファンタジー　西川徹郎　十七文字の世界藝術』（茜屋書店、2019年、第四回西川徹郎記念文學館賞）。

編著に『東南アジアの戦線　モダン都市文化97』（ゆまに書房、2014年）。共編著に『経済・労働・格差　文学に見る』（冬至書房、2008年）。共著に『柴田錬三郎の世界』（岡山文庫〈日本文教出版〉、2017年）など。

述志《じゅっし》と叛意《はんい》——日本近代文学《にほんきんだいぶんがく》から見《み》る現代社会《げんだいしゃかい》

2019年9月25日　第1版第1刷発行

著　者——綾目広治

発行者——橋本盛作

発行所——株式会社御茶の水書房

〒113-0033　東京都文京区本郷5-30-20

電話　03-5684-0751

印刷・製本——東港出版印刷株式会社

Printed in Japan

ISBN978-4-275-02111-3 C3095

装画：中村ちとせ　　装丁：AKIO

述《じゅっ》志《し》と叛《はん》意《い》——日本近代文学から見る現代社会	綾目広治 著	A5変	三五六頁	価格 三二〇〇円
柔《じゅう》軟《なん》と屹《きっ》立《りつ》——日本近代文学と弱者・母性・労働	綾目広治 著	A5変	三四二頁	価格 三二〇〇円
松本清張——戦後社会・世界・天皇制	綾目広治 著	A5変	三〇四頁	価格 三二〇〇円
反骨と変革——日本近代文学と女性・老い・格差	綾目広治 著	A5変	三四四頁	価格 三二〇〇円
理論と逸脱——文学研究と政治経済・笑い・世界	綾目広治 著	A5変	三四〇頁	価格 三二〇〇円
批判と抵抗——日本文学と国家・資本主義・戦争	綾目広治 著	A5変	三三八頁	価格 三二〇〇円
内村鑑三——私は一基督者である	小林孝吉 著	A5変	四〇六頁	価格 四四〇〇円
北一輝と萩原朔太郎——「近代日本」に対する異議申し立て者	芝正身 著	A5判	三五六頁	価格 三〇〇〇円
北一輝——革命思想として読む	古賀暹 著	菊判	四七六頁	価格 四六〇〇円
原爆と原発、その先——女性たちの非核の実践と思想	早川紀代・江刺昭子 編	A5判	二〇〇頁	価格 二二〇〇円
クラルテ運動と『種蒔く人』——反戦文学運動〝クラルテ〟の日本と朝鮮での展開	安斎育郎・李修京 編	A5変	二五〇頁	価格 二八〇〇円

御茶の水書房
（価格は消費税抜き）